Kurt Gawlitta

Ost-Westpassagen

D1699311

IFB Verlag Deutsche Sprache

Bibliographische Information der Deutschen
Bibliothek:
Die Deutsche Bibliothek verzeichnet diese Publikation in der
Deutschen Nationalbibliographie: detaillierte bibliographische
Daten sind im Internet über http://dnb.ddb.de
abrufbar.

IFB Verlag Deutsche Sprache, Paderborn

Kurt Gawlitta

Ost-Westpassagen

IFB Verlag Deutsche Sprache

Mein besonderer Dank

gilt meinen ersten Lesern, die mich auf Dies und Das aufmerksam gemacht und vor einigem bewahrt oder es zumindest versucht haben:

Wolfgang Brönner,
Hermann H. Dieter,
Axel Flessner,
Ronald Gorny,
Brigitte Wiedemann,
und
meiner Frau Ingrid.

Hinweis:
Dieser Band enthält freie Erzählungen, keine Dokumentationen. Ähnlichkeiten mit lebenden Personen sind rein zufällig.

Inhalt

Ost-Westpassagen

Ein heftiger Schlag traf Klaus Meinert am Rückgrat und in der Magengrube. Begleitet von einem trockenen Knall fiel das Schleppseil der Motorwinde aus der Kupplung seines „Piraten", und er war frei. Er hatte ihn nie besonders gemocht, diesen ruppigen Windenstart am langen Stahlseil. Ähnlich wie ein Kinderdrachen an seiner dünnen Plastikschnur, die der über das Stoppelfeld keuchende Vater mit verbissenem Eifer hinter sich herzieht, wird ein Segelflugzeug beim Windenstart in den Himmel gerissen. Der Vater will sich vor dem Sohn und seinen Freunden nicht blamieren. Deshalb verlangt er sich das Äußerste ab, damit der zappelnde Drachen die ersten zwanzig Höhenmeter der Bodenflaute überwindet.

Genauso waren heute seine Fähigkeiten als Pilot bis zum Äußersten gefordert. Wie hilflos, dachte Klaus Meinert, ist so ein Segelflugzeug am Boden! Man muss es herumschieben wie einen alten Anhänger auf dem Feld. Von der bestechenden Eleganz seines Schwebens im Fluge ahnt man dort unten auf dem Flugplatz nichts, wenn man es noch nie gesehen hat. Er musste jetzt den Pferdestärken des dröhnenden Windenmotors da irgendwo tief unter ihm so viel Ausklinkhöhe wie möglich abfordern. Gerade heute, an einem strahlenden Frühsommertag des Jahres 1987, war es nötiger als jemals zuvor bei einem Start. Die Luft über der märkischen Landschaft war kristallklar, wie man sie in den Mittelmeerländern, den Traumzielen unserer Urlaubssehnsüchte, allenfalls auf den Berggipfeln findet.

Es kommt wirklich nicht darauf an, er verzog unwillkürlich die Mundwinkel, wie ich diesen Start empfinde. Ich brauche jeden, aber auch jeden Höhenmeter, den ich heute der Schleppwinde, dem Flugzeug und dem Wind abringen kann. Höchstwahrscheinlich habe ich nur einen Versuch frei, ein zweites Mal überlässt mir die Fliegergruppe den Segler kaum. Dann wäre mein Plan gescheitert. Er wagte es nicht, sich das vorzustellen.

Meinert musste wegen des starken Seitenwindes die Nase des Flugzeugs in den Wind drehen. Sonst hätte der Nordwest ihn aus der Platzachse über den Wald versetzt. So hing er wie ein Klumpen Ballast in einer Ecke seines Sitzes — er füllte das Flugzeug mit seiner mittelgroßen Statur nicht aus — und fühlte sich ein wenig hilflos. Es kam ihm so vor, als ob er seine Flugzeugnase irgendwo da oben ziellos in den Himmel hineinbohrte, denn er sah beim Windenstart die Erde nicht. Wo er sich über dem Flugplatz gerade befand, konnte er nur schätzen. Die andere Startart hinter dem Motorflugzeug verlief wesentlich harmonischer. Dort wurde man nicht derart gewalttätig von der übermächtigen Motorwinde emporgerissen. Allerdings verlangte im Flugzeugschlepp das Spiel zweier, dicht hintereinander tänzelnder Flugzeuge großes Können beider Piloten. Da mussten zwei Menschen ihre Flugmanöver feinfühlig aufeinander abstimmen.

Klaus Meinert hatte die Beschleunigung während der Anrollphase, die an einen Rennwagen erinnerte und bei der das Flugzeug schon nach zwanzig Metern abhob, sowie den raketenhaften Aufstieg endlich durchgestanden. Das Seil war am höchsten Punkt des Schlepps automatisch aus der Kupplung gefallen, und er konnte sich frei bewegen. Der eigentliche Flug begann immer erst nach dem Abwerfen der langen Stahlfessel. Meinert drückte mit dem Steuerknüppel die Nase des Flugzeugs unter den Horizont und zog zur Kontrolle noch dreimal am Ausklinkknopf. Er wollte sicher sein, ob die drei-, vierhundert Meter Stahlseil, die ihn mit der Winde verbunden hatten, tatsächlich abgefallen waren. Was solch ein Seil alles anrichten konnte, wenn Fehler gemacht wurden, musste ein Pilot zwar routinemäßig wissen, aber Meinert musste es sich nicht jedes Mal ausmalen. In Hannover beispielsweise war mal ein Seil über die Autobahn gefallen und hatte einen PKW-Fahrer getötet. In Timmersdorf in der Steiermark hatten sie eines über die Oberleitung der Bahnstrecke geworfen und den Zugverkehr lahmgelegt.

Meinert atmete auf, ruckelte sich auf dem harten Sitzbrett — das Kissen hatte er in der Eile vergessen — ein wenig zurecht. Er lockerte die Anschnallgurte ein wenig und blickte um sich. Klaus hatte jetzt keine rechte Muße, entspannt um sich zu blicken und das vom Licht überströmte Bild der Wälder und Seen zu genießen, wie sich das der Zuschauer am Boden wohl vorstellen mag. Viel Handwerk und wenig Poesie bestimmen den Flug in seiner ersten Phase. Ganze 350 Meter Ausklinkhöhe zeigte der Höhenmesser. Es blieben also höchstens vier, fünf Minuten, um Landschaft und Himmel daraufhin abzusuchen, an welchen Punkten in der Umgebung des Flugplatzes wohl Aufwinde stehen könnten, dann diese Stellen anzufliegen und dort Höhe zu gewinnen. Waren die ersten Versuche vergeblich, musste er wieder landen und später erneut starten. Dies passierte auch einem guten Piloten nicht selten, weil er an diesem Tag nicht die richtige Spürnase hatte, weil der nächste Aufwind zu weit entfernt stand, weil seine Flugmanöver zu hektisch waren oder weil einfach kein Aufwind vorhanden oder zu schwach war, ein mehrere hundert Kilogramm schweres Flugzeug emporzutragen. Oft konnte nur ein Bussard mit solchen sanften Lüftchen steigen, der geflügelte Mensch aber musste der Schwerkraft gehorchen und den Rückweg zur Erde antreten.

Schon immer hatte sich Meinert die unfassliche Leichtigkeit der Greifvögel im Spiel mit den Aufwinden gewünscht. Er hatte mit angehaltenem Atem gestaunt, wie traumwandlerisch sicher sie schon am frühen Vormittag erspüren, wo sich die erste zarte Warmluftblase an einer Waldkante ablöst. Sie breiten die Flügel weit aus, spreizen die Randfedern wie Finger, schmiegen sich in den aufsteigenden Warmluftstrom, als wären sie Schwimmer, die sich von den Wellen der Dünung sanft wiegen lassen. Sie ziehen ihre Kreise meist genau an der richtigen Stelle, wo die Luft schon ein bisschen steigt. So gewinnen sie ohne Flügelschlag in der engen Thermik Meter um Meter. Es kommt aber auch vor, dass ihr Kreis etwas verschoben daneben liegt. Dann verfehlen sie das Zentrum des Kamins, geraten ins Abseits, wo die Luft wieder fällt. Sofort korrigieren sie durch rasche Steuerbewegungen des Schwanzes die Lage ihrer Spirale zum besseren Steigen hin. Geduldig knüpfen sie Schleife an Schleife, bis der Wald unter ihnen als mattgrüner Teppich im Dunst versinkt. Angeblich, niemand hat sie schließlich befragt, beäugen die Bussarde dabei den Waldboden auf dahinhuschende Mäuse. Das zweckfreie Schweben am blauen Himmel eines schönen Sommertages passt schließlich nicht in unser Bild vom instinkthaften Verhalten der Tiere.

Meinert war an sich bereit, den Naturforschern zu glauben, aber er blieb skeptisch, ob es nicht doch Verhalten in der Tierwelt gab, das besser mit überschießender Lebensfreude erklärt werden kann. Warum rast der schwarze Pudel, nachdem er mit seinem Herrchen eben aus dem dunklen Treppenflur ins Freie getreten ist und den Duft der weiten Rasenfläche einzieht, urplötzlich, wie von der Tarantel gestochen, in riesigen Achten bis zur Erschöpfung über das Gras? Konrad Lorenz nannte es Sausewahn. Sucht der Hund dort womöglich die von seinem Herrn ausgelegten Fleischstücke? Will er mit menschenähnlicher Vernunft die vom langen Stubenhocken angerosteten Muskeln trainieren? Will der scharfsichtige Steinadler in 4.000 Metern Höhe in der Kumuluswolke über den Hohen Tauern — Alpenflieger Jochen von Kalkreuth berichtet, er wäre beinahe mit ihm kollidiert — von dort oben Murmeltiere als Futter für seine Jungen im Horst aufspüren? Kann es nicht sein, dass Hund wie Adler einfach Vergnügen an der Bewegung, am Leben empfinden und vorübergehend ihre einprogrammierten Instinkte und deren Zwecke vergessen?

***

„Fliegerkamerad Meinert", äußerte Günther Claußen wie beiläufig, wobei ein pädagogischer Oberton anscheinend mitschwang, „wir haben das heutige Gespräch gesucht, weil wir gemeinsam mit Dir", er machte die von Natur aus spröde Stimme weicher, väterlicher, „einmal sportlich Bilanz ziehen wollten..." Dann schwieg er und sah ihn aufmunternd an, als sollte Meinert ihm die weitere Eröffnung abnehmen.

Seltsam, dachte Meinert, wieso interessiert sich ein Mitglied der Bezirksparteileitung plötzlich dafür, was ich sportlich in Cottbus in der Segelfliegergruppe der Gesellschaft

11

für Sport und Technik treibe? Er gab sich Mühe, einigermaßen gefasst dreinzuschauen. Irgendwie hatte er jedoch das Gefühl, diese Einladung konnte nichts Gutes bedeuten. Meinert mochte sich einfach nicht vorstellen, dass diese Funktionäre ihre Arbeit ohne Arglist, einfach der Sache wegen, erledigten. Sollten tatsächlich einmal ihre Äußerungen mit ihren verborgenen Motiven übereinstimmen, würde er es höchstwahrscheinlich nicht glauben und deshalb wohl auch nicht bemerken. Meinert traute es ihnen einfach nicht zu, grundsätzlich nicht und auch jetzt in seinem Fall nicht.

Sein Gegenüber war ein Mann von Anfang vierzig, der Genauigkeit und so etwas wie Buchstabengerechtigkeit durch alle Poren verströmte. Er erschien Meinert wie jemand, der getreu dem Peter-Prinzip auf dem Niveau seiner Inkompetenz angelangt war. Seinen gesellschaftlichen Aufstieg und eine gewisse, schlecht verhüllte Distanz zur Arbeiterklasse schien er durch seinen makellos weißen Kragen und den korrekt sitzenden Knoten seiner gepunkteten Krawatte andeuten zu wollen. Er tat es deutlicher, als es der Geist der letzten Parteitage den Funktionären einer sozialistischen Partei erlaubt hätte.

Die Stimme Claußens riss Meinert aus seinen Phantasien über die Macht der Funktionäre. Worum könnte es nun gehen? „Ich höre von Vertrauensleuten am Ort, Du seiest als Fluglehrer besonders tüchtig. Auch ängstliche junge Leute führtest Du schnell zum ersten Alleinflug. Alle bestaunten das. Kostet Dich das nicht viel Nerven?"

„Reine Übungssache, äh, hm", meinte Meinert und winkte fahrig mit der Hand ab. Er lobte im Stillen, wie gut Claußen die indirekte Rede beherrschte, denn er hatte ‚Du seiest...' gesagt. Meinert wollte die Anerkennung des Funktionärs nicht und suchte nach einem treffenden Vergleich, um die Lobhudelei abzuschütteln: „Der Lokführer darf bekanntlich bei der Einfahrt in einen Bahnhof auch nicht jedes Mal Angst davor haben, dass genau in dem Moment ein Reisender von der Bahnsteigkante vor seinen Zug fallen könnte."

Der Funktionär nahm seine goldgeränderte Brille ab und sah ihn mit offenem Mund an. Er blickte einen Augenblick aus dem Fenster, konnte dort aber anscheinend nichts entdecken, was seine Aufmerksamkeit anzog. Claußens Augen wanderten wieder zu Meinert. Er schien zu überlegen, ob der eingebildete ehemalige BRD-Bürger ihn verhöhnen wollte, kam aber wohl zu keinem klaren Ergebnis. Also ließ er den Vergleich Meinerts unter Achselzucken auf sich beruhen. „Einen Flugschüler", Claußen versuchte, seiner Stimme einen tieferen Klang abzuringen, „hast Du aber wohl neulich in Gefahr gebracht!"

Klaus erwiderte nichts, sondern sah den anderen mit erhobenen Brauen an. Er war sich keines Fehlers bewusst. Brauchte hier jemand einen Vorwand? Jetzt bloß keine voreilige Verteidigung, dachte er, das sieht sonst so aus, als hätte ich etwas zu verbergen. Soll der andere doch kommen! Ich muss ihm das nicht abnehmen.

„Du kennst doch die altbekannte Dienstanweisung: Wenn von Sperenberg aus eine „Tupolew" unserer Freunde aus der SU über Cottbus hinwegführt, bleiben unsere Segler und unsere Schleppflugzeuge am Boden. Und zwar alle! Das gilt, bis der Transporter unsere Gegend überquert hat. Keiner startet mehr, ohne Ausnahme und dies bereits frühzeitig! Nicht erst, wenn man ihn schon am Horizont hört! Du aber? — Nachdem wir die Meldung über Funk bereits hatten, ließest Du noch einen Flugschüler starten. Das war gegen die Vorschrift. Hast Du einen Sonderstatus? Glaubst Du, dass die Regel für Dich nicht gilt?"

Als Claußen sah, dass Meinert zu einer Erwiderung ansetzte, ließ er ihn nicht zu Wort kommen: „Ich kenne das dauernde Gerede der Praktiker. Sie halten den Vorlauf von einer halben Stunde für maßlos übertrieben, für sachfremd. — Lächele mal nicht so hintergründig! Ich weiß, es geht das niederträchtige Gerücht um, die sowjetischen Flieger hätten keine genauen Uhren oder könnten sie nicht ablesen. Zur Sicherheit sei dieser Spielraum nötig." Claußen fuhr sehr leise fort, während er sich über den Tisch beugte, als wollte er ihm verschwörerisch etwas stecken. „Auf Deine fachliche Sicht als Flieger Meinert kommt es überhaupt nicht an, in allerkeinster Weise! Verstehst Du, was ich meine?" Er begleitete seine Worte mit einem waagerechten Handkantenschlag im Luftraum über dem Konferenztisch.

Dann fuhr Claußen leiser, fast flüsternd fort: „Du bist doch intelligent! Betrachte die Sache mal politisch!" Jetzt klang er wieder versöhnlicher, aber immer noch sehr betont. „Wer auf dem Territorium der Deutschen Demokratischen Republik so viele Panzer und Flugzeuge stationiert hat wie unsere Genossen aus der Sowjetunion, bestimmt die Spielregeln. Immer wieder schlagen unsere GST-Flieger vor, das Verfahren für Überflüge unserer Plätze zu ändern. Dieser Wunsch ist so unwichtig wie das Schicksal einer Mücke. Wir treten deswegen nicht an unsere sozialistischen Brüder heran. Das kapierst Du doch, oder?" Er nahm Meinerts Einverständnis als selbstverständlich entgegen, ohne seine Reaktion abzuwarten. Offensichtlich hatte er kein Interesse, über den Punkt weiter zu sprechen.

14

Claußen sah die Frage in Meinerts Augen. Er wollte natürlich wissen, worum es heute tatsächlich ging. In den bunten Verbandszeitschriften aus dem Westen, die Verwandte bei ihren DDR-Besuchen durch die Grenzkontrollen geschmuggelt hatten, las Meinert immer wieder packende Erlebnisberichte von großen Streckenflügen in Westeuropa, sogar über mehrere Länder hinweg. Die Segelflieger in der DDR mussten jedoch ein System sklavisch befolgen, das von Bürokraten am Schreibtisch ersonnen, aber fliegerisch gar nicht einzuhalten war. Sie durften ihre Überlandflüge in exakt vorgeschriebene, nur wenige Kilometer breite Bänder hineinzaubern. Dies war mit den Handwerksregeln thermischen Fliegens nicht in Einklang zu bringen. Selbstverständlich standen die besten Kumuluswolken oft nicht an den Stellen, wo sie nach der Bürokratenlaune hätten stehen dürfen. In der fliegerischen Praxis hatte man sich daran gewöhnt, dass sogenannte Spinnennetz nicht allzu ernst zu nehmen. Wichtig war nur bei ungeplanten Außenlandungen, den Hut des Landvogts Geßler zu respektieren und keinen Ärger heraufzubeschwören. Wenn die Streckenflieger ein bisschen lebensklug handelten, wurden sie kaum mal erwischt. Meinert hatte davon gehört, Radartechniker arbeiteten daran, die Verstöße der Segelflieger endlich auf dem Schirm erfassen zu können. Er sah zu dem Parteifunktionär hinüber und hatte den Verdacht, man wollte an ihm ein Exempel statuieren und sozialistische Disziplin einfordern.

Claußen blätterte ausgiebig in seinen Papieren, betrachtete zwischendurch hin und wieder seine Fingernägel und schien vor allem eines zu haben: Zeit. Gelegentlich rieb er den Hals in seinem Kragen. Vielleicht fühlte er sich mit seinem Auftrag inzwischen unbehaglich, mutmaßte Meinert.

Vor seiner Karriere als Funktionär soll er, wusste Meinert von Fliegern bei der GST, einmal selbst geflogen, dabei allerdings nicht über bescheidene Platzrunden hinausgekommen sein. Auch bei schönstem Thermikwetter war er immer sofort wieder unten gewesen. Er hat das spöttische Grinsen der Kameraden nicht lange durchgestanden. Ob er sich zum Aufpasser aufgeschwungen hatte, um seinen Frust von damals an den Fliegern von heute abzuarbeiten? phantasierte Meinert grimmig vor sich hin. In seinem Bauch sammelte sich allmählich Wut. Wieso durfte sich dieser Wicht anmaßen, ihn hier antanzen zu lassen? Wollte er seine Macht ausspielen? Ein richtiges Katz- und Maus-Spiel war es, was er mit ihm trieb! Er malte sich aus, wie er es genießen würde, ihn als Fluggast mal eine halbe Stunde mit Steilkreisen in böiger Thermik durch die Mangel zu drehen. So lange, bis er das Flugzeug vollgekotzt hätte! Anschließendes Aufwischen müsste das Abhärtungsprogramm für eingebildete Wichtigtuer abrunden!

„Es liegt der Bezirksleitung unserer Partei völlig fern...", beteiligte sich der Funktionär wieder an dem von ihm selbst einberufenen Gespräch. Er verkniff trotz der harmlosen Einleitung des Satzes unerwartet das Gesicht. Seine an sich unauffällige Nase gewann auf einmal Kontur, „ich wiederhole, es liegt mir gänzlich fern, Genosse Meinert, Deine Zuverlässigkeit gegenüber Gesellschaft, Partei und Staat in irgendeiner Weise in Zweifel zu ziehen. Wir können aber nicht übersehen, dass die persönliche Haltung auch in Kreisen der GST zu wünschen übrig lässt. Immer mehr Leute bei uns verkennen, dass sich bei uns der gesellschaftliche Auftrag des Flugsports nicht im Sport erschöpft."

Schade, dachte Meinert, er scheint von der Küste zu stammen, der Ulbrichtsche Akzent würde besser zu ihm passen. Worauf will er um Himmels Willen denn nun hinaus? Er stützte die Handflächen auf die Oberschenkel und lehnte sich etwas vor. Claußen auf der anderen Seite des Tisches wich ein wenig zurück. Meinert zog die abgegriffene Wildlederjacke, die noch aus seiner Hamburger Fliegerzeit stammte, enger um seinen Körper zusammen und schloss zwei Knöpfe.

„Diese Leute", fuhr Claußen fort, „wiederholen ungefragt die aktuellen Parteitagslosungen und benehmen sich sonst unauffällig. Und doch missbrauchen sie den gewaltigen Aufwand, den unser Staat für die GST treibt, für ihren sportlichen Lustgewinn. Ich nenne so was Schmarotzer." Er prustete durch die Nase. „Vermutlich sind sie sich dessen nicht einmal bewusst, weil sie sich an den Zustand schon lange gewöhnt haben."

Günther Claußen machte ein gepeinigtes Gesicht, als müsste er den Betrieb der Segelflugplätze und die Anschaffung der Flugzeuge aus eigener Tasche bezahlen. Was kostete schließlich ein Doppelsitzer in Kunststoffbauweise wie der „Puchacz"? Das Herstellerwerk in Polen, dies war allen aktiven Fliegern bewusst, weil sie es so oft gehört hatten, musste die kostspieligen Rohstoffe, die Glasfasermatten und die Kunstharze, von der BASF aus dem Westen beziehen, und zwar für Devisen!

***

Klaus Meinert verband offenbar heute fliegerisches Geschick und Glück in passender Weise. Nach einigen hundert

Flügen über der märkischen Landschaft war sein Blick für die Aufwindquellen ausgezeichnet trainiert. Gerade sah er hinüber zu einem winzigen Wattebausch, der etwa auf 11 Uhr stand, wenn man das Blickfeld aus dem Cockpit mit dem Zifferblatt einer Uhr vergleicht. Das Wölkchen war noch kein entwickelter Kumulus. Es erlebte gerade die ersten Minuten seines flüchtigen Daseins. Eine Eintagsfliege war sozusagen schon langlebig. In wenigen Augenblicken wuchs sich jedoch der kaum sichtbare Schleier zu einer wohlgerundeten Schäfchenwolke aus.

Ich muss dort sein, ehe sie wieder vergeht, wusste Meinert und trommelte mit den Fingern der freien Hand auf dem Instrumentenbrett einen Takt wie einen Marsch. Nur während einer sehr kurzen Phase trägt die Wolke. Wie weit mag sie weg sein? Wie schön, wenn sie in sicherer Reichweite stände! Er versuchte, die Entfernung eher etwas größer zu schätzen, um sich nichts vorzumachen. Meinert legte den Kopf weit in den Nacken, dass es fast wehtat. Das Wölkchen steht schräg über mir, es dürfte also, peilte er mit zusammengekniffenen Augen, ein oder zwei Kilometer entfernt sein, auch wenn es zum Greifen nahe aussieht. Ich müsste es mit meiner kümmerlichen Ausklinkhöhe bis dorthin schaffen. Dieser frühe Kumulus wird mich erlösen, mir Reichweite und Freiheit schenken. Freiheit war heute für ihn wirklich keine Redensart.

Die kleine Wolke erhörte anscheinend seine Liebeserklärung. Sie zerfiel nicht sofort wieder, sondern quoll stetig weiter und gewann mehr und mehr weibliche Formen. Klaus flehte inständig, er möge unter ihr den lebenswichtigen Aufwind antreffen, und schwenkte sanft nach links, genau auf ihre Luvseite zu. Wenn er den „Bart" nicht packte oder es dort keine nutzbare Thermik gab, musste er mit der restlichen knappen Höhe, vielleicht zweihundert Meter, hektisch den Rückweg antreten und die Landung vorbereiten.

Das Flugzeug vibrierte in der Luft wie ein leichtes Boot auf einem unruhigen See. Meinert war bis in alle Fasern des Körpers gespannt und hatte sein Tastgefühl in die wippenden Flügelspitzen und sein Sitzfleisch verlegt. Als geübter Flieger war er bereit, das leiseste Tänzeln in der lebendiger werdenden Luft hellwach aufzunehmen und darauf mit Ruderausschlägen zu reagieren. Außer dem allgemeinen Schaukeln seines „Gefährts", dessen Element eben nicht der feste Boden, sondern die flüchtige Luft war, konnte er nichts Auffälliges feststellen. Er musste inzwischen, er schaute wieder kurz nach oben, fast genau unter der Wolke sein.

Da zog es ihn plötzlich abwärts, als ob ein Riese nach dem Flugzeug griff. Klaus kannte die Erscheinung gut, auch wenn er jedes Mal wieder zusammenzuckte. Er wusste, dass die thermischen Aufwinde von einem Kranz sinkender Luftmassen umgeben waren, durch die er erst einmal hindurch musste. Schon nach ein paar Augenblicken hörte der Sturz in die Tiefe auf. Der Zeiger des Variometers, das ihm Steigen oder Sinken in Metern pro Sekunde anzeigte, zitterte jetzt bei Null. Sein Körper reagierte auf eine neue Bewegung des Flugzeugs. Es fühlte sich an wie ein abwärts fahrender Lift, wenn er plötzlich bremst. Klaus verspürte Sitzdruck, ein Rauschen erfüllte die Luft, und die linke Fläche hob sich.

Meinert hatte hundertmal erlebt, wie eng und kurzlebig die ersten Aufwinde des Tages sind. Manchmal hatte er sie nur seitwärts angeschnitten, das Zentrum aber verfehlt und dann beim Kehrtmachen nicht wieder gefunden. Mit einem kräftigen Linksausschlag des Steuerknüppels und einem Tritt in das Pedal stellte er seinen „Piraten" auf die Flächenspitze und leitete so einen steilen Kreis ein, um den Aufwind zu suchen. Der Flügel stach in den lockeren Kiefernwald, aus dem sich die rettende Warmluftblase vor ein paar Minuten abgelöst hatte und sich nun verströmte. Klaus' Züge entspannten sich. Schon der erste Kreis lag voll im Aufwind! Zuverlässig trug ein unsichtbares Element das vogelähnliche Gebilde aus Holz und Leinwand. Bei jedem Kreis hob es Meinerts Segler um 20 bis 30 Meter. Dies entsprach immerhin der Höhe eines fünf- bis sechsstöckigen Hauses.

Klaus empfand diese Fliegerei immer von Neuem als faszinierenden Drahtseilakt. Er flog mit steiler Querneigung. Der Aufwind strömte unregelmäßig und erzeugte ruppige Böen. Fast hatte Meinert den Eindruck, als führe er zu rasch mit dem „Trabant" über grobe Bodenwellen oder Kopfsteinpflaster. Dennoch zwang er „Piraten" zu langsamer Fahrt von knapp 60 km/h. So zog er sehr enge Kreise und machte fast einem Greifvogel Konkurrenz. Er riskierte aber, abzukippen und in die Kurve hineinzurutschen. Dann verlöre er mehr, als er in ein paar Kreisen gutmachen könnte.

Klaus griff nach seiner Trinkflasche, nahm einen großen Schluck Wasser und öffnete den obersten Knopf seines Anoraks. Den Erfolg seiner Kurbelei konnte er inzwischen am Höhenmesser ablesen. Er hatte seine Ausklinkhöhe überstiegen und kletterte weiter. Der Warmluftstrom wurde aus den Kronen der Kiefern gut gespeist. Die Wolke war aktiver, als Klaus ihr zugetraut hatte. Die Anspannung der

Startphase legte sich, der Blick schweifte in die Runde. Klaus war heute als erster aufgestiegen. Niemand war ihm bisher gefolgt. Doch nun stieg in „Ameisenkniehöhe" - so kam es ihm aus seinen 600 Metern vor – ein Schulflugzeug vom Typ „Bocian", vermutlich mit Fluglehrer und Schüler, genau in seinen Aufwind ein.

Die warme Luft strömte unablässig weiter und hob ihn der Wolke entgegen. Die Muskeln an Rücken und Beinen meldeten sich. Sie waren so verspannt, dass sie schmerzten. Er räkelte sich und versuchte, sie zu lockern. Erst da merkte er, wie sehr er sich verkrampft hatte. Genau in seinem Blickfeld flatterte ein auf der Haube aufgeklebter Wollfaden im Fahrtwind. Mit vielen kleinen Ausschlägen der Ruder hielt er ihn in Flugrichtung. Der Faden besaß nämlich die hässliche Neigung, zu den Seiten auszuweichen. Dieses untechnisch wirkende, aber fein reagierende „Instrument" zeigte dem Piloten in jedem Moment, ob das Flugzeug optimal, also genau von vorne, angeströmt wurde.

Klaus Meinert lächelte und schüttelte den Kopf. Vor jedem Flug klebte er ein Stück Wollfaden mit einem Klebestreifen auf die Kunststoffhaube, genau in sein Sichtfeld. Nach jedem Flug riss irgendein anderer Pilot den Faden wieder ab, weil er seinen Nutzen nicht einsah. Schließlich kam das Teil in den Bauvorschriften des polnischen Herstellers und in den Betriebsregeln der Gesellschaft für Sport und Technik nicht vor. Solche einfachen Hilfsmittel passten außerdem nicht zu künftigen Piloten der NVA. Es gab doch am Instrumentenbrett die „Libelle", ein Glasröhrchen mit einer Bleikugel darin. Sie zeigte, wenn auch etwas träge, alle Abweichungen von der sauberen Kurvenlage.

Klaus war überzeugt, aus dieser Beharrlichkeit, mit der sie diese „Westmätzchen" bekämpften oder ignorierten — „Lass doch diesen Firlefanz!" —, konnte man schon ablesen, wie die alten Fluglehrer gestrickt waren. Mit „Vorschrift ist Vorschrift", „Das haben wir noch nie gemacht", und „Da könnte ja jeder kommen" ließ sich das Zusammenspiel der Gründe aus Technik und Psychologie gut erfassen. Fluglehrer Anton aus Finsterwalde beispielsweise, der sich nach Genuss von zwei Flaschen Bier manchmal damit brüstete, vor 1945 noch an der Wasserkuppe geflogen zu sein, war auch bei bester Laune nicht bereit, das Thema einmal ruhig durchzusprechen. Man hätte einfach die Lehren der Aerodynamik anwenden und über den fliegerischen Nutzen des harmlosen Fadens entscheiden können!

Nein, es war nicht möglich. Die Tradition war stärker und verdrängte das unbefangene Denken. Die einzige Chance wäre, dachte Klaus, wenn er sich über so viel Starrköpfigkeit wieder einmal geärgert hatte, die Fluglehrer-Ausbildung zu ändern und den Wollfaden als Strömungsanzeiger in den Abschnitt „Instrumentenkunde" einzubeziehen, ihn also offiziell zu machen. Meinert sah bald ein, der Anlass lohnte solche Anstrengung nicht. Er wollte sich aber nicht ausreden lassen, dass der Umgang mit diesem rein technischen Detail exemplarisch für die Lernfähigkeit des Gesamtsystems DDR stand. Vielleicht nahm er den Punkt zu wichtig, dachte er manchmal, weil auch er gelegentlich zur Rechthaberei neigte.

Ein Bussard reihte sich in Klaus Meinerts Kreisverkehr ein, hielt sich allerdings nicht an die Verkehrsregeln der fliegenden Menschen. Er kurvte gegenläufig, wischte ein-, zweimal haarscharf unter dem Cockpit hindurch. Dann verließ er erschreckt die Nähe des weißen Riesenvogels. Können, Flugstil und Absichten beider Partner waren zu verschieden, als dass sie es längere Zeit miteinander ausgehalten hätten.

Klaus Meinert erinnerte sich, dass er es vor Jahren einmal geschafft hatte, für lange, schöne Minuten gemeinsam mit Störchen im Aufwind zu steigen und sich wie einer von ihnen zu fühlen. Er musste reichlich Abstand halten, weil sie den Menschen nicht herankommen ließen, ohne sich zu ängstigen. Er hatte sie ein Stück des Weges auf ihrem Zug nach Norden begleitet und beobachtet, dass sie nach der gleichen Taktik reisen wie die Segelflieger: Zunächst hochkurbeln bis unter die Wolken, möglichst ohne Flügelschlag, dann abgleiten im Geradeausflug in Richtung auf das ferne Ziel, erneut steigen, wenn sie die Ausgangshöhe des letzten Aufwindes verbraucht hatten, und so fort, über Hunderte von Kilometern, Tag für Tag. An sonnenlosen Tagen, wenn keine thermischen Aufwinde entstehen, rasten sie. Die schweren Tiere besitzen nicht genügend Ausdauer, um während des ganzen Tages mit den Flügeln zu rudern.

Ganz anders als die im täglichen Einerlei erstarrten Fluglehrer schienen die Störche sogar imstande zu sein, neue Erfahrungen gemeinsam zu verarbeiten. Klaus hatte gelesen, dass von den Störchen, die über Gibraltar fliegen, einzelne Schwärme auf ihrem Rückweg den Weg durch die algerische Sahara nehmen. Dort können sie auch während der Dunkelheit weiterreisen, obwohl die Sonne keine Aufwinde produziert. Die Raffinerien stoßen große Fackeln in den Nachthimmel, und diese künstlichen Wärmequellen erzeugen regelrechte Aufwinde. Prosaische Segelflieger haben sie „Industriethermik" getauft.

Es muss ein System der Verständigung unter den Vögeln geben, hatte Klaus in den Berichten der Forscher gelesen, so dass die erfahrenen Tiere die anderen auf dem ungewohnten Kurs in die Nacht anführen. Meinert hätte gern gewusst, ob es in den Schwärmen Rebellen gibt, die der Tradition treu bleiben wollen, nachts zu ruhen. Bleiben sie bei Anbruch der Dunkelheit zurück? Sie würden den Schwarm durch ihr unsolidarisches Verhalten auseinander reißen und plötzlich mit einigen Gleichgesinnten oder sogar allein in der nachtkalten Wüste hocken. Vermutlich ist das nicht nach jeden Storchs Geschmack, dachte Klaus. Er war ganz froh, dass er diese wissenschaftlichen Fragen heute nicht klären musste.

***

Klaus Meinert hörte sich die nicht enden wollenden Belehrungen des Funktionärs an, der so tat, als habe er das rechtgläubige sozialistische Bewusstsein gepachtet. Er steckte seine Daumen unter den Gürtel, lehnte sich weit zurück und presste sich gegen die elastische Lehne des Drehstuhls. Er begann sich zu langweilen, obwohl allmählich ein Verdacht in ihm aufstieg, es braue sich etwas gegen ihn zusammen. Weshalb sonst würde ein Mitglied der Parteileitung so viel Mühe darauf verwenden, sich in undurchschaubaren Schlängelbewegungen an ihn heranzuarbeiten? Warum sagte er zum Teufel nicht endlich, was er von ihm wollte?

Klaus Meinert setzte ein Pokergesicht auf oder das, was er sich darunter im Augenblick vorstellte. Der Parteifunktionär zeigte alle paar Minuten ein seltsames Schwirren des linken Augenlids. Es wirkte, als wollte Claußen ihm zuzwinkern. Der Gedanke war gewiss unbegründet. Zweifellos handelte es sich um eine nervöse Störung der Gesichtsmuskeln. Der Anblick hatte aber etwas unwiderstehlich Komisches. Klaus biss sich auf die Lippen und unterdrückte den Lachreiz.

Die politischen Belehrungen Claußens waren für Meinerts Geschmack unnötig. Natürlich wussten alle Aktiven der „Gesellschaft für Sport und Technik", dass der Flugsport in den sozialistischen Staaten nur den Zweck verfolgte, geeignete Anwärter für die Ausbildung als Militärflieger auszufiltern. Segelfliegen war nicht olympischer Sport, konnte also nichts zum internationalen Ruhm der sozialistischen Staaten beitragen wie Leichtathletik oder Schwimmen. Die charakterliche Zuverlässigkeit künftiger Militärpiloten zu prüfen war noch wichtiger, als die fliegerischen Fertigkeiten zu schulen. Charakterliche Verlässlichkeit schloss zwangsläufig das untadelige sozialistische Bewusstsein ein. Meinert ahnte immer noch nicht, welches Ziel Claußen verfolgte. Warum er sich so schwer tat, Klartext zu reden, ließ sich nicht erkennen.

„Meinert", ließ sich der Parteifunktionär nach einer längeren Bedenkpause wieder vernehmen. „Wir wollen Dich nicht auf die Folter spannen. Nein, das wollen wir wirklich nicht. Das hast Du nicht verdient!"

Er spricht schon die ganze Zeit von „wir", ging es Meinert durch den Kopf, obwohl er doch mit mir allein verhandelt, mich verhört, wäre wohl treffender. Nur noch die Protokollantin, Anfang dreißig, war mit im Raum. Sie hatte anscheinend den Auftrag, alles wörtlich mitzuschreiben. Sie blickte Meinert hin und wieder mit ihren dunkelbraunen, fast schwarzen Augen an. Dabei hob sie ein wenig die Brau-

25

en, als wüsste sie, was ihr Chef von dem netten Segelflieger wollte. Dieser Mann unterschied sich wohltuend von der wichtigtuerischen Funktionärsclique, für die sie hier in der Bezirksleitung der Partei die Büroarbeiten erledigte. Sein hemdsärmeliger Charme und sein Sport, dies war ihr Eindruck, passten irgendwie zueinander. Aus Andeutungen von Freundinnen wusste sie allerdings, dass man um diese Flieger besser einen Bogen machte. Sie lebten nämlich bereits mit ihren Flugzeugen und den Aufwinden in einer unauflöslichen Beziehung, waren gewissermaßen mit ihnen verheiratet. Alle bekamen sie diesen starr erhobenen Blick, wenn der blaue Himmel wohlgerundete Wolken zeigte. Kein tiefer Ausschnitt und kein noch so kurzes Kleid konnten sie davon abhalten. Dies passierte seltsamerweise auch dann, wenn kein Flugzeug und kein Flugplatz in der Nähe waren.

„Genossin Julia, könntest Du uns nicht mal frischen Kaffee kochen? Ein wenig wird unser Gespräch noch dauern." Er will mich bei irgendetwas nicht dabeihaben, schien sie mit gerunzelter Stirn im Stillen zu protestieren. Sie fasste den vergoldeten Henkel der Kanne, deren barocke Farben in Parteidiensten schon etwas ermattet waren. Der unweiblich harte Schritt ihrer Absätze hallte in dem hohen Raum von der Decke wider, während sie provozierend langsam zur Türe schritt, als ließe sie sich nur widerstrebend fortschicken.

Als die Tür ein wenig zu laut ins Schloss gefallen war, beugte sich der Funktionär, dessen Augenlid gerade wieder irritierend flatterte, über den Tisch ein wenig zu Meinert hin und äußerte: „Wir wissen, dass Du zuverlässig zum Sozialismus der Deutschen Demokratischen Republik stehst. Da haben wir überhaupt keinen Zweifel, nein, wirklich nicht,

Du kannst es mir glauben. Wir werden Dir nie vergessen, dass Du damals aus freien Stücken bei einem Verwandtenbesuch hier geblieben bist. Du bist nicht wieder nach Hamburg zurückgekehrt. Genosse, wir haben Dir das hoch angerechnet. Schließlich haben so viele den Sozialismus verraten und den umgekehrten Weg eingeschlagen. Ich hoffe, Dir hat es nie leid getan?" Claußen hatte die Stimme erhoben, als handelte es sich um eine echte Frage. Unterschwellig klang es aber so, als könnte er sich ums Verrecken nicht vorstellen, dass er sich in ähnlicher Lage genauso entschieden hätte.

Meinert konnte sich gerade noch bremsen, fröhlich zu rufen: „Na, wäre ich sonst noch hier?", hielt es aber in dieser Situation nicht für günstig. Stattdessen versuchte er, seiner Stimme einen wichtigen Ton beizumischen und sagte langsam, sehr akzentuiert: „Natürlich hatte ich mir damals überlegt, was ich tat." Das „damals" hatte er etwas zu stark betont, als dass Claußen nicht Zweifel gekommen wären. Meinert unterließ es lieber nachzuschieben, dass ihn damals keine politischen Gründe, sondern sehr persönliche bewogen hatten, dazubleiben und seinen Wohnsitz in den Osten zu verlegen.

Für Behörden und Partei hatte er allerdings eine Version vorbereitet, auf die sie regelrecht geil zu sein schienen. Sie brauchten wohl in der gedrückten Stimmung angesichts der abgeriegelten Westgrenze hin und wieder mal ein Gegenbeispiel wie ihn. Klaus Meinert hatte vor offiziellen Ohren etwas von „reiflicher Gewissenserforschung", „eingehender Analyse beider Gesellschaftssysteme" und von „kapitalistischer Gerechtigkeitslücke" zusammengefaselt.

Überzeugendes Schwätzen, manche Kollegen oder Mandanten sprachen burschikos auch von „Sülzen", hatte er als Jurist im Westen gelernt. Er wusste, wie man jeden beliebigen Standpunkt einnehmen konnte, wenn das Wohl des Mandanten oder die Ebbe in der Gebührenkasse es verlangten.

Damals war es das eigene Wohl, für das er seine Schauspielerqualitäten einsetzte. Und sie hatten ihm so gern geglaubt, fast an seinen Lippen gehangen! Wie einen Helden hatten sie ihn auf Händen getragen, ihm eine Stelle in der Kommunalverwaltung verschafft und dazu noch eine hübsche Wohnung angeboten. Als ob es auf einen Mitarbeiter mehr oder weniger ankam, der dort seine tägliche Arbeitszeit absaß oder mit schwachem Kaffee vertrank!

Um die Sache abzurunden, denn die neuen Herren sahen es gerne so, war er sogar in die SED eingetreten. Klaus hatte sich nicht viele Gedanken gemacht und auch keine Gewissensbisse empfunden. Im Kern seines Wesens dachte und lebte er unpolitisch. Er hatte beruflich die Fähigkeit bis zur Perfektion geschult, Werte und Standpunkte zu relativieren, je nach dem, wer das Mandat erteilt hatte. Dies mochte dazu geführt haben, dass er die Bereitschaft eingebüßt hatte, moralische und politische Kategorien überhaupt noch zu bewerten. Klaus Meinert gehörte nicht zu jenen Juristen, welche die tägliche Beschäftigung mit dem Recht dazu geführt hätte, hin und wieder zu Kants gestirntem Himmel emporzublicken und sich vom moralischen Gesetz erleuchten zu lassen. Er hatte sich unter die Handwerker der Rechtsordnung eingereiht.

Meinert war ein mittelgroßer Mann Anfang vierzig, über dessen Äußeres weiter nichts Bemerkenswertes zu vermelden war. Er hatte schon in Hamburg unpolitisch, nur in seinen persönlichen Beziehungen und für seinen Sport, gelebt. Ein bloßes Gedankenspiel, das ihm seine Phantasie, als er noch in Hamburg lebte, manchmal vorgegaukelt hatte, ging so: Wäre er gezwungen worden zu wählen, hätte er für das Segelfliegen seine Angehörigen und Freunde im Stich gelassen. Zugegeben hätte er es natürlich nicht, sondern so etwas als niederträchtige Unterstellung gekränkt zurückgewiesen. Er konnte nicht ahnen, dass er einmal vor dieser Alternative stehen würde.

Nur durch die Zwänge des Lebens am Flugplatz wirkte dieser Sport auf Fremde in gewisser Weise gesellig. In der Luft aber war Segelfliegen unendlich einsam. Alle Dinge, denen Klaus im Fliegeralltag nicht ausweichen konnte, das Leben in der Clubunterkunft, die Wartung der Flugzeuge, die Dienste im Flugbetrieb, waren nur Vor- oder Nachbereitung zum eigentlichen Erlebnis des Fliegens. Nach großen Überlandflügen, die ihn manchmal in siebenstündiger „Einzelhaft" über 500 Kilometer Strecke geführt hatten, brauchte er oft Tage, bis er wieder Zutrauen zur Realität des Alltagslebens fasste. Zu groß war sein Staunen über die quellenden Landschaften der Wolken, die gewaltigen Kräfte der Lüfte und die von stets wechselndem Licht modellierten Berge, Flüsse, Seen, Wälder, Wiesen, Felder und Städte.

Eine Freundin oder Partnerin hatte Meinert nicht, sondern lebte allein und zufrieden mit seiner Anwaltskanzlei am Gänsemarkt und seinem Segelflugverein in Boberg, das am östlichen Stadtrand von Hamburg lag. 1985 fuhr er einer heute unerklärlichen Eingebung folgend auf Einladung eines Onkels, den er fünfzehn Jahre nicht gesehen hatte, zu einem Besuch in die Niederlausitz nach Cottbus. Wenige

Tage vor Ablauf seines Besuchervisums traf er Patricia. Meinert verlor seine bis zu diesem Tage klare Orientierung zwischen Bundesrepublik und DDR.

***

Klaus Meinert hatte wohl ein paar Augenblicke zu lange den Störchen und dem Wunder des Vogelzuges hinterhergeträumt. Über sich selbst beleidigt, begriff er leise fluchend, dass er sich allein durch Unkonzentriertheit hatte aus dem Warmluftstrom werfen lassen. Unbewusst mochte er darauf vertraut haben, Natur und Flugzeug nähmen ihm die Arbeit ab. Sofort war er hellwach und steuerte mit präzisen Ausschlägen der Ruder seinen „Piraten" in einer flachen Ellipse in den Kern des Aufwinds zurück.

Unerwartet zügig erreichte er die Unterseite der Wolke und sah sich von dichtem Nebel umgeben. Er brach den Steigflug sofort ab. Der Höhenmesser zeigte 1100 Meter. Reflexartig schoss er aus der trüben Suppe heraus. Die Sonne schräg hinter ihm und die Autobahnen lieferten ihm sofort wieder die Orientierung. Als die Sicht frei von Dunstfetzen war, nahm er die Fahrt von 120 km/h auf ruhige 80 km/h zurück. Genau auf Kurs stand eine blumenkohlartige Wolke mit so glatter Unterseite, als hätten die Engel sie poliert. Er war überzeugt, dort für die Fortsetzung seines Fluges nach Norden starken Aufwind anzutreffen.

Klaus war sich seiner Sache sicher, wie man sich als Segelflieger angesichts stets wechselnder Wetterbedingungen nur fühlen konnte. Er stürzte sich in einen rasenden Gleitflug zu seinem Ziel. Die Wolke rückte nur quälend langsam näher, und rasch war seine stolze Höhe dahin. Bis dahin hatte er nicht bemerkt, dass der Wind aufgefrischt hatte. Die Tragflächen rieben sich wie überbreite Schultern eines Riesen an der entgegenstürzenden Luft, und die Höhe schmolz dahin. Endlich erreichte Meinert den Schatten der ersehnten Wolke. Mit knappen 400 Metern über Grund kreiste er an der Luvkante des Kumulus ein, traf die Thermik sofort und schraubte sich allmählich wieder in den märkischen Himmel. Als nun die Anspannung nachließ, spürte er die empfindliche Kühle um ihn herum.

Meinert hatte sich wieder erholt und fasste zu seinem Plan neues Vertrauen. Unvermittelt tauchten vor ihm aus dem Dunst, allerdings noch recht weit voraus, regelmäßige Muster auf, die wie Straßen aussahen. Das netzähnliche Gewirr war grün hinterlegt. Die väterlichen Mahnungen von Julius Schenk fielen ihm wieder ein. Der alte Mann hatte ihn aus unerfindlichen Gründen ins Herz geschlossen: „Denk daran", hatte er vorhin beim Schließen der Haube gerufen, „nicht höher als 600 Meter und nicht nördlicher als bis zur Linie Schenkenhorst-Rehbrücke! Vergiss es nicht, wir kriegen sonst Riesenärger!" Klaus hatte sehr betont genickt, war aber dem eindringlichen Blick ausgewichen. Stattdessen hatte er sich auf das sorgfältige Verriegeln der Kabinenhaube konzentriert, damit sie im Fluge nicht aufsprang.

Jetzt fing sein schlechtes Gewissen an zu bohren. Er spürte in immer kürzeren Abständen seinen Magen. Von Schmerz konnte noch nicht die Rede sein, aber einen ordentlichen Magen, wusste Klaus, spürt man nicht. Über die von Schenk bezeichnete Linie war er anscheinend bereits hinaus, ohne dass er es bemerkt hätte. Dort hinten dürften die ersten Vororte von Berlin liegen, Teltow oder Kleinmachnow vielleicht, noch diesseits der Mauer, aber seit ihrer

Gründung auf Berlin hin orientiert, nun allerdings wie aus der Bahn geworfene Satelliten, die ihr Zentralgestirn verloren haben.

Klaus Meinert verzog den Mund zu einem angestrengten Grinsen, zog sich den verrutschten Sonnenhut zurecht und phantasierte vor sich hin. Wieso binden die ängstlichen Aufpasser uns Segelflieger bei solchen schönen Wetterlagen wie heute nicht sicherheitshalber am Boden fest? Selbst mit technisch durchschnittlichen Flugzeugen wie diesem polnischen „Piraten" konnten halbwegs erfahrene Piloten mit einem bisschen Gespür und Glück hundert, zweihundert, sogar dreihundert Kilometer fliegen. Dass er selbst heute noch ein Flugzeug unter den Hintern bekommen hatte, grenzte an ein Wunder.

***

Patricia Fischer hatte eben auf dem Altmarkt in Cottbus, direkt vor der alten Löwen-Apotheke, die kleine Besuchergruppe von Westtouristen in Empfang genommen. Sie wollte ihnen die Altstadt oder die Reste, welche Krieg und mehr als dreißig Jahre Innenstadtsanierung übrig gelassen hatten, zeigen. Jenseits der Altstadt bestimmten vielstöckige Wohnmaschinen, sie ähnelten hochkant aufgestellten Zigarrenkisten, das Bild. Sie lohnten eine Besichtigung für Touristen, die nicht auf Architektur spezialisiert waren, kaum, höchstens als abschreckendes Beispiel.

Die Stadtbilderklärerin, eine hochgewachsene Frau von Ende dreißig, versagte bei ihrer heutigen Gruppe gegenüber einem Mitglied so vollständig, wie es ihr noch selten passiert war. Anfangs verbarg dieser Tourist noch geschickt, dass es

Patricia Fischer nicht gelang, sein Interesse für den Spremberger Turm an der historischen Stadtmauer, für die frühgotische Klosterkirche aus dem 14. Jahrhundert oder für das seltene Stadttheater im Jugendstil zu wecken. Seine Aufmerksamkeit richtete sich auf ihre lebendigen Gesten, die geschmeidige Art, sich zu wenden und zu drehen, die schwebenden weiten Schritte, den ebenso gelassenen wie heiteren Stil ihrer Erklärungen und ihre Stimme.

Meinert hörte die Frau, genoss, was sie sagte rein sinnlich, aber der Gehalt ihrer Ausführungen erreichte ihn nur bruchstückhaft. Die Worte hatten sich auf dem Weg zu seinen Ohren in bloße Klänge verwandelt und ihren Sinn an der Luft abgestreift. Selten hatte er eine Stimme in mittlerer Lage gehört, die ihn so unmittelbar gefangen nahm. Bei einer Sängerin hätte man von Mezzosopran gesprochen. Diese Stimme hatte, ohne dass man sie hätte heiser nennen dürfen, einen leicht rauen Beiklang. Schon beim ersten Hören wirkte sie unverwechselbar. Sie besaß eine natürliche Resonanzfülle, die nicht auf Anstrengung beruhte. Meinert rieb sich die Augen, schloss sie, öffnete sie wieder. Er hätte die Frau gern an der Hand oder am Arm berührt, um sich zu vergewissern, dass sie wirklich dort war, wo er sie zu sehen meinte. Der Mann staunte sie an, wie man eine Giraffe wegen ihres Halses bestaunt. Im gleichen Moment hielt er sie aber für eine unwirkliche Erscheinung, die seine Phantasie narrte.

Die Führerin konnte auf die Dauer nicht übersehen, dass es einen Teilnehmer in ihrer Gruppe gab, der ihr zwar gespannt lauschte, aber doch nichts aufzunehmen schien. Sein Gesichtsausdruck wirkte bei höchster Aufmerksamkeit zugleich abgelenkt, fast ein bisschen schafsnasig, um keinen medizinischen Fachausdruck zu bemühen. Sein unablässiges Starren machte sie allmählich nervös. Bei aller beruflicher Souveränität war sie sich nicht sicher, ob ihr Äußeres wegen irgendeiner Unkorrektheit zu wünschen übrig ließ. Im Vorübergehen blickte sie unauffällig in die spiegelnde Fläche eines Schaufensters, bemerkte aber keinen Mangel. Der eng geschnittene Anorak und die straffe Skihose saßen, wie sie sitzen mussten. Daran konnte es nicht liegen.

Dieser Mann glotzte und glotzte zu ihr herüber wie auf einen Bildschirm. Sie gestand sich allerdings ein, dass ihr das bei diesem ansehnlichen Mann am wenigsten unangenehm war, aber nun war es langsam genug! Wenn er nur nicht so gestarrt hätte! Ein gelegentliches Lächeln in ihre Richtung hätte seine Neugier erträglicher gemacht. Sie hätte die Freundlichkeit vielleicht sogar erwidert, aber so fehlte jeder unmittelbare Kontakt. Nachdem sie sich ein paar Augenblicke lang hatte überwinden müssen, sprach sie ihn von sich aus an: „Sie wollten eben etwas fragen? Habe ich es vielleicht nicht bemerkt? Oh, entschuldigen Sie vielmals!". Da löste sich seine Verkrampfung, die er anscheinend aus eigener Kraft nicht hatte überwinden können. Seine Einladung zu einem gemeinsamen Kaffee im Anschluss an den historischen Stadtspaziergang nahm sie ohne Zögern an. Von nun an begann sich Klaus Meinerts Leben schnell und immer schneller um Patricia Fischer zu drehen, als wäre er in eine Stromschnelle geraten. Die Spree floss eigentlich bei Cottbus ruhig dahin.

**

34

Ganz plötzlich vernahm er pfeifende Geräusche am offenen Schiebefenster seines Seglers. Im selben Augenblick bemerkte er die für Steilkurven viel zu flache Querneigung. Er musste schon minutenlang irgendwelche sinnlosen Ellipsen oder eierartige Figuren geflogen sein, in schiebender Fluglage, mit etwas schräg gestelltem Rumpf. Durch seine Unaufmerksamkeit hatte er ein gutes Stück der kostbaren Höhe verschenkt.

Klaus schluckte trocken und holte ein paar Mal tief Luft. Wie leicht hätte jemand durchs Fenster hereinstolpern können! So überlegen, stöhnte er, war er nicht, dass er es sich leisten konnte, seine Gedanken selbständig durch Himmel und Wolken irren zu lassen. Allerdings waren die Umstände dieses Fluges ungewöhnlich, und in seiner Phantasie war für nichts Anderes mehr Raum. Er würde wohl die Fliegerkameraden am Flugplatz Neuhausen nicht mehr wiedersehen. Nicht einmal die Möglichkeit zur Verabschiedung war ihm geblieben.

Meinert nahm augenblicklich wieder eine saubere Fluglage ein und verlagerte seine Kreise unter der Wolke zur Sonnenseite hin, wo er das beste Steigen vermutete. Vielleicht konnte er noch hundert, hundertfünfzig Meter gewinnen, um für den nächsten Gleitflug gegen den Wind etwas zusätzliche Höhe zu tanken.

Ein furchtbarer Schreck durchfuhr ihn. Er sah weit links, noch außerhalb des Gesichtsfeldes seiner Sonnenbrille, einen olivgrünen Flecken auf sich zuschwirren. Klaus Meinert konnte nicht sofort identifizieren, was es war. Er rätselte zunächst, ob es sich um Schmutz auf der Haube seiner Kabine oder um einen herunterbaumelnden Fussel seines Sonnenhutes handelte. Instinktiv fühlte er, dass von dem fremden Gegenstand Bedrohung ausging. Farbe, Bewegung und sein plötzlich wieder hellwacher Selbstbehauptungswille sagten es ihm. Dann wusste er Bescheid! Es war ein Hubschrauber der Nationalen Volksarmee.

Das böse Ding hielt genau auf ihn zu, so dass er nicht an eine zufällige Begegnung glauben konnte. Der Segelflieger flüchtete sich mit seinem „Pirat" in den Schutz des mächtigen Wolkenbergs. Er tauchte von unten in den Kuppeldom ein. Dichter Dunst schirmte ihn nach allen Seiten ab. Steil nach unten hatte man als Pilot noch ausgezeichnete Sicht. Er legte seine Kreise so, dass er sich in der glockenförmigen Ausbeulung der Wolkenbasis wie ein Hase in der Grube verbergen konnte und vor unerwünschten Blicken geschützt war. Meinert musste unbedingt vermeiden, in die Wolke hineingesogen zu werden. Er hatte keine Ausbildung zum Wolkenflug absolviert, und sein Flugzeug besaß nicht die Instrumentierung für den Blindflug.

Aus früheren Versuchen, sie waren streng verboten, und man sprach nach der Landung nicht darüber, wusste Meinert noch, wie es sich anfühlte, wenn man beim Wolkenflug nach wenigen Augenblicken die Kontrolle über die Fluglage verlor. Wollte man wissen, wie das Flugzeug am Himmel hing, versagte das Körpergefühl. Sobald das Auge ausgeschaltet war, mischte sich die Last der Schwerkraft mit den Beschleunigungen und Fliehkräften zu einem unentwirrbaren Gezerre am Körper. Der auf fester Erde geschulte Gleichgewichtssinn geriet durch widersprüchliche Empfindungen aus der Orientierung und stellte den Dienst ein. Schlagartig wechselnde Fahrtgeräusche und ungewohnter Ruderdruck an Steuerknüppel und Pedalen erschwerten alles noch. So wuchs sich das Durcheinander der Sinneseindrücke im Kopf des Piloten zu einem mentalen Chaos aus.

Klaus Meinert war nicht nach Experimenten zumute. Er reagierte sofort und fuhr die Bremsklappen ein kleines Stück aus. So hielt er das Steigen bei Null, geriet nicht in die Wolke hinein und wahrte die Sicht zum Erdboden. Er genoss aber weiter den Schutz des Dunstwalls vor feindlichen Blicken. Während dieses kippeligen Balanceakts lauschte er aus dem geöffneten Schiebefenster hinaus in den kalten Nebel. Unbewusst hielt er den Atem an, als könnte dieses schwache Geräusch stören. Dafür spürte er, wie sein Herz in der prall gespannten Brust um so lauter dröhnte. Hinter dem gleichmäßigen Ffffft... seines eigenen Fahrtgeräuschs vernahm er das hässliche Flapp Flapp der Rotoren. Sie hörten sich aus der Nähe an, als wollten die langen Blätter aus der Luft Schaum schlagen. Der betäubende Lärm ließ nach, verebbte in der Ferne und schwoll nicht wieder an. Der Hubschrauber flog offensichtlich keine Suchschleifen, sondern setzte seinen Kurs schnurstracks fort.

Hatte die Besatzung ihn überhaupt wahrgenommen? Jedenfalls flogen die Soldaten nicht seinetwegen vorbei. Die sowjetische Basis Sperenberg war nicht weit. Hatten sie ihn auf dem Radarschirm entdeckt? Wunderten sie sich, weshalb das Segelflugzeug der bestbewachten Staatsgrenze der Welt so nahe kam? Hatte er schlicht Glück gehabt?

Von zwei Abschüssen durch russische Flugzeuge wusste Meinert aus der West-Presse. Bei Boitzenburg waren alle Insassen tot, bei Gardelegen konnten sie sich durch Abspringen retten. Die Ereignisse lagen Jahrzehnte zurück. Es hatte sich damals nicht um Segelflugzeuge, sondern um amerikanische Militärflugzeuge gehandelt. Sie hatten sich wohl zu Spionagezwecken rein zufällig über das Gebiet der DDR verflogen.

Meinert war davon überzeugt, dass es nicht so einfach war, aus einem brüllenden Lastenhubschrauber, der seine Insassen im Rhythmus des Motors durchschüttelte, einen hellen Strich unter einer weißgrauen Wolke zu entdecken. Schon aus einer Distanz von zwei Kilometern wäre es ein ziemlicher Zufall gewesen, wenn sie sein Segelflugzeug erspäht hätten. Die Hitze wich aus den Wangen, das Herz schlug nicht mehr ganz bis zum Hals. Der Schweiß musste ihm aus allen Knopflöchern gekrochen sein. An der schattengekühlten Wölbung der Haube hatte sich eine dichte Schicht aus Tröpfchen niedergeschlagen.

Mit Stress muss der Flieger klarkommen, nahm Klaus sich selbst in die Pflicht und sagte Verhaltensregeln auf, als wäre er sein eigener Fluglehrer. Er erinnerte sich, dass die Lehrer stets das Ziel verfolgten, hektische Temperamente unter den Flugschülern zuverlässig auszufiltern. Da gab es zwischendurch Anwärter, die in aufregenden Situationen unvernünftige Entscheidungen trafen oder vernünftige Entscheidungen widersinnig ausführten. Sie wurden mit einer netten Empfehlung auf ungefährlichere Aktionsfelder aufmerksam gemacht: „Dein Interesse am Fliegen freut uns, aber es ist nicht für jeden etwas." „Mach Dir nichts draus, Elefanten können auch nicht fliegen!" „Minigolf wäre ein schöner Sport für Dich!" Er selbst hatte als Fluglehrer das gleiche Problem mit seinen Anfängern. Klaus musste erfahren, wie schwer eine verlässliche Prognose war. Neigte jemand zu panischen Reaktionen, wenn er mächtig unter Druck geriet, wenn beispielsweise das Schleppseil beim Windenstart unter 50 Meter Flughöhe riss? Allen fiel es schwer, zweckmäßig zu entscheiden und demgemäß zu handeln, wenn nur ein oder zwei Sekunden zum Überlegen blieben, denn ein Fehler zöge unweigerlich einen schweren Bruch nach sich.

Klaus war angesichts der ausgestandenen Angst rundherum mit sich zufrieden. Auf Gegenkurs zu der Abflugrichtung des Hubschraubers nahm er sein Segelflugzeug wieder waagerecht, zwang die Flugzeugnase leicht nach unten und stieß durch den unheimlichen Dunst ins Freie. Hoffentlich kam jetzt niemand von der anderen Seite! Zwei, drei Augenblicke später fand er sich in klarer Sommerluft schräg unterhalb der blumenkohlartig gequollenen Haufenwolke wieder. Er ließ den Blick ins Halbrund des märkischen Panoramas schweifen, von der rechten bis zur linken Flächenspitze und wieder zurück zum Ausgangspunkt. Dazu eine kurze Kontrolle der Instrumente! Der Weg war in alle Richtungen frei. Die vor einer Viertelstunde schon zum Greifen nahen Orte zwischen Potsdam und Berlin waren durch das Versteckspiel mit dem NVA-Hubschrauber wieder in die Ferne gerückt. Auch der auffrischende Nordwest hatte seinen Teil dazu beigetragen. Er schien allmählich auf Nord zu drehen, als wollte er ihm den Weg verlegen.

***

„Die Sicherheitslage hat sich auch für den Flugsport verschärft. Unser Staat muss jeder Bedrohung widerstehen", Günther Claußen versuchte, seiner Stimme einen erhabenen Beiklang wie beim Zitieren von Parteitagslosungen zu geben. Er minderte die rhetorische Wirkung dadurch, dass er seinem Zwangsgast ganz profan von dem frisch gebrühten

Kaffee einschenkte. „Unsere DDR darf unerlaubte Grenz-übertritte nicht geschehen lassen. Schon gar nicht durch Nachlässigkeit selbst provozieren! Na, ja", unterbrach er seinen schneidigen Bogen selbst, setzte gewissermaßen zur Landung an, „Genosse, Du weißt schon, von Übertritten kann in unserem Fall nicht die Rede sein, eher von Überflügen." Er lächelte stereotyp, empfand sich anscheinend als besonders ironisch, fast schon intellektuell, und räusperte sich. Was er von sich gab, klang furchtbar aufgesetzt. Hier repräsentierte einer nachdrücklich die Obrigkeit! Das nervöse Augenlid flimmerte wieder.

„Ja, und?", erwiderte Meinert, „gibt es unter den Genossen in meinem Fall Anlass zu Besorgnis?" Er musste über seine affektierte Formulierung selbst schmunzeln, versuchte aber sofort, in Haltung und Stimme fest zu wirken. Segel-fliegen war, wenn er zu sich ehrlich war, inzwischen das Wichtigste in seinem Leben geworden. Niemand konnte daran rühren, ohne ihn zu erschrecken, ohne ihn zu verunsichern.

Mit seiner juristischen Ausbildung aus Westdeutschland hatte er in Cottbus nicht viel anfangen können. Man hatte ihm in Anerkennung seines beispielhaften Schrittes als Existenzgrundlage eine juristische Tätigkeit in der Bauverwaltung der Stadt Cottbus angeboten. Er sollte prüfen, ob neue Bauvorhaben mit der Stadtplanung übereinstimmten. Auch dort konnte er seine hochtrainierte Neigung zum unerbittlichen Hinterfragen der Dinge nicht bezähmen. Dahinter stand kein politisches Motiv, sondern das Bedürfnis nach Stimmigkeit und innerer Logik. Stets wollte er wissen, was hinter den politischen Beschlüssen und praktischen Maßnahmen an Sachargumenten stand, auch wenn ein Rückgriff auf den Marxismus-Leninismus vielleicht schneller zum Ergebnis geführt hätte.

Einheimische Juristen hatten dieses philosophische Gedankengebilde bereits während der Ausbildung verinnerlicht. Bei skeptischen Geistern war übrigens, das wusste Klaus Meinert inzwischen, die juristische Kaderschmiede in Potsdam-Eiche verschrien. Selbst wenn man die von dort kommenden Absolventen nachts unvermittelt aufgeweckt und ihnen eine rechtliche Frage mit schwierigen Abwägungen vorgelegt hätte, wäre es ihnen ein Leichtes gewesen, eine saubere, ideologisch gestützte Argumentation zu entwickeln. Dieser Hintergrund fehlte ihm, er hatte eine Argumentationsebene weniger als die Kollegen. So lief er bei den Vorgesetzten immer wieder auf und merkte erst nachträglich, in welche Falle er getappt war.

Ein Streitgespräch hatte ihm seine Sondersituation als westlich vorgeprägter, aber unvollständig nachsozialisierter Jurist sehr deutlich vor Augen geführt. Meinert hatte nach einer Sitzung des Bauausschusses von dessen Vorsitzendem, Thomas Gehrke, 47 Jahre, verheiratet, zwei Kinder, Mitglied der SED, wissen wollen, ab wann Regierung und Partei eine Sanierung der historischen Altstädte ins Auge gefasst hätten. Es dürfe nicht so weit kommen, dass die abschätzige Parole der Feinde der DDR „Ruinen schaffen ohne Waffen" durch bloßen Zeitablauf zur Realität würde. Oh, das hätte er nicht sagen dürfen! Nachdem das böse Wort einmal geäußert war, wollte niemand mehr hören, dass Meinert sich gerade durch das wörtliche Zitat von der Propaganda des Gegners distanziert hatte. Gesagt, war gesagt! Für Ironie gab es in diesem Gesellschaftssystem noch weniger Raum als unter durch-

41

schnittlichen Zeitgenossen im Westen. Thomas Gehrke vermutete unwiderleglich einen heimtückischen Angriff.

Nach der unvermeidlichen Stil-Rüge setzte der hoch angesehene Vorsitzende des Cottbusser Bauausschusses argumentativ zu einem kurvenreichen Höhenflug an. Meinert musste unweigerlich an Segelkunstflug denken mit seinen Loopings vor- und rückwärts, seinen Rollen, Turns, dem Messerflug und dem krönenden Abschluss durch einen Rückenflug in Bierflaschenhöhe unmittelbar vor den Zuschauern. Gehrke sprach von Prioritäten für die schwer am Aufbau des Sozialismus arbeitende Bevölkerung und von der Notwendigkeit, vor allem erschwinglichen Wohnraum in rationeller Bauweise zu errichten. Er polemisierte über den abgestandenen Geruch der kapitalistischen Gesellschaft in den alten Bürgerhäusern — na, klar, dachte Meinert, wenn man sie nicht renoviert, sondern vergammeln lässt — und die unausstehlichen Schnörkel an den Fassaden als Ausdruck einer überwundenen Zeit. Sogar in Westberlin habe man in den ersten Jahrzehnten nach Kriegsende systematisch die Verzierungen an den Fassaden abgeschlagen, ganze Straßenzüge in dieser Weise bereinigt, um einen städtebaulichen Neubeginn zu demonstrieren. Später sei die Stadtverwaltung Westberlins in ihrer Konsequenz allerdings erlahmt. Heute sei man zur Verehrung der alten Baustile zurückgekehrt, weil man der Konfrontation mit der Zukunft ausweiche. Da lobe er sich die klare Haltung der Epoche Walter Ulbrichts. Klaus staunte, er hatte wirklich „Epoche" gesagt. Er habe, so Thomas Gehrke, mit dem Abriss der Innenstadt Magdeburgs und des Berliner Stadtschlosses wertvolle Arbeit geleistet und die modernen Bürger im Sozialismus von dem alten Plunder befreit.

42

Das Gespräch mit dem wichtigen Mann vom Bauausschuss nahm eine ungute Wendung, als Meinert hartnäckig darauf bestand, die jetzt gültige Konzeption zu erfahren. Das Klima kühlte sich weiter ab, als er hinzufügte, man sei nun unter sich, könne also offen reden. Er wolle gern auf jede Verbrämung durch ideologisches Rankenwerk verzichten und einfach nur wissen, was man beispielsweise mit der Altstadt von Cottbus vorhabe. Ob die Verantwortlichen denn selbst wüssten, was sie wollten, oder einfach alles laufen ließen, setzte er hinzu. Er versuchte, seiner Frage einen naiven, wissbegierigen Ton beizumischen.

Wirklich, so machte er sich nicht beliebt! Dies spürte Meinert immer deutlicher, aber er konnte, nein, wollte es nicht verhindern. Man würde ihn wohl, nachdem der Heldenmythos wie flüchtiges Duftwasser verflogen war, als eingebildeten Ex-Bundesbürger nur noch widerstrebend dulden. Immerhin durfte er im städtischen Bauamt weiter vor sich hinwerkeln. Die Kollegen verstanden es, ihn als exotisches Element in ihren Dienstalltag einzubeziehen, ohne ihm mehr Beachtung zu schenken, als er mit seinen unkorrekten Redensarten verdiente. Klaus Meinert fühlte sich zunehmend isoliert, litt unter dem Gefühl, dass die DDR seinen Lebensbeitrag, trotz des begeisterten Empfanges bei seiner Ankunft, am Ende doch nicht brauchte. Wenn es ihm besonders schlecht ging, sehnte er sich nach der rauen Welt seiner Hamburger Anwaltskanzlei zurück. Immerhin hatte er sich bei der Rechtsanwaltskammer damals korrekt abgemeldet und alle Angelegenheiten sauber abgewickelt. Einer Wiederzulassung, dachte er manchmal in Augenblicken würgender Frustration, dürfte nichts im Wege stehen. Er könnte sich eines Tages genötigt fühlen, einen solchen Antrag zu stellen.

Günther Claußen nahm sich die dritte Tasse Kaffe, bot jedoch seinem Gegenüber keine mehr an. Er packte, als ob er allein wäre, ein sorgfältig eingewickeltes Stullenpaket aus. Auf seinem Gesicht spiegelte sich Vorfreude, als er das Knistern des Papiers hörte. So einer wie er, phantasierte Meinert schlecht gelaunt vor sich hin, locht das Einwickelpapier anschließend und heftet es in einem Aktenordner unter „Wiederverwendbaren Materialien" ab. Vielleicht bin ich ungerecht, versuchte er, sich zu korrigieren. Könnte es nicht sein, dass er sich nur deswegen so umständlich an irgendeinen Punkt heranrobbt, weil er selbst nicht hinter der offiziellen Position steht? Vielleicht muss er nur ausführen, was man ihm aufgetragen hat.

Mit vollen Backen kauend nahm der Parteifunktionär den Gesprächsfaden wieder auf: „Du hast hoffentlich mit einem gewissen Respekt gewürdigt", seine Aussprache wirkte breiförmig, „dass wir trotz Deiner Kontakte zu Verwandten und Freunden in der BRD die Augen fest zugedrückt haben und Dich weiter fliegen lassen. Du weißt, dass dies normalerweise nicht geht. Anfangs waren wir zu Deinen Gunsten ein wenig voreingenommen, um nicht zu sagen, geblendet. Du hattest vor zwei Jahren mutig Deinen Wohnsitz auf unser Territorium verlegt. Du hast uns vermittelt, es sei aus politischer Überzeugung geschehen. Wir haben Dir vertraut, uns erkenntlich gezeigt, und Du hast davon profitiert. … Das ist Fakt", fügte er noch mit erhobener Stimme hinzu. Claußen zog die Augenbrauen empor, als ob er durch den bürokratischen Kraftausdruck ein zusätzliches Argument, sogar ein Druckmittel, in die Hand bekommen hätte.

Klaus Meinert wusste nicht genau, was Claußen andeuten wollte. Etwa, er habe damals ein unredliches Spiel getrieben, als er erklärt hatte, er bleibe wegen ihres überlegenen humanen Gesellschaftssystems in der DDR? Es hatte sich allenfalls um eine kleine Irreführung im Rahmen normaler Lebensklugheit gehandelt. Meinert hielt es heute nicht für angebracht, mit Rechtfertigungen dagegenzuhalten. Er wollte endlich wissen, was man von ihm verlangte, schwieg aber eisern und sah Claußen mit unbewegter Miene an, als wenn ihm plötzlich das Gehör oder die Stimme oder beides abhanden gekommen wäre.

Solche taktischen Mätzchen, um einen Richter oder einen Staatsanwalt zu irritieren, hatte er aus seiner Hamburger Zeit als Rechtsanwalt noch im Repertoire. Er konnte während seines Plädoyers mitten im Wort mit hässlich knackendem Geräusch abbrechen, wenn der Richter nicht aufmerksam zuhörte, sondern in den Akten blätterte. Der Richter blickte erstaunt auf, warum der Anwalt nicht weitersprach. Daraufhin setzte Meinert seine Ausführungen fort, als wäre nichts gewesen.

Meinert hatte den Eindruck, er hätte sich gegenüber dem jovialen Gegner eine kleine Atempause verschafft. Lange würde sie wohl nicht dauern, denn Claußen konnte nach Beendigung seiner fliegenden Frühstückspause die Aufmerksamkeit jetzt wieder ganz auf ihn richten. Was sich dieser nichtsnutzige Segelflieger nur einbildet, mochte er denken, denn er wirkte zunehmend unwilliger.

Meinert fühlte sich in dieser verdeckt geführten Auseinandersetzung geschwächt, weil beide Gründe, für die er 1985 im Osten geblieben war, der vorgeschützte und der echte, heute nicht mehr stimmten. Mehr und mehr lebte er in dem Gefühl, dass er mit seiner Entscheidung in eine selbst gestellte Falle getappt war. Die Krim, Masuren und die Karpaten waren schön, aber Paris und die Bretagne fehlten ihm ebenso wie Rom und der Golf von Neapel. Mit den Menschen seiner Umgebung war er nicht warm geworden. Die wie ein Osterfeuer aufgeloderte Beziehung zu Patricia war der Irrtum seines Lebens gewesen oder hatte sich im Laufe der Zeit in einen solchen verwandelt. Das Graue im Alltag der DDR hatte ihn bald erreicht und nach und nach unterworfen. Alles, was ihm hätte darüber hinweghelfen können, hatte seine Anziehungskraft eingebüßt. Klaus Meinert wurde gelegentlich von einem Traum erschreckt. Er saß unter einem dicht bewölkten, tiefen Himmel an einem Sandstrand, nahe an den schmutzigbraunen Wellen. Sie hatten Schaumkronen und drängten zum Land hin, als würden sie es sofort in Besitz nehmen. Unmittelbar hinter ihm und neben ihm begann nach wenigen Schritten über den Sand ebenfalls das Wasser. Mehr Land gab es nicht.

***

Meinert versuchte, sich in seinem „Piraten" auf dem hölzernen Sitzbrett etwas bequemer hinzusetzen, indem er sein Gewicht auf die andere Pobacke verlagerte. Er ärgerte sich, dass er heute Morgen, in der ungewohnten Hast dieses Starts, vergessen hatte, ein Kissen mitzunehmen! Jetzt ruckelte er in seiner engen Kabine hin und her wie ein Student, der in seinem Vorbereitungsraum darauf wartet, dass die mündliche Prüfung endlich beginnt.

Eigentlich hätte es an diesem strahlenden Tag ein wunderschöner Überlandflug werden können. Die Seen der märkischen Landschaft schauten wie mit glänzenden Kinderaugen zu ihm herauf. Ein herrlicher Flug, ganz ohne Absicht und Zweck? Wie gut, dass andere Kameraden heute Fluglehrerdienst hatten und er einmal für sich fliegen konnte. Allerdings hatte er heute anderes vor, als einen netten Flug am Sommerhimmel zu genießen!

Klaus Meinert hatte sich das offizielle Ziel der Gesellschaft für Sport und Technik nicht zu eigen gemacht, darüber allerdings nie und mit niemandem geredet. Der Staat finanzierte die GST, wie sie im Jargon genannt wurde, damit über den Segelflug geeignete Militärpiloten ausgesiebt wurden. Die allseitige Täuschung über gesellschaftliche Ziele und persönliche Motive des Fliegens gehörte zum gemeinsamen Spiel. In den GST-Gruppen machten etliche Flieger mit, die — wie er selbst — für den Einsatz beim Militär längst zu alt gewesen wären. Als Fluglehrer hatten sie aber eine verantwortungsvolle Funktion, die man nicht oder nicht ausschließlich Jüngeren überlassen konnte. So war es fachlich einleuchtend und politisch legitim, dass die Offiziellen die Altersfrage in diesen Fällen auf sich beruhen ließen.

***

Frei nach der bundesdeutschen Anekdote über die folgenlose Redseligkeit von Sozialarbeitern: „Können Sie mir sagen, wo es zum Bahnhof geht?" — „Nein, aber gut, dass wir einmal darüber gesprochen haben!" hatte Claußen vergangenen Dienstag das Gespräch in der Bezirksparteileitung überraschend beendet, ohne greifbares Ergebnis. Meinert erinnerte sich in den kommenden Tagen immer wieder daran, wie er kopfschüttelnd die Treppe hinuntergestiegen war, die Hand am Geländer, bis er seinen sicheren Tritt wiedergefunden hatte. Sollte er sich selbst zurechtlegen, was Staat und Partei von ihm erwarteten? In anderen Fällen hatte die Alternative für den Piloten schlicht gelautet, entweder Du brichst Deine Westkontakte ab, sagst (und schreibst) Dich von Deinen Verwandten los, oder Du darfst nicht mehr fliegen. Er kannte einen solchen Fall aus der GST-Gruppe von Anklam oder Pasewalk, er wusste es nicht mehr genau.

Claußen hatte vielsagend nichts Konkretes von ihm verlangt. War das der modernere Stil autoritärer Systeme, die Menschen in Angst zu versetzen, um sie gefügig zu machen? Sollten sie das gewünschte Verhalten selbst erkennen und quasi aus eigenem Antrieb befolgen? Man erzählte sich z.B. aus Zeitungsredaktionen, unmittelbare Zensureingriffe kämen sehr selten vor. Eine um sich greifende Selbstzensur der Betroffenen nehme den Behörden die Arbeit weitgehend ab. Hatte sich Claußen die Sache so gedacht, dass Meinert die Regelung seines Falles von sich aus anbieten, seinen Hals für die Hinrichtung selbst auf den Block legen sollte? Er dachte nicht daran, sich freiwillig zu opfern. Sonst waren die Funktionäre nicht schüchtern, ihre Macht auszuspielen. Also deutete er den Sinn des Gesprächs dahin, er sollte zur Dankbarkeit verpflichtet werden. Wahrscheinlich würde sich demnächst der Politkommissar seines Flugplatzes an ihn wenden und irgendeinen besonderen Einsatz von ihm verlangen. Er bekäme dann die Gelegenheit, seinen Dank für das Segelfliegen abzustatten.

Am Freitagabend klingelte es noch spät, es war längst nach zehn, an seiner Wohnungstür in der Bahnhofstraße in Cottbus. Wegen des Lärms der Straßenbahn musste der

Freund ein zweites und drittes Mal klingeln. „Heinz, was ist denn? Du bist ganz außer Atem! Komm rein und setz Dich", Klaus deutete auf die Sitzgruppe vorm Fernseher und schaltete den Apparat ab.

„Sie tun es doch, die Mistkerle", zischte der Besucher durch die Zähne, als bestände die Gefahr, dass ein ungebetener Zuhörer ihn hören könnte. Heinz Eckert, ein stämmiger Mann von Anfang fünfzig, der kaum noch Haare auf dem Kopf hatte, arbeitete als Ingenieur im Lausitzer Tagebau an den riesigen Fördermaschinen für die Braunkohle. Klaus und er kannten und mochten sich von endlosen Turnieren vor den weißen und schwarzen Figuren an den Brettern der örtlichen Schachgruppe. Ganze Abende lang hatten sie sich ebenso unauffällig wie durchdringend ins Gesicht geblickt, hatten versucht, dem Gegner hinter die Stirn zu schauen. Vielleicht konnte man den nächsten Spielzug vorhersehen, am Besten noch, bevor der andere darüber entschieden hatte. Heute Abend wusste Klaus nicht genau, was Heinz von ihm wollte.

Als Klaus gerade ansetzte, ihn zu fragen, was er denn trinken wolle, fiel Heinz ihm ins Wort: „Meine Frau, Du kennst sie, also Karla, hatte heute Dienst bei der Vorstandssitzung der … der … na, der Bezirksleitung der Partei. Während der Sitzung, Du weißt, endlos lange Tagesordnung, gut hundert Punkte…. Karla machte am Vorstandstisch gerade mit Tassen, Tellern und Besteck rum. Da hörte sie aus dem Mund von Günther Claußen, ist Dir ja gut bekannt, plötzlich Deinen Namen. Laut und deutlich! Sie ließ sich nichts anmerken, bediente weiter wie gewohnt. Sie arbeitet leise, diskret. Niemand achtet auf sie besonders. Oder doch? Die alten Knacker glotzen ihr auf den Hintern, wenn sie sich vorbeugt. Ich ärgere mich jedes Mal, dass sie für die Sitzungen einen engen Rock anzieht, aber sie will es so. Sie sagt, es sei schließlich ihr Hintern, und es tue nicht weh. Ich glaube manchmal, der Gedanke reizt sie sogar. Soll ich Dir mal was sagen? Ich würde auch hingucken."

„Verstehe", sagte Klaus lakonisch, „ich vermutlich auch. Da kann man doch gar nicht wegsehen, wenn er sich Dir entgegenwölbt. Hauptsache, keiner fasst zu! Fallen die schon mal aus der Rolle? ... Aber was hat Karla denn nun gehört?"

Heinz Eckert wischte sich über die hohe Stirn: „Davon hat sie nie was gesagt. Sie geht immer wieder um den Tisch, ganz dicht an den Männern vorbei, von den paar Frauen in der Runde mal abgesehen. Dort noch Kaffee nachgegossen, hier ein neues Schnittchen auf den Teller, bei dem da hinten noch etwas Senf für sein Würstchen, ganz, wie unsere Parteigrößen es wünschen. ... Was sie gehört hat? Heute wurden Karlas Ohren immer länger. Der Zusammenhang war einfach. Sie musste dazu von der Sache nichts verstehen. Sehr langsam, übertrieben langsam machte sie weiter, fragte diesen Genossen, ob er noch ein Bier, einen anderen, ob er gekochten oder rohen Schinken mochte."

„Also, gut", warf Klaus ein und ging mit einer üblen Ahnung in der Magengegend zum Fenster. Er schob den Vorhang ein wenig beiseite und blickte der vorüberrumpelnden Straßenbahn hinterher, vorletztes Modell „Tatra" aus der Tschechoslowakei, „die geschätzten Genossen haben über mich geredet? Und worüber? Hat sie etwas aufgeschnappt? Ich kann mir schon denken, worum's ging."

„Ja, Karla hat etwas aufgeschnappt", fügte Heinz sehr leise hinzu und kam mit gesenktem Kopf ein paar Schritte auf ihn zu, als traute er sich in letzter Sekunde nicht herauszulassen, was nun folgen sollte. „Claußen hat beantragt, Dich ab sofort für den Flugsport zu sperren. Die Begründung, die Einzelheiten, hat Karla sich nicht merken können. Es ging irgendwie um die Beziehungen zu den Verwandten in Hamburg, darum, dass Du Dich nicht von ihnen abnabeln willst. Sie sollen wirklich ‚abnabeln‘ gesagt haben. Vermutlich haben sie Deine Briefe von Anfang an gelesen. Was meinst Du?“ Der Freund setzte sich in den nächsten Sessel und sah seinen Schachfreund wie vor einem alles entscheidenden Zug schräg von unten an.

„Das habe ich immer einkalkuliert. Aber im Grunde war es mir egal. Ich habe keine Lust gehabt, mir bei jedem Satz, jeder Formulierung taktisch zu überlegen, ob man die Passage bei der Stasi gerne lesen würde. — Hat Deine Frau denn nun gehört, was sie über mich entschieden haben? Das eben war ja nur der Antrag.“

„Alle haben dem Antrag Claußens zugestimmt, alle, ohne Ausnahme. Schlimm, nicht? Nicht mal ein Für und Wider hat es gegeben. Das war der Fall wohl nicht wert. Vermutlich war alles vorher abgekartet. Dann kam sofort der nächste Punkt auf ihrer Mammut-Tagesordnung. Ich glaube, im echten Sinn beraten sie nicht. Sie nicken nur gehorsam ab, was der Vorstand vorbereitet hat.“

„Bei Gremien im Westen mit vielen Mitgliedern ist das nicht anders“, murmelte Klaus und blickte finster auf das mäandrierende Teppichmuster. „Mach Dir nichts draus! Die Gilde der Abnicker und Abnickerinnen, wir wollen doch die Frauen nicht mehr unterschlagen, ist international und kommt in allen Parteien, Ratsversammlungen, Parlamenten, Vorständen und Aufsichtsräten vor. Hinterher, wenn es zur

Katastrophe kommt, will es keiner gewesen sein. Das ist überall gleich."

Eckert berichtete weiter: „Karla hat die leeren Teller zusammengestellt und ist gegangen. Sie hatte sowieso Dienstschluss. Ich bin gleich herübergekommen. Du musst das sofort erfahren. Der Punkt ist für Dich absolut wichtig. Segelfliegen ist für Dich mehr als ein Sport? Oder? Weißt Du schon, was Du jetzt machst? Eine Eingabe nach Berlin, an den Generalsekretär?", fragte Heinz und stand mit vorgestrecktem Kopf und hochgezogenen Schultern wie ein großes Fragezeichen mitten im Zimmer.

Klaus öffnete, ohne genau zu wissen, was er tat, gegen alle Vernunft das Fenster. Nun musste er mit seiner Stimme gegen den Straßenlärm ankämpfen. Er stand jedoch stumm mit dem Rücken zum Zimmer und blickte hinaus, als hätte er den Besucher vergessen. Für lange Zeit sprach er nicht. Dann knapp nur: „Ich danke Dir sehr, dass Du gleich gekommen bist. Jetzt muss ich alleine nachdenken. Mir fällt im Augenblick nichts ein, was wir noch besprechen könnten. Hab vielen Dank, und sei mir nicht böse! Ich hoffe, Du verstehst mich."

„Aber klar, ich gehe jetzt. Karla wartet mit dem Abendessen auf mich. Sehen wir uns am Sonntagnachmittag zum Kaffee bei uns? Komm doch auf einen Sprung zu uns rüber! Auch Karla würde sich freuen." Er reichte ihm zögernd die Hand, als wäre es im Grunde besser, die Hand nicht aus der Hand zu geben. Als Klaus sich einen Ruck gab, um vorauszugehen, sagte er nur: „Lass nur, ich finde schon alleine hinaus." Die Wohnungstür fiel gedämpft ins Schloss. Die schweren Schritte Eckerts, der noch seine klobigen Arbeitsschuhe trug, verloren sich auf der nackten Holztreppe schon am ersten Absatz im Rauschen des Straßenverkehrs.

**

„Ich fliege jetzt stur nach Norden", brabbelte Meinert vor sich hin, „was denn sonst?" Schon minutenlang wusste er nicht mehr genau, wo er sich befand. Eine Luftfahrtkarte oder irgendeine andere Karte hatte er bewusst nicht in die Seitentasche der Kabine gesteckt. Beim Start auf dem Flugplatz Saarmund hatte er niemanden auf den Gedanken bringen wollen, er hätte etwas anderes im Sinn als eine harmlose Platzrunde. Schon eine ganze Weile kämpfte er zäh mit den Wolken. Mal nahm er ihnen ein paar hundert Meter ab, bald musste er sie ihnen wieder lassen.

Segelfliegen, dachte Klaus und zog die Mundwinkel herunter, hat etwas von einem Spielcasino. Nichts für Menschen mit ernsthaftem Charakter! Er stutzte angesichts seines ungewohnten Gedankens. Unter den Fliegern, die er persönlich kannte, hätten die meisten einen solchen Vergleich empört von sich gewiesen. Mit Spielern wollten sie nichts zu tun haben. Vielleicht reizt uns gerade das Unberechenbare, dachte Klaus Meinert, auch wenn wir es nicht Spielleidenschaft nennen. Stumpfsinnig Gasgeben beim Motorflugzeug kann schließlich jeder!

Die Aufwinde wurden merklich schwächer. Die Kumuluswolken breiteten sich aus und verhinderten die Einstrahlung der Sonne über großen Teilen der Landschaft. Womöglich hatte der Höhenmesser einen Defekt, vielleicht war Meinert auch unaufmerksam gewesen. Er erblickte schräg unter sich, in südwestlicher Richtung, die Vororte einer größeren Stadt. Berlin konnte es noch nicht sein, denn die Häuseransammlung da unten wurde bis in ihr Zentrum von Seen wie von ausgestreckten Zungen geteilt.

Klaus Meinert musste es sich längst eingestehen. Er hatte die Orientierung verloren. Also beschloss er, es müsse sich da unten um Potsdam handeln. Entsetzt stellte er fest, dass ihn nur noch etwa 400 Meter Luft von den Bäumen und Dächern trennten. Mit einigem Geschick waren das noch sieben, acht Minuten Flugzeit bis zur Landung, wenn..., wenn er jetzt keinen Aufwind mehr fand. Sein Flugplatz, von dem aus er gestartet war, lag aus dieser Höhe unerreichbar weit entfernt. Ein paar schmale und kurze Wiesen in Reichweite, eingefasst von Strom- und Telefonleitungen, waren das schäbige Angebot dieser Gegend. Ob er bei der Landung Bruch machte oder das Flugzeug heil und er gesund blieben, unweigerlich fiel er denen in die Hände, denen er nie wieder hatte begegnen wollen. Ob sie ihm abnähmen, dass er sich ein bisschen verfranzt hatte? Zwar hatte er sein Flugziel nicht auf die Rumpfnase gepinselt, er wäre aber ein deutliches Stück nördlich der Linie gelandet, die nach den strengen Regeln für das Fliegen in der Nähe der deutsch-deutschen Staatsgrenze tabu war. Diese Linie teilte Europa zwischen Nato und Warschauer Pakt.

Wie zum Hohn hörte er im Lautsprecher auf der bei ihm gerasteten Funkfrequenz die Stimmen von Segelfliegern, die routinemäßig Flughöhen, Entfernungen, Standorte austauschten und sie mit angeberhaften Erfolgsmeldungen würzten. Der unvermeidliche Fünf-Meter-Aufwind schien überall auf die Segelflieger zu warten, nur hier nicht, wo er ihn gebraucht hätte! Als man ihn anfunkte, wo er denn gerade stecke, war er nicht dazu aufgelegt, sich an dem ermüdenden Hörspiel zu beteiligen. Ich hänge hier über diesem verdammten Posthof mit Dutzenden gelber Spielzeugautos, kann nicht leben und nicht sterben, ächzte er, und die Spinner belästigen mich mit dämlichen Fragen. Er war aber so geistesgegenwärtig, in das Mikrofon zu knurren: „Bin thermisch schwer unter Druck! Melde mich später." Wo genau er sich herumquälte, behielt er lieber für sich. Er hoffte, dass sie ihn eine Weile in Ruhe ließen. Totale Verweigerung durch Funkstille hätte nur Verdacht erregt. Vielleicht hätten sie ihn per Hubschrauber suchen lassen.

Die Luft war noch nicht ganz tot. Der von etlichen Sonnenstunden aufgeheizte Boden atmete gelegentlich Stöße gespeicherter Glut wieder aus. Zum Anheben eines Segelflugzeugs reichte ihre Energie aber nicht mehr. In Portionen von zehn und zwanzig verlorenen Höhenmetern pro Kreis musste er für seinen taktischen Fehler zahlen. Er hatte sich unbedacht unter die kühle Unterseite der großen Wolke gewagt.

Klaus hätte sich die Fingernägel einzeln ausreißen können. Ein unangenehmes Gefühl breitete sich in seinem Bauch aus und ließ sich selbst durch energisches Ignorieren nicht mehr unterdrücken. Nicht einmal trockene Kekse oder einen letzten Schluck Wasser gab es noch, um die Magennerven zu beruhigen. Er versuchte, sein Innenleben durch Absingen von Lieblingsliedern wie „Ich träumte von bunten Blumen" und „Am Brunnen vor dem Tore" zu überlisten, fühlte sich aber so schlecht wie zuvor.

Meinert kannte aus seiner Anfangszeit am Stadtrand von Hamburg diese innerliche Protestregung eines geborenen Fußgängers, wenn er plötzlich gegen seine Natur zum Vogelsein gezwungen wird. Besonders anfällig war sein Magen, daran erinnerte er sich gut, wenn der Fluglehrer hinter ihm am Steuerknüppel ackerte. Er wuchtete die „ASK 13" oder die „Rhönlerche" — die Bezeichnung „Lerche" für das schrankwandähnliche Möbel fand er unübertrefflich albern — unter die Wolkenbasis empor, und er saß wie ein hilfloser Passagier dabei. Klaus war erstaunt, dass sein Körper trotz jahrelanger Erfahrung heute wie in seiner Flugschülerzeit reagierte.

Machte er sich nicht unbeschreiblich lächerlich, wenn er noch vor der Grenze landete? Er mochte sich die Situation nicht ausmalen, wie er sich vor Behörden und Parteiinstanzen rechtfertigen müsste. Vermutlich würde Meinert die Funktionäre nicht milde stimmen, wenn er ihnen erzählte, er habe es sich nun schon zum zweiten Mal in seinem Leben anders überlegt. Vielleicht würden sie ihm das noch abnehmen, verstünden sogar, dass aus einem Hamburger Rechtsanwalt nicht so leicht ein Cottbusser Stadtangestellter werden konnte. Man würde ihm jedoch unweigerlich entgegenhalten, er hätte wie jeder Ausreisewillige einen korrekten Antrag stellen müssen. Dann hätte man in aller Ruhe seine besondere Lage würdigen können. Das manchmal jahrelange Warten hätte er wie alle Antragsteller auf sich nehmen dürfen. Schließlich war er echter DDR-Staatsangehöriger mit allen Rechten und Pflichten geworden. Er konnte sich nicht mehr auf seinen früheren Status als Besucher aus der „Bä-Er-Dä" mit Visum berufen.

Wieso musste er sich für seine überstürzte Ausreise, hätte man ihm zweifellos vorgehalten, eines kostbaren Segelflugzeuges der GST bemächtigen? Noch dazu durch einen ziemlich üblen Trick! Hatte er nicht für seinen Rückweg in die andere Welt einen ebenso egoistischen wie riskanten

Reiseplan gewählt? Musste er das nicht selbst zugeben? Hätte man solch einen Kerl beim Militär, einerlei, ob NVA oder Bundeswehr, nicht zu Recht ein Kameradenschwein genannt? Klaus hatte gelernt, für jeden Mandanten die passenden Argumente aufzutischen. In eigener Sache fiel ihm trotz aller Routine nichts ein.

Das elende Gefühl im Magen ließ sich nicht besänftigen, obgleich er die Gründe kannte. Einfach umkehren und wieder in Saarmund landen, wäre noch möglich. Auch für einen Rückzug hätte er sich erst wieder die nötige Ausgangshöhe erkämpfen müssen. Der starke Nordwest würde ihn rasch zurücktreiben. Mit einer Rüge wegen der überzogenen Flugzeit, vielleicht auch mit einem mehrwöchigen Startverbot, hätte es dann sein Bewenden. Seinen ursprünglichen Plan müsste er niemandem auf die Nase binden.

Umzukehren und sich unauffällig in den DDR-Alltag wieder einzuordnen, wäre also durchaus noch möglich, ging es Klaus wider Willen durch den Sinn. Mit Fliegen, höhnte der leidenschaftliche Pilot in ihm, wäre es dann allerdings auf unabsehbare Zeit vorbei. Damit durfte er fest rechnen angesichts der intriganten Entscheidung des Parteigremiums von gestern Abend. Rechtsmittel gab es nicht oder würden nichts helfen, weil die Maßnahme gegen ihn ein politisches Motiv hatte. Davon war er nach zwei Jahren im real existierenden Sozialismus überzeugt. Mangelnde Fachkompetenz, kleinbürgerliche Weltsicht und ideologische Verbohrtheit waren eine unteilbare, unheilbare Allianz eingegangen.

Hastig öffnete Klaus Meinert das Schiebefenster ein Stück weiter und ließ den Fahrtwind auf sein heißes Gesicht blasen. Er biss sich in den Daumen der freien linken Hand, um das Rumoren im Bauch durch einen akuten Schmerz zu überdecken. „Nein", brüllte er plötzlich und erschrak vor dem rauen Klang seiner Stimme. Er riss mit der ganzen Gewalt seines Körpers an den Sitzgurten. Ein auf gleicher Höhe kreisender Seeadler drehte den Kopf zu ihm hin und lugte herüber. Er wunderte sich vielleicht über den merkwürdigen Hopser des Menschenvogels mit seinen spiegelblanken Flügeln aus Holz, Leinen und Lack. „Nein, die sehen mich nicht wieder!", schrie er noch einmal. Er stemmte sich in die Seitenruderpedale und packte mit der anderen den Steuerknüppel so eisern, dass sich die Haut über den Knöcheln weiß verfärbte.

Unter ihm hatte sich zwischen den Lieferwagen auf dem Posthof ein Klumpen blau uniformierter Ameisen gebildet. Vermutlich schauten die Postler jetzt zu ihm herauf. Glücklicherweise konnte er ihre Gesichter noch nicht erkennen. Vielleicht wetteten sie schon, ob sie den Piloten in ein paar Minuten persönlich kennen lernen würden. Der kämpfte allerdings noch erbittert um sein fliegerisches Überleben. Er durfte jetzt handwerklich nicht den kleinsten Fehler machen. Der aufgestaute Druck musste irgendwie heraus, wenn die Adern im Kopf nicht platzen sollten. Meinert schimpfte laut vor sich hin, achtete aber aufmerksam darauf, dass sich die Anspannung nicht in ruckartigen Steuerbewegungen niederschlug. Längst verfluchte er die närrische Idee, unbedingt auf dem Luftwege, noch dazu ohne Motor, aus der DDR ausreisen zu wollen.

Nur wenige Augenblicke später hätte sich Meinert selbst auf die Schulter geklopft, wenn ihm die enge Kabine Platz dazu gelassen hätte. Respekt, grinste er, nach all der Aufregung war er immer noch in der Lage, ruhig und sauber zu kurbeln. Seit fünf, vielleicht zehn Minuten — das Zeitgefühl trog in solchen Momenten — hatte er keinen Meter mehr zugesetzt. Er hatte seinen Flug auf einer Höhe von immerhin 350 Metern stabilisiert. Mit der Präzision eines Roboters zog Meinert die Nase seines „Piraten" in flachen Kreisen am Horizont entlang und vermied, so gut er konnte, jedes Nicken des Rumpfes. Zwischendurch richtete er immer wieder einen prüfenden Blick hinüber zu einem leidlich brauchbaren Landefeld. Sehr beruhigend, dass es in Reichweite lag! Die Freileitungen auf seiner Südseite niedrig zu überfliegen, wäre nicht ohne Reiz. Das Feld war nämlich nicht lang. Vor der Straße, die es abschloss, musste er zum Stehen gekommen sein.

Meinert sah endlich ein, dass der Kollege Seeadler eine überlegene Naturbegabung besaß und mehr von Aufwinden verstand. Der Vogel hatte seinen hölzernen „Piraten" rasch überstiegen. Klaus sah seine gelassen ausgebreiteten Flügel mit den gespreizten Randfedern nur noch schräg von unten. Also flog er genau unter ihn, und plötzlich ging es besser. Durch die kleine Verlagerung nach Luv wurde auf dem Variometer aus der Anzeige Null ein halber Meter Steigen. Klaus wäre auf seinem Sitz emporgehüpft, wenn er nicht angeschnallt gewesen wäre. Ein halber Meter bedeutete in einer Minute einen Höhengewinn von 30 Metern, in zehn Minuten immerhin 300 Meter — fünf Dorfkirchtürme übereinander — und in einer halben Stunde 900 Meter, natürlich nur, falls alle Parameter stabil blieben. Er hatte oft erlebt, dass nach oben hin das Steigen stärker wurde. Genau so oft war es aber auch passiert, dass sich nach wenigen Momenten der Aufwind buchstäblich in Luft aufgelöst hatte. Klaus konnte also nichts Besseres tun, als beharrlich an dieser Stelle weiterzumachen. Wegfliegen, den schwachen, aber sicheren Aufwind verlassen und es aufs Geratewohl anderswo probieren, ob es dort besser steigt, wäre ein typischer Anfängerfehler gewesen. Solche Ungeduld hätte ihm wahrscheinlich die letzte Chance geraubt. Also hielt er den Spatz in der Hand fest, weil er die Taube auf dem Dach nicht fangen konnte. Der von Klaus Meinert respektlos mit einem Spatz verglichene Seeadler entschwebte über ihm Kreis um Kreis und wurde immer kleiner. So sehr der Segelflieger sich auch anstrengte, er konnte ihm nicht folgen.

Der Schweiß rann Meinert in dicken Tropfen von der Stirn. Die Haube beschlug. Aus allen Poren, Maschen und Knopflöchern gab der Pilot die letzte Feuchtigkeit her, die noch in ihm steckte. Vor lauter Angst, den Steuerknüppel zu verreißen, traute er sich nicht, die Haube abzuwischen oder die verschmierte Sonnenbrille zu putzen. Den lästig gewordenen Sonnenhut hätte er am liebsten in die Ecke geknüllt. In seiner Lage wären ein paar unkonzentrierte Gedanken zu anderen Themen des Lebens das sichere Aus. Verkrampft, wie er war, fiel es ihm von Minute zu Minute schwerer, sauber zu kreisen. „Ich will hier nicht landen, nein, ich will es nicht", brabbelte er vor sich hin. Plötzlich glaubte er, Patricia zu sehen, wie sie kopfschüttelnd in sein Cockpit blickte. Er schloss für einen Augenblick die Lider und schob ihr Bild in einen abgelegenen Winkel seines Hirns. Dann tat er so stumpf wie sensibel weiter sein Handwerk.

Meinert hatte sich inzwischen 200 Meter zurückgeholt, und das Steigen hielt an. Es nahm sogar noch zu. Klaus sah, wie der Seeadler den gemeinsamen Aufwind verließ und hoch über ihm, zusätzlich angeschoben vom Nordwind, in gestrecktem Gleitflug zu den südlicher gelegenen Seen davonstob. Er hatte offensichtlich keine Ambitionen, gemeinsam mit dem künstlichen Vogel die Grenze im Norden anzusteuern. Was wusste er schon von Grenzen? Klaus fühlte sich noch nicht gerettet, aber wer noch fliegen kann, dachte er, muss nicht landen. Also mühte er sich weiter, wenngleich er hier schon eine halbe Stunde auf der Stelle trat.

Er begriff nicht sofort, was mit ihm geschah. Mit tiefer Erleichterung erlebte er, wie sich aus einem verlegenen Räuspern der Natur ein satter Strom entwickelte. Die Thermik hatte ihn in zwanzig Minuten auf herrliche 1800 Meter emporgetragen, auf den höchsten Punkt seines Fluges. Ob er nach den Vorschriften hier derart hoch fliegen durfte, war ihm gleichgültig. Er hatte eine Art fliegerisches Lourdes erlebt, brauchte zu „seinem" Wunder allerdings keine feierliche Anerkennung von Ärzten oder Kirchenleuten. Ein entspannter Blick auf den Höhenmesser und noch ein zweiter auf die Seen und Wälder tief unter ihm vertrieben alle Zweifel, er träumte vielleicht nur oder würde von einer Sinnestäuschung genarrt.

Wie schön wäre es, dachte er im Stillen, wenn ich mein Glück mit einem Menschen teilen könnte. Etwas seltsam fand er es immer noch, so ganz auf sich gestellt, eingesperrt in einer Art winzigem Zimmer, abwechselnd mit der Natur und mit seiner eigenen Schwäche zu kämpfen. Selbst Bergsteiger waren besser dran als Segelflieger. Alleinbesteigungen waren bei ihrem Sport die Ausnahme. Im selben Augenblick sah er, wie auf die hellgraue Wolkenwand gespiegelt, Patricias Gesicht schemenhaft vor sich. Er wischte sich über die Augen und sicherte sorgsam nach allen Seiten, ob sich ihm von irgendwo her wieder ein unbekanntes Flugobjekt näherte.

***

Nach der Stadtführung durch Cottbus stellten Klaus Meinert und Patricia Fischer beim ersten gemeinsamen Kaffee bald fest, dass sie sich eine Menge zu sagen hatten. Der Kaffee hieß „Kubana" hatte jedoch nicht ganz das Aroma, wie Klaus es von seiner Hamburger Kaffeestube an der Staatsoper gewohnt war. Bevor er wochentags oder seltener auch am Wochenende seine Kanzlei betrat, probierte er alle Varianten vom caffè stretto über den espresso macchiato bis zum latte macchiato durch. Die geschmackliche Farblosigkeit des „Kubana" bemerkte er heute nicht. Die Zunge hatte anscheinend Urlaub genommen. Sein Blick haftete, jetzt schien es ihr gar nicht unangenehm zu sein, fest an ihrem ovalen Gesicht. Die hellbraunen Augen standen recht weit auseinander. Sie gaben ihr in Verbindung mit den schräg gestellten Augenbrauen etwas Katzenhaftes. Patricia hatte einen hellen, fast durchsichtigen Teint, eine hohe Stirn und streichholzkurze blonde Haare. Ihr Mund war männlich schmal, die Nase nicht zu groß und nicht zu klein, regelmäßig geformt. Sie sprach ruhig, unterstrich ihre Worte durch geschmeidige, wenn auch sparsame Gesten ihrer Hände mit den auffallend schmalen Fingern. Alles harmonierte mit ihrer norddeutschen Erscheinung. Klaus war erleichtert, dass sie auch den Tonfall der Menschen von der Ostsee-Küste hatte. Ob ein sächsischer oder thüringischer Zungenschlag ihn irritiert hätte, musste er jetzt nicht entscheiden.

Sie redeten über Meinerts Onkel, der für Klaus Meinert der Anlass gewesen war, nach Cottbus zu kommen, und die ersten Eindrücke von der Atmosphäre im Sozialismus. Sie sprachen über Patricias Erfahrungen als Stadtbilderklärerin mit den Westtouristen und fanden sich gegenseitig ein bisschen exotisch. Niemand konnte vor dem anderen das Erstaunen verbergen, wollte es wohl auch nicht, dass sie zwar beide aus Deutschland kamen, jedoch aus einem Land, das dem eigenen so fern war.

Von da an sahen sie sich täglich. Am Ende der Woche, als Klaus wegen des Ablaufs seines Visums hätte ausreisen müssen, konnten sie voneinander nicht mehr lassen, als wären sie schon Monate befreundet. Durch die Hilfe einflussreicher Verwandter und Kollegen aus Patricias Umfeld gelang es, das Besuchsvisum ein Mal und anschließend noch ein weiteres Mal zu verlängern. Der Ausnahmeantrag hatte beträchtlichen bürokratischen Aufwand erfordert, denn Klaus hatte rechtlich keine überzeugenden Gründe.

Ein befreundeter Kollege versah in der Hamburger Rechtsanwaltskanzlei die Vertretung und wunderte sich, als Klaus auf einer Postkarte seine verspätete Rückkehr ankündigte. Der Kollege wunderte sich heftiger, als kurz darauf von Meinert die Nachricht eintraf, er bleibe bis auf weiteres in Cottbus. Der Anwalt möge anhand der beigefügten Vollmacht die nötigen Schritte gegenüber der Rechtsanwaltskammer tun, um die Kanzlei im eigenen Namen weiterzuführen. Seine Zulassung solle auf unbestimmte Zeit ruhen.

Meinerts älterer Bruder Wolfgang erhielt eine ähnliche Nachricht zur Auflösung der Wohnung. Er glaubte spontan an eine böse Machenschaft der Stasi, stellte sich vor, sie hätten Klaus unter Drogen gesetzt oder gefoltert. Anders konnte er sich die unverständlichen Entschlüsse seines Bruders nicht erklären. Die Geschichte erinnerte ihn in gewisser Weise an das ebenso plötzliche wie unbegreifliche Verschwinden des Abtes aus der Abtei Michelsberg in Siegburg im Rheinland. Die Geschichte war durch alle deutschen Zeitungen gegangen. Von einem Tag zum anderen hatte er die klösterliche Gemeinschaft, deren Leiter er war, verlassen. In jenem Falle hatte niemand Mutmaßungen über Folter und Drogen angestellt. Der Volksmund hatte, nicht frei von Schadenfreude, von „langhaarigen Glaubenszweifeln" gesprochen. Damit hatten die Rheinländer verständnisvoll auf die schwer zu bezwingenden Triebkräfte der menschlichen Natur angespielt.

Politisch-ideologische „Glaubenszweifel" an Demokratie und Marktwirtschaft traute Wolfgang seinem Bruder nicht zu. Ähnliches hätte ihm schließlich in den vergangenen Jahren, sie standen stets in gutem Kontakt miteinander, irgendwie, irgendwann auffallen müssen. Herrlich oder herzlich unpolitisch hatte Klaus mit Beruf und Segelflug gelebt. Seine Arbeit als Rechtsanwalt hatte er ohne ethische Höhenflüge und ohne politische Systemkritik wie ein tüchtiger Handwerker ausgeübt. Wo sollte also unversehens das Interesse am Marxismus-Leninismus herkommen? So lange hätte sich sein Bruder nicht maskieren können, das konnte er nicht glauben. Wozu hätte er es tun sollen?

Wolfgang verwarf die wüsten Verdächtigungen gegenüber der DDR und glaubte den Erklärungsversuchen seines Bruders, weshalb er so spontan handelte. Er entdeckte Anhaltspunkte für eine seltsame Torschlusspanik. „Weißt Du, Brüderchen...", hatte Klaus den letzten Satz seines Briefes angefangen. Wolfgang hatte sich durch diese dumme Anrede, die er als herabsetzend empfand, jedes Mal gefoppt gefühlt. Schließlich war er der ältere Bruder, nicht Klaus! Nicht einmal jetzt konnte Klaus sich den Spruch verkneifen,

obwohl er wissen musste, dass er ihn damit ärgerte. „…
viele Männer warten ein ganzes Leben darauf, eines Tages
die Richtige zu finden. Manche sterben darüber. Das soll
mir nicht passieren! Ich habe hier Patricia entdeckt. Wir
haben uns fürchterlich verliebt und glauben fest daran.
Dummes Zeug! Wir sind uns sicher, dass wir eine Riesen-
chance haben. Garantien gibt es bekanntlich im Leben für
nichts. Sicher ist allein, dass wir nicht ewig auf der Welt
sind. Wir müssen unsere Zeit nutzen!"

„Soll unser Vertrauen, soll unsere Bindung, soll unser
Glück", fuhr Klaus in seinem Brief fort, „an dieser albernen
Grenze durch Deutschland scheitern? Solchen Widerstän-
den beugen wir uns nicht. Den Gedanken, ich würde jetzt
harmlos wieder nach Hamburg fahren und sie hier im Stich
lassen, kann ich nicht einmal denken. Und noch eins: Ich
würde mich für den Rest meines Lebens verfluchen, wenn
ich eine unwiederbringliche Chance nicht ergriffen hätte."

„Wir passen in allem zusammen. Mit der gleichen Größe
fängt es schon an. Du wirst sehen, sie sieht hinreißend aus,
ist aber überhaupt nicht eitel. Wir mögen beide die Natur,
dieselbe Musik und dieselben Bücher. Wir sind offen für
alles Neue und haben dasselbe Bedürfnis nach Wärme und
Zärtlichkeit. Ach, was denn! Was hat es schließlich für einen
Sinn, Liebe begründen zu wollen? Muss ich Dir vielleicht
ein Plädoyer halten wie vor einem Gericht?"

„Natürlich hätte ich unter anderen politischen Umständen versucht, Patricia nach Hamburg zu entführen. Wie die
Verhältnisse nun einmal sind, geht das aber nicht. Man
könnte auch sagen, heute nicht, vielleicht aber morgen oder
übermorgen! Wer weiß schon, was die Zukunft bringt? Darauf warten wir beide nicht. Also bleibe ich hier. Ich kann

überall leben. Auf den ganzen westlichen Konsumzirkus bin ich nicht angewiesen. Er hat mich oft genug genervt. Denk bitte nicht, dies wäre ein Rausch, der vorübergeht. Wir haben uns auf die Probe gestellt. Die Pickel- und Warzenphase, die Redensart stammt von ihr, haben wir schon hinter uns. So schnell, meinst Du und woher ich das so genau weiß? Eben anhand der Pickel und Warzen! Übrigens, sie hat keine."

„Wir beide wissen, dass wir es richtig machen. Glaub mir einfach und hör auf zu grübeln, was sonst in mich gefahren sein könnte! Es ist die einfachste und älteste Geschichte der Welt! Du weißt nun alles, was Du wissen musst. Versteh mich, wirb auch bei den Hamburger Freunden und Verwandten für mich um Verständnis, und — nimm mir nichts übel! Wir sehen uns bald wieder. Für Besuche bei Euch im Westen werden die Ämter hoffentlich nicht vergessen, woher ich komme und dass ich von mir aus in der DDR geblieben bin. Darauf rechne ich fest."

***

Klaus Meinert lies den Steuerknüppel los und ballte die Fäuste vor seinem Gesicht. Auf der Stelle nahm der „Pirat" unter mächtigem Rauschen Fahrt auf, so dass der Pilot sofort wieder nach dem Knüppel griff und ihn behutsam zu sich hinzog. 130 oder 150 mussten es wirklich nicht sein, 100 km/h reichten wirklich, erschrak sich Klaus. Er atmete ein, als wäre er ein Luftballon und wollte sich selbst aufblasen. Dann blickte er so peinlich berührt wie erleichtert um sich. Wieder einmal hatte er sich gegenüber den stärksten Feinden der Segelflieger behauptet. Die Schwerkraft, die

Wankelmütigkeit von Sonne, Wind und Wolken und die eigene Schwäche lauern jede Minute darauf, ihn zum Boden zurückzubefördern.

Jetzt trennten ihn höchstens noch vier, fünf Kilometer von der bestbefestigten Staatsgrenze der Welt. Für ihn war es die südliche Grenze des Berliner Bezirks Zehlendorf. Welcher Radarschirm ihn auch erfasst haben mochte, spielte nun keine Rolle mehr. Wer sollte ihn jetzt noch abfangen und zur Rückkehr zwingen? Man müsste ihn schon abschießen. Der Gedanke machte ihm keine Angst, denn er rechnete nicht mit solcher Brutalität. In keinem vergleichbaren Fall hatten die Russen oder die NVA so etwas getan.

Ein paar Segelflieger hatten sich, wie man aus den Westmedien wusste, schon vor ihm mit Hilfe der Sonnenenergie auf den Weg gemacht, genau, wie es auf dem westdeutschen Autoaufkleber empfohlen wurde: „Wir fliegen schon sechzig Jahre mit Sonnenenergie"! Meinerts Gedanken gerieten ins Stocken, er fing an zu frösteln. Fühlte er sich zu sicher? Er wusste natürlich nicht, ob es bei den anderen nur deshalb gut ausgegangen war, weil die Grenzorgane sie nicht rechtzeitig entdeckt hatten. Vielleicht hatte es überhaupt keine Gelegenheit gegeben, den Flüchtling zu stellen.

Was würde er, wenn die Behörden ihn lebend zu fassen bekämen, auf die Frage antworten, warum er nach seinem Systemwechsel vor gerade erst zwei Jahren von Hamburg nach Cottbus dem realen Sozialismus nun bereits wieder den Rücken kehren wollte? Sein Fall hatte Chancen, eines der seltsamsten Fluchtunternehmen zwischen den beiden Deutschlands zu werden.

Einige Fälle hatte es, wie gesagt, schon gegeben, wo Segelflieger von Plätzen in der Nähe der Grenze die Gelegenheit genutzt hatten, mühelos die gefährlichen Grenzanlagen zu überwinden. Es hatte sich damals um Flieger gehandelt, die weder genau wussten, was sie im „Goldenen Westen" erwartete, noch ahnten, wie schwer ihnen das Eingliedern in die neuen Lebensverhältnisse fallen würde. Sie wurden mit Verständnis, wenn nicht mit Hochachtung aufgenommen, weil sie eine Menge gewagt hatten, um dem kommunistischen System zu entkommen.

Er selbst wäre in den Augen der westdeutschen Öffentlichkeit vielleicht eine Art gescheiterter Doppelagent, von dem man nicht wüsste, welches System er tatsächlich verraten hätte. Würde man ihm abnehmen, dass er diesen zweiten Schritt, den Rückschritt sozusagen, nur deshalb getan hatte, um einen Sport ungehindert auszuüben? Sein Fall hatte absurde Züge. Erst hatte er die bunte Konsumwelt der Bundesrepublik freiwillig aufgegeben und für das andere Gesellschaftssystem optiert! Dann war er dafür bestraft worden, die Verbindung zu seinen Westverwandten nicht aufgeben zu wollen! Er war in die bürokratische Mangel geraten, richtig zwischen die eisernen Walzen. Von einem war Meinert überzeugt. Für solche krummen Fälle hatte die Bürokratie, die Ost- wie die Westbürokratie, nach allem, was man von ihr wusste, weder Sonderregeln noch Verständnis.

Seine Phantasie eilte dem Flugpfad voraus. Im Westen würden sie ihn vielleicht zuerst für einen laienhaft getarnten Spion halten. Ein neuer Typ Agent gewissermaßen! Würde man ihm glauben, wenn er nach der Landung über sein wahres Fluchtmotiv spräche? Würde seine Begründung einleuchten, er habe es nicht ertragen, den Flug auf leisen

Schwingen, eine der herrlichsten Erfindungen der Menschheit, nicht mehr erleben zu sollen. Nähmen die westdeutschen Behörden ihm ab, dass die Flugsperre der Bezirksparteileitung Cottbus eine Strafe für Disziplinverstöße ohne eigentlich politischen Charakter, somit eher ein bürokratischer Willkürakt gewesen sei? Müsste er nicht wenigstens ein bisschen die Platte des politischen Widerständlers auflegen? Wer begibt sich schon in Lebensgefahr nur für seinen Sport?

Klaus wusste, welche Dimensionen dieser Sport heute eröffnete. Er wollte selbst erfahren, wie es sich anfühlte, bei eisiger Kälte von 50 Minus-Graden über den Hohen Tauern in der Lee-Welle des Großglockners dem Föhnsturm standzuhalten und bis an den Rand der Stratosphäre vorzudringen. Seine Hamburger Zeit hatte er zu sportlichen Hochleistungen nicht genutzt. Dies ging ihm jetzt auf. Mit seiner Fluglehreraufgabe hatte er sich zufrieden gegeben. Sie hob ihn aus der Masse der grauen Flieger-Mäuse ein fühlbares Stück heraus. Andere Ziele hatte Klaus auf ein unbestimmtes „Später!" verschoben. Sein Beruf stand eindeutig im Vordergrund.

Inzwischen würde er gern selbst probieren, wozu er fähig wäre. Könnte er wie Hans-Werner Grosse, Textilfabrikant und Weltrekordpilot, bei seinem legendären Flug im Jahre 1972 an einem Tag über halb Europa hinweg von Lübeck nach Biarritz bis an den Fuß der Pyrenäen fliegen? Über eine Strecke von 1.460 Kilometern? Klaus musste bei allem Respekt für dessen Klasse über die sportliche Dreistigkeit Grosses lächeln. Er hatte für die Wertung als Zielflug, das brachte nach den Wettkampfregeln mehr Punkte als ein so genannter freier Streckenflug, sogar den Landeort

Biarritz offiziell vorher angesagt, obwohl noch keine Kollege je so weit gekommen war!

Meinert klopfte mit dem Knöchel des Zeigefingers gegen den Höhenmesser und erschrak, wie viel hundert Meter ihn der starke Nordwest gekostet hatte. Ärgerlich kratzte er sich mit den Fingernägeln über die Backe, so dass ihm die Haut wehtat. Jetzt war wirklich nicht der Zeitpunkt für das Ausspinnen sportlicher Wunschträume. Erst musste er sein Unternehmen sauber zu Ende führen.

Die Überquerung der Grenze hatte er sich in seiner Phantasie dramatischer ausgemalt. Das Ereignis musste schon ein paar Augenblicke hinter ihm liegen, als er unvermittelt unter sich den Kleinen Wannsee, die Brücke mit der verkehrsreichen Bundesstraße und das südliche Ende des Großen Wannsees erblickte. Ein Wald aus Mastspitzen zog seine Aufmerksamkeit an. Segeln mag schön sein, aber Segelfliegen, davon würde ihn niemand abbringen, ist unvergleichlich. Nur für ein kurzes Atemholen blieb Zeit. Länger durfte er sich mit seinen widersprüchlichen Gefühlen aus Erleichterung und Beklemmung nicht aufhalten. Er musste seinen Flug noch mit einer sauberen Landung abschließen, also den Segler auf einen passenden Platz am Boden hinzirkeln, ohne dabei einen Menschen zu gefährden oder Bruch zu machen.

Mit geeigneten Feldern und Wiesen für eine sichere Landung war es in der Gegend um den Wannsee herum schlecht bestellt. So sehr er sich auch die Augen aus dem Kopf guckte, entdeckte er in der Nähe der Grenze keine Fläche, die für eine ordentliche Landung genügend lang und breit gewesen wäre. Dazu brauchte er noch eine ebene Oberfläche, möglichst ohne Bewuchs, und davor einen freien

Anflug ohne Bäume oder Leitungen. Aus einiger Entfernung, Richtung Nordwest, auf dem westlichen Havelufer, schon im Dunst der Ferne, fiel ihm zwischen Waldstücken und Feldern eine große ausgesparte Fläche auf. Dies dürfte der britische Militärflugplatz Gatow sein. Eine Karte, die bis hierher gereicht hätte, hatte er nicht an Bord. Natürlich hatte er keinen Verdacht erregen wollen. Die offizielle Luftfahrtkarte aus der DDR hätte ihm auch wenig geholfen. Die westlichen Teile Berlins waren auf den üblichen DDR-Karten, ganz wie zu Zeiten der Afrikaforscher Livingstone und Stanley im 19. Jahrhundert, als weiße Flecken dargestellt.

Eine Wasserlandung ist auch nicht jedermanns Sache, sagte sich Klaus beim Anblick der ausgedehnten Seenlandschaft, die Bildern aus Finnland ähnelte. Nach einer eiligen Überschlagsrechnung — 650 Meter Höhe und noch etwa 10 Kilometer Entfernung — musste er damit rechnen, dass es mit einem direkten Gleitflug von hier aus nach Gatow knapp würde. Der Wind hatte aufgefrischt und kam fast direkt von vorne. Die Gleitzahl eines „Piraten" dürfte somit auf unter 20 zurückgehen. Aus 100 Metern Höhe flöge er also vielleicht 1,8 Kilometer weit. Die aerodynamische Güte des Flügelprofils war nicht berückend. Zwischen den Nasenrippen zeigte die lackierte Leinwand auf der Oberseite der Tragflächen tiefe Kuhlen. Hätte man doch das Segelflugzeug im Winter überholt, ja, hätte man...! Auch ein Stück gelebter Sozialismus! Keiner fühlte sich für das Volksvermögen persönlich verantwortlich... Die Werkstattleiter mussten in der Winterzeit eine Menge Energie aufbieten und kaum verhüllte Drohungen ausstoßen wie etwa: „Dieser „Pirat" bleibt während der nächsten Flugsaison in der Hal-

71

le!", damit die Kameraden ihre Pflichtbaustunden ableiste-
ten.

Klaus entzifferte immer mehr Details des Stadtteils zu
seinen Füßen wie Hecken, Mülltonnen, Balkons, die ihn im
Grunde nicht interessierten, und würdigte missmutig seine
Lage. Er musste noch einmal Aufwind suchen, damit ihm
für die sichere Vorbereitung der Landung an dem fremden
Flugplatz ein wenig Höhenreserve verblieb. Er konnte sein
Segelflugzeug mit „feindlichem" DDR-Kennzeichen auf
den Flügeln und am Rumpf nicht hektisch von schief nach
schräg irgendwie auf den Flugplatz schmeißen. Der Kon-
trollturm brauchte etwas Zeit, den fremden Ankömmling zu
beobachten und zu beurteilen, ob er für den Flugplatz ein
Sicherheitsrisiko bedeutete. Er selbst als Pilot musste sich
die Pisten, Rollwege und Flächen in Ruhe von oben anschauen und deren Einteilung begreifen. Anders als mit
einem Propeller vor der Nase konnte ein Segelflieger, wenn
er nur noch ein paar Dutzend Höhenmeter hatte, die Landung leider nicht verschieben und einen neuen Anlauf versuchen. Er brauchte ein paar hundert zusätzliche Höhenmeter in Reserve, um die Landung ruhig und präzise vorzube-
reiten. Diese fehlten ihm leider noch.

Ein Funkgerät, mit dem er sich hätte melden können,
war zwar im Instrumentenbrett vorhanden, und es funktionierte auch. Die Möglichkeit zu funken, half ihm aber
nichts, denn er kannte die Frequenz von Berlin-Gatow
nicht.

Klaus hatte es einem befreundeten Fluglehrer, er kannte
ihn von einem Lehrgang in Schönhagen her, zu verdanken,
dass die GST-Gruppe ihm für eine knappe Orientierungs-
runde den „Piraten" überlassen hatte. „Aber bitte nicht län-

ger als zwanzig Minuten", hatte es geheißen. Die Freunde in Saarmund hatten sich über seinen seltenen Besuch gefreut. Sie hatten ihn weder gefragt, warum er bei dem schönen Wetter nicht an seinem Heimatflugplatz Neuhausen bei Cottbus aktiv war, noch wollten sie wissen, ob er denn keinen Fluglehrerdienst hatte. Es schien sie auch nicht zu wundern, dass er nicht die Gelegenheit zu einem Überlandflug nutzen wollte. Um solchen Fragen zuvorzukommen, hatte er etwas von einem Verwandtenbesuch in Caputh gemurmelt. Er konnte doch schlecht zugeben, dass der Weg in den Westen von Saarmund aus viel kürzer war! Schade, er würde die frei erfundenen Verwandten nie kennenlernen!

Gestern Abend hatte er, nachdem sein Cottbusser Freund ihm die verhängnisvolle Nachricht überbracht hatte, kurzerhand die wichtigsten Dokumente in seine Brieftasche gesteckt. Er wohnte seit einigen Monaten allein, nachdem er bei Patricia ausgezogen war. Für Anrufe oder Abschiedsbriefe nahm er sich keine Zeit mehr. Er wollte erst einmal Tatsachen schaffen. Zu dem Zeitpunkt wusste er noch nicht, ob es ihm gelingen würde.

Meinert versuchte alle Gedanken gewaltsam zu verscheuchen, wie man ihm als ungebetenem Gast nach der Landung wohl begegnen würde. Immerhin betrachtete die Öffentlichkeit im Westen, dies wusste er noch aus seiner Hamburger Zeit, Segelfliegen mit einer gewissen Offenheit. Man betrachtete es als einen halbwegs normalen Sport, nur halbwegs, weil manchen Zeitgenossen die athletische Seite fehlte. Wenige glaubten allerdings, sie müssten Segelfliegen als Reiche-Leute-Sport wie Golfen abqualifizieren. Zuweilen ignorierten besserwisserische Sportjournalisten sogar hochrangige Wettbewerbe wie Europa- oder Weltmeisterschaften und berichteten in den Spalten ihrer Zeitung mit souveräner Verachtung nicht darüber. Sie wussten nicht, oder es interessierte sie nicht, dass die meisten Segelflieger ihren Sport im Verein mit Vereinsgerät betrieben und nur wenige Flieger Eigentümer ihrer Flugzeuge waren.

Im Osten hingegen herrschte unter den Bürgern gegenüber den Fliegern Schulterzucken bis hin zur offenen Abneigung. Es galt als ausgemacht, dass nur Liebedienerei gegenüber der Staatspartei und die Bereitschaft zum Bombenwerfen mit Militärjets den Weg zu einer Flugausbildung öffneten. Die Bürger registrierten mit Missbehagen, dass man sich als Normalmensch nicht einmal den Flugplätzen der GST nähern und den Flugbetrieb anschauen durfte. Manche Fluggelände wurden sogar direkt von der Nationalen Volksarmee verwaltet. So wurden die Gelände als militärische Objekte mit hohen Sicherheitsauflagen eingestuft. Wer sich als Flieger nicht der Parteidisziplin unterwarf, war schnell wieder draußen. Dies zeigte gerade sein eigener Fall.

Meinert drängte störende Phantasien beiseite, grub die Fingernägel in die Handfläche und glitt behutsam tastend voran. Er kam sich angesichts der unaufhörlichen Schaukelbewegungen des Flugzeugs vor wie jemand, der auf rohen Eiern tänzelt. Die nächsten Wolken standen auf seinem Weg am östlichen Ufer von Wannsee und Havel weit auseinander. Aus seiner bescheidenen Ausgangshöhe waren die weißen Knäuel als Aufwindspender höchstwahrscheinlich nicht mehr zu erreichen. Er konnte kaum darauf zählen, eine sich vom Hang ablösende Warmluftblase noch in einer akzeptablen Höhe zu erreichen. In der tiefen Lage sind die Aufwindkamine außerdem so eng, dass er sie kaum nutzen könnte. Ein paar hundert Höhenmeter brauchte er aber unbedingt noch, um in Gatow oberhalb der Baumkronen anzukommen!

Der Gedanke an eine Wasserlandung stieg in ihm wieder auf. Meinert konnte ihn nicht unterdrücken. Aus einem Lehrfilm des Deutschen Aero Clubs, den die deutsche Nationalmannschaft vor einer Weltmeisterschaft in Finnland gedreht hatte, wusste er, dass ein Segelflugzeug nach der Notwasserung sofort die Oberfläche unterschneidet. Der Pilot muss augenblicklich aussteigen. Keine angenehme Vorstellung, aber die vielen kleinen und großen Boote auf der Havel beruhigten Klaus leidlich. Schwimmen konnte er.

Für die Havellandschaft mit dem Strandbad Wannsee, seinem feinkörnigen Uferstreifen und den Strandkörben, hatte er nur flüchtige Blicke übrig. Alles ähnelte einem „echten" Strand an Ost- oder Nordsee. Dahinter die großbürgerlichen Villen, die Stege der Segelvereine um die sich aus der Uferlinie weit ausstülpenden Halbinseln herum, die weißen und farbigen Tupfer auf den Kräuselwellen und alles eingefasst von Kiefernwäldern. Er nahm alles mit seinem Blick auf und sah doch wenig.

Die Scharen von Freizeitsportlern und Sonntagsspaziergängern an Wannsee und Havel mochten ihn durchaus als Attraktion betrachten, denn wie kam plötzlich ein Segelflugzeug an den Sommerhimmel über Berlin? „Nein, Markus", meinte vielleicht gerade da unten ein Vater zu seinem kleinen Sohn, „ich sag Dir doch, es ist kein Flugmodell, sondern ein echtes Segelflugzeug!" Die meisten Berliner wussten, dass Segelfliegen über der Insel-Stadt verboten war.

Die Situation wurde für Klaus Meinert langsam eng. Der Boden kam näher. Nicht das leiseste Lüftchen, das ihn noch ein wenig heben konnte! Sein überhitztes Hirn spulte alles vorwärts und rückwärts ab, was er über die Entstehung von Thermik gelernt hatte. „Warmluftinseln", „Abreißkanten", „Leebärte", „Bodenstrukturen", „Auslöser" kreiselten durcheinander. Dazu traten eingelagerte Impulse von Selbstbeschwörung wie: „Du hast die Sache im Griff" oder: „Lass Dich nicht in letzter Minute verrückt machen", „Du schaffst es mit der Resthöhe bis Gatow!"

Nur noch vierhundert Meter über dem Wasserspiegel — über den Bäumen am Hang waren es viel weniger — und noch immer kein rettender Aufwind! Da sah Klaus rechts, sehr steil unter seiner Fläche, wie plötzlich die Blätter der Laubbäume am Hang zu zittern anfingen. Sie kehrten ihm ihre hellen Unterseiten zu. Im selben Augenblick erhielt er einen sanften Schlag unter den rechten Flügel. Er kurvte instinktiv gegen diesen Impuls ein, so dass er den Kronenbüscheln der Kiefern ein Stück näher kam. Eine gute Fee schien ihn auf ihrem Handteller zu tragen. Es war ihm herzlich gleichgültig, ob sie es tat, weil sie als konventioneller Schutzengel ihn vor den Bäumen oder als neumodische Umweltfee die Bäume vor ihm schützen wollte.

Aufwinde sind keine statische Angelegenheit, dies wusste Klaus natürlich. Sie pulsieren beispielsweise über Waldlichtungen an Abhängen, die dem Wind zugekehrt sind. Klaus Meinert hatte gerade den Augenblick erwischt, wo sich eine Warmluftblase vom Boden ablöste und die Blätter an den Ästen umwendete. Er hatte den Effekt bemerkt und versuchte, das Phänomen für sich zu nutzen.

Dies konnte der ersehnte Fahrstuhl zum Himmel zu sein. Er kurvte ein, und das Steigen hielt an. Anscheinend hatte er genau das Zentrum der Thermik erwischt! Großflächig genug war sie anscheinend auch, um darin zu kurbeln.

Gleichmäßiges Steigen mit 2 m/sec während des gesamten Kreises ohne Sektoren mit Abwinden oder Turbulenzen! Er hätte gern allen Fliegern in der Umgebung über sein Mikrofon zugerufen, wie großartig er sich fühlte. Nach einigen Runden wurde der Bart noch besser. Mit fast 3 m/sec hob ihn die Zauberhand, die von irgendwo da unten aus dem Grunewald nach seinem Hintern gelangt hatte, wieder in beruhigende 700 Meter, ohne dass er dafür kämpfen musste. Er brauchte nicht einmal den Kreis zum Wind hin zu verlagern. Es reichte, die Flugzeugnase sauber am Horizont entlang zu führen! Ganz plötzlich hatte sich der Aufwind ausgepustet, buchstäblich von einem Augenblick zum anderen, als ob jemand einen Haartrockner abgestellt hätte. Über ihm fehlte die meist anzutreffende Wolke. Die Luft war so abgetrocknet, dass sie keinen Wasserdampf mehr enthielt, der hätte auskondensieren können.

Klaus Meinert kümmerte sich nicht mehr um die freundliche, wenn auch etwas dreiste Fee aus dem Grunewald. Er dankte ihr aber in einer Art stillem Gebet und genoss die neue Lage. Als er Muße hatte, einen Seitengedanken auch auf andere Dinge als das fliegerische Überleben zu verschwenden, empfand er schmerzhaft, welch ein Jammer es war, dass die Berliner über ihrer Heimatstadt seit Jahrzehnten nicht fliegen durften! Selbst wenn man von der politischen Lage der Stadt, ihrer Inselsituation, absah, hätten die vier Verkehrs- und Militärflughäfen Tegel, Tempelhof, Gatow und Schönefeld mit ihren An- und Abflugsektoren, ihren Warteräumen und der Höhenstaffelung einen sinnvollen Segelflugbetrieb am Stadtrand in jedem Fall verhindert. Klaus zuckte die Schultern. Nach dem überstandenen Stress des Obenbleibens sah er den Dingen, die auf ihn zukommen sollten, für die Dauer einiger Atemzüge ein wenig entspannter entgegen. Er hielt Segelfliegen wieder für den großartigsten, unglaublichsten Sport der Welt.

Meinert blickte sich um und versuchte, seine verblassten Erinnerungen aus lange zurückliegenden Besuchen in Berlin mit seinen Eindrücken aus der Vogelperspektive zur Deckung zu bringen. Er staunte, dass es ihm leidlich gelang. Von seiner Position über der Halbinsel Schwanenwerder aus verfolgte er den Lauf der Havel nach Norden bis nach Spandau, im Westen bis zur Pfaueninsel. Er zog ein paar übermütige Schleifen, als suchte er den Beifall eines Publikums. Meinert musste über sich selbst lachen und zweifelte an seinem Realitätssinn. Welcher Spaziergänger achtete schon auf ein kleines Strichbild, das man überhaupt nur entdecken konnte, wenn man den Himmel absuchte? Segelflug war deshalb auch im Westen für die meisten Menschen eine unbekannte Sache, ein quasi anonymer Sport. Im Osten behielt man ohnehin am Besten für sich, dass man bei der GST aktiv war, wenn man nicht Reaktionen des Unwillens bei den Mitmenschen auslösen wollte.

***

Patricia, davon war Klaus überzeugt, würde sich über sein plötzliches Verschwinden vielleicht wundern, ihn aber nicht vermissen. Gestern Abend hatte es nicht einmal für eine flüchtige Verabschiedung gelangt, sei es auch nur am Telefon. In den ersten Monaten nach seinem Überwechseln in die andere Welt, damals vor zwei Jahren, hatte sich sein Leben nur um sie gedreht. Zu Anfang war alles mit atemberaubender Geschwindigkeit gegangen. Beide mussten sich nicht erst aufeinander einstellen. Sie lernten sich kennen und entdeckten, dass sie sich immer schon gekannt hatten. Nach einer Woche zog Klaus bei Patricia in der Karl-Liebknecht-Straße gegenüber dem Stadttheater ein. Von da ab erblickten Himmel, Sonne und Wolken sie halbe Tage und ganze Wochenenden nicht mehr.

Klaus und Patricia arbeiteten beide im Rathaus von Cottbus in der Bauverwaltung. So hatten sie auch dort Gelegenheit, sich zu sehen. Weil ihre Zimmer auf demselben Flur lagen, konnten sie gar nicht umhin, sich auch tagsüber dauernd über den Weg zu laufen. Es kostete sie manches Mal große Überwindung, gegenüber Kollegen und Vorgesetzten nicht aufzufallen und die äußere Form zu wahren. Sicherheitshalber siezten sie sich vor ihnen noch monatelang. Die Kollegen und Kolleginnen empfanden ihr Verhalten angesichts der allgemein verbreiteten Duzerei reichlich überkandidelt. Alle führten es auf die typische Kälte des eingewanderten Mannes aus dem Westen zurück.

Eines Montags passierte es ihnen, dass sie vergessen hatten, die Bürotür seines Dienstzimmers abzuschließen. Sie hatten sich am Wochenende nicht gesehen, weil Patricia eine kranke Tante in Stralsund besucht hatte. Seit sie sich kannten, die erste Trennung für einige Tage! Die Wiedersehensfreude war überwältigend, im eigentlichen Sinne des Wortes nicht auszuhalten. Jede kleinste Berührung löste elektrische Schläge von nie gekannter Gewalt aus. Vernunft und Umsicht waren ausgeschaltet. Sie fielen übereinander her und ließen, über seinen Schreibtisch gebeugt, ihren Trieben freien Lauf. Im Nachbarzimmer hätte man keine Mühe gehabt, das Stöhnen und das Aneinanderklatschen von Körpern zu deuten. Als sie wieder voneinander lassen konnten, waren sie erschrocken und richteten hastig ihre Kleidung wieder her. Klaus erinnerte sich an eine Volksweisheit, dass besonders beim Mann die Blutversorgung nicht für beide Partien des Körpers gleichzeitig reicht. Soviel Unvorsichtigkeit hätten sie sich nicht zugetraut. Welch peinlichen Anblick hätten sie den Kollegen geboten, wenn jemand unangemeldet ins Zimmer getreten wäre! Über weitere Konsequenzen wollten sie lieber nicht nachdenken.

Nach den ersten Wochen gönnten sie ihren aufgepeitschten Körpern ein wenig Erholung und erinnerten sich allmählich wieder an die Welt außerhalb ihrer vier Wände. Klaus hatte nicht geruht, bis er in der Umgebung von Cottbus einen Segelflugplatz gefunden hatte. Er lag nicht weit von der Stadt entfernt, landschaftlich reizvoll westlich vom Spree-Stausee. Die auf dem Platz aktive Gruppe der Gesellschaft für Sport und Technik war nach wochenlangem Zögern bereit, Klaus Meinert aufzunehmen, zunächst auf Probe, bis seine Sicherheitsüberprüfung abgeschlossen war.

Diese sogenannte Überprüfung konnte nur in einer entschlossenen, aber ziemlich pauschalen Einschätzung seiner neu-sozialistischen Gesamtpersönlichkeit durch den zuständigen Politkommissar bestehen. Wie sollte man aus Cottbusser Perspektive sein Hamburger Vorleben durchschauen? Es lag aus DDR-Sicht völlig im Dunkel des anderen Systems. Amtliche Auskünfte wie etwa ein polizeiliches Führungszeugnis oder einen Auszug seines Flensburger Verkehrssünderkontos konnte man aus der Bundesrepublik nicht einholen. Dafür hätte es eines Auftrages an den Geheimdienst von Markus Wolf bedurft.

Die Cottbusser Gliederung der Partei konnte sich lediglich auf eine Art Grundvertrauen stützen. Wegen Meinerts

Beruf als Rechtsanwalt durfte man davon ausgehen, dass er höchstwahrscheinlich gegenüber der geltenden Rechtsordnung eines Landes, in dem er freiwillig lebte, nicht prinzipiell feindselig eingestellt war. Allerdings hatte man in der DDR anlässlich der Prozesse gegen die RAF im Fernsehen mitverfolgen können, zu welchen Abwegen gelegentlich ausgewachsene Rechtsanwälte bereit waren. Klaus Meinert bot in dieser Hinsicht keine Angriffsflächen, jedenfalls war darüber nichts bekannt.

Klaus durfte endlich wieder fliegen, wenn auch nur in der Umgebung des Startflugplatzes. Sportlichen Ehrgeiz musste er für längere Zeit zurückstellen. Das komplizierte System der vorgeschriebenen schmalen Streckenbänder für Überlandflüge, das sogenannte Spinnennetz, durfte er in seinem ungesicherten Status als Anwärter nicht nutzen. Seine geschätzten Fähigkeiten als Fluglehrer machte man sich allerdings gern und von Beginn an zueigen.

Schon damals bekam seine ungestüme Entscheidung für das Leben in der DDR einen ersten Knacks. Wenn er als Fluglehrer unermüdlich mit den Flugschülern Starten und Landen übte, hatte er sich bald und von Mal zu Mal eindringlicher gefragt, ob er mit der spontanen Entscheidung für Patricia nicht doch zu spontan gewesen war. Die in der DDR arg amputierten Entfaltungsmöglichkeiten für den Segelflug bedrückten ihn, vor allem, wenn er daran dachte, dass in Westeuropa sogar die Landesgrenzen für große Streckenflüge kein ernsthaftes Hindernis mehr waren. Man musste nur ein paar Formulare ausfüllen und ein bisschen mit der Luftaufsicht funken. Wieso hatte er sich erst nach seinem Umzug in die andere Staatsbürgerschaft erkundigt, unter welchen Bedingungen sein geliebter Sport in der DDR ausgeübt werden konnte? Bis zur Besinnungslosigkeit von einer Frau fasziniert und - er musste es sich eingestehen – zeitweilig mächtig triebgesteuert hatte er es glatt vergessen. Vielleicht war es ihm zu dem Zeitpunkt nicht wichtig genug gewesen. Nun hockte er hier im anderen Deutschland und grübelte, ob sich alles gelohnt hatte.

Klaus hatte argumentiert, geschwärmt, gebettelt, aber er hatte Patricia für diesen Sport nicht gewinnen können. Nein, Angst hatte sie nicht gehabt! Daran lag es wohl tatsächlich nicht. Auf ihre Art war sie unverklemmt, beherzt, zupackend. Das Leben auf dem Flugplatz ist reich an endlosen Wartezeiten. Eines Tages hatte er die Zeit genutzt und ein Gedicht auf die Rückseite einer Startliste gekritzelt. Sogar mit diesen Versen konnte er Patricia nicht umstimmen.

Himmelsgaben

Ich nehm' Dich zu den Wolken mit,
als Flieger bin ich dort zu Haus.
Für Deines Schrittes sich'ren Tritt
Such' ich Dir einen Teppich aus.
Des grauen Stratus dichte Schicht
gibt Deinen Füßen festen Halt.
Zu fürchten brauchst Du Dich dort nicht;
ich zeig' Dir alles, komm doch bald.

Ich schenk' Dir auch das Himmelsblau
für einen wundervollen Schal.
Ich seh' Dich vor mir ganz genau:
Im schönen Stoff von erster Wahl!
Dein feines Antlitz hebt sich ab

im hellen, lieblichen Kontrast.
Du bist das Schönste, was ich hab!
Sei doch da oben oft mein Gast!

Nimm nun die Schäfchenwolken an
und bette darauf Dein Gesicht.
Ein weiches Kissen dann und wann
kannst Du wohl brauchen, meinst Du nicht?
Und halt' ein Plätzchen darauf frei,
weil ich so gerne bei Dir lieg. –
Träumst Du mal schlecht, steh' ich Dir bei,
damit ich Deine Angst besieg'.

Magst Du den lauen Frühlingswind?
Ich fang ihn ein und send' ihn Dir,
er fächelt Dir die Haare lind.
Du spürst, die Wärme kommt von mir.
Der Wind umhüllt und trägt Dich weit,
eilt gerne auch den Weg zu mir,
vertreibt den Schmerz für alle Zeit.
Nimm' alles an und glaube mir!

Willst Du auch den Gewitterturm,
gewaltig hoch und gleißend weiß?
Er birgt den Hagel und den Sturm.
Wir dreh'n von weitem einen Kreis
vor dieser Wand im Sonnenschein,
in sich'rem Abstand, weit davor.
Die Wolke soll Dein Spiegel sein,
nimm sie als leuchtendes Dekor.

Und nun die Zirren noch zum Schluss,
was fängst Du wohl mit ihnen an?
Sie sind so zart wie unser Kuss,
falls man das je vergleichen kann. –
Der Volksmund spricht von Engelshaar
und trifft das schöne Bild genau.
Wir sind schon längst ein gutes Paar,
bleib' ganz bei mir, sei meine Frau!

Die Verse rührten ihn, wenn er sie wieder einmal hervorzog, immer noch zu Tränen, offensichtlich mehr als die Empfängerin seiner Kunst. Natürlich hatte sie sich herzlich bedankt und war ihm um den Hals gefallen. Heute glaubte er, dass sie nur im ersten Augenblick die ungewohnte Form genoss, mit der Klaus ihr Beachtung schenkte. Besonders tief schien die Zartheit seiner Zeilen ihr Herz nicht zu berühren. Vielleicht war Patricias Temperament dazu zu prosaisch. Sie mochte auch denken, dass es ihr als moderner Frau nicht gut tat, sich von den Männern wie in alten Zeiten zunächst auf einen Sockel heben und anschließend nach altem Rollenmuster bevormunden zu lassen. Damals hätte Klaus solch einen Vorwurf gewiss nicht verdient.

Patricia lebte in einer vollkommen anderen Welt, in ihrer kirchlichen Jugendarbeit. Darin ging sie ganz auf. Sie konnte Klaus dafür nicht begeistern, außer vielleicht, wenn sie mit ihren Jugendgruppen sang. Er hatte sie ein paar Mal mit alten und neuen Liedern bei Proben für feierliche Anlässe der Stadt, der Partei oder ihrer Jugendorganisation erlebt. Sie besaß eine tragfähige, klare Stimme mit einem seltsamen metallischen Flirren in der höheren Lage. Er wollte es sich erst nicht eingestehen: Ihr Singen traf ihn stark, irgendwo zwischen Herz und Bauch, und übte auf ihn einen unerwarteten erotischen Zauber aus. Zu Hause hörte er sie nie singen. Er hatte sie auch nie darum gebeten. Heute wusste er nicht mehr, weshalb er es nicht getan hatte.

Klaus wollte mit seiner Fliegerei ebensowenig zurückstecken. Seine Tätigkeit in der Bauverwaltung der Stadt Cottbus unterforderte ihn zunehmend, ja, ödete ihn regelrecht an. Daneben ließ sich der zeitliche Aufwand für den Flugbetrieb bei der GST im Frühjahr, Sommer und Herbst sowie für die Baustunden und den Unterricht vor den Flugschülern im Winter gut verkraften.

Sogar Patricia hätte in seinen Zeitplan noch hineingepasst. Den Vornamen mit seiner englischen Schreibweise, das hatte er mal taktvoll gefragt, verdankte sie der unstillbaren Sehnsucht ihrer Eltern nach dem unerreichbaren Westen. Klaus und Patricia hätten das eine oder andere gemeinsam unternehmen können, einen Ausflug gemacht, wären ins Kino gegangen und hätten die Nächte zusammen verbracht. Die Wochenenden und Feiertage mit verhangenem Wetter, das zum Fliegen nicht zu gebrauchen war, hätte man noch hinzurechnen müssen. Alles in allem, dachte Klaus, keine schlechte Bilanz zu Patricias Gunsten, jedenfalls aus seiner Perspektive. Ob das noch die leidenschaftliche Liebe war, mit der sie einmal angefangen hatten, fragte er sich vorsichtshalber nicht. Sie hatte sich mehr als Lückenbüßerin gefühlt und diesen Verdacht auch einmal laut ausgesprochen. Sie sei doch nur seine Schlechtwetterbraut, hatte sie ihn wütend angeschrieen.

Warum war sie so schrecklich anspruchsvoll und wollte ihn ganz? Wie gut hätte man sich arrangieren können, ohne sich bei der persönlichen Entfaltung in die Quere zu kommen! Sie hatten ein stillschweigendes Übereinkommen unter selbstbewussten Menschen geschlossen, Klaus war davon jedenfalls überzeugt, niemals Rechte am anderen geltend zu machen. Nun war Patricia damit offensichtlich nicht mehr zufrieden und verlangte mehr. Sie hatten sich nach ihrem rauschenden Start schnell auseinander gelebt, ohne richtig zueinander gefunden zu haben. Wenn Klaus es sich ehrlich eingestand, waren sie längst bei einer Feierabend- und Wochenendfreundschaft angekommen. Die Frage, ziehen wir auseinander und wann, lag längst in der Luft!

Klaus wollte gar nicht wissen, ob an der Einflüsterung des Kollegen Mario Wissmann aus der Bauverwaltung etwas dran war, er möge sich um Himmels Willen mehr um Patricia kümmern, wenn ihm an ihr gelegen sei. Am vergangenen Wochenende, mit Schäfchenwolken am tiefblauen Himmel, habe er bei einem Badeausflug an den Spree-Stauseee Patricia und einen älteren Jugendleiter-Kollegen vertrauter miteinander erlebt, als es in der ehrenamtlichen Arbeit mit und vor Jugendlichen üblich sei. Er habe sie ganz zufällig bemerkt, Patricia und der Kollege hätten ihn aber nicht gesehen. Die Beiden hätten immerzu die Köpfe zusammengesteckt, gealbert und gekichert, als hätten sie die Pubertät gerade hinter sich oder diese Entwicklungsstufe noch nicht bewältigt.

Klaus hatte den ungebetenen Bericht ohne sichtbare Bewegung aufgenommen und mit einem „Das ist ja sehr interessant" quittiert. Das klang immerhin aufmerksam, zumal er das „sehr" auffällig gedehnt hatte. Nach dem Namen des älteren Kollegen hatte er allerdings doch gefragt. Klaus hatte damit kein Glück, denn Mario Wissmann kannte ihn nicht. Als Klaus wieder allein in seinem Bürozimmer saß, wunderte er sich allerdings, dass die Nachricht bei ihm keine Eifersucht ausgelöst hatte, im ersten Moment nicht und auch später nicht. Störte ihn Patricias Verhalten nicht, oder hielt er die Warnung des Kollegen für eine verlogene Machenschaft? Vielleicht hatte er Motive, die er nicht durchschaute? Klaus wusste es nicht und wollte lieber auf sich zukommen lassen, was nicht mehr zu ändern war. Eine Auseinandersetzung, würde er Patricia zur Rede stellen, scheute er.

Nach dem Besuch eines Konzerts mit Musik von Bach und Telemann in der ungeheizten Schlosskirche hatte sie ihn neulich vor klare Alternativen gestellt und eine Art Bedenkfrist gesetzt. „Ich mache das nicht mehr mit", hatte sie im Treppenhaus trotz ihres sonst eher ruhigen Temperaments gerufen, als ob es alle Nachbarn durch Wohnungstüren, die nicht besonders dicht schlossen, hören sollten. Jetzt fiel Klaus zum ersten Mal auf, dass Patricia jede Betonung ihrer Worte durch eine heftige Geste ihres Kopfes unterstrich. Bisher hatte er diese Eigenart nicht bewusst bemerkt oder jedenfalls nicht als unangenehm empfunden. Nun kam ihm dieses dauernde Nicken ausgesprochen albern vor. Seine Gedanken schweiften ab. War es nicht seltsam, was die Menschen sich im Laufe der Jahre für Angewohnheiten zulegten?

Plötzlich hörte er sie wieder sprechen: „Ich mache das nicht mehr mit, dieses Feilschen um Termine! Regnet es, passe ich gerade in das Wetterfenster zwischen den Fahrten zum Flugplatz. Heirate Deine Wolken oder Deine Flugzeuge! Über Katja Epsteins Lied ‚Heirat' doch Dein Büro...' hast Du neulich gelacht. Wieso denn? Es passt auf Dich, auf uns phantastisch! Überleg Dir das längstens zwei Wochen.

Sag mir dann, was Du mit uns vorhast. Ich weiß es langsam nicht mehr."

Als er viel zu rasch, vermutlich mehr aus dem Rückenmark als vom Kopf her gesteuert, einwarf, „von Heiraten war doch nie die Rede", hatte er anscheinend seinen letzten Kredit verspielt. Der Abend endete damit, dass sie mit versteinertem Gesicht wortlos ins Wohnzimmer auswich und sich dort behelfsmäßig ein Nachtlager einrichtete.

Die Konsequenz, mit der sie ihre kleinen und großen Ziele im Alltag verfolgte, hatte ihn von Anfang an fasziniert. Er fand es aufregend, mitzuerleben, wie souverän sie die Mittel wechselte, ohne einen Plan aufzugeben! Verfehlte die direkte Argumentation auf den Verhandlungspartner ihre Wirkung, brachte sie z.B. dem unentschlossenen Festredner für ihr Jugendtreffen bei, dass es am Ende sein Karrierevorteil wäre, wenn er zusagte. Zögerte er noch immer, steckte sie sich diplomatisch hinter Vorgesetzte oder Freunde, damit sie nachhalfen. Eine Absage akzeptierte sie frühestens nach der dritten Runde, aber meistens kam es nicht so weit. Sie hatte den Erfolg schon vorher in der Tasche. Klaus wusste, dass er sich auch bei ihrem Streit auf diese Zielstrebigkeit verlassen konnte. Wahrscheinlich wäre auch er ihr nicht gewachsen.

Als Klaus sich mangels besserer Alternativen sofort ausgezogen und ins Bett gelegt hatte, registrierte er wie bei einem medizinischen Selbstversuch, dass diesmal die ihm als Reaktion gut bekannten Hitze- und Kälteschauer auf dem ganzen Körper ausblieben. Selbst wenn er Patricias Ultimatum nicht gerade als angenehm empfand, war er eigentlich nicht verstört oder gar erschüttert. Er wagte kaum, es sich einzugestehen: Er fühlte sich sogar ziemlich gut.

Früher schlief er nach einem solchen Krach schlecht, schreckte immerzu wieder auf und grübelte die halbe Nacht, wie alles eigentlich gekommen war. Heute musste er sich damit abfinden, dass die ausgestreckte Hand ins Leere gegriffen hätte. Sein zärtliches Flüstern wäre in der Bettdecke erstickt. Er hatte sich angewöhnt, vor dem Einschlafen sein Bein zwischen ihre warmen Schenkel zu schieben, den Schwung ihrer Hüfte zu genießen oder mit seiner Hand frech eine Pobacke zu umwölben. Ließ er einen Finger die Furche entlangfahren, schüttelte sie das Kitzeln unwillig ab. Sollte er hinübergehen und versuchen, den Frieden, wollte er ihn eigentlich noch, zurückzugewinnen? Dafür war nach seinem Empfinden noch nicht genug Zeit verstrichen. Klaus fühlte sich ihrem Zorn nicht gewachsen und war überzeugt, sie würde seinen Versuch zurückweisen.

Die Wettervorhersage fürs bevorstehende Wochenende versprach trockene Polarluft. Sie strömte vom Baltikum her ein. Ein Hochdruckgebiet breitete sich über dem Osten Deutschlands aus. Fliegerisch standen Traumtage bevor. Für die berückenden thermischen Bedingungen mit 3000 Metern Wolkenuntergrenze für große Streckenflüge wäre die DDR mit ihren bürokratischen Beschränkungen abermals zu klein.

Klaus hatte vor zwei Jahren durch sein übereiltes Handeln sehenden Auges alles verspielt, sich fliegerisch sozusagen selbst entmannt! Und was mochte an ihrer Partnerschaft wohl noch dran sein? Er hatte nicht einmal den Biss, sich zu wehren! Wenn er sich selber zusah, kam ihm alles wie ein inneres Achselzucken vor. Die realistische Perspektive, dass so der Anfang vom Ende aussehen könnte, löste bei ihm keinen besonderen Impuls mehr aus.

***

Mit energischem Griff zog er seine Schultergurte nach und nahm sich wieder in die Pflicht. Trotz seiner beruhigenden Anflughöhe durfte er jetzt nicht euphorisch werden, denn er hatte noch ein schweres Stück Arbeit vor sich. Ohne präzise Verständigung über Funk mit dem Turm auf einem Militärflugplatz landen zu wollen, ist ein kühnes Vorhaben. Dies wusste Klaus, auch, wenn er solch einen großen Flugplatz noch nie angeflogen hatte. In Fuhlsbüttel zu landen, wäre ihm damals als West-Segelflieger von seinem Hamburger Vorort Boberg aus nicht in den Sinn gekommen. Trotz Anmeldung hätte er die Freigabe durch die Fluglotsen nie erhalten. Die hätten ihn sonstwo hingeschickt, jedenfalls eine Landung inmitten des durchorganisierten Betriebs eines Verkehrsflughafens nicht zugelassen. Heute, in seiner verzwickten Lage, konnte er nur hoffen, dass er — wenn er niemanden in Gefahr brachte — mit einigen vorwurfsvollen Blicken und Ermahnungen davonkam. Sonderlicher Betrieb schien in Gatow nicht zu herrschen. Er hatte bisher keine Flugbewegungen beobachtet. Irgendwo musste ein politischer Flüchtling schließlich sein Fluggerät heil abstellen dürfen. Unter dem Druck der Verhältnisse hatte er sich nun einmal zu diesem Reiseweg entschlossen. Niemand konnte von ihm erwarten, dass er es riskierte, ein Segelflugzeug, das der GST gehörte, auf einer viel zu kurzen Wiese zu zerschmeißen!

Bis nach Tempelhof hin, von seinem aktuellen Standort aus quer über die halbe Riesenstadt hinweg, hätte die verbliebene Höhe seiner Einschätzung nach nicht gereicht. Er hätte ohne eine sichere Landemöglichkeit auf dem Weg nach Tempelhof an die fünfzehn Kilometer weit über die Häusermasse hinweg schweben und noch weiteren Aufwind finden müssen. Außer einigen wenigen, für seinen Zweck viel zu kleinen Sportplätzen oder winzigen Parkwiesen, die noch dazu von hohen Bäumen umstanden waren, bot Berlin im Südwesten nichts Passendes. Beim Anflug auf Gatow, hätte er noch auf dem Fluss aufsetzen können, wenn die Höhe nicht gereicht hätte. Er spürte das unbestimmte Gefühl, die Havel grinse ihm hämisch zu und lade durch ihren Wellenschlag wie mit einer Handbewegung dazu ein, es ruhig zu versuchen. Eine Wischbewegung vor seinem Körper verscheuchte die unangenehme Vorstellung wie eine Wespe über dem Marmeladenbrot.

Ein Punkt hätte für Tempelhof gesprochen. Dort war die Flugsicherung, das wusste er aus Westzeitungen und aus Fernsehnachrichten, auf unvermutete Landungen aus dem Osten eher eingerichtet als in Gatow. Nicht ohne Grund hatte der Volksmund, die bekannte Berliner Schnauze, mal mit, mal ohne Herz, die Anfangsbuchstaben der polnischen Luftfahrtgesellschaft LOT in „Landet ooch — oder oft — in Tempelhof" umgedeutet. In der langen Reihe illegal in den Luftraum über Berlin (West) eingedrungener Motorflugzeuge hätte sich gegenüber den klobigen Omnibussen der Lüfte sein polnisches Segelflugzeug als sportliche und ästhetische Bereicherung recht nett gemacht.

Klaus Meinert rief sich entschieden zur Ordnung und überlegte sich, es wäre wahrscheinlich das Beste, die Briten nicht mit einer knappen Landung, hoppla über die Bäume hinweg und plumps auf die Piste, zu überraschen. Er wollte sich lieber in angemessener Höhe von 300, vielleicht 400 Metern, am Platzrand einfinden und die Absicht seiner Landung anzeigen. Dadurch würden sie auf ihn aufmerksam werden, selbst, wenn er nicht über Funk mit ihnen reden konnte. Er kannte leider ihre Frequenz nicht.

Klaus war sich über eines im Klaren: Wenn die Briten ihre Arbeit auch am Sonntag ernst nahmen, hatten sie ihn ohnehin längst auf ihrem Radarschirm als ungeklärtes Flugobjekt wahrgenommen. Dann probierten sie jetzt im Flugfunk mit mehr Muße, als er sie hier oben hatte, alle möglichen Frequenzen durch, um mit dem fremden Flugzeug Kontakt aufzunehmen. Er hatte keinen Funkspruch in deutscher oder englischer Sprache gehört, der auf ihn gepasst hätte. Hatten sie ihn vielleicht noch nicht entdeckt? Vielleicht lohnte sich die Mühe nicht, ihm ein Militärflugzeug entgegenzuschicken. Als Bedrohung konnten sie ihn kaum ansehen. Nach Fluggeschwindigkeit und Größe hätten sie ihn auf dem Radarschirm höchstens mit einem Hubschrauber verwechseln können. Wenn er sich in feindlicher Absicht hätte anschleichen wollen, hätte er versucht, den Radar kunstgerecht in Baumwipfelhöhe zu unterfliegen, anstatt mit stolzen 700 Metern schräg über die Große Breite direkt auf den vermeintlich feindlichen Flugplatz zuzugleiten.

Die Angst vor einer Wasserlandung war in seinem Hirn sofort da, als er schräg unter sich, wie an einer Perlenschnur aufgereiht, ein Regattafeld von etwa hundert Segelbooten dahinziehen sah. Er konnte auch aus dieser Höhe gut erkennen, dass diese Boote viel kleiner als die meisten Yachten ringsherum waren und nur ein Hauptsegel führten. Klaus lächelte, weil in ihm eine Erinnerung aufstieg. Vor Jahren hatte er es aus Übermut einmal gewagt, sich in einen solchen winzigen „Optimisten" hineinzuhocken. Beim Einsteigen wäre er beinahe gekentert. Als der Mastbaum bei der ersten Wende gegen den strammen Wind mit seinem Kopf kollidiert war, brach er das Experiment ab. Halb lachend, halb fluchend ließ er sich von den Freunden aus seiner Zwangslage befreien.

Klaus verstand ein wenig vom Segeln. So entnahm er aus Fahrtrichtung und Segelstellung der großen Yachten, aus welcher Richtung der Bodenwind über der Havel wehte: Aus Nordwest. Der Wind hatte während seines Fluges nach links gedreht. Er hatte sich vor Monaten einmal ohne nähere Absicht anhand einer alten Karte über den Flugplatz informiert. Er wusste noch, dass die Gatower Piste fast in Ost-West-Richtung, 250 oder 70°, lag. Heute also Landerichtung 25, resümierte er die Lage. Ein paar Sekunden lang war er stolz auf sich, denn er konnte die eingedrillten Handwerksregeln offenbar auch unter hohem Stress noch abrufen. Klaus wusste aus Erfahrungen von Fliegern, dass sie unter besonderem Druck manchmal nicht mehr die Grundrechenarten beherrschten. Jeder Flug war aber erst zu Ende, wenn das Rad zu rollen aufhörte und der Segler die Fläche im Gras ablegte. Er war noch lange nicht heil unten.

Der rechte Unterarm schmerzte plötzlich wie im Krampf. Jetzt erst bemerkte er, dass er den Steuerknüppel mit eisernem Griff wie das Lenkrad eines alten Lasters gepackt hatte. Klaus redete sich gut zu, es gebe keinen Grund zur Aufregung. Er war aber noch nie, noch dazu illegal, auf einem so großen und so leeren Flugplatz gelandet.

Auf dem Vorfeld und zwischen den Hallen war weniger los als nichts. Keine Menschen, keine Flugzeuge, nur ein paar bunte Autos, am Tor zur Straße hin geparkt. Es herrschte die große Öde des Wochenendes! Alle schliefen wohl oder saßen vorm Fernseher. Er schüttelte den Kopf:

Wie konnten sie so unbekümmert sein gegenüber Gefahren aus dem Luftraum des Warschauer Pakts? Klaus spürte seinen Herzschlag am Hals. Offenbar vertrauten die Briten auf die Luftüberwachung. Er erkannte weiter nördlich auf dem kleinen Hügel aus Trümmerschutt inmitten des Grunewaldes die amerikanische Radarstation auf dem Teufelsberg mit ihren weißen Kuppeln. Angeblich konnten sie von dort aus jedes Flugzeug im Umkreis von zweihundert Kilometern schon beim Start ausmachen.

Am Südrand des Platzes flog Klaus in weiten Schleifen die überschüssige Höhe ab. Er versuchte sich vorzustellen, wie schön es für die Berliner sein müsste, wieder Segelflug am Rande ihrer Heimatstadt zu betreiben. Jetzt mussten sie stur nach Westdeutschland fahren, nach Niedersachsen, Schleswig-Holstein oder Bayern. Mehrere Berliner Vereine, das wusste er noch aus seiner Hamburger Zeit, hatten ein eigenes Segelfluggelände, das sie „Berliner Heide" nannten, in der Nähe von Celle eröffnet. Sie waren es satt, bei wohlmeinenden westdeutschen Fliegern Untermieter zu spielen.

Sein Blick strich suchend über den fremden Gatower Platz. Die Landepiste wählte er so aus, dass sein „Empfangskomitee" nicht weit schieben musste. Klaus Meinert empfand es immer noch als peinlich, welche schwerfälligen Möbel Segelflugzeuge nach der Landung sind. Sie stiegen gemeinsam mit Greifvögeln, Kranichen und Störchen zu den Wolken auf, aber am Boden war die Eleganz dahin.

Plötzlich rollte hinter der quadratischen Halle neben dem Blumenrondell ein einmotoriges Motorflugzeug hervor und brauste zur nächstgelegenen Asphaltpiste. Ohne den üblichen Zwischenhalt zum Warmlaufen einzulegen, startete es sofort. Nach einer Rollstrecke von höchstens 100 Metern sprang es förmlich in die Luft. Der Pilot kurvte bereits gefährlich dicht über dem Erdboden in einem scharfen Bogen nach links und zog steil hoch wie sonst nur beim Kunstflug. In einer weiten Schleife kam er direkt auf das Segelflugzeug zu.

Nach einigen engen Spiralen hatte der vermutliche Brite seine Höhe erreicht. Klaus konnte zwei Insassen erkennen. Sie winken ihm mit ihren Mützen zu. In beruhigendem Abstand von ungefähr zweihundert Metern umkreiste ihn das Motorflugzeug, ohne ihn zu bedrängen. Offenbar kannte sich der Pilot mit dem üblichen Verfahren für die Landung von Segelflugzeugen aus. Erst nachdem Klaus Meinert seine Höhe bis auf einen Rest von 200 Metern verflogen hatte, setzte sich das Flugzeug vor ihn. Es wackelte mehrmals mit den Flächen und zeigte ihm damit, er möge folgen und landen. Dann deutete er eine schulmäßige Landeeinteilung mit Gegenanflug, Queranflug und Endanflug an. Klaus hütete sich, ihm auf demselben Weg über Grund sklavisch hinterherzufliegen. Bei starkem Gegenwind glitt sein Pirat nicht sehr weit. Er musste in eigener Verantwortung abschätzen, welcher Kurs ihn aus seiner restlichen Höhe zu dem angepeilten Aufsetzpunkt führen würde.

Klaus beneidete die Gelassenheit eines Motorfliegers vor der Landung. Wenn jener seine Einteilung verpatzt hatte — er kam zu hoch oder zu tief herein — konnte er die Landung abbrechen, durchstarten und noch einmal von vorne anfangen, bei Bedarf auch mehrmals. Im Segelflug aber diktieren in Bodennähe die Naturgesetze von einem bestimmten Zeitpunkt an unerbittlich die Landung. Auch bei groben Schätzfehlern muss sie weiterlaufen. Der Pilot kann sie nicht mehr verschieben. Wenn die Höhe bereits zu früh verbraucht ist und nicht mehr bis zum Flugplatz reicht, findet die Landung eben vor oder neben dem Platz statt. Ob sich das Gelände nun eignet oder nicht, spielt dann keine Rolle mehr. Besonders reizvoll ist das bei Segelfluggeländen, die von dichtem Wald umgeben sind oder auf einer Bergkuppe liegen!

Für einen Augenblick zögerte Klaus Meinert, ob er wohl hätte umkehren wollen, wenn es technisch noch möglich gewesen wäre. Hatte er die richtige Entscheidung getroffen? Erst war er ziemlich unbedacht hinübergewechselt in das sozialistische Deutschland, das sich selbst eingemauert hatte. Nun wollte er wieder zurück in den kapitalistischen Westen. Wie ein unreifer Halbwüchsiger, der morgen schon seine Entschlüsse von gestern umstößt! Würde man ihn als verdächtigen Agenten einsperren? Unwahrscheinlich bei dieser seltsamen Form der Anreise, aber auf ein längeres Verhör müsste er sich wohl einrichten.

Ginge er anschließend harmlos, als wenn nichts gewesen wäre, wieder nach Hamburg zurück? Würden ihn nicht alle fühlen lassen, dass sie ihn für verrückt hielten? Alle vielleicht nicht! Vielleicht nützte seine riskante Aktion dem einen oder anderen Zweifler als lebendiger Beweis, dass die Lebensweise im Westen doch die überlegene war. Sogar die Rechthaber, die es schon immer gewusst hatten, könnten sich auf ihn berufen. Auf die Weise würde er sogar Sympathiepunkte sammeln. Er hätte im öffentlichen Bewusstsein der Mitbürger gewissermaßen eine politisch-psychologische Funktion, wenn auch nur für kurze Zeit. Leben könnte er von den paar Honoraren für Zeitungs- oder Fernsehinterviews auf Dauer nicht. Ein nettes Überbrückungsgeld könnte immerhin herausspringen.

Wie würde die Rechtsanwaltskammer die bizarren Schlaufen seiner Biographie bewerten? Gäben sie ihm nach nunmehr zwei Jahren die Zulassung zurück? Einfach so? Die fachliche Kompetenz als Jurist hatte er zweifellos mit seinem Ausflug nach Osten erweitert. Hatte aber nicht die persönliche Zuverlässigkeit, die man von einem Anwalt erwartete, massiv gelitten? Würden bedeutende Mandanten einem halben oder ganzen Kommunisten wirtschaftliche Interessen von einiger Größenordnung anvertrauen? Wäre er auf ewig zu einer Existenz als Winkeladvokat mit einer Feld-, Wald- und Wiesenpraxis verdammt? Wie hatte er auf solche Kollegen herabgeschaut, die jedem lächerlichen Mandat, das kaum die Praxiskosten deckte, hinterherlaufen mussten!

Klaus Meinert sah den Rand des Flugplatzes schräg unter sich und begriff schlagartig, dass sein „Pirat" nicht allein landen würde. Also schob er alle Gedanken, die im Augenblick nur eine gefährliche Ablenkung sein konnten, beiseite. Er schaute auf den Höhenmesser und konzentrierte sich auf die richtige Platzierung des Queranfluges. Nicht zu nah und nicht zu weit von der Landepiste entfernt. Schön lang musste dieses Stück sein, damit der Pilot den Flugweg nach Bedarf abkürzen oder verlängern konnte! Auch der Endanflug ließ sich mit den Landeklappen stark variieren. Je nach dem, wie weit er sie ausfuhr, sank das Flugzeug mehr oder weniger schnell.

Als er den Blick schweifen ließ, bemerkte Klaus zu seiner Überraschung, dass der Himmel das Gewand gewechselt und schwarze Wolken angelegt hatte. Der Wind hatte mächtig aufgefrischt. Er würde im Endanflug von der Seite blasen und noch dazu sehr böig sein. Klaus hasste Landungen mit starkem Seitenwind. Der Pilot musste mit Vorhaltewinkel in den Wind, also unangenehm schräg ausgerichtet, hinuntergleiten und unmittelbar vorm Aufsetzen die Nase wieder exakt zur Piste ausrichten. Es gab dabei ein Risiko: Nahm der Pilot den Vorhaltewinkel zu früh heraus, wurde er vom Seitenwind sofort über den Rand der Piste hinausgetrieben. Er geriet eventuell auf Gelände, das zum Landen nicht taugte. Verpasste er den allerletzten Moment zum Ausrichten, setzte das Flugzeug schiebend auf. Das Fahrwerk wurde überlastet, oder die vorgestreckte Fläche stieß auf den Boden. Wenn der Segelflieger sich ungeschickt anstellte, konnte er durchaus eine Bruchlandung hinlegen.

Meinert sah links hinunter zum Platz und beobachtete, wie das Motorflugzeug inzwischen ausrollte. Es zeigte ihm an, dass er die Graspiste zwischen den beiden befestigten Landebahnen nehmen sollte. Er hätte zu gern mal eine Landung auf Asphalt probiert, aber es ging jetzt nicht um sein Vergnügen. Klaus war inzwischen in den Queranflug eingekurvt. Unter ihm Wald, die Havel lag gut einen Kilometer weiter rechts von ihm, nach Osten hin. Hinter dem anderen Ufer folgte wieder Wald. Bis zu den ersten Häusern der großen Stadt, hinter dem Grunewald, waren es noch etliche Kilometer. Die vornehmen Villen konnte er mehr ahnen als sehen.

Er hatte den starken Wind nun genau auf der Nase und musste deutlich nach links abkürzen, so rasch verlor er an Höhe. Unvermittelt wollte ihn der riesige Handteller eines bösen Geistes der Lüfte schon hier auf den Boden drücken. Klaus Meinert durchquerte fallende Luftmassen. Mit vier Metern pro Sekunde, das entspricht einem flotten Fahrstuhl in einem Aussichtsturm, stürzte sich die Luft in den Wald.

Irgendwo nebenan müsste es fürchterlich „rauf" gehen. Also brauchte der Aufwind Nachschub und nahm ihn, wo er ihn kriegen konnte. Als wollte er Meinert foppen, bediente er sich genau an dieser Stelle.

Dann war Klaus durch den Abwind hindurch, hatte aber eben mal vierzig bis fünfzig Meter zugesetzt, die nicht eingeplant waren. Der volkstümliche Begriff „Luftloch" war dafür gar nicht verkehrt, dachte Klaus. Er schrägte den restlichen Weg weiter ab und ging direkt in den Endanflug über. Als er die Platzkante überquerte, kamen ihm die Kronen der Baumreihe dicht entgegen und versuchten, nach ihm zu greifen. Würde er noch in den Platz kommen? Er zögerte einen Augenblick, ob er nach rechts oder links abdrehen musste. Klaus war überzeugt, es würde reichen, und behielt die Landerichtung bei. Er meinte, die Äste unter seinen Füßen zu spüren. Dann war er darüber hinweg und atmete ein paar Mal sehr tief. Den Kopf drehte er nicht zurück, um zu schauen, wie knapp es gewesen war. Die Wirbel beutelten ihn mächtig. Er wehrte sich mit kräftigen Ruderausschlägen.

Hinter den Pappeln fuhr er die Bremsklappen ganz aus. Was für eine Schnapsidee, dachte er, solch eine Baumreihe stehen zu lassen! Sollte er das nicht nach der Landung beanstanden? In acht bis zehn Metern über dem Gras rundete er die Flugbahn aus, so dass er parallel zum Boden schwebte. Die Nase seines „Piraten" zeigte aber noch seitwärts auf die Hangars. Echt britischer Rasen, dachte Klaus, und ließ seinen Segler ganz niedrig über der Erde ausschweben. Diese Phase war von prickelndem Reiz. Er versuchte, sie so weit wie möglich zu strecken. Klaus lachte innerlich, denn er musste daran denken, dass manche Kollegen diese allerletzte

Phase der Landung mit dem Hinauszögern eines sexuellen Höhepunkts verglichen. Die restliche Fahrt, die noch Auftrieb erzeugte und ihn weitergleiten ließ, kitzelte er in diesem Schwebezustand behutsam weg, bis der „Pirat" wirklich nicht mehr fliegen konnte und sacht aufsetzen würde.

Wie programmiert hatte er Erinnerungsfetzen aus seiner Ausbildung im Ohr: Die gelungene Landung soll ein Absturz aus zehn Zentimetern Höhe sein. Endlich drehte er die Nase mit einem langen Tritt ins linke Seitenruder in Richtung der Piste und, rums, vermutlich waren es nicht zehn, sondern vierzig Zentimeter Fallhöhe, saß er unten. Der „Pirat" rumpelte über den vielgerühmten britischen Rasen, der auch zum Landen gut taugte. Nach etwa hundert Metern drückte der Wind die linke Fläche zu Boden. Sie fiel ins Gras, während das Flugzeug zu rollen aufhörte. „So, das war's", sagte er halblaut. Klaus starrte auf das Instrumentenbrett, außerstande, sich zu rühren oder daran zu denken, was ihn jetzt erwartete.

Die Lebensgeister kehrten augenblicklich zurück. Halb mechanisch, wie er es stets gemacht hatte, schnallte er sich los und öffnete die Kabinenhaube. Bevor er noch Zeit fand, sich in dem engen Cockpit aus dem Sitz emporzudrücken und die Beine, eines nach dem anderen, über den Rand zu schwingen, war er von einem Dutzend britischer Soldaten in Kampfanzügen umringt. Er verstand ihr Englisch schlecht. Aus Stimmlage, Mienenspiel und Gesten entnahm er, dass sie gegen seine Landung auf ihrem Flugplatz nichts einzuwenden hatten. Sie suchten keine Düsentriebwerke unter den Flächen und keinen Propeller an der Rumpfnase, sondern schienen Segelflugzeuge schon gesehen zu haben. Im Westen, dachte Klaus, wurden sie ja auch nicht weggesperrt wie in seiner hinter ihm liegenden, sehr vorübergehenden Heimat. Die Briten fanden es anscheinend ganz in Ordnung, dass mal ein motorloses Flugzeug ihren langweiligen Dienstbetrieb auflockerte. Klaus lächelte und gab sich Mühe, den freundlichen Empfang mimisch in gleicher Münze zu erwidern. Endlich quälte er sich, steif vom langen Stillsitzen, aus seinem niedrigen Cockpit und stellte sich unschlüssig neben sein Flugzeug. Jetzt zückten die ersten Soldaten ihre Kameras und beförderten ihn zu einem unfreiwilligen, seltsam unwilligen Star der Luftfahrt. Klaus Meinert war sich nicht schlüssig, ob er die ihm gerade zugedachte Rolle als Held während der kommenden Verhöre wohl annehmen sollte. Lust dazu verspürte er nicht. Er fühlte sich schrecklich müde. Hunger und Durst hatte er auch. Das ersehnte Gefühl, seine Freiheit wiedergefunden zu haben, würde sich im Laufe der Stunden schon noch einstellen. ...

Undank des Vaterlandes

An einem Wochentag im November 1997 hatte sich die Sonne keine Minute blicken lassen. Nun war sie wohl bereits untergegangen. Sie hatte sich davongestohlen, nicht einmal zur Nachtruhe verabschiedet. Der exakte Augenblick des Sonnenunterganges hätte sich zwar anhand der astronomischen Angaben im Kalender nachweisen lassen, fühlbar war er aber für die Menschen im Rheinland nicht.

Ein Mann und eine Frau fuhren hinter Bonn auf die Autobahnauffahrt Siegburg zu. Sie sprachen kaum, außer ein paar belanglosen Bemerkungen, die vielleicht den Feierabend bekräftigen sollten, und hörten im Radio das „Air" Johann Sebastian Bachs. Jochen Bürgel, der Fahrer des roten BMW-Kombis, kannte das kurze Stück und mochte es sehr. Es kümmerte ihn nicht, wenn manche Freunde es als abgespieltes Stück für Wunschkonzerte mit populärer Klassik empfanden. Auch Bürgels Beifahrerin hatte bei den ersten Takten kaum merklich die Mundwinkel gehoben. Dann duckte sie den Kopf unter der tiefhängenden Wolkendecke und schaute besorgt auf die Fahrbahn. Noch war sie trocken. Sie mochte dem Fahrer nicht bei der Auswahl des Musikprogramms hineinreden.

Bürgel neigte den Oberkörper zu den Lautsprechern hin. Er schien in sie hineinkriechen zu wollen, als hörte er die schwebenden Klänge der hohen Streicher zum ersten Mal. Ob es dem Komponisten wohl gelänge, aus den endlosen Schleifen des Themas noch herauszuschlüpfen, ohne das Stück gewaltsam abzubrechen? Bürgel spielte ein Spiel wie in Kindertagen. Auch damals kannte er den guten Ausgang des

Märchens, das der Vater vor dem Einschlafen vorlas. Doch hatte er jedes Mal wieder Angst, ob Hänsel und Gretel den grässlichen Gefahren wohl entkommen würden.

Jetzt passierte mit Bachs Stück genau das, was er befürchtet hatte. Die Musik brach jäh ab. Der Sprecher des Westdeutschen Rundfunks entschuldigte sich für diese Rohheit nicht. Auf die eine Minute bis zum Endes des Stücks wäre es nicht angekommen. Der Ansager mit seiner geschulten Stimme, für Bürgels Geschmack war sie unangenehm glatt, schien kein Empfinden für die Schwere seines Vergehens zu besitzen. Er hielt anscheinend seinen Auftritt für so wichtig, dass ein schon lange im Grabe liegender Komponist zurückzutreten hatte.

„Achtung! Hier eine spannende Durchsage für alle Mitbürger und Mitbürgerinnen, die jetzt auf den Straßen unseres herrlichen Landes unterwegs sein müssen!", sagte er mit einem sensationellen Unterton, als wenn er einen neuen Popsong eines bekannten Stars ankündigte. „Von Nordwesten nähert sich dynamisch bis hektisch ein Tiefdruckgebiet, das unweathermäßige Schneefälle heranführt", er lachte meckernd. „Das gesamte Vorhersagegebiet kann es treffen. Schon in den nächsten Stunden müssen wir im Rheinland, vor allem im Bergischen Land, im Westerwald und im Sauerland mit einer leichten Schneedecke rechnen. Auf den Höhen des Berglandes kann es auch ein bisschen mehr werden. Wir erwarten starken Wind von sechs, sieben Windstärken. Richten Sie sich also bei freiliegenden Straßenstücken auf Schneeverwehungen ein. Wenn Sie nicht unbedingt heute noch reisen müssen, verschieben Sie Ihre Fahrt, bis die Verhältnisse, ich meine natürlich die Wetterverhältnisse, besser zu überblicken sind." Er lachte wieder. „Bleiben Sie ruhig dran! Wir wünschen Ihnen trotz allem einen schönen Abend und eine gute Nacht." Er ließ die Musik genau wieder an der Stelle einsetzen, wo er sie unterbrochen hatte. Ein unüblicher Kundendienst, bemerkte Bürgel im Stillen, bevor er begriff, was der Mann eben gesagt hatte.

„Gute Nacht", wiederholte Bürgel dann laut das Stichwort. Er blickte zu der zierlichen Frau hinüber, die wie teilnahmslos auf ihrem Platz saß. „Hier sieht man noch nichts. Was halten Sie von der Meldung? Wird es so schlimm kommen? Eine handfeste Katastrophenwarnung", beantwortete er seine Frage selbst und sah noch einmal zu Michaela Roth hinüber.

„Die sagen das bestimmt nicht bloß, um uns zu erschrecken", meinte sie leise. „Der Wetterdienst ist über die Jahre verlässlicher geworden. Es wird schon etwas dran sein, auch wenn wir noch nichts sehen. Das Bergland fängt gerade erst an."

„Ich kenne die Gegend gut. Früher habe ich in Bonn gewohnt. Im Bergischen Land habe ich alle Straßen bergauf, bergab auf dem Rennrad unsicher gemacht. Ich finde, wir sollten umdrehen. Sie gehen wieder in Ihr Hotel am Markt, und ich übernachte noch einmal bei meinem Bruder in Bad Godesberg. Morgen sehen wir weiter. Züge nach Hause bekommen Sie vermutlich heute keine mehr. Was halten Sie von meiner Idee?" Er wartete auch jetzt nicht ab, was sie erwidern würde, sondern setzte rasch hinzu: „So machen wir es, ja?"

Jochen Bürgel hatte dem Zusammentreffen mit Michaela Roth ungeduldig entgegengeblickt. Er hatte erfahren, dass sie als Journalistin für eine Zeitung aus Sachsen-Anhalt an der Tagung teilnehmen würde. Sie hatten sich ein paar Mal bei beruflichen Anlässen in Potsdam und in Magdeburg gesehen. Es ging dabei um die Gründung von Städtepartnerschaften zwischen den neuen Ländern und Frankreich. Jochen Bürgel war Gymnasiallehrer für Französisch in Potsdam und Mitglied der Stadtverordnetenversammlung. Also lag es nahe, dass er sich für das Thema interessierte. Hier konnte er etwas Handgreifliches für das friedliche Zusammenleben der Menschen in Europa tun. Er war es satt, über Völkerverständigung nur abgehoben zu reden. Genau das war im Osten gegenüber den sozialistischen Bruderstaaten der Fall gewesen. So gut er konnte, wollte er jetzt seinen Beitrag als Lehrer und Kommunalpolitiker leisten.

Als ob irgendjemand ein geheimes Kommando gegeben hätte, fiel von einer Sekunde zur anderen ein dichter Flockenwirbel aus den Wolken und überzog Felder, Häuser und Fahrbahn mit einer samtigen Decke. Das Licht der Scheinwerfer konnte den zuckrigen Wolkenbruch kaum durchstoßen. Die Reisenden sahen, wie sich ihr Fahrzeug gegen eine lautlos auf die Scheibe prallende Wand schob, die aber zugleich beständig zurückwich. Bürgel drehte einige Male den Kopf hin und her, denn er spürte, wie sein Hemdkragen feucht wurde. Er fuhr ein gutes Stück langsamer. Den Laster, der eben noch ein paar Dutzend Meter vor ihm hergerollt war, konnte er nicht mehr erkennen.

Bürgel würde in wenigen Minuten die Autobahnauffahrt Siegburg erreichen. Wenn er bei diesem Wetter auf der Autobahn in einen Stau geriete, wäre er womöglich für Stunden gefesselt. Auf Landstraßen böten sich eher Alternativen, auch wenn man eventuell Umwege in Kauf nehmen müsste. Also würde er, falls sie nicht doch umkehrten, die Autobahn vermeiden und das Bergische Land Richtung Overath auf gewöhnlichen Straßen durchqueren. Von dort könnte er die hoffentlich wieder schneefreie Autobahn bei Kamen in Westfalen ansteuern.

Das dicht vor beider Augen von der Natur aufgeführte Schauspiel, von dem sie nur wenige Millimeter Glas trennten, hatte seiner Beifahrerin offensichtlich die Sprache geraubt. Sie hatte nur hinausgeschaut und nicht gewusst, ob sie sich bedroht oder geborgen fühlen sollte. Ihr fiel ein, dass sie auf seinen Vorschlag sofort umzukehren, nicht geantwortet hatte. Der Fahrer hatte schon ein paar Mal herübergeschaut, aber seine Frage noch nicht wiederholt.

Meine Lage, dachte sie, ist im Grunde einfach. Sie musste im Verlaufe der Nacht wieder in Magdeburg sein. Allerdings zögerte sie, ob sie unter diesen Straßenverhältnissen solche Wünsche äußern sollte. Wenn man den Radiomeldungen glaubte, konnte sich die Wetterlage sehr zu ihren Ungunsten entwickeln. Sie hatte diesen Mann auf dem Sitz neben ihr lediglich zwei-, dreimal gesehen. Nun saß sie im Warmen, in seinem Auto, und war ihm in gewisser Weise ausgeliefert. Was war er für ein Typ? Weshalb hatte er sie nach der Tagung so eindringlich gebeten, mit ihm zu fahren? Ohne eigentlich zu überlegen, hatte sie zugestimmt. Mit dem Zug zu reisen, ist an sich die komfortablere Variante! Sind sich da nicht alle einig? Sie musste es wohl, als sie seine freundlich bittenden Augen gesehen hatte, vergessen haben. Vielleicht war es nach dem langen Tag einfach Schwäche, denn sie fühlte sich längst noch nicht wieder bei Kräften.

„Eigentlich möchte ich nicht wieder umkehren. Nehmen Sie es mir nicht übel! Ich müsste im Laufe der Nacht zu Hause eintreffen. Wenn es spät wird, ist nicht schlimm. Meine beiden Kinder sind zu Hause allein."

Jochen Bürgel konnte ihrer sanften Stimme nicht anhören, ob dies aus ihrer Sicht eine dramatische oder eine alltägliche Mitteilung war. Er hätte es gerne gewusst. „Allein in der Wohnung?", rief er laut, fast empört. „Wie alt sind sie denn, sind sie noch klein?", wollte er wissen. Draußen umgab sie die weißgesprenkelte Nacht.

Sie schien zu lächeln, soweit er dies in dem wechselnden Spiel der Lichtreflexe erkennen konnte, und deutete mit der Hand auf die Fahrbahn. „Stempeln Sie mich nicht gleich als Rabenmutter ab! Meine Kinder sind keine Babys mehr. Justin ist acht und Mario schon zwölf. Bis zum frühen Abend ist mein Vater bei ihnen. Dann fährt er zu Verwandten wegen einer Familienfeier nach Niedersachsen. Er weiß ja, dass ich ein paar Stunden später eintreffe. Wann genau, ist nicht so wichtig. Nur möglichst bis zum Aufstehen, bis zum Frühstück, bevor sie zur Schule gehen. Das wäre gut. Meinen Sie, wir schaffen das? Ich wäre sehr froh."

Der Schnee blieb inzwischen liegen, auch auf der Fahrbahn. Die anfangs nur hauchdünne Schicht wuchs Zentimeter um Zentimeter. Die Beiden konnten trotz der Dunkelheit die Verwandlung der Landschaft wie bei einer Zeitrafferaufnahme mitverfolgen. Die Autobahnauffahrt lag schon eine Weile hinter ihnen. Je weiter sie auf der sacht ansteigenden Straße in das Bergland vorstießen, wurde aus dem Schneematsch, der sich zuvor unter den Reifen sofort wieder aufgelöst hatte, eine leidlich feste Decke. Am Lenkrad durfte Bürgel nur noch kleine Ausschläge machen, wollte er den schwachen Kontakt zwischen Reifenprofil und gewölbter Fahrbahn nicht stören. Die Sommerreifen mit ihrem ziselierten Rillenmuster machten das Vorankommen auf diesen Wegen zu einem riskanten Geschicklichkeitsspiel. Als Neuling am Steuer hatten ihn früher solche Wetterbedingungen gereizt. Mit Vorliebe war er mit dem Käfer seiner Eltern, vom Volksmund halb liebevoll, halb verächtlich als „Heckschleuder" bezeichnet, im Winter auf die Hohe Acht in der Eifel hinaufgeschliddert. Er wollte dort mit den jüngeren Geschwistern rodeln.

Jetzt sah er bei solchen Wetterbedingungen das unnötige Risiko und fühlte sich, wie es sich in seinem Alter gehörte, pflichtgemäß unwohl. Er war unsicher, wie er sich verhalten sollte. Plötzlich war ihm eine Verantwortung zugefallen, die er nicht gesucht hatte. Von dem Augenblick an, wo man Mut zum Autofahren brauchte, sollte man lieber anhalten und später weiterfahren, dachte er. Unauffällig machte er mit leichtem Fuß eine Bremsprobe. Es ging ganz gut, der Wagen blieb in der Spur.

„Können Sie nicht telefonieren, jemanden bitten einzuspringen? Ihren Mann, einen Verwandten, eine Freundin, eine Kollegin, eine Nachbarin…?" Er hielt inne, ehe er, ohne irgendetwas über ihre Lebensumstände zu wissen, vielleicht noch den Kaufmann an der Ecke oder die alte Dame aus dem fünften Stock anreihte.

Sie durchquerten im anhaltenden Schneegestöber eine Ortschaft, die vollkommen verlassen wirkte. Selbst aus den Häusern drang kein Licht durch die herabgelassenen Rollläden. Als seine Beifahrerin ihm den Kopf zuwandte, sah er im Schein einzelner Straßenlaternen, wie ihr Pferdeschwanz hin- und herschwang. „Der Vater meiner Söhne lebt nicht mit uns zusammen, schon lange nicht mehr." Dann nach einer längeren Pause: „Mit dem Telefon ist das nicht so einfach wie im Westen. Längst nicht alle Wohnungen besitzen eines. Ich wüsste beim besten Willen nicht, wen ich um Hilfe bitten sollte." Michaela Roth schüttelte langsam den Kopf, als brauchte sie in diesem Augenblick etwas Geduld. Sie sah ihn aber nicht an, sondern starrte in die heranrasenden Schneeflocken. Behutsam griff sie in ihr Haar und schien den Sitz zu prüfen. „Höchstens die Polizei, aber das muss vielleicht nicht sein. Die drehen mir noch einen Strick daraus." Sie sagte es in geringschätzigem, bemüht ironischen Ton, als wären Amtspersonen wirklich die Letzten, deren Beistand sie sich vorstellen könnte.

„Na, gut, ich verstehe", entgegnete der Mann, „versuchen wir es also!... In Gottes Namen", fügte er hinzu und schüttelte den Kopf. Wieso suchte er heute Zuflucht zu solchen Bekräftigungen? Er war mit sich unzufrieden, hatte ein bisschen zu schnell nachgegeben. Ihn reizte jedoch die Aussicht, mit dieser Frau für etliche Stunden zusammen zu sein, etwas für sie tun zu können und sie kennen zu lernen. „Wir nehmen vorsichtshalber die breiteren Landstraßen, nicht die kleinen mit der gewölbten Fahrbahn. — Warum nicht die Autobahnen? Natürlich, sie werden zuerst geräumt. Heute können sie sich aber als böse Falle entpuppen. Wenn ein Laster rutscht und sich querstellt, sind wir stundenlang gefangen ..., und das bei der Kälte! Sehen Sie bitte mal auf der Rückbank nach! Liegen da Wolldecken? Ja? Schön! Hoffe, wir brauchen sie nicht."

Der bekannte Sprecher des WDR mischte sich ein, jetzt unerwartet sachlich, ohne den dynamischen Werbeton, den man beim Rundfunk anscheinend für jugendlich hielt: „Hallo, Autofahrer in Nordrhein-Westfalen, bitte herhören! Die Meteorologen versprechen uns Trost: Die Schneefälle werden im Lauf der Nacht schwächer und hören schließlich ganz auf. Im Augenblick verläuft eine scharfe Wettergrenze zwischen Bergischem Land und Sauerland auf der einen Seite und dem westfälischem Flachland auf der anderen. Nordöstlich des Kamener Kreuzes liegt kein Schnee. Dort soll auch keiner fallen. Ich wünsche Ihnen eine gute und sichere Fahrt, wenn es denn nicht anders geht."

„Immerhin, fast eine Perspektive", kommentierte Bürgel die Nachricht, „versuchen wir uns also, dorthin durchzuschlagen, über Overath, Wipperfürth! Bei dem Tempo kann es noch Stunden dauern, bis wir wieder festen Boden unter den Rädern haben! Das wissen Sie, ja?"

Sie erwiderte nichts, sondern nickte nur. Abrupt setzte laute Tanzmusik im schnellen Vier-Achtel-Takt ein, so dass Bürgel erschreckt nach dem Drehknopf am Armaturenbrett suchte. Ihn überkam ein absurder Gedanke. Legte man jetzt zu dieser Musik die passenden Foxtrott-Schritte auf die Straße mit ihrer launischen Schneedecke, die sich da mühsam unter uns hindurchrubbelt, dachte Bürgel, könnte man sich schlecht auf den Beinen halten. Er verkniff sich das Lachen und behielt den albernen Einfall für sich. Er musste schon einige Phantasie aufbieten, um sich vorzustellen, wie er mit dieser Partnerin durch den Winter tanzte. Ach, doch, hübsch würde das aussehen, würde vor allem sie aussehen! Er ahnte das Bild undeutlich vor sich, denn er hatte mit seinen feuchten Fingern die staubige Brille verschmiert. Ihre feingliedrige Gestalt wiegte sich geschmeidig in den Hüften und drehte sich. Wie schwerelos schwebte sie dahin, vertraute sich seinem Arm an, schmiegte sich enger hinein. Für Momente glaubte er, sie zwischen den Flocken tanzen zu sehen. Jochen Bürgel nahm die Brille ab und wischte sich über die trockenen Augen. Er fasste das Lenkrad fester und setzte sich bereits zum einhundertsiebzehnten Male auf seinem

Sessel zurecht. Unwillkürlich verlagerte er den Körper dabei ein wenig nach rechts.

Michaela Roth war heute Vormittag etwas verspätet im Konferenzsaal erschienen, nachdem der Vorsitzende seine Begrüßungsworte bereits gesprochen hatte. Er hatte sich dabei gefallen, in seinen deutschsprachigen Text allerhand französische Wörter, die manchmal nicht in den Zusammenhang passten, einzustreuen. Als die Frau den Tagungsraum betrat, fasste Bürgel ein heftiger Schreck. Für ein paar Sekunden stand sie wie schutzlos da, bis sie weiter vorne einen freien Platz entdeckt hatte. Entsetzlich blass sah sie aus und viel zerbrechlicher, als er sie im Gedächtnis hatte! Ihr letztes Zusammentreffen bei einer Sitzung in Berlin mochte sechs, auch acht Wochen zurückliegen. Ihr musste inzwischen etwas zugestoßen sein. Er versuchte, sich anfangs einzureden, das harte Decken-Licht, das auf sie genau von oben fiel, würde den natürlichen Eindruck verfälschen. Die Erklärung passte nicht, denn die Gesichter der anderen Teilnehmer sahen durchaus nicht fahl aus, sondern ganz so, wie man sie gewohnt war. Er nahm sich vor, sie einfach zu fragen, wenn sich die Gelegenheit ergäbe, hatte aber noch nicht den Schwung dazu.

„Passen Sie auf, da vorne", rief sie plötzlich und richtete sich im Sitz auf, soweit die Gurte es zuließen „da, am Rand, dort liegt was!" Sie hatten die Stelle fast erreicht. Ein großer Kastenwagen war von der gewölbten Straße an den Rand geschliddert und hing halb über dem Graben. Eine Handvoll Männer stand um das Fahrzeug herum und gestikulierte, ohne zuzufassen. Niemand schien verletzt zu sein. Ein Schwein, das aus der aufgesprungenen Tür des Lieferwagens entkommen war, irrte quiekend durch den Schnee. Niemand kümmerte sich um das verstörte Tier. Nach einigen unsicheren Drehungen auf der Stelle verschwand es in der Dunkelheit, ohne dass es jemand bemerkte.

„Ich glaube, wir können hier nichts beitragen. Es sind schon genug Leute zur Stelle. Uns braucht bestimmt keiner", meinte Bürgel und schob sich im Zeitlupentempo an der Unfallstelle vorüber. Ihr Auto neigte sich am Rande der festen Fahrbahndecke unangenehm nach außen. Beide durchfuhr ein heller Schreck, aber der Wagen blieb in der Spur.

Die beiden Reisenden, wenn man dieses umständliche Vorwärtskommen noch „reisen" nennen durfte, hatten sich allmählich an die tastende Fahrweise gewöhnt. Wie ein Radfahrer auf einem vereisten See hatte Jochen Bürgel sein Empfinden für die Außenwelt auf die vier Punkte verlegt, wo sich die Reifen mit ihrem zugeklebten Profil durch die weiche Masse pflügten, wo sie sich Umdrehung für Umdrehung ihren Weg erkämpften.

Mit wachsendem Erstaunen erlebte er, dass seine Beifahrerin jede, aber wirklich jede Regung unterließ, die ihn hätte zusätzlich unter Druck setzen können. Sie seufzte nicht und holte auch nicht hörbar Luft während seiner Ausweichmanöver für den seltenen Gegenverkehr. Dann nämlich lief das Fahrzeug nicht mehr sicher in der Spur, sondern schlenkerte und tänzelte. Sie tat nichts, was dem Fahrer hätte den Eindruck vermitteln können, sie fühle sich bei ihm nicht sicher. Trotz der aufregenden Straßenverhältnisse mit ungewissem Ausgang wirkte sie beherrscht. Schließlich hatte sie vor dieser Fahrt nicht wissen können, auf was für einen Typ Autofahrer sie sich eingelassen hatte. Was sie tatsächlich dachte, konnte er nicht einmal vermuten.

„Ich habe heute Vormittag Ihr Gesicht gesehen…“, nahm sie das Gespräch wieder auf. Sie musste irgend etwas sagen. „Als Sie mich begrüßt haben, waren Ihre Augen eine einzige Frage, im ersten Moment jedenfalls. Dann hatten Sie sich wieder im Griff, und das übliche Begrüßungslächeln funktionierte. Gesagt haben Sie aber nichts. Ich bin mir sicher, Sie haben etwas unterdrückt. Was hätten Sie fragen wollen?“

„Ja, sagte er, „ich hatte keinen Schneid, Sie platt zu fragen, was Ihnen fehlt. Ich fühlte instinktiv, es konnte dabei nichts Erfreuliches herauskommen. Ich habe ungefähr so gedacht: Entweder lernen wir uns näher kennen, dann erfahre ich es sowieso. Verlieren wir uns aus den Augen, dann müsste ich es auch nicht wissen.“

„Ich bin erst vor ein paar Tagen wieder aus dem Krankenhaus gekommen, kurz vor unserer Tagung! Eine ziemlich komplizierte Operation! Die Ärzte sagten, es war knapp. Jetzt geht es wieder. Viele betrachten mich so erstaunt wie Sie. Ich weiß, ich sehe aus, als ob mir der Wind durch die Rippen pfeift. Als wäre ich monatelang nicht an der frischen Luft gewesen! War das Ihr Eindruck?“ Sie teilte das in sachlichem Ton mit, als wäre sie nicht unmittelbar betroffen, als spräche sie über eine entfernte Verwandte oder über eine Kollegin, mit der sie selten zu tun hatte. Sie stützte ihre Handflächen auf die Oberschenkel und sah ihn an.

„Ja, irgendwie schon …“, räumte Bürgel zögernd ein. Er war froh, dass sie ihm die unbehagliche Frage abgenommen hatte. Behutsam balancierte er um eine vereiste Stelle herum. Das Fahrzeugheck tänzelte unentschieden, bevor es sich endlich bequemte, der vom Fahrer vorgegebenen Fahrtrichtung zu folgen. Sie atmeten beide ruhig weiter, als die gefährliche Passage gemeistert war. Bürgel blickte zu ihr hinüber und hätte ihr gern den Arm um die Schultern gelegt und ihren feinen Hals berührt. „Ich war entsetzt, als ich Sie da stehen sah. Von unseren ersten Begegnungen hatte ich Sie anders in Erinnerung. Schlank und elegant wie heute, aber frischer und stärker!"

Sie lachte, so dass ihr Pferdeschwanz hin- und herschaukelte: „Mensch, Bürgel, sagen Sie mal! Wollten Sie Diplomat werden? Toll, wie zartfühlend Sie das ausdrücken! Ich erzähl' Ihnen die wahre Geschichte: Die Chirurgen haben mich ein gutes Stück kürzer gemacht, also, genau genommen meinen Darm. Eine Entzündung hatte den Körper vergiftet. Ich wurde immer schwächer. Keiner wusste, wieso, bis sie nachgeschaut haben. Gerade noch rechtzeitig! Ich habe Morbus Crohn und hatte keinen Schimmer. Nicht schön, diese Diagnose, aber selten!"

Michaela Roth hörte förmlich seine Sprachlosigkeit und ersparte ihm auch die nächste Frage, während er die rechte Hand vom Lenkrad nahm und nur mit den Fingerkuppen ihre kalte Hand berührte: „Doch, ja, man kann damit sogar alt werden." Nach einer Pause fügte sie ernst hinzu: „Wenn man sich etwas Mühe gibt!" Sie nahm seine warme Hand zwischen ihre Handflächen und hielt sie einen Augenblick fest, bevor sie seine Finger wieder freigab. Dann schwieg sie und schaute konzentriert aus dem Fenster, als kümmere sie nichts mehr als der Zustand der Straße und des Wetters.

Jochen Bürgel und Michael Roth hatten über Bundes- und Kreisstraßen, die ihnen fast alleine gehörten, inzwischen Engelskirchen durchfahren. Da und dort lag ein von der Straße abgekommenes Fahrzeug im Graben. Die Insassen hatten sich anscheinend davon gemacht und warteten in der nächsten Ortschaft auf übersichtlichere Verhältnisse oder auf das Abschleppfahrzeug. Bürgel steuerte das Autobahn-Kreuz Olpe-Süd an. Vielleicht, hoffte er, konnte man von dort die Sauerlandlinie nach Norden benutzen.

Der Schneefall war schwächer geworden, behinderte die Sicht kaum noch. Die ersten Schneepflüge mit total vermummten Männern auf dem Bock hatten ihre Depots verlassen, um die Straßen zurückzuerobern. Die Schneekrieger nahmen entschlossen, aber quälend langsam den Kampf mit den Naturgewalten auf. Sie beförderten den noch immer herabrieselnden Schnee mit ihren dröhnenden Schaufeln in einer Fontäne zum Straßenrand. Wie Flecken lugte das schwarze Asphaltband da und dort durch den weißen Teppich, bis es hinter dem Räumfahrzeug wieder von frischem Weiß zugedeckt war.

„Können Sie denn wieder normal arbeiten, wenn etwas Zeit ins Land gegangen ist?"

„Ich tu es bereits wieder. Gerade heute habe ich damit angefangen. Wer soll für meine Kinder sorgen? Ich bin als Journalistin nicht fest angestellt." Sie schluckte, bevor sie neu ansetzte. „Vor einem habe ich Angst: Ich weiß, wie elend man sich fühlen kann, über Wochen. Jeden Tag starrt mich wieder ein leeres weißes Blatt an, und eine vage Idee kreist im Kopf. Was hinterher auf dem Blatt steht, ob überhaupt etwas auf dem Blatt steht, hängt enorm vom Lebensgefühl ab, das man beim Schreiben oder bei dem Versuch dazu hat. Der Blick auf die Welt wird schnell tunnelartig. Wilhelm Busch meinte, die Welt sei so geräumig und der Kopf so beschränkt. Ist man miesepetrig gestimmt, verschieben sich leicht alle Wertungen ins Negative. Für Optimismus bleibt kein Raum. Genau den wollen die Menschen im Osten nach der Wende lesen."

„Grund zum Stöhnen, zur Skepsis, zur Zukunftsangst", sprach sie leise vor sich hin, als wäre sie allein im Auto, „haben die Leute im Alltag genug. Klagen können sie alleine, ohne uns Journalisten. Wir Ossis müssen die ganze Welt neu begreifen, fast wie Blinde, die plötzlich sehen können. Sehr vieles, was gestern galt, was Halt gab, hat heute keine Bedeutung mehr. Du gehst in einen Laden und findest buchstäblich Dein Essen nicht mehr. Früher hast Du instinktiv danach gegriffen, wenn die Artikel nicht gerade ausgegangen waren. Die Waren heißen anders. Sie schmecken anders. Die Verpackungen sehen anders aus. Die Preise sind andere. Sogar das Geld ist ein anderes. Von dem neuen System bürokratischer Segnungen und den Gerichten ganz zu schweigen! Gebildete Menschen stellen sich schneller um, die anderen tappen erst mal im Nebel. Ich soll Orientierung geben und nicht die depressive Grundstimmung der Leser noch verstärken. Eine optimistische Stimmungslage in meinen Beiträgen anklingen zu lassen, fiel mir in den Wochen bis zu der Operation unendlich schwer. Ich hoffe, das Übel kommt nicht schubweise wieder und lähmt meinen Willen. Routinetätigkeiten nach Weisung kann ich in solcher Verfassung erledigen, aber mir fällt nichts Neues ein. Ich brüte vor mich hin, und das Blatt bleibt leer."

Michaela Roth brach ab. Eigentlich war es ihr gleichgültig, ob der Mann sich in diese Situation einfühlen konnte oder nicht. Vermutlich konnte er es nicht, denn ein Lehrer ist fest in einen Betriebsablauf eingespannt. Er muss nur funktionieren. Schöpferische Phantasie ist schön, es geht aber in der Schule auch ohne, dachte sie und blickte zu ihm hin, ohne dass er es bemerkte. Was steckte hinter diesem gut rasierten, durch und durch beherrschten Männergesicht? Hat er für die weite Fahrt ein wenig Ablenkung gesucht, oder will er tatsächlich wissen, was mich beschäftigt?

Über Bergneustadt und Drolshagen näherten sie sich auf der Landstraße kurz vor Olpe der Sauerlandlinie. Als sie um die letzte Kurve vor der Unterführung bogen, sahen sie sofort die hoffnungslose Lage. Oben auf der Trasse standen jene, die sich auf das Wagnis Autobahn eingelassen hatten. Rücklichter und Scheinwerfer der im endlosen Stau vorrückenden Fahrzeuge zauberten mit ihrem regelmäßigen Rot-Weiß-Rot ein unerwartetes Lichtspiel österreichischer Nationalfarben an den Nachthimmel des Sauerlandes. Jochen Bürgel verzichtete darauf, seine etwas sprunghafte alpenländische Assoziation auszusprechen, sondern meinte lauter, als bis dahin gewohnt: „Da oben reihen wir uns nicht ein, wir nicht. Wir setzen lieber hier unten unsere Schlittenfahrt fort."

Er wandte sich zu Michaela Roth: „Sie haben eben von der journalistischen Arbeit gesprochen. Verzeihen Sie, aber es hat sich angehört, als verfassten Sie lyrische Gedichte, Tag für Tag. Ist nicht wahnsinnig viel Routine dabei, Sachen vielleicht, die man einfach so runterschreibt? Berichte über unpolitische Ereignisse", er zögerte, ehe er fortfuhr, „Verlautbarungen usw.?" Bürgel hätte die letzte Bemerkung, die wie eine Anspielung auf die alte SED-Zeit verstanden werden konnte, gerne zurückgeholt. Hatte sein Sprachzentrum eingesetzt, ohne das Gehirn zu beteiligen? Er kannte das von sich. Manchmal war er zu schnell und stiftete Schaden.

Sie hakte prompt ein, fragte aber ruhig, „sagen Sie mal, was meinen Sie genau mit ‚Verlautbarungen usw.'?" Ihre

Stimme, die vorher matt und ein wenig dumpf geklungen hatte, knisterte hinter äußerlicher Ruhe, als wäre die Luft im Auto elektrisch aufgeladen. „Ich brauch' Sie gar nicht zu fragen!", nahm sie den Faden selbst wieder auf, denn Bürgel ließ sich mit der Antwort Zeit. „Ich weiß schon, was hinter Ihrer Bemerkung steckt." Sie wurde lebhafter: „Sie scheinen allen Ernstes zu glauben, unsere DDR-Presse hätte nichts Besseres zu tun gehabt, als Parteitagslosungen abzudrucken. Denkt man so im Westen, ja? Als hätten wir nur dagestanden, die Hände an der Hosennaht, den Blick starr auf den Genossen Generalsekretär gerichtet, und auf Befehle gewartet! Grotesk! Meinen Sie, so wäre das abgelaufen? Glauben Sie das wirklich? Ich fass' es nicht." Ihre halblaute Stimme wurde schneidend: „Üüüberall müssen wir uns das bieten lassen! Als Krönung der gönnerhafte Spruch, wir müssten erst mal richtig arbeiten lernen, anstatt nur irgendwelche schlappen Normen zu erfüllen."

Nach einem Moment verdutzter Stille sagte sie plötzlich wieder sehr sanft, aber eindringlich: „Fahren Sie doch nicht so schnell, ich bitte Sie! Es kommt auf eine Stunde mehr oder weniger nicht an. Die Straße ist unberechenbar, vor allem im Dunkeln. Können Sie eigentlich noch fahren? Sollen wir nicht mal eine Pause machen? Mit meinen Fahrkünsten vom ‚Trabbi' und vom ‚Wartburg' weiß ich nicht, ob Sie am Steuer abzulösen ein guter Einfall wäre." Sie berührte ihn mit den Fingerspitzen an der Schulter. „Ich bin eben so heftig geworden! Nehmen Sie's mir nicht übel. Es tut mir leid. Vielleicht denken Sie überhaupt nicht so."

„Ist schon gut!" Jochen Bürgel war froh, dass ihr Ärger verraucht war. Streit mit der Beifahrerin und Autofahren passen nicht zusammen. Die Erfahrung saß bei ihm tief. Die

119

Strafe war damals auf dem Fuß gefolgt. Nach einem hitzigen Wortwechsel mit seiner früheren Frau hatte er an einer Starnberger Gartenmauer einen Kotflügel verbeult. Heute hatte er Glück. Die Beifahrerin hatte sich sofort wieder im Griff, ehe etwas passierte. Im Kern hatte sie Recht, dachte Bürgel, ihre Empörung war nur ein bisschen überzogen. Daran geht kein Weg vorbei: Unter einer Diktatur wird eine gelenkte Presse durch Eifer und guten Willen vieler Beteiligter noch keine freie Presse.

„Ich wollte Sie nicht kränken", versuchte er das neue Einverständnis zu erwidern. „Ich weiß viel zu wenig, eigentlich gar nichts, über die Arbeitsbedingungen der Journalisten im Osten. Haben Sie Lust, ein bisschen zu erzählen? Es würde mich interessieren."

Michaela Roth breitete die Arme aus, soweit es in dem engen Auto ging, und zog den Kopf zwischen die Schultern. Als müsste sie sich Zwang antun, sagte sie trocken: „Was wollen Sie wissen?" Leise murmelte sie vor sich hin, als wäre niemand sonst anwesend. Vielleicht glaubte sie auch, das Motorengeräusch würde ihre Worte übertönen: „Immer dieselben Fragen, immer wieder von vorne! Wie viele Jahre noch?"

Jochen Bürgel holperte gerade über einige gewaltige Schneeklötze hinweg und zerdrückte sie mit den Rädern. Sie mochten sich aus den Kotflügeln eines Lastwagens gelöst haben und waren mitten auf die Fahrbahn gefallen. Hätte er versucht, das Hindernis zu umfahren, wäre er den mannshohen Schneehaufen am Straßenrand zu nahe gekommen und leicht steckengeblieben. Wegen der Schläge unter den Kotflügeln und gegen den Wagenboden hatte er tatsächlich nicht verstanden, was sie eben vor sich hin gesagt hatte. Sie zuckte zusammen, sah besorgt zu ihm herüber.

„Tüchtige Leute erfüllen auch unter schwierigen Verhältnissen ihre Aufgaben. Sie versuchen auch dann, Qualitätsarbeit zu leisten", nahm Bürgel den Faden wieder auf. Er sah ein Stück freier Strecke vor sich, das ihn fahrerisch nicht besonders forderte. „Lassen Sie es mich mal so versuchen: Im Nachhinein, aus sicherem zeitlichen Abstand, frage ich mich manchmal: Wieso musste jemand wie Sie unter einer Diktatur unbedingt Journalist oder Richter werden? Erzwungene Anpassung oder Berufsverbot waren vorprogrammiert. Ich habe die Frage letztes Jahr einer Kollegin gestellt. Sie arbeitete seit der Wende nicht mehr in ihrem Beruf. Sie wich meiner Frage aus. Ich hatte sie überfordert oder gekränkt. Schade, ich konnte es nicht mehr gutmachen."

Der Schneefall setzte verstärkt wieder ein. Bürgel blickte starr in die Dunkelheit, als wollte er vermeiden, eine Reaktion in ihrem Gesicht ablesen zu müssen. Lieber achtete er auf die Schattierungen ihrer Stimme. Er war überzeugt, er konnte daraus viel feinere Nuancen entnehmen als aus der Mimik und der Körpersprache. Eine gemeinsame Nachtfahrt, bei der man sich nicht ins Gesicht starrt, sondern jeder unbeobachtet seine Gedanken sagen kann, empfand er für ein persönliches Gespräch als ideal. Bürgel wusste, dass er auf Offenheit kein Recht hatte. Dies musste man sich erst verdienen. Wie sollte er wissen, ob seine Begleiterin daran dachte, ihm mehr als unverbindliche Höflichkeiten, höfliche Unverbindlichkeiten zu sagen?

Fing er nicht gerade alles falsch an? Fiel er nicht plump mit der Tür ins Haus? Drängte er sie nicht in eine Rolle, in der sie sich nur noch verteidigen konnte? Hatte nicht gerade er als „Wessi" die Maßstäbe festgelegt, was sich in Zeiten der untergegangenen DDR gehört hatte und was nicht? Wer mag sich unter Druck gerne öffnen und über persönliche Motive und Zweifel reden? Damals hatte die Kollegin, von der er gerade erzählt hatte, ziemlich kurz angebunden reagiert. Sie war vom Tisch aufgestanden und hatte sich mit eisiger Miene unter einem durchsichtigen Vorwand verabschiedet. Hier war solch eine Verweigerung nicht möglich, weil Michaela Roth sich wie eine Geisel in seiner Gewalt befand. Wollte sie weiterkommen, war sie auf seine Hilfe angewiesen. Zudem war sie durch die Operation geschwächt. Sie hatte vermutlich weder Lust noch Kraft, mit ihm zu streiten.

„Ich wollte einfach schreiben: Für die Menschen, über die Menschen. So simpel war das", meldete sie sich wieder mit fester Stimme, als ob sie eingehend nachgedacht hätte und nun das Ergebnis verkündete. „Mein Berufswunsch war vollkommen unpolitisch. Nett formulieren konnte ich, seitdem ich schreiben gelernt hatte. Ich habe mir nach der Schule nicht klar gemacht, dass der Journalistenberuf immer eine politische Seite hat, auch wenn das nicht bei jedem Beitrag zu spüren ist. Damals habe ich vielleicht geglaubt, wenn man für die Zeitung schreibt, sei das so, als liefere man Schulaufsätzen für einen erweiterten Leserkreis. Die großen Verheißungen des Sozialismus haben mich während der Ausbildung nicht sonderlich beeindruckt. Anders ausgedrückt: Sie haben mich auch nicht direkt gestört. Man hört eben als Kirchgängerin die allsonntägliche Predigt, macht sich aber nicht sonderlich viele Gedanken darüber, welchen Wert die Worte des Pastors für das praktische Leben haben. Predigt ist eben Predigt und nicht das Leben selbst. Die hehren sozialistischen Ziele klangen übrigens nicht schlecht, vor allem die Völkerverständigung gefiel mir."

Ihre Stimme klang frei und leicht. Bürgel hatte den Eindruck, sie fühlte sich nicht mehr unter dem Druck eines Verhörs. Leiser, aber sehr betont fuhr sie fort: „Welcher Zwang für den Bürger mit der Durchsetzung der Partei- und Staatsziele verbunden war, habe ich nicht geahnt. Wie oft Macht nur ausgeübt wurde, um den Einfluss der Parteiclique zu stärken, habe ich nicht erkannt. In der Ausbildung blieb alles theoretisch. Es war, wie wenn im Verkehrsflugzeug die Flugbegleiterin die Sicherheitsinformationen vorführt! Niemand hört richtig hin, denkt, es gehe ihn persönlich nichts an. Besonders absurd finde ich jedes Mal die Hinweise zur Landung auf dem Wasser, wenn die gesamte Strecke nur über Land geht!"

Michaela Roth unterbrach sich, schüttelte unwillig den Kopf. Empört sagte sie: „So ein Unfug! Der sechste Sinn ist wirklich der Blödsinn. Was rede ich bloß? Luftfahrt ist nicht unser Thema. Flugbegleiterin bei der ‚Interflug‘ wollte ich nie werden. ... In der praktischen Arbeit, nach der Ausbildung, war zu Anfang auch nichts vom Politischen zu spüren. Ich war Mitarbeiterin der Lokalredaktion, habe die größeren Zusammenhänge und Hintergründe nicht kapiert! Kam eine Korrektur meines Textes vom Chef, wusste ich nicht, ob sie aus seinem Kopf stammte oder ob er eine Zensurvorgabe der Regierung umsetzte. Ich habe nicht darüber nachgedacht, und er hat nie etwas dazu gesagt. Stets hat er so getan, als wäre es sein Wunsch. Ich fand ihn sehr einfühlsam. Als Nachwuchskraft konnte ich seine Verbesserungsvorschläge, er redete nur von Vorschlägen, gut annehmen. Politisch waren meine Berichte und Stimmungsbilder nicht, sondern aus dem Leben der Leute gegriffen."

„Na, ja, haben Sie sich, hm, haben Sie sich nie gefragt", wollte Bürgel wissen, „wieso in einer Ausgabe vom ‚Neuen Deutschland' zwölfmal ein Bild von Honnecker drin sein musste? Ich hab's mal nachgezählt. Ich kann mir nicht vorstellen, dass der Staatschef dies ausdrücklich verlangt hat. Wahrscheinlich war es eine Spitzenleistung in Ergebenheit."

„Ich habe das Blatt fast nie gelesen. Die Zahl der Bilder? Eine Frage des guten Geschmacks, kein politisches Problem! Das war keine normale Zeitung für die Bürger, sondern ein Verlautbarungsorgan der Partei. Alle wussten es. Ich war in diesen Verhältnissen aufgewachsen, hatte kein intellektuelles Standbein außerhalb. Niemand hatte uns zu kritischem Lesen angeleitet, die Schule nicht, das Elternhaus nicht. Der menschliche Verstand wird durch Wiederholung und Gewöhnung eingelullt."

„Genügt es nicht, wenn man eins und eins zusammenzählen kann? Merkt der Leser nicht, dass die Partei immer Recht hat? Das muss einem", er korrigierte sich, lächelte und sagte besonders sanft, „das könnte einem doch auffallen!"

Michaela Roth blieb lange Sekunden die Antwort schuldig, ehe sie mit einer Gegenfrage antwortete: „Bemerken Sie sofort, wenn bei Westzeitungen der Verleger, der Geldgeber also, eine Linie vorgibt? Wenn bei Springer-Zeitungen die Politik Israels nicht zerpflückt, wenn bei anderen die Außenpolitik der USA nicht hinterfragt werden darf? So etwa müssen Sie sich das vorstellen. Direkte Eingriffe der Zensur habe ich nicht erlebt. Ich wusste nicht, wo die saß und wie sie arbeitete. Darum kümmerte sich unser Ressortleiter. In Kollegenkreisen sprach man über so was nicht. Ob die anderen keine Fragen, keine Kommentare gehabt hätten? Haben sie es aus Klugheit unterlassen? Ich weiß es einfach nicht, wollte es vielleicht nicht wissen." Sie schien, den Atem anzuhalten, meinte dann: „Doch, da war eine Sache, an die ich mich erinnere." Für den kleinen Innenraum sprach sie viel zu laut. Sie tastete auf der Fußmatte nach ihrer kleinen Tasche, die von ihrem Schoß heruntergefallen war: „Da ist sie ja wieder! Gut, dass sie zu war!" Sie hustete, und es dauerte eine Weile, bis sie wieder zu Atem gekommen war. Nach der ungewohnten Anstrengung tupfte sie sich mit einem Taschentuch die Stirn ab.

„Also! Wie gesagt: Eine Geschichte fällt mir ein. Sie passierte ganz zum Schluss. Heute wissen wir, es war die letzte Phase der untergehenden DDR. Das Schiff hatte bereits ein Leck. Der Kapitän und die Offiziere auf der Brücke waren noch ahnungslos. Sie meinten, sie hielten weiterhin Kurs. Der Dampfer wurde aber durch das eingedrungene Wasser immer schwerfälliger. Er driftete auf die Klippen zu. Sie kamen immer näher, doch niemand begriff es."

„Was war mit dem Dampfer?", schrie Jochen Bürgel plötzlich. Sie erschrak und schaute auf. Wie ein Phantom stieß ein paar Dutzend Meter vor ihnen aus dem Flockengestöber ein Kleinbus auf sie zu. Er nahm die ganze verbliebene Breite der Straße ein. Schneehaufen an den Seiten hatten die Fahrbahn stark eingeschränkt. Der Bus machte keine Anstalten, die Geschwindigkeit zurückzunehmen oder nach den Seiten auszuweichen. Keine Chance, schoss es Bürgel durch den Kopf, absolut keine Chance! Er hält voll auf uns zu.

Die Zeit bis zum unvermeidlichen Aufprall kam ihm endlos vor. In seiner Vorstellung dehnte das Entsetzen die Sekunden und Sekundenbruchteile bis ins Unerträgliche. Der Bus schlingerte nach beiden Seiten. So machte der Fahrer jede Aussicht auf eine Begegnung ohne „Feindberührung" zunichte. Anscheinend versuchte er, noch irgendwie zu lenken oder zu bremsen. Sah er den Funken einer Chance, dass beide Fahrzeuge aneinander vorbeischlidderten, wenigstens nicht frontal aufeinander knallten?

Bürgel schaute wie hypnotisiert auf das andere Fahrzeug. Er war überzeugt, er dürfte nicht bremsen, wenn er auf der Straße bleiben wollte. Stunden danach würde er sich nicht mehr erinnern, ob er dem Antiblockiersystem in dem Augenblick nicht getraut hatte. Hatte er an das Vorhandensein dieser Fahrhilfe gar nicht gedacht? Man setzt es eben so gut wie nie ein. Was tun im allerletzten Moment? Einfach weiterfahren im Angesicht des Gegners? Bei Tag hätte er längst das Weiße in seinem Auge erkannt.

Eine winzige Möglichkeit, den Aufprall abzuschwächen, bot ein Ausweichen in die Dämme aus Schnee. Dies aber, ohne zu zögern, blitzartig! Ehe Bürgel das Lenkrad nach rechts einschlagen konnte, krachte es links vorne. Der Schlag klang oberflächlich, sozusagen unverbindlich. Das Unwahrscheinliche, um nicht zu sagen, das Allerunwahrscheinlichste war geschehen. Beide Wagen waren in letzter Sekunde, gewissermaßen unter Ausschaltung der Naturgesetze, aneinander vorbeigewischt und hatten sich nur geringfügig gestreift, hatten keinen größeren Schaden am anderen „Gehäuse" angerichtet.

Die Fahrer stiegen aus, um besser zu begreifen, welches Wunder sie gerettet hatte. Tatsächlich war nur der Außenspiegel des Pkw abgerissen. Die dazugehörige Beule am Kleinbus würde man erst bei Tageslicht entdecken. Beide

Fahrer begriffen sofort, wieso sie fast heil aneinander vorbeigekommen waren. Der Fahrer des Kleinbusses hatte im äußersten Augenwinkel in allerletzter Sekunde die entscheidende Entdeckung gemacht. An seinem rechten Rand, vielleicht fünf bis zehn Meter voraus, lag eine Ausweichnische. Sie war nur von einer dünnen Schicht Schnee bedeckt. Mit einem wilden Schlenker war er dort hineingeschwenkt. So hatte er, haargenau im Augenblick der Begegnung, ein kleines Stück zusätzlichen Spielraum geschaffen.

Michaela Roth fühlte sich zu schwach, das warme Auto zu verlassen. Sie sah, wie die Männer sich die Hände schüttelten und auf die Schulter schlugen. Im Fahrzeug verstand sie nicht, was gesprochen wurde. Ob man sich kannte und hier zufällig getroffen hatte? So jedenfalls wirkte die Szene im Licht der Scheinwerfer. Erleichtert lehnte sie sich zurück. Die Einzelheiten wollte sie nicht wissen. Sie schloss die Augen und vergaß für einen langen Moment, wo sie sich befand.

Die Frau richtete sich wieder auf und fragte sich, nicht zum ersten Mal seit ihrer Abfahrt aus Bonn, worauf sie sich eingelassen hatte. Sie verwünschte ihre Nachgiebigkeit. Ohne Schnee, meinetwegen auch mit Schnee, mag das hier eine landschaftlich schöne Gegend sein, aber wie komme ich hier wieder heil raus? Ihre Kinder saßen zu Hause und warteten. Sie könnte immerhin ihren Vater von seinem Verwandtenbesuch in Niedersachsen zurückrufen, wenn sie heute Nacht doch noch im Krankenhaus landete. Für den Notfall gab es also einen Ausweg. Sie fand in der Handtasche sogar eine Telefonnummer von der Familie in Gifhorn, bei der ihr Vater sich jetzt aufhielt. Ihr wurde auf einmal heiß: ... wenn sie in dem Fall überhaupt noch telefonieren konnte...

„Was schreiben Sie denn da im Dunkeln?", fragte Bürgel, als er sich unter hörbarem Seufzen wieder neben ihr auf den Sitz fallen ließ. „Soll ich die Innenbeleuchtung anschalten?" Er rieb sich die Hände warm und suchte auf dem Rücksitz nach der Wolldecke, um sich daran die Hände trocken zu wischen.

Sie antwortete: „Einen Notfallzettel für die Helfer, wenn sie uns im Graben finden. Am nächsten Morgen vielleicht, wenn es wieder hell ist. Damit die Leute wissen, dass meine Kinder alleine in der Wohnung sitzen. Sie sollen meinen Vater anrufen, damit er so schnell wie möglich zu ihnen zurückfährt."

„Sie machen uns wirklich Mut", erwiderte Bürgel, aber der spöttische Ton wollte ihm nicht recht gelingen. „Es ist doch alles heil geblieben. Nur der Außenspiegel musste dran glauben. Nun müssen wir zu Ende führen, was wir uns eingebrockt haben. Sollen wir denn hier im Schnee warten wie damals Scott mit seinen Männern am Südpol? Sie wissen doch, wie das ausgegangen ist!"

Im selben Augenblick taten ihm seine Worte bereits leid. So klang eine gelungene Ermutigung für eine geschwächte Beifahrerin kurz nach einer schweren Operation nicht. Jetzt bemüht eine Entschuldigung stammeln, würde alles nur verschlimmbessern. Also ließ er es und startete den Motor wieder, d.h. er versuchte es. Als er drei-, vier-, fünfmal vergeblich probiert hatte, fiel ihm auf, dass mit dem Anlassergeräusch etwas nicht stimmte. Es war nicht zu überhören, dass der Elektromotor zunehmend stiller wurde, anstatt den Fahrmotor in Schwung zu bringen. Nach ein paar weiteren Startversuchen ließ der Anlasser nicht einmal mehr eine vereinzelte Umdrehung hören.

Bürgel wäre jetzt lieber allein gewesen. Er wandte sich zur Seite und schaute dorthin, wo eben der Kleinbus gestanden hatte. Vielleicht, dachte er, hatte der Fahrer ein Starthilfekabel dabei. Er war aber sofort abgefahren. Der aufgewirbelte Schnee hatte sich längst wieder gelegt. Alles war ringsum still, kein Knistern und, jetzt im Winter, keine Vogelrufe. Beide saßen in ihrer künstlichen Oase, abgeschirmt von der feindlichen Umgebung durch ein wenig Blech, Kunststoff und Glas. Noch fühlten sie sich in der menschenfeindlichen Umgebung nicht unmittelbar bedroht.

Nach einer gewissen Ruhepause, die Bürgel der ausgekühlten Batterie angedeihen ließ, sagte der Anlasser auch bei einem erneuten Versuch keinen Ton mehr, ließ nicht einmal ein verlegenes Krächzen hören. Technisch war der Sachverhalt für den Autofahrer klar. Aussteigen und mit wichtiger Miene die Motorhaube öffnen, um hineinzusehen, lohnte nicht. Bloß jetzt nicht unnötig die Tür öffnen! Bald wäre der Innenraum eben so ausgekühlt wie die Batterie.

Er reichte seiner Beifahrerin wortlos die Wolldecke hinüber. Am liebsten hätte er sich unten im Fußraum verkrochen oder sonst unsichtbar gemacht. Dies konnte eine lange Nacht werden. Ein Telefon gab es erst im nächsten Dorf. Wie weit entfernt es lag, wusste er nicht. So genau hatte er die Fahrt auf der Karte nicht verfolgen können. Würden sie sich gemeinsam auf den Weg machen, um Hilfe zu holen? Sollte er alleine losmarschieren, während sie im Fahrzeug blieb? Dies konnte leicht eine halbe oder ganze Stunde Fußweg bedeuten. Das Schneegestöber wollte und wollte nicht aufhören.

„Noch sind wir nicht in Not", meinte Bürgel mit ruhiger Stimme. Sie glaubte allerdings, die Anstrengung zu hören, die ihn dieser ruhige Ton gekostet hatte. „Dies ist eine für europäische Verhältnisse dicht besiedelte Gegend. Heute Nacht fährt vermutlich niemand mehr auf Landstraßen durch das Sauerland, der darauf nicht dringend angewiesen ist. Ich schätze, wir machen jetzt keine Fußwanderung durch den Schnee. Wir warten ganz ruhig den nächsten Wagen ab, der hier vorbeikommt, auch wenn es etwas dauert. Schließlich sind wir nicht in Sibirien. Es wird schon jemand kommen. Sind Sie gut eingepackt? Und ziehen Sie wieder Ihren langen Mantel an. Haben Sie auch Handschuhe und Mütze? Gut! Nehmen Sie die bitte auch! Verhungern tun wir nicht so schnell. Wenn der Durst kommt, bleibt uns der frische Schnee."

„Da geht es uns ja doch genau wie Scott und seinen Leuten", meinte Michaela Roth in gleichmütigem Ton, als läge ihr nichts ferner als Sarkasmus. Jochen Bürgel nahm ihr die große Gelassenheit nicht ab. Sie fühlte sich trotz allem in seiner Nähe sicher, auch wenn die Lage unbehaglich war. Dieser Mann würde das Nötige tun, sie hier wieder herauszubringen. Er würde für sie so gut sorgen wie für sich selbst, auf jeden Fall besser, als sie es jetzt tun konnte. Sie wickelte die Decke enger um ihren schmalen Körper und presste sich fester in den Sitz. Für einige Augenblicke versuchte sie, gar nichts zu denken. Phantasie war jetzt zu nichts nutze. Sie konnte keine guten Dienste leisten, sondern höchstens Schreckensbilder produzieren. Wenn man selbst wenig tun kann, um sich aus einer schwierigen Lage zu befreien, diese Erfahrung hatte sie viele Male gemacht, malte das überreizte Hirn eher ein Scheitern als einen Erfolg aus. Das mochte in erster Linie an der Eigenart ihres Temperaments liegen. Nicht jeder würde so reagieren. Sie neigte dazu, sich wie ein

Murmeltier im Bau körperlich und seelisch einzurollen und zu hoffen, die kreisenden Adler draußen verlören die Geduld. Warum sollten die Greifvögel darauf warten, dass das kleine Tier wieder an der Oberfläche erschien? Sie würden sich andere Opfer suchen.

Eines wusste sie genau. Sie durfte sich jetzt nicht hängen lassen. Bürgel würde Teilnahmslosigkeit als Ausdruck von Kritik und Enttäuschung deuten. Es war in ihrem eigenen Interesse, Anteil zu nehmen, auch wenn ihr eigentlich nicht danach zumute war. Der Mann geriete sonst in einen seelischen Mehrfrontenkrieg. Er hätte das Wetter und die Technik seines Autos gegen sich, dazu seinen grenzenlosen Ärger, zusätzlich noch sein schlechtes Gewissen, dass er sie in die Situation hineingezogen hatte. Säße sie auch noch als unschuldig leidendes Opfer da, wäre das wahrscheinlich mehr, als er ertragen könnte. Wie sollte er in solch einer Verfassung irgendwann zuverlässig weiterfahren können? Sie musste, das war ihr vollkommen klar, alles unterlassen, was seine Widerstandskraft untergraben konnte, ihn möglichst mit irgendetwas aufmuntern.

Als sie wieder auf ihr Gespräch über die berufliche Situation der Journalisten in der DDR zurückkommen und ihr Erlebnis erzählen wollte — vorhin war sie durch den Beinahezusammenstoß mit dem Bus unterbrochen worden —, rauschte es kurz hinter und fast im selben Moment auch schon neben ihnen. Sie sahen einen Laster, der wie ein Spuk ihren Blicken entschwand. Wie gelähmt saßen sie da. Sie hatten nichts unternehmen können, um den Fahrer auf sich aufmerksam zu machen. Ihre Taktik stimmte nicht. Sie kamen sich vor wie Schiffbrüchige auf einer einsamen Insel. Die armen Leute sahen eine Dreimastbark in gar nicht einmal so großer Entfernung vorübergleiten, konnten aber nichts unternehmen. Bis sie eine Rauchfahne aufsteigen ließen, war das Schiff außer Sichtweite. Wann erschien vor ihrer Insel das nächste, nach Wochen, nach Monaten? Wie würden sie es dann aufhalten?

Grotesk war in ihrem Fall: Der fremde Wagen hatte sie so dicht passiert, dass man ihn mit der ausgestreckten Hand hätte greifen können. Rauchfahnen hätte man wirklich nicht gebraucht, und doch war er einfach vorbeigehuscht! Offensichtlich hatte sich Bürgel nicht besonders pfiffig angestellt. Sie war gespannt, was er jetzt tun würde.

Plötzlich packte sie die Idee, nicht brav abzuwarten, sondern sich zu verabschieden und das Schicksal auf eigenen Füßen sozusagen in die eigene Hand zu nehmen. Ehe sie sich aber einen praktikablen Einfall zurechtlegen konnte, stieg der Mann aus. Sie schüttelte sich bei der Vorstellung, mit ihrer Stadtkleidung eine halbe oder ganze Stunde durch das Wetter stapfen zu müssen, und blieb sitzen. Im Rückspiegel verfolgte sie, wie er das Warndreieck hervorkramte und es ein Stück vom Fahrzeug entfernt mitten auf die verschneite Straße platzierte. Wer jetzt auf das Notsignal nicht reagieren wollte, musste das Dreieck kurzerhand überrollen.

Bürgel kehrte zurück und setzte sich wieder neben sie. Er wirkte ratlos, während Michaela Roth zu erzählen begann. „Wissen Sie, doch, an eine Geschichte kann ich mich erinnern. Jetzt nachträglich, wo man es besser weiß, hätte man so etwas wie Zensur erkennen können. Der Redakteur hat es seinerzeit anders erklärt, etwas gesagt vom Schutz der jungen Leute, die den Dienst mit der Waffe verweigerten. Die Möglichkeit, seinen Dienst für's sozialistische Vaterland als sogenannter „Spatensoldat" abzuleisten, sollte es anfangs nicht geben. Schließlich gab es den Zivildienst doch, als ein Zugeständnis an ein liberaleres Bild von der DDR in der Welt. 1982 hatte sogar das „Neue Deutschland" über einen Besuch von Verteidigungsminister Hoffmann bei einer Einheit dieser Spaten- oder Bausoldaten in Prora auf Rügen berichtet."

„Wenn diese Form des Dienstes existiert, hatte ich mir zurecht gelegt, kann ich in unserem Provinzblatt auch darüber schreiben. Ich kannte nämlich einen jungen Theologen, der dort diente. Er hatte mich stets gebremst, darüber zu schreiben. Als Verweigerer hatte er schon Ärger genug und wollte sich nicht neue Schikanen auf den Hals holen. Seit 1962 gab es aus den genannten optischen Gründen sogar eine gesetzliche Regelung über die Spatensoldaten, aber kaum einer wusste es. Diese Nummer des Gesetzblattes konnte man nicht bestellen. Sie war seltsamerweise ständig vergriffen und wurde auch nicht nachgedruckt, trotz des anhaltenden, ja, wachsenden Interesses. In Bibliotheken fehlte wie zufällig die Ausgabe mit genau diesem Gesetz."

Sie hob die noch einmal heruntergefallene Handtasche wieder auf und fuhr fort: „Nach dem Bericht im ‚ND' glaubte ich, das amtliche Stillschweigen sei gebrochen. Welches Stillschweigen? Na, über die Möglichkeit, dem Dienst mit der Waffe zu entgehen. Ich schrieb einen zu Herzen gehenden Beitrag über meinen Theologen und seine Nöte und kündigte den Lesern die Morgenröte einer freiheitlicheren DDR an. Staat und Partei begannen endlich, die Probleme der Bürger von Tag zu Tag menschlicher anzufassen. So schufen wir den Sozialismus für das praktische Leben, kamen weg von jenem farblosen Konstrukt, das sich in Grundsatzreden und Losungen von Parteitagen erschöpfte! So oder ähnlich schloss ich meinen Artikel und suchte nach einem passenden

Bild. Die Kollegen fanden meinen Bericht toll, aber schauten mich besorgt an. Das fiel mir erst viel später auf. Der Chef redete mir den Aufsatz glatt aus. Ich beugte mich diesmal nicht der Erfahrung und der Überredungskunst, sondern schlicht der Macht, und tat mein Werk mit bösen Gefühlen gegen den Chef in die Ablage."

Die Enttäuschung war ihr immer noch anzumerken: „Erst nach der Wende kamen wir durch einen Zufall noch mal auf die alte Geschichte zu sprechen. Mein Redakteur gestand mir, er habe mir damals nicht die volle Wahrheit gesagt. Die Regierung hatte eine unmissverständliche Weisung an die Presse herausgegeben, den Bericht aus dem ‚Neuen Deutschland' in den Provinzzeitungen nicht aufzugreifen. Der Artikel war als Alibi gegenüber dem ‚nichtsozialistischen' Ausland gedacht. Sonst sollte er auf sich beruhen und keinen Interessenten auf dumme Ideen bringen."

Sie setzte ihren Gedanken fort: „Ich bin wirklich keine Revoluzzerin. Damals habe ich die Sache abgehakt, ohne anhaltende Verbitterung. Wenn man im System drinsteckt, so wie wir damals, in seinem tagtäglichen Alltag, nimmt man vieles achselzuckend hin. Das ist die oft erwähnte Selbstzensur. Sie macht es den Herrschenden leicht. Die schnippen nur hin und wieder mit den Fingern. Das genügt schon, um den Laden auf Vordermann zu bringen. Große Eingriffe, handfeste Zwangsmaßnahmen sind nicht nötig. Die Leute sind leicht einzuschüchtern. Sie finden sich ab, sagen lebensklug, die Verhältnisse seien eben so. Resignierend fügen die kleinen Philosophen im Alltag hinzu, man könne schließlich nicht gegen Windmühlenflügel anrennen und berufen sich auf Don Quichote. Es bringe ja nichts, sagen sie immer wieder, es bringe nichts. Schweigen, Achselzucken und Resignation kennzeichnen die Stimmung. Man zieht sich in seine hausgemachte Innerlichkeit zurück und mischt sich nicht mehr in die eigenen politischen Angelegenheiten." Die Frau hielt einen Augenblick inne und wollte Vergleiche zur aktuellen Nachwendezeit ziehen. Da knirschte der Schnee, und ein kleiner Fiat hielt neben ihnen.

Der junge Fahrer lachte, als Bürgel überschwänglich dessen Umsicht lobte, ein Starthilfekabel mitzuführen: „Reiner Selbsterhaltungstrieb! Sehen Sie selbst, die Anschlüsse sind ganz blank, vom vielen Benutzen. Gerade ist mein Akku neu. Ich kann gut ein bisschen Strom abgeben."

Bürgels Wagen sprang peinlich problemlos an. Der Fahrer schaute betreten wie ein Erstklässler auf den weichen Teppich. „Lassen Sie ihn nicht wieder ausgehen. Die Lichtmaschine muss den Akku erst ein bisschen aufpäppeln", rief der liebenswürdige Helfer und löste die Kontaktklemmen.

Michaela Roth kämpfte mit sich, ob sie nicht bis zur nächsten Bahnstation mit ihrem Retter mitfahren sollte. Er konnte sich unter solchen Verhältnissen offenbar besser behaupten als Jochen Bürgel. Als sie diese Möglichkeit im Stillen durchspielte, rollte der freundliche Mann aus Siegen mit geschicktem Griff sein Kabel ein. Er verabschiedete sich, ohne ihr einen Augenblick Zeit zum Nachdenken zu lassen. Wer hätte ihr übrigens sagen können, ob sie heute noch einen Zug nach Magdeburg erreichen würde? So war er bereits davongefahren, als sie beschloss, bei ihrem Reisegefährten zu bleiben.

Die beiden setzten ebenfalls, wenn auch ohne sonderlichen Schwung, ihre Reise fort. Anfangs reduzierte Bürgel vor jeder Kurve die Geschwindigkeit fast bis auf Fußgängertempo. Sie hatte den Eindruck, dass er versuchte, um jede Wegbiegung mit Stielaugen herumzulugen. Ob sie ihn zum schnelleren Fahren animieren sollte? Unpassende Bemerkungen gingen ihr durch den Kopf: ‚Nehmen Sie es mir nicht übel, aber ich finde, Sie übertreiben die Schleicherei ein wenig!' oder indirekter: ‚Selbst als Schnecke könnten Sie mit ihren Hörnern nicht um den Bogen herumschauen!' Sie presste die Lippen aufeinander und schwieg, denn sie saß einfach in der Falle und musste es durchstehen. Was half es, sich jetzt die Haare zu raufen oder mit schnippischen Bemerkungen den Fahrer aus dem Konzept zu bringen? Der gemeinsame Tunnelblick gen Magdeburg war nicht das, was man als abgerundetes Konzept für eine gelungene Fahrt betrachten konnte. Der Stress als Antrieb blieb einfach riskant.

Geduld in schwierigen Situationen war sie gewohnt. Die ewigen Streitereien mit Ewald, dem Vater ihrer Kinder und Noch-Ehemann, steckten ihr noch in den Knochen. Eines Tages hatte er den Kampf aufgegeben und war ausgezogen. Ein schwieriges Stück Auseinandersetzung stand ihr mit der Scheidung noch bevor.

Bürgel steuerte die Gegend des südlichen Westfalens an. Er hatte in den Wettervorhersagen gehört, dort dürfte es schneefrei bleiben. Wenn sie es nicht zu neuen Zwischenfälle kommen ließen, könnten sie am Kamener Kreuz die Autobahn erreichen. Inzwischen schien der Schneefall an Kraft eingebüßt zu haben. Er fiel nicht mehr so dicht. Die Flocken erschienen Bürgel jetzt leichter, wie schwerelos. Sie schwebten nur noch sachte zu Boden, schichteten sich nicht mehr pappig wie anfangs, sondern schlossen viel Luft zwischen ihren Kristallen ein. Hätte man sich auf den Boden gelegt und den Standort eines Dackels eingenommen, wäre es einem ohne Mühe gelungen, den trockenen Schnee fortzupusten. Offenbar war es kälter geworden, die Temperatur deutlich unter den Gefrierpunkt gesunken. Der Wind schien aufgefrischt zu haben. Die Straße führte durch große Waldgebiete. Die Wipfel der Fichten schwankten unter der Gewalt der Böen mächtig hin und her. Hier unten, auf der Straße, spürte man davon nichts. Auf ungeschützten Straßenstücken zwischen den Wiesen und Feldern mussten sie mit Schneeverwehungen rechnen.

Bürgel erinnerte sich an eine Höllenfahrt im Auto von Kiel nach Bonn vor etlichen Jahren. Die gewaltigen Schneewehen auf der Bundesstraße zwischen Kiel und Hamburg ließen manchmal nur noch die Spitzen der Haltestellenschilder aus den Haufen herausstechen. Nach der Abfahrt aus Kiel gegen 11 Uhr hatte er sich Kilometer für Kilometer vorangekämpft. Ihm drohte stets die Gefahr, unversehens die Fahrbahn in einer Schlitterpartie zu verlassen. Den Stadtrand von Hamburg hatte er gegen 18 Uhr erreicht. Stehend Knockout wie ein Boxer durfte er dann noch die Nachtfahrt nach Bonn bewältigen. Die Autobahn war von Hamburg ab allerdings schneefrei. Am nächsten Morgen hatte er nämlich ein wichtiges Bewerbergespräch für seine erste Stelle nach dem Ausbildungsabschluss vor sich. Er war sogar erfolgreich. Angesichts der Ausgangsbedingungen verwunderte ihn das heute noch!

Im Augenblick kamen sie nicht schnell, aber einigermaßen gleichmäßig voran. Bürgel plante, über Attendorn, Plettenberg, Menden, Werl die A 2 Richtung Hannover und Magdeburg zu erreichen. Er bat seine Begleiterin, auf der Karte die Strecke mitzuverfolgen. Überdeutlich verspürte er den Druck, jetzt keinen Fehler mehr zu machen. Er hielt inne. Musste er sich eigentlich derart wichtig nehmen, sich an seiner Wichtigkeit fast verschlucken?

Bürgel fand es wohltuend, neben der zierlichen Frau mit ihrem feinen Gesicht, mit dem niemals zur Ruhe kommenden Pferdeschwanz zu sitzen, ihre helle Stimme zu hören. Er wäre sehr gern, dachte er plötzlich, der wichtigste Mann in ihrem Leben. Er verspürte den starken Wunsch, seine Hand behutsam auf ihren Hals zu legen, zu spüren, wie die glatte Haut mit den winzigen Härchen warm vom Blut durchpulst wurde. Oder fühlte sie sich nach den Anstrengungen des Tages und der vielen kalten Luft eher kühl an? Er hatte seine Hand schon vom Lenkrad gelöst und wollte sie auf den kurzen Weg zu dem ersehnten Ziel schicken, zu einem Ziel, dessen er sich plötzlich nicht mehr sicher war.

Nein, sah er noch rechtzeitig ein, so geht das nicht! Er verstand nicht mehr, was eine derartige Geste jetzt sollte. Die Frau konnte so etwas nur als Übergriff deuten, als Ausnutzung einer vorteilhaften Situation, die er herbeigeführt hatte. Er holte die zwischen ihnen schwebende Hand zurück und führte sie in einer Zickzacklinie an seinen Kopf, als hätte er sich an seinem Ohr jucken wollen. Sie schaute zwar in seine Richtung, er war sich jedoch sicher, dass sie nichts mitbekommen hatte. Warum jetzt überstürzen, was sich von selbst entwickeln würde, wenn die Zeit reif war? Im Augenblick kam es darauf an, auf den Weg zu achten und alle Kurven zu bewältigen, ausnahmslos alle. Einen sicheren Fahrstil durfte seine Beifahrerin jetzt von ihm erwarten und sonst gar nichts!

Bürger staunte nach wie vor über Michaela Roths Selbstdisziplin. Sie unterließ jegliche Regung des Unwillens, die

Männer wie Frauen als Beifahrer als ständiges Störfeuer auf den geplagten Fahrer loslassen und ihm das Leben zur Hölle machen. Diese Beifahrerin scharrte nicht mit den Füßen, ruckelte nicht auf dem Sitz hin und her, nestelte nicht an ihren Haaren, blätterte nicht ziellos im Straßenatlas, räusperte sich nicht alle paar Minuten, wischte nicht mit der Hand über die Innenseite der Windschutzscheibe, suchte nicht nach einem Taschentuch, kramte nicht in ihrer Handtasche. All dies ließ sie einfach bleiben.

Sie hätte natürlich etwas mehr zur Unterhaltung beitragen können. Die Anstöße kamen durchweg von seiner Seite. Sie wird von Natur aus zu den Schweigsameren gehören, beschloss er. Er hatte keinen Anlass zu glauben, darin liege ein Vorwurf, oder ihre Wortkargheit habe mit ihm zu tun. Im Laufe der Jahre hatte er mühsam gelernt, dass solche aus der Luft gegriffenen Unterstellungen nicht weiterhalfen. Manchmal musste er ein wenig nachhelfen, so zu fühlen, wie er dachte, so auch jetzt! Denn ein Kompliment war es nicht, wenn er sie einfach zu nichts anregte, das ein Gespräch lohnte.

Hin und wieder sang sie leise vor sich hin, so leise, dass er Mühe hatte, die Lieder zu erkennen. Oft schienen es nur die ersten Zeilen zu sein, die sie dann mehrmals wiederholte. Das Knirschen und Mahlen der Räder auf dem zusammengefahrenen Schnee, das Trommeln der Eisstücke in den Radkästen und das Brummen des Motors überlagerten die zarten Melodien. Er konnte nicht erraten, was ihr gerade durch den Sinn ging, ließ sich aber nicht anmerken, dass er neugierig lauschte. Wollte sie sich einfach nur die Zeit vertreiben oder von ihm abgrenzen, indem sie eine dünne Wand aus Musik zwischen ihnen einzog? Plötzlich lachte er. Sie schaute mit hochgezogenen Brauen zu ihm herüber, erwartete offensichtlich eine Erklärung.

„Sie wissen, was Sie eben gesungen haben?", fragte er ein wenig in dem Ton, wie man es von einem Lehrer erwartete. „Ich wüsste liebend gern, ob Sie mich auf den Arm nehmen wollen." Als sie ihn ratlos anblickte und nicht zu verstehen schien, worauf er hinauswollte, antwortete er an ihrer Stelle: „Die Winterreise von Schubert läuft leise im Rahmenprogramm unserer Fahrt, daraus eben das passende Stück: ‚Was vermeid ich denn die Wege, wo die andren Wandrer gehn?' Wie gemacht für unseren Anlass! Meinen Sie nicht?"

„Ach, ja, stimmt", erwiderte sie etwas verlegen, als fühlte sie sich ertappt. „Ich hatte mir nichts Besonderes dabei gedacht. Mit unserer Fahrt hat das nicht zu tun, kann es auch nicht. Höchstens ganz allgemein, weil wir im Winter reisen." Ihr hübsches Gesicht war ein einziges Grübeln. Dann ein Leuchten in den Augen: „Ach, Du meine Güte, jetzt verstehe ich! Sie sind vielleicht spitzfindig! Als ob ich heute Nacht Schubert bemühen würde, um Ihre Pfadfinderkünste zu kritisieren! Irgendwie furchtbar männlich, so um die Ecke zu denken. Nein, lassen sie sich von meinen Liedchen nicht aus dem Konzept bringen! Möchten Sie, dass wir uns beim Singen abwechseln? Kennen Sie ‚Ich träumte von bunten Blumen, wie sie wohl blühen im Mai'?"

Dann sagte sie sehr betont und blickte ihn von der Seite an: „Wie Sie in dem Schneechaos fahren, einfach perfekt! Ich könnte das nicht, vor allem mit einem fremden Auto. Man weiß vorher nie, ob man alles richtig macht und wie das ausgeht. Hinterher ist man schlauer. Verlassen Sie sich drauf! Der Beinahezusammenstoß vorhin war nicht Ihre Schuld. Der Bus war viel zu schnell. Wie ein Gespenst kam er aus dem Schneetreiben. Auf ein bisschen Glück kann man eben nicht verzichten." Sie seufzte noch einmal tief.

„Wir müssten übrigens bald an der Autobahn sein", wechselte sie das Thema. „Menden liegt schon hinter uns. Haben Sie gemerkt, seit einer Viertelstunde schneit es nicht mehr? Die Watte wird nach Norden immer dünner. Ungefähr seit der Bigge-Talsperre! Ihre Taktik scheint aufzugehen, ich gratuliere. Ich bin so froh, wir können wieder normal fahren! Es ist noch ziemlich weit bis Magdeburg. Wir sollten eine Pause einlegen, an der ersten Raststätte, finden Sie nicht? Sonst hat kein Gasthof mehr geöffnet. Ich fühle mich total ausgetrocknet. Hauptsache, Sie schlafen nicht ein! Vielleicht kann ich Sie auf der Autobahn ein bisschen ablösen, ... wenn sie wollen!"

Jochen Bürgel war sprachlos über ihre unerwartete Redseligkeit. Die Erleichterung, dass sie es irgendwie geschafft hatten, das schwierigste Stück jedenfalls, schien aus ihr herauszusprudeln. Einen unpassenden Vergleich, für den er sich innerlich sogleich entschuldigte, konnte er nicht unterdrücken: Es kam ihm vor, als ob man bei einer Badewanne den Stöpsel herausgezogen hätte. So sprudelten ihre Worte. Ein anregender Gedanke übrigens, er gewann seinem Vergleich doch etwas ab, sich ihren grazilen Körper in der Badewanne im wohlriechenden Schaumbad vorzustellen! Wenn er die Wahl hätte, lieber ohne Schaum. Er war offensichtlich überreizt, brauchte dringend eine Pause. Es sprach im Augenblick rein gar nichts dafür, dass es zwischen ihnen bald zu einer aufregenden Begegnung kommen würde.

Er konnte ihre neue Gesprächigkeit gut verstehen. Als Beifahrerin zur Untätigkeit verdammt zu sein, wenn der Fahrer unter schwierigsten Straßenverhältnissen seine Arbeit tut, ist eine undankbare Rolle. Die Beherrschung zu bewahren, unerwünschte Ratschläge für sich zu behalten, den Fahrer moralisch zu unterstützen, war an sich schon eine Leistung. Bürgel empfand ein warmes Gefühl von Dankbarkeit, dass er eine Frau wie Michaela Roth durch diese verlassene Gegend kutschieren durfte, wenn auch bei Katastrophenwetter. Die dauernde Sorge, ob es ihm gelänge, das Abenteuer zu einem guten Ende zu bringen, trat für eine Weile zurück. Inzwischen schien sie längst nicht mehr unter der Fahrt zu leiden oder zu bedauern, sich auf die Geschichte eingelassen zu haben. Sie blickte mit entspanntem Gesicht in die Nacht, als habe sie es nicht mehr eilig. Vorhin hatte sie sogar ausdrücklich bemerkt, sie vertraue seinen Fahrkünsten.

Nach einer ausgiebigen Ruhepause am Rasthof Vellern, wo Essbares nur noch aus dem Automaten zu bekommen war, saßen sie wieder im Wagen und setzten ihre Fahrt Richtung Osten fort. Die weite Strecke schreckte beide nicht mehr. Endlich war der Druck von ihnen abgefallen, keine Kurve auf der verschneiten Fahrbahn verfehlen zu dürfen. Das entspannte Gespräch in dem fast menschenleeren Gastraum hätte auf einen Beobachter den Eindruck gemacht, dass die beiden recht vertraut miteinander waren.

„Wissen Sie", hatte Michaela Roth am Tisch leise gesagt, sich vorgebeugt und ihm aufmerksam in die Augen geschaut, „ich bin bei Begegnungen mit Fremden, also, ich meine, mit Menschen, die neu für mich sind", verbesserte sie sich rasch, „nicht von der schnellen Truppe. Heute Nacht mache ich eine Ausnahme! Es muss einfach sein." Sie lehnte sich zurück und schien die Kunstpause nach ihrer Ankündigung zu genießen.

Er schaute sie verwundert an, weil er nicht die geringste Ahnung hatte, worauf ihre Andeutung hinauslief. Würde sie ihm vorschlagen, die Fahrt zu unterbrechen und in der Raststätte zu übernachten?

„Das ewige ‚Bitte, Herr Bürgel‘, und ‚Frau Roth, ja, gerne‘ bin ich satt. Wollen wir nicht ‚Du‘ sagen? Ich duze mich mit Leuten, von denen ich weniger weiß als von … , von Dir“, beendete sie entschlossen den Satz. Wir haben schon allerhand erlebt, heute Nacht. Wir haben jetzt ein Recht auf eine gewisse Vertraulichkeit!“ Als sie sein verdutztes Gesicht sah, lachte sie. „Anfangs ist es ungewohnt und klappt erst mal nicht. Du kannst von mir aus gerne weiter ‚Sie‘ sagen. Außerdem hast Du Dich vorhin zweimal versprochen. Hast Du schon mal geprobt, ohne meine Erlaubnis?“ Er nickte nur, denn er hatte nicht den geringsten Einwand gegen die vertrautere Anrede.

Inzwischen rollten sie wieder über die trockene Autobahn, als Michaela einfach das Thema wechselte. Eben hatte sie noch über die Schwierigkeiten ihres Sohnes Markus im Englischunterricht gesprochen. Vielleicht hätte sie für ihn besser Französisch gewählt. Dann könnte sie ihm behilflich sein. Englisch hatte sie sich seit der Wende ein bisschen zusammengestoppelt, als Zugeständnis an die neuen Zwänge der Wirtschaft und an den Zeitgeist.

Jetzt, wo ihr Kopf wieder ein wenig freier war, erinnerte sie sich daran, dass sie sehr bald ihrer Redaktion einen Artikel abzuliefern hatte. Der Auftrag lag ihr mächtig auf der Seele. Sie hätte nachträglich nicht sagen können, welches Stichwort ihr Gedächtnis eben angestoßen hatte. Es handelte sich bei dem Beitrag um eine Art Hausarbeit für Erwachsene, ähnlich wie Schüler sie zu erledigen haben. „Schule" dürfte die innere Brücke gewesen sein.

Ihre Arbeit sollte sich mit den Urteilen im Prozess um die Todesschüsse an der Mauer auseinandersetzen. Vor allem sollte sie würdigen, was die Menschen im Osten darüber dachten. Sie schob das Projekt schon seit Wochen vor sich her. Vermutlich inspirierte das Thema sie nicht sehr. Sie hatte wohl auch Beklemmungen, den verwickelten Zusammenhängen der jüngsten deutsch-deutschen Geschichte nachzuspüren und selber Stellung zu beziehen. Wie sie es auch aufzog, würde sie Kritik auf sich lenken. Sie könnte es wahrscheinlich keinem Recht machen.

Mit dem geistigen Seziermesser, solche Sachverhalte aufzuschneiden, lag ihr nicht. Sie zog es vor, in zarten Pastellfarben Situationsbilder zu malen, bei denen man niemandem wehtat. Ihr Vorbild war die französische Kollegin Pascale Hugues bei der Wochenzeitung „Le Point". Sie veröffentlichte auch im „Tagesspiegel" ausgesprochen amüsante Miniaturen über Streiflichter des Berliner Lebens. In ihrer Magdeburger Lokalzeitung würde Michaela kaum genügend Platz bekommen, um das vielschichtige Thema auszuleuchten. Sie vermutete es wenigstens, denn eine exakte Verabredung über Spalten, Zeilen und den Zeitpunkt der Ablieferung hatte die Redaktion mit ihr bisher nicht getroffen.

So hatte sie die Arbeit immer wieder vertagt und auf die drängender werdenden Nachfragen ihres Ressortleiters stets neue Ausflüchte gesucht. Mal hatte sie nicht die innere Ruhe gefunden, weil eines der Kinder krank war. Ein andermal genoss die aktuelle Lokalpolitik wie ein Stadtjubiläum Vorrang. Schließlich kam ihr eigener Ausfall durch die Operation dazwischen.

Weiteres Gezerre mit ihrem Chef über den Text fürchtete sie vor allem, weil sie bis heute nicht wusste, was er über diese Dinge dachte. In der Redaktion herrschte zu diesen politischen Themen ein merkwürdiges Klima des Schweigens. Seltsam, denn unter den neuen politischen Verhältnissen konnte jeder sagen, was er dachte! Michaela war sich nicht im Klaren, ob dies nur theoretisch so war. Die Kollegen schlichen umeinander herum, als versuchten sie, vor persönlichen Bekenntnissen erst einmal herauszufinden, was man entsprechend dem neuen Zeitgeist denken sollte. Ungefähr nach dem Motto: Wie soll ich wissen, was ich denke, bevor ich höre, was die anderen sagen? Vor allem natürlich die Mächtigen oder jene, denen man Macht zutraute! Seit der Wende waren mehr als acht Jahre vergangen, aber die Phase des Abtastens war noch nicht vorüber.

In der Redaktion schienen die aus dem Westen zugewanderten Kollegen diesen Prozess des politisch-moralischen Fußfassens im eigenen Land eher zu stören. In ihrer Unbedarftheit, sie hatte sicherlich ihren Grund in der Gnade der westlichen Geburt, waren sie einer offenen Aussprache unter den einheimischen Kollegen und Kolleginnen letztlich im Wege. Manchmal dachte Michaela, dass die ersehnte Offenheit, ohne die „VEB Guck und Horch" im Hintergrund, vielleicht nur ein philosophisches Ideal, ein bloßes Gedankengespinst war. In der Realität des Alltags war dieser Zustand kaum erreichbar und nicht in jeder Lebenslage zu etwas nutze. Größer als der Wunsch nach allseitiger Offenheit war das Bedürfnis, sich nicht zu entblößen. Niemand wollte dem anderen unnötige Einblicke in die eigenen Überzeugungen oder die eigene Unsicherheit gestatten. Vor allem mochte man keine Angriffsflächen bieten.

Nur selten erschien es Michaela sinnvoll, im freimütigen Gespräch mit den Fachkollegen einen neuen Standpunkt gemeinsam zu erarbeiten. Ihre Erfahrung war: Lieber nicht! Sie würden meine Schwächen aufdecken, phantasierte sie, und hinter meinem Rücken die Nase rümpfen. Wie entwurzelt sie alle nach der Wende noch waren! Ein freundschaftlicher oder rein kollegialer Rückhalt fehlte ihr.

Sie musste mit ihrem Beitrag endlich anfangen Die Überzeugungen würden sich während des Schreibens hoffentlich bilden. Weiteres Zögern müssten Chef und Kollegen als Zeichen von Unfähigkeit betrachten. Wenn sie den Auftrag nicht hätte übernehmen wollen, wäre es ihr Pflicht gewesen, es sofort zu sagen. Auf ihre Krankheit wollte sie sich auf keinen Fall herausreden.

Warum eigentlich nicht mit Bürgel sprechen, der nun Jochen heißen sollte? War er nicht ein unverhofftes Geschenk des Himmels? Er brachte persönlich und beruflich ein paar gute Voraussetzungen für das Thema mit. Ob er sich, nach so vielen Stunden Fahrt unter schwierigsten Bedingungen, dazu aufgelegt fühlte? Sie würde es nie erfahren, wenn sie ihn nicht einfach fragte, anstatt sich das Hirn zu zergrübeln. Man könnte das Gespräch durchaus an einem anderen Tag fortsetzen, wenn sie beide frischer waren. Vielleicht käme ihm die Gelegenheit, sie wiederzusehen, sogar gelegen. Er schaute manchmal herüber, als wollte er irgendetwas noch nicht aussprechen.

Ein heftiger Ruck des Wagens und ein unterdrückter Schrei rissen Michaela aus ihren Phantasien. Sie wäre an die Windschutzscheibe geschleudert worden, wenn sie nicht angeschnallt gewesen wäre. Eine Gewaltbremsung mitten auf der nachtleeren Autobahn? Zwei Rehe hetzten vom rechten

Fahrbahnrand in einem aufgescheuchten Zickzack quer über alle Fahrspuren hinweg. Die Tiere verstanden in ihrer Panik anscheinend nicht, dass ihr Weg sich dadurch unnötig verlängerte.

Die Rehe hatten sich eine passende Stelle ausgesucht. Die Leitplanke auf dem Mittelstreifen bot kein Hindernis, denn sie war hier ein Stück unterbrochen. Ob die leichten Tiere eine Leitplanke übersprungen hätten oder auf der Fahrbahn umhergeirrt wären? Von Wildpferden war bekannt, dass sie lieber große Umwege in Kauf nahmen, als einen Wasserlauf zu überspringen. Turnierpferde benehmen sich anders, weil die Menschen sie fürs Springen dressiert haben. Rehe würden als Lauftiere vermutlich ebenfalls keine Sprünge wagen, sondern lieber herumirren und nach einer Lücke in der Leitplanke suchen.

„Heute bleibt uns nichts erspart", stöhnte Jochen und beschleunigte wieder, „hoffentlich hält unsere Glückssträhne an."

Michaela nickte energisch und griff das Stichwort auf, ohne lange zu überlegen, ob es passte: „Ehe die Rehe kamen, schoss mir etwas durch den Kopf. Ich habe großes Glück, dass ich mit Dir fahre, mal abgesehen von der Fahrt und ihren Abenteuern. Ich quäle mich eine Weile mit einer Sache herum und komme einfach nicht aus dem Knick. Du hast dazu bestimmt eine kräftige Meinung, ... Du... als Wessi!"

Jochen sah sie entgeistert an. Er konnte den Übergang von dem heil überstandenen Wildwechsel zu höchst persönlichen Bekenntnissen nicht so schnell verarbeiten. Vor allem hatte er nicht die leiseste Ahnung, was jetzt folgen könnte. Er sah sie wortlos an, bis sie ihn mit einer Geste der Hand wieder auf die Fahrbahn und seine Pflichten als Fahrer hinwies. Am Kreuz Oeynhausen schob sich ein Wegweiser nach Osnabrück, Amsterdam und für die Abbieger nach Hannover, Berlin über sie hinweg. Die Nacht war ihnen anscheinend gewogen, denn sie blieb klar und trocken.

Michaela spannte ihn nicht weiter auf die Folter, auch wenn sie seine Ratlosigkeit ein wenig genoss. Sie hatten noch so viel Zeit in dieser Nacht!

„Ich soll in unserem Blatt über den Prozess gegen Egon Krenz schreiben. Mir fällt dazu nichts ein, oder ich traue mich nicht. Ich glaube, es ist der zweite Grund. Ich will anscheinend nicht zurückblicken, bin froh, dass die DDR hinter uns liegt. Wieso müssen wir immer wieder darauf zurückkommen? Es scheint wie bei Euch mit dem Dritten Reich zu sein. Die Vergangenheit einschließlich der Gegenwart wird im Westteil durch eine einzige Brille betrachtet: Durch die Gläser der zwar unablässig bearbeiteten, aber offensichtlich noch nicht bewältigten Epoche von 33 - 45! Wir in der DDR hatten mit Ideologie und Verbrechen des Nationalsozialismus keine Last. Durch einen ideologischen Kunstgriff gehörten wir zu den Siegermächten des Zweiten Weltkriegs. Das war persönlich angenehm und trug sich gegenüber dem Ausland gut! Mir graust, wenn ich es mir vorstelle: Wir haben noch Jahrzehnte vor uns, in der wir die DDR — Gott hab' sie selig — ethisch und politisch aufarbeiten werden."

„Wieso Gott?", wollte Jochen halb ernsthaft, halb belustigt wissen. „Hatte Ulbricht den nicht bereits kurz nach Gründung der DDR ausgebürgert? Ich bin verblüfft, was Du in einem Atemzug alles miteinander verbindest. Einfach toll! Es fehlt nur noch Italien!"

„Du machst mich ganz wuschig! ‚Gott' war nur eine Redensart, eine dumme Angewohnheit von mir. Du weißt es, stellst Dich bloß dumm. Meine Mutter hat das immer gesagt, wenn sie andeuten wollte, irgendetwas sei endgültig vorbei. Von ihr — Gott hab sie selig — stammt das." Sie lachte etwas verlegen, denn ihre verstorbene Mutter wäre ein Grund zur Trauer gewesen. — „Aber was soll in dem Zusammenhang Italien? Das bringt uns völlig vom Thema ab." Michaela schüttelte verständnislos den Kopf und machte ein ärgerliches Gesicht, als wollte sie das Gespräch am liebsten sofort beenden. Sie wandte sich nach rechts und blickte auf die nachtschwarzen Hänge des Weserberglandes.

Jochen wunderte sich, wie leicht sie zu irritieren war. Sollte er das Gespräch nicht besser auf andere Themen lenken? Vielleicht wäre es für eine ungetrübte Stimmung während der langen Fahrt günstiger. Er wollte sie wirklich nicht ärgern. Manchmal posaunte er während eines Wortwechsels eine Erwiderung heraus, ehe er nachgedacht hatte. Womöglich steuerte nur das Rückenmark seine Zunge, damit wenigstens Satzbau und Aussprache stimmten. Dann siegte endlich die Neugier. Er wollte unbedingt wissen, welches Problem er mit ihr oder für sie lösen sollte. Leider hatte er ihren Anlauf, zu dem sie vermutlich allerhand Mut gebraucht hatte, erst einmal unterbrochen.

„Italien ist in dieser Hinsicht wie die DDR", nahm er den abgerissenen Faden irgendwo wieder auf. Er wollte den unbeabsichtigten Fehler wieder gutmachen, gab ihr aber erst einmal ein neues Rätsel auf, ohne es selbst zu bemerken. „Der größere Teil Italiens hat sich 1943 vom Faschismus gelöst und sich den Alliierten angeschlossen, nach ihrer Landung in Sizilien. Viktor Emanuel hatte Mussolini abgesetzt, war aus Rom nach Brindisi gegangen und hatte Marschall Badoglio mit der Regierung beauftragt. Damit war Italien auf die richtige Seite der Weltgeschichte gewechselt, noch einigermaßen rechtzeitig. Nur Mussolini störte nach seiner Befreiung durch die deutschen Fallschirmjäger mit seiner ‚Sozialistischen Republik von Salò' am Garda-See das positive Gesamtbild. Nach dem Kriege meinte das Land, sich die öffentliche Aufarbeitung des Faschismus schenken zu können, obgleich diese Phase zehn Jahre länger als der Nationalsozialismus in Deutschland gedauert hatte."

Zögernd meinte Michaela: "Ob der historische Vergleich nun hinkt oder nicht, kann ich nicht sagen. Die DDR-Bürger haben nach der Wende nicht viel davon gehabt, dass sie, wie Du sagst, auf der richtigen Seite waren."

„Natürlich nicht", entgegnete Jochen, „aus der Sicht der westdeutschen Machthaber waren alle Bewohner der DDR auf der falschen, auf der kommunistischen Seite. Bekanntlich gibt es keine objektiv richtige oder falsche Seite. Das hängt allein vom Standpunkt des Betrachters ab. Entscheidend ist aber, dass er die Macht hat, seinen Standpunkt durchzusetzen. Das waren nach der Wende die Westdeutschen. Ich wollte mit dem italienischen Vergleich nur andeuten: Natürlich kann es in einem Land ein kollektives Gefühl geben, man besitze das richtige Bewusstsein. Das gilt nur so lange, wie die Autorität existiert, die dieses Bewusstsein ausgerufen und zur Staatsideologie gemacht hat. In Eurem Falle ist der Staat untergegangen. Welche offiziellen Überzeugungen in der DDR zur Geschichte Deutschlands im 20. Jahrhundert geherrscht haben, spielt jetzt keine Rolle mehr. Niemand kann sich heute noch darauf berufen."

Jochen wandte sich zu ihr hin: „Bin ich zu kompliziert? Ich finde es selber etwas verworren und weiß auch nicht mehr, ob es uns weiterhilft."

„Nein, nein, mach Dir keine Sorge!" Sie legte ihm die Hand auf den Unterarm und ließ sie dort liegen. Er empfand eine ungewohnte Wärme, auch wenn diese Wirkung durch Pullover und Hemd hindurch eigentlich recht eigenartig war. Womöglich waren dies jene geheimnisvollen telepathischen Kräfte, dachte er, von denen manche sprechen, die er aber noch nicht erlebt hatte.

„Ich kann schon folgen", ergänzte sie noch ruhig, „sogar im Detail. Was ich nur nicht verstehe: In welchem Zusammenhang und wozu sagst Du es? Genau genommen habe ich mein Problem noch nicht einmal beschrieben. Ich habe nur gesagt, dass mir zu den Mauerschützen und zu Krenz nicht viel einfällt. Was Du machst, passt zu allen Vorurteilen über die Geschlechter! Ich hätte beinahe gerufen: Typisch Mann, er antwortet ellenlang, ohne dass die angekündigte Frage gestellt ist. Ich bin den Geschlechterkampf satt. Ein Vorurteil prallt auf das andere. Konfrontation hilft uns nicht weiter. Sie schafft kein gegenseitiges Verstehen."

„Habe die Rüge verstanden. Du musst Dich nicht entschuldigen. Dauerndes Entschuldigen hilft ebenso wenig weiter. Dies ist auch in gewisser Weise rollentypisch", meinte Jochen. Er hätte sich im selben Moment auf die Zunge beißen können.

Die Erwiderung kam prompt: „Retourkutschen helfen übrigens auch nicht", sagte sie und lachte über das ganze Gesicht. — „Also gut", fuhr sie fort. Sie ließ das Geplänkel auf sich beruhen, denn sie hatte ja nun das letzte Wort gehabt. „Durfte Deiner Überzeugung nach Egon Krenz vom neuen Staat verurteilt werden, jetzt nach der Wiedervereinigung? Zunächst fand ich das irgendwie normal. Die neuen Herren im Land räumen mit den abgesetzten Herrschern auf." Sie schwieg und sah ihn nicht an. Jochen hatte den Eindruck, sie habe sich über die rüde Kompromisslosigkeit ihrer Bemerkung selbst erschrocken und müsse die Dissonanz erst einmal verklingen lassen.

Sie fuhr nach kurzem Atemholen fort: „Die Rumänen waren rigoroser. Sie haben Ende 1989 das Ehepaar Ceauşescu, unmittelbar nach ihrer Absetzung, standrechtlich erschossen. Partisanen der Widerstandsbewegung in Italien haben 1945 ihren Exdiktator ebenfalls kurzerhand liquidiert. Die Sieger des Zweiten Weltkriegs sind in Nürnberg nicht viel anders verfahren. Sie haben die neue Ordnung definiert und sogleich angewandt. Nur das Verfahren war umständlicher, aber auch medienwirksamer. Bei den Urteilen gab es nicht nur Todesurteile. Ich finde, legt man diese Beispiele, nur aus Europa, als praktizierten Weltmaßstab zugrunde, können sich die Regierungsmitglieder der untergegangenen DDR im Prinzip nicht beklagen. Der neue Staat ist vergleichsweise taktvoll mit ihnen umgegangen. Solch eine Feinfühligkeit wurde sonst, soweit ich sehe, nirgendwo geboten."

Michaela hatte zunehmend leiser, zuletzt fast flüsternd gesprochen, als rede sie mehr für sich selbst. Sie hatte nicht mehr getan, als einen Summenstrich unter die gesammelten Fakten zu ziehen, und zunächst alle schnellen Wertungen unterlassen. So verfuhr sie gelegentlich bei vielschichtigen Sachverhalten. Heute staunte sie allerdings über das rüde Ergebnis. Wieso hatte sie eigentlich nicht zugegeben, dass sie vollkommen unsicher war, das Geschehen zu bewerten? Also wartete sie gespannt, was Jochen dagegensetzen würde.

Jochen Bürgel war, das sah sie aus allem, was sie in diesen langen Stunden mit ihm erlebt hatte, ein feinfühliger Mann. Ganz nebenbei beschäftigte sie noch die Frage, ob er wohl in einer Beziehung lebe. Gesagt hatte er dazu bisher nichts. Wieso hätte er auch...? Die üblichen Bemerkungen, wie sie verheiratete Männer häufig einflechten, etwa: „Meine Frau meinte dazu neulich...." oder: „Meine Frau hat gestern etwas Ähnliches gesehen..." hatte sie von ihm nicht gehört. Sie fand den Gedanken nicht unangenehm, er wäre vielleicht noch ungebunden.

Ihr fiel eine bedrückende Situation ein, die vor ein paar Monaten mit einem anderen Mann passiert war. Sie hatte sich manches Mal gefragt, ob ihre beiden Söhne, Justin und Mario, insgeheim nach einem neuen Vater suchten. Nach der Trennung von ihrem Ehemann und Vater der Kinder, war dessen Kontakt zu beiden bald eingeschlafen. Wollte er mit ihnen nichts mehr zu tun haben? Konnte er sich nicht überwinden, mit ihr immer wieder die nötigen Absprachen zu treffen? Sie wusste es nicht. Anfangs fragten die beiden hin und wieder nach ihrem Vater. Sie verstanden nicht, wieso er sie nicht mehr treffen wollte. Eines Tages redeten sie nicht mehr darüber. Sie hielt das Thema für erledigt und hatte die Kinder nicht mehr darauf angesprochen. Bald bemerkte sie aber, wie ihre Söhne mit offenem Mund anderen Jungen und ihren Vätern hinterherschauten, wenn sie im Herbst am Elbufer ihre Papierdrachen steigen ließen.

Wie falsch sie die Sehnsucht ihrer Kinder eingeschätzt hatte, erlebte sie vor allem an jenem Sonntagnachmittag im April. Ein gleichaltriger Kollege, sie kannte ihn noch aus ihrer Ausbildungszeit, war aus Halle zu Besuch gekommen. Die Initiative war von ihm ausgegangen. Damals hatten sie sich äußerst sympathisch gefunden, aber zu mehr hatte es nicht gereicht. Sie waren nämlich gerade mit anderen Partnern liiert. Als Bruno nun Jahre später die Gelegenheit eines

Aufenthalts in Magdeburg zu einem Besuch nutzte, gestanden sich beide, sie hätten damals einen Fehler gemacht.

Justin, der Zwölfjährige, war ein ängstlicher Junge, der Fremden gegenüber nur schwer aus sich herausging. Als Grübler und Bastler hatte er unter Gleichaltrigen nur wenige Freunde. Schließlich holte er Bruno Haberkamp doch in sein Kinderzimmer, um ihm seine Flugmodelle zu zeigen. Da Bruno lange Jahre Agrarflieger gewesen war, entspann sich ein eingehendes Fachgespräch. Der Gast bedrängte den Jungen nicht oder versuchte nicht, ihn auf seine Seite zu ziehen. Er ließ ihn selbst bestimmen, wie eng der Kontakt sein sollte.

Langsam wuchs die Idee in Justin, dies wäre endlich der langgesuchte Mann, den Mutter für ihn als neuen Vater in die Familie holen sollte. Der Mutter würde er es erst sagen, nachdem Bruno das Haus wieder verlassen hatte. Er sah den Gast über das Modell einer „Ju 52" hinweg gespannt an, ehe er nach einem tiefen Atemzug herausbrachte: „Du, ich lass Dich hier nicht wieder weg!". Der Mann muss im ersten Moment tief berührt gewesen sein. Er war für lange Momente sprachlos, fand aber den Gedanken gar nicht verkehrt, nicht nur der Kinder wegen. Michaela Roth ließ sich aber die Initiative nicht von ihren Söhnen aus der Hand nehmen. Die Richtlinien der Familienpolitik bestimmte die Mutter. So wurde aus dem verspäteten Anlauf des sympathischen Studienkollegen doch nichts Greifbares.

Jochen Bürgel war über seine ungebrochene Ausdauer während der langen Stunden am Steuer selbst überrascht. Die Anwesenheit dieser Frau beflügelte ihn anscheinend, setzte Kräfte frei, die er nicht für möglich gehalten hätte. Sonst hätte er heute ruhig zu Hause in seiner Wohnung in der Potsdamer Hegelallee gesessen und den kommenden Schultag vorbereitet oder ein Buch gelesen. Anschließend wäre er gegen 11 Uhr ins Bett gegangen. Diese Phantasie eines routinemäßigen Feierabends hätte er allerdings um keinen Preis gegen die heutige Fahrt eintauschen mögen. Bürgel ertappte sich bei einem unvernünftigen Gedanken: Er könnte ein wenig langsamer fahren, als die Straßenverhältnisse, sein Auto und seine Kondition zuließen. Dann säße er länger mit ihr im Wagen, erlebte ihre grazile Erscheinung, hörte ihre angenehme Stimme und könnte noch stundenlang mit ihr reden. Was sie sagte, war gar nicht so wichtig.

„Was ist mit Dir", sagte sie, als er plötzlich heftig den Kopf schüttelte, „fehlt Dir was? Mich kannst Du nicht gemeint haben. Ich habe nichts gesagt."

„Nein, mir fehlt nichts. Ich habe nur ein paar dumme Ideen verscheucht."

„Verrate sie mir, bitte!" Und als sie sein Zögern spürte: „ Vielleicht nur so die grobe Richtung?"

„Nein", lachte Jochen, „im Augenblick noch nicht."

„Na, hör mal! Was hast Du denn mit mir vor? Muss ich jetzt Angst haben? Ich steige sofort aus, wenn ich einen Verdacht habe, auf offener Strecke notfalls, und fahre per Anhalter weiter." Ihre Stimme klang spöttisch, jedoch durchaus nicht so, als wäre sie ernsthaft besorgt. Dann schaute sie ihn wieder ruhig an und sagte weich, aber wie beiläufig, vor sich hin: „Mir gefällt unsere Fahrt ganz gut. Habe ich Dir das schon gesagt? Schade finde ich, dass Du die Hauptlast trägst! Jetzt, wo der Schnee weg ist, könnte ich Dich ein Stück ablösen. Willst Du?" Dann wechselte sie wieder in eine sachlichere Tonlage, als ob sie keine Antwort erwartete: „Und was wird aus meinem moralisch-politischen Artikel, wenn Du mir nicht hilfst? Du hast ja noch gar nichts dazu gesagt."

„Ja, stimmt. Ich habe noch nicht reagiert. Besser fände ich es, ich wäre Jurist als Französisch-Lehrer."

„Drück Dich bitte nicht! Das Recht ist viel zu wichtig und zu gefährlich, als dass wir es den Juristen überlassen könnten! Notfalls frag' ich den Stadtverordneten Jochen Bürgel. Der müsste sich dem Thema stellen, wenn ich eine Potsdamer Wählerin wäre. Der Lehrer übrigens auch, wenn die Schüler ihn fragen! Du entkommst mir sowieso nicht. Ich kann Dich notfalls in die Seite zwicken, und Du kannst Dich am Steuer nicht wehren. Überzeugt Dich das?"

Über die blanken Flächen der in mildem Grün beleuchteten Kontroll-Instrumente am Armaturenbrett kroch ein winziger Schatten, nicht viel größer als ein Stecknadelkopf. Jochen hatte das Tierchen noch nicht bemerkt. Es mochte ein Käfer sein, der sich in dem Auto an einer halbwegs geschützten Stelle über die ersten kalten Herbstnächte hinweggerettet hatte. Er zog seinen Weg quer über den Tachometer hinweg und war inzwischen bei den großen Zahlen für die hohen Geschwindigkeiten angekommen. Würde er die Kletterpartie zur beleuchteten Radioskala wagen, oder waren ihm die dunklen Partien des Armaturenbretts angenehmer? Nun war der Käfer, der nach Größe und Form einem Marienoder Glückskäfer ähnelte, in das Dunkel am rechten Rand des Tachos hineingekrabbelt.

Michaela bedauerte, dass sie nicht für einen Augenblick Licht gemacht hatte, um ihn näher anzuschauen oder ihn sich über die Hand laufen zu lassen. Glück geht nämlich nur dann von ihm aus, erinnerte sie sich an den Glauben aus Kindertagen, wenn man den Käfer an seinen schwarzen

Punkten berührt, ohne ihn zu verletzen. Ein toter Käfer übt keinen Zauber mehr aus. Das war unter uns Kindern eine ausgemachte Sache!

„Bei den Mauerschützen, den einfachen Soldaten", nahm Jochen den aus der Hand geglittenen Faden wieder auf, „kommt mir die Sache ziemlich klar vor. Diese Männer hat das Gericht für einen Mangel an Zivilcourage bestraft. Nirgendwo sonst wird man als Soldat dafür belangt, dass man die Vorschriften korrekt eingehalten hat. Das kann nur passieren, wenn plötzlich ein neues Regime an die Stelle des alten tritt und die Werte umdefiniert. Genau so ist das bei uns geschehen. Schließlich ..."

„Langsam, langsam, nicht so flott", rief Michaela dazwischen, ehe er seinen Gedanken beenden konnte. „Was hat der Schießbefehl mit Zivilcourage zu tun? Soldaten brauchen für ihre Tätigkeit keine Zivilcourage, sie empfangen Befehle. Dann wissen sie, was sie zu tun haben, und müssen nicht überlegen. Nach dem Prinzip funktioniert das ganze Militär. Deshalb ist es so gefährlich. Deswegen bin ich froh, dass ich kein Mann bin."

„Eben, sage ich ja!" Im Stillen stimmte er ihr zu. Auch er war froh, dass sie kein Mann war, aber darum ging es im Augenblick nicht. „Die Justiz hat die Mauerschützen bestraft, obwohl sie exakt ihre Befehle ausgeführt hatten. Der Befehl lautete nämlich nicht, sie sollten nur so tun, als ob sie treffen wollten, tatsächlich aber daneben schießen und anschließend nicht darüber sprechen. Bei keiner Armee der Welt gab und gibt es solche widersprüchlichen Befehle, auch nicht bei der Nationalen Volksarmee. Unsere West-Justiz hat nach der Wende von den Soldaten verlangt, sie hätten danebenschießen müssen. Sie hätten sich also über ihre Befehle hinwegsetzen sollen. Die Soldaten konnten selbstverständlich im entscheidenden Moment nicht wissen, dass die Wessis dies später von ihnen erwarten würden."

„Aber es ist doch niederträchtig, Menschen umzubringen, weil sie ihr Land verlassen wollen. Die Menschen gehören in keinem Land der Welt ihrer Regierung. Sie sind stets die ersten Opfer ihrer Diktatoren. Beim Bombenkrieg gegen Dresden, Köln und Berlin waren die Einwohner dieser unglücklichen Städte Geiseln des Nazi-Regimes. Die Bande hätte längst kapitulieren müssen. Die Alliierten haben sie aber nicht wie Opfer, sondern wie Mitschuldige behandelt und ihnen gnadenlos die Häuser über dem Kopf zerbombt. Als ob sie das Regime hätten stoppen können! Erich Kästner hat eine tiefsinnige Rede zur 25jährigen Wiederkehr der Bücherverbrennung auf dem Bebelplatz in Berlin gehalten. Er sagt, es sei eine Frage des Terminkalenders, bis wann man ein Regime, das seine Macht bis in alle Winkel der Gesellschaft hinein ausbaut, noch aufhalten könne."

„Denk auch an die Wehrpflicht, ob der Staat nun diktatorisch regiert wird oder nicht! Seit Napoleon hat sich die Sitte immer mehr eingebürgert, dass der Staat mit seinen Leuten, manche sagen noch hochtrabend ‚Bürger', gewissermaßen nach Belieben verfahren kann. Stell Dir vor, was die Staaten in diesem 20. oder dem voraufgehenden Jahrhundert mit ihren Bürgern angestellt, wie sie sie auf den Schlachtfeldern verheizt haben. Von den internen Massenmorden von Hitler, Stalin, Mao und Pol Pot will ich erst gar nicht reden. War es da nicht eine vergleichsweise milde Maßnahme, die freie Ausreise zu verweigern? Als Gründe führte man die Kosten für Schule, Ausbildung und medizinische Betreuung, die Wehrpflicht oder die wirtschaftlichen Existenznöte der DDR ins Feld. Reiner Staatsterror, bloße Willkür war es jedenfalls nicht."

Michaela war empört, wie gefühllos Jochen über eine Praxis sprach, die viele Flüchtlinge das Leben gekostet hatte. Sie zweifelte, ob sie in Jochen den richtigen Gesprächspartner für ihr Problem gefunden hatte. „Mit großflächigen historischen Vergleichen ‚bürgelst' Du persönliches Leid und individuelles Versagen weg", ereiferte sie sich. „Jeder Einzelfall wird auf eine statistische Größe reduziert. Gegenüber den unfasslichen Dimensionen von Katastrophen und Terror ist er nicht mehr wahrzunehmen. Das finde ich schlimm. Mit solchen Betrachtungen kann ich meinen Lesern nicht kommen. Ist es nicht ein verbrieftes Menschenrecht, sein Heimatland verlassen zu können, wenn ich dort nicht mehr leben will?"

Er legte ihr besänftigend den Arm um die Schultern: „Komm, ärger Dich nicht über mich! Mich musst Du nicht bekämpfen. Ich habe den Schießbefehl nicht erlassen und rechtfertige ihn nicht. Man versteht die Dinge besser, wenn man das Pro und das Contra kennt. In einem stimme ich Dir sofort zu! Die Vereinten Nationen sprechen in der Erklärung der Menschenrechte jedem Individuum das Recht zu, sein Land zu verlassen. Das steht tatsächlich drin, in Artikel 13, glaube ich."

„Na, siehst Du!" fuhr sie dazwischen und schlug mit der flachen Hand auf die Oberkante des Armaturenbretts, dass es laut knallte. Sie hatte inzwischen verstanden, dass er vorhin nicht seine persönliche Überzeugung ausgedrückt hatte. Er hatte lediglich die Rolle des advocatus diaboli übernommen. „Also besaß der DDR-Bürger doch das Recht, seine

Heimat zu verlassen. Wofür sind die Menschenrechte sonst nütze, wenn man sich nicht darauf berufen kann?"

„Das ist genau der Punkt", erwiderte Jochen behutsam, mit betont sanfter Stimme, denn er musste ihr erneut widersprechen. Nur ungern wollte er ein weiteres Mal ihren Widerstand heraufbeschwören. Wie war das mühsam, sich jedes Mal rechtfertigen zu müssen, wenn ihr ein Standpunkt nicht passte, auch, wenn er ihn nur äußerte, ohne sich zu solidarisieren! Lebhafte Kontroversen über solche Themen führte er lieber mit Männern. Sie waren seit Urzeiten auf sportlichen Kampf eingeübt. Das galt auch für das Gefecht mit Argumenten. Männer witterten nicht in jeder Meinungsverschiedenheit eine Gesamtkritik an ihrer Persönlichkeit.

Aber Michaela wollte es offenbar so haben. Sie hatte das Gespräch auf das Thema gelenkt. Also bitte, dachte Jochen und sagte: „Die Erklärung der Menschenrechte von 1948, direkt nach dem fürchterlichen Krieg, war ein Versuch, die Wiederholung solch gigantischen Unheils künftig zu verhindern. Niemand glaubte natürlich, allein dadurch wäre die Welt sofort und dauerhaft vor ähnlichen Katastrophen geschützt. Die Staaten mussten die edlen Grundsätze in ihr eigenes nationales Recht übernehmen und über deren Einhaltung wachen. Nur dann konnten sich die Bürger eines Landes unmittelbar darauf berufen."

„Und? Hat die DDR dies getan?" Er sah im Licht vorüberfahrender Fahrzeuge, dass sie aufmerksam zu ihm herblickte.

„Du ahnst wohl schon, worauf es hinausläuft. Sie hat es natürlich nicht getan. Die SED wollte keine Beschränkung ihrer Macht zulassen. Also galt das Menschenrecht auf freie Ausreise aus ihrem Land nicht. Der Beitritt der DDR zu den

Vereinten Nationen blieb für die Menschenrechte ein unerfülltes Versprechen. Wer ihren Bewohnern gegenüber etwas anderes behauptete, die Bürgerrechtler etwa, wollte politisch und juristisch eine neue Lage schaffen. Geltendes Recht aber war die schöne Verheißung nicht."

„Wieso haben denn die Vereinten Nationen solche Staaten nicht wieder rausgeworfen, ihnen die Mitgliedschaft entzogen?"

„So hatte man dort nicht gewettet. Die Souveränität der Mitgliedstaaten blieb unangetastet. Sonst hätte niemand mitgemacht. Die große Mehrheit der Mitgliedsländer besitzt heute noch diktatorische Regime. Es wären nicht viele übrig geblieben, wenn man nur die demokratischen Staaten akzeptiert hätte."

„Wieso hat man die Mauerschützen vor Gericht gestellt, wenn das Völkerecht im Sinne der UN für sie nicht galt?" Michaela ließ sich auf das reichlich gewundene Einerseits - Andererseits der juristischen Argumente ein. Sie versuchte das Gedankenspiel mitzumachen, auch wenn ihr diese Denkweise fremd war. Immerhin war sie als Journalistin gewohnt, neue Tatsachen und unerwartete Blickwinkel durch ein beharrliches Frage-Antwort-System so lange zu zerkleinern, bis sie die Zusammenhänge begriffen hatte. Also bohrte sie weiter: „Muss das natürliche Rechtsempfinden nicht auch einem Soldaten sagen, dass man nicht auf einen wehrlosen Menschen, sondern allenfalls auf bewaffnete Feinde schießen darf? Sind denn nicht Gesetze und Befehle, die so etwas verlangen, einfach nichtig, sozusagen Luft? An solche miesen Vorschriften muss sich doch niemand halten, meine ich!"

161

„Schön wär's! Stell Dir vor, Du bist Soldat an der Grenze. Du siehst, wie zwei junge Leute über die Mauer klettern wollen. In Deinem Kopf kreisen all die klugen Überlegungen, die Du eben ausgebreitet hast. Du hast sogar den Rechtsphilosophen Radbruch gelesen. Von ihm weißt Du, dass ein Recht einfach keine Geltung beanspruchen kann, wenn es ein Minimum an Gerechtigkeit vermissen lässt. Du meinst, das wäre hier haargenau solch ein Fall."

„Du weißt aber auch", Jochen geriet langsam in Fahrt, „dass man unter Gerechtigkeit ganz Verschiedenes verstehen kann, je nach dem, wen Du vor Dir hast. Es gibt ein bürgerlich-kapitalistisches Weltbild und das dazu passende Gerechtigkeitsempfinden, ein katholisches, ein islamisches, ein sozialistisches usw.! Da stehst Du mit Deiner Waffe im Anschlag, während der Flüchtling in diesem Moment seine Leiter an die Mauer lehnt. Was machst Du?" Jochen löste einen Moment den Blick von der Fahrbahn und den beleuchteten Uhren im Instrumentenbrett und blickte zu ihr hinüber: „Na, sag schon! Was machst Du, wenn Du nicht groß Zeit zum Abwägen hast?"

„Ich versteh' schon", erwiderte sie, „Du hast es vorhin selbst gesagt. Der eine tut, was man von ihm erwartet. Ich glaub' schon, die allermeisten handeln so! Der andere schießt absichtlich daneben. Er riskiert, dass seine Offiziere ihn für unfähig oder für aufsässig halten. Also hat er jede Menge böser Schwierigkeiten. Das trauen sich nur wenige. Du meinst demnach?... Ich glaube, Du hast Recht! Wir haben heute einen Blick auf die Dinge aus sicherer historischer Distanz. Außerdem sind wir persönlich aus der Gefahrenzone. Wir müssen nicht handeln. Wir dürfen nicht die normalen Menschen — die sind ja nicht zum Helden geboren —

bestrafen, weil sie nicht wie Helden gehandelt haben. Auch wenn wir es uns noch so sehr gewünscht hätten!"

„Genau das meine ich! Die Schüsse waren eine Schweinerei, aber die kochende Volksseele heute ist kein Delikt im Sinne des Strafgesetzbuches. Der Täter müsste im entscheidenden Moment erkennen können, dass sein Tun, wenn er denn handeln würde, kriminell wäre. Das darf nicht erst nachträglich festgelegt werden. Vielleicht durch eine Regierung, die später dort die Macht ergreift! Dieses hohe Prinzip heißt Rückwirkungsverbot. Es ist das Fundament eines rechtsstaatlich sauberen Strafrechts. Alles andere ist Siegerjustiz."

„Du bist ganz schön kompromisslos", meinte Michaela in einem Ton, der Staunen, Zweifel, aber auch Bewunderung mitschwingen ließ. „Bist Du immer so konsequent? Auch im Alltag? Was bedeutet das Prinzip für die Leute aus Partei und Regierung des untergegangenen Staates, die den Schießbefehl gegeben haben? Wenn wir den Grundsatz auf die Verantwortlichen, nicht auf die Befehlsempfänger anwenden? Was kommt dann als Lösung heraus?"

„Lass mir mal eine Atempause! Ich fahr hier auf den Rasthof Garbsen und hol' mir was zu trinken. Wir haben jetzt zwei Uhr und sind nördlich von Hannover. Vor uns liegen noch wenigstens zwei Stunden Fahrt. Willst Du im Auto sitzen bleiben, ja? Ich bring Dir was mit. Limo? Sprudel? Amibrause? Kennst Du nicht als Ossifrau? Ein dummes Wort für Coca Cola!" Er lachte, als hätte er die Redensart eben selbst erfunden.

Jochen Bürgel bog von der Autobahn ab und fuhr einige Dutzend Meter hinter dem Gebäude der Raststätte in eine Lücke zwischen den wenigen Fahrzeugen, die zu dieser Zeit dort abgestellt waren. Michaela wollte tatsächlich im Auto sitzen bleiben. Sie hatte keine Lust, durch die kalte Luft zu laufen. Eine große Flasche Mineralwasser würde ihr jetzt genügen. Er stellte den Motor ab und ließ für die paar Minuten den Schlüssel stecken. Sonst sähe es irgendwie misstrauisch aus. Michaela fühlte sich entsetzlich müde. Nachdem Jochen ausgestiegen war, fielen ihr auf der Stelle die Augen zu.

Als Bürgel vor der wie versteinert hinter ihrer Kasse hockenden alten Frau die Markstücke und Pfennige auf den Zahlteller klappern ließ und sie in ihren ersten Träumen der Nacht aufstörte, ging ihm alles nicht rasch genug. Er hatte ein schlechtes Gewissen, dass er Michaela auf dem dunklen Parkplatz im Wagen zurückgelassen hatte. Warum hatte er sie nicht mit sanftem Druck genötigt, die paar Schritte ins Gebäude mit ihm gemeinsam zu tun, mochte sie auch von der endlosen Fahrt erschöpft sein? Gesundheitlich war sie noch angeschlagen. Die Operation lag erst wenige Wochen hinter ihr. Sie hätte sich sicherlich aufgerafft, wenn er sie ein bisschen energisch darum gebeten hätte.

„Gute Weiterfahrt noch!" Die Kassiererin wandte sich dem nächsten Kunden zu. Es hätte nicht viel gefehlt, und Bürgel hätte eine der großen Glasflaschen von der Theke gestoßen, als er das Portemonnaie wieder in die Hosentasche schob. „Hoppla", rief die Kassiererin und griff überraschend reaktionsschnell nach der schwankenden Flasche. Jochen stürzte aus dem Rasthof, wollte eilig zurück zum Fahrzeug.

Vor dem Eingang stockte sein Schritt. Er sah über die Dächer der geparkten Fahrzeuge hinweg im schwachen Licht der Bogenlampen die Umrisse einer anscheinend männlichen Person. Die Silhouette beugte sich zur Beifahrertür hinunter.

Die Tür schien offen zu stehen. Jochen war aufs Äußerste beunruhigt. Weshalb hatte Michaela sich auf den Kontakt mit einem Fremden eingelassen, die Tür geöffnet oder von außen öffnen lassen? Sie hätte die Sicherungsknöpfe an den Türen herunterdrücken sollen. Vermutlich kannte sie diese Möglichkeit nicht. Er mochte nicht glauben, dass sich ein Reisender nur nach dem Weg erkundigte? Sollte er ihn von Weitem anbrüllen, um ihn zu vertreiben? Er könnte ein paar Namen rufen und den Eindruck erwecken, er befände sich in Begleitung von Freunden. Noch war er auf Mutmaßungen angewiesen, ahnte aber nicht Gutes.

Möglichst geräuschlos trat Jochen, verdeckt durch die Fahrzeuge, rasch näher. Die beiden Flaschen hielt er im Arm umklammert. Er hörte undeutliche Worte. Die Stimmen klangen aufgebracht, die helle der Frau und die raue des Fremden. Dann plötzlich die Worte in hartem Akzent: „Du gäbben mirr Schlussel! Soforrt." Das war eindeutig! Zugleich machte er seltsame Bewegungen, auf Michaela zu und wieder zurück, mehrmals hin und her.

Jetzt sah Jochen genauer, was sich abspielte. Der Kerl hatte die Frau vorne an der Jacke gepackt, schüttelte sie und versuchte, sie aus dem Auto zu zerren. Michaela hielt sich anscheinend mit verzweifelter Kraftanstrengung irgendwo im Wagen fest. Jochen würde sofort zu ihr zurückkehren. Bis dahin müsste sie den Gangster einige Augenblicke hinhalten.

Jochen vermochte im schwachen Licht noch nicht zu erkennen, ob der Mann bewaffnet war. Jochen hatte sich in der Deckung der anderen Fahrzeuge bis auf wenige Schritte herangeschlichen. Der Bandit war durch das Gezerre mit seinem Opfer abgelenkt. Er bemerkte nicht, dass Jochen näherkam. Der Mann hielt einen langen stumpfen Gegenstand in der linken Hand und drohte damit. Eine Schusswaffe hatte er anscheinend nicht. Warum wehrte Michaela sich, anstatt die Nachgiebige zu spielen, um ihn hinzuhalten? So forderte sie ihn heraus und lief Gefahr, dass er mit dem Knüppel auf sie einschlug.

Andere Reisende, die Jochen hätte herbeirufen können, waren auf dem menschenleeren Parkplatz nicht zu sehen. Ihm blieben nur die zwei Glasflaschen, um dem Gangster entgegenzutreten. Jochen fasste blitzschnell den Entschluss, ihn zu überraschen. Er schleuderte die kleinere der Flaschen schräg hinter dem Halunken auf den Fußweg, wo sie klirrend zersprang. Reflexartig drehte der Kerl sich nach dem Geräusch um. Dadurch wandte er den Kopf gänzlich von der Seite ab, aus der Jochen heranschlich. Als der Mann sich wieder umwandte, hatte Jochen mit ein paar raschen Sprüngen die letzten Meter überwunden und stand unmittelbar vor dem Räuber. Der Mann stand wie gelähmt da und starrte den Gegner mit aufgerissenen Augen an. Jochen wuchtete dem Mann die schwere Flasche mit aller Kraft über den Schädel. Der emporgereckte Arm kam für eine Sekunde zu spät und konnte den wütenden Schlag nicht mehr abfälschen.

Entschluss und Ausführung von Jochens Angriff waren so dicht aufeinander gefolgt, dass keine Zeit zum richtigen Überlegen geblieben war. Er hatte nur den Knüppel über Michaelas Kopf gesehen und sofort gewusst, dass der erste Schlag von ihm selbst kommen musste. Jochen war äußerst bestürzt, was seine Handlung bei dem anderen auslöste. Solch eine Wirkung hatte er seinem Angriff nicht zugetraut. Nach dem dumpfen Aufschlag der Glasflasche verdrehte der Kerl die Augen, machte ein eigenartig unterdrücktes, würgendes Geräusch. Ohne noch schreien zu können, der helle

Schrei kam von Michaela, sackte er auf der Stelle in sich zusammen. Er blieb bewegungslos, merkwürdig in sich verschlungen, auf den Steinplatten liegen. Hätte Jochen ihn ein paar Augenblicke lang genauer betrachtet und wäre es etwas heller gewesen, hätte er bemerkt, dass aus einem Ohr Blut austrat.

Voller Hass und zugleich angewidert von seiner eigenen Gewalttätigkeit war Jochen nicht bereit, sich mit dem Bewusstlosen zu befassen. Er schob Michaela unsanft in den Wagen zurück, rannte um das Heck herum, warf sich auf den Fahrersitz und startete den Motor. Michaela wollte etwas einwenden: „Jochen, was ist denn mit ihm…?"

Er schüttelte nur den Kopf und brummte Unverständliches vor sich hin. Dann fuhr er unter hektischen Lenkbewegungen bis zur Mitte des Parkplatzes und hielt dort verdeckt zwischen einigen Fernlastern an. Er drückte die Sicherungsknöpfe an den Türen herunter. „Nein, keine Sorge! Ich fahr nicht einfach weg und lasse ihn liegen." Er atmete wie nach einem Hundertmeterlauf. Sein Körper kam nur allmählich zur Ruhe. „Ich weiß doch nicht, wie lange er bewusstlos ist. Vielleicht hat er eine Waffe bei sich, vielleicht sind Kumpanen in der Nähe!"

„Vielleicht ist er auch tot", meinte Michaela leise, ohne jeden vorwurfsvollen Beiklang.

„Dann kann ich es auch nicht ändern", brüllte Jochen unvermittelt und schaute seine erschreckte Beifahrerin grimmig an, als hätte sie ihn angegriffen. Danach sofort wieder ruhiger im Ton: „Wir rufen vom Rasthof aus die Polizei und warten, bis sie kommt." Er saß einen Augenblick wie starr da. Dann beugte er sich weit zu ihr hinüber und umarmte sie. Sie ließ es geschehen, neigte sich ihm entgegen und küsste ihn. Jochen murmelte immer wieder, während er mit den Händen durch ihre Haare fuhr: „Ich bin so froh, dass Dir nichts passiert ist. Ich bin so froh!"

Die Einsatzzentrale der Polizei in Hannover reagierte, obwohl es spät in der Nacht war, unerhört zügig. Zum Glück war ein Einsatzfahrzeug in der Nähe. Nach noch nicht einmal zehn Minuten bog es, fast zeitgleich mit dem Notarztwagen, auf den Parkplatz der Raststätte ein. Der Verbrecher war nicht tot, lag aber noch immer regungslos am Boden. Der Notarzt sprach von einem Schädelbruch.

Die beiden Polizeibeamten nahmen die Spuren am Tatort auf, fotografierten vor allem die Lage der verstreuten Glassplitter. Der Knüppel lag ebenfalls noch am Boden. Die Polizei hielt die Aussagen Jochen Bürgels und Michaela Roths schriftlich fest. Die junge Polizistin tat dies an Ort und Stelle flink und treffsicher und ließ die beiden als Zeugen gegenzeichnen. Die Beamten ließen nicht den geringsten Zweifel erkennen, dass die Sache genau so abgelaufen war, wie die Zeugen es beschrieben hatten.

Die ängstliche Ahnung beider, sie müssten die Beamten zu einer weit entfernt liegenden Dienststelle begleiten und wären damit für mindestens eine Stunde blockiert, bewahrheitete sich nicht. Verständnisvoll erkundigten sich die Polizisten nach Abschluss der Formalitäten am Tatort, ob sie die Reisenden zu einem Hotel ihrer Wahl in der Umgebung begleiten sollten. Beide bedankten sich und verneinten, denn sie wollten ihre Fahrt umgehend fortsetzen. Irgendwann wollten sie doch zu Hause ankommen!

„Jetzt müsste unsere Quote an Katastrophen für diese Fahrt abgearbeitet sein! Davon kann ich spielend fünf Jahre zehren." Jochen lachte aufgesetzt und war gerade wieder von der Einfahrspur auf die Fahrspur der Autobahn hinüberge-wechselt: „Sollen wir nicht doch unterbrechen und für den Rest der Nacht in ein Hotel gehen? Du bist doch bestimmt ziemlich fertig."

„Nein, lass nur! Nicht meinetwegen, wenn Du noch fah-ren kannst. Aber musst Du immer so sarkastisch reden? Ich mag das nicht. Hast Du nicht bemerkt, dass wir aus allem heil herausgekommen sind? Das war nicht bloß Glück. Es war hauptsächlich Dein Verdienst. Nein, wehr nicht ab", sagte sie. Sie wandte sich zu ihm hin, schaute ihn an, ohne dass er es bemerkte. Michaela konnte es nicht fassen, dass dieser sanftmütige Mann, der friedlich neben ihr saß, zu solch einer rabiaten Gegenwehr imstande gewesen war. Steckten in manchen Menschen zwei Persönlichkeiten, von denen man oft nur die eine kennt?

Bürgel hatte anscheinend ihren Seitenblick doch gesehen und ihre Gedanken erraten: „Tut mir sehr leid, dass ich so brutal werden musste. Ich hatte in dem Moment nur Angst, er könnte auf Dich losprügeln. Was hätte ich anderes tun können mit meinen beiden Flaschen?"

„Du hast leider Recht! Ich hatte wahnsinnige Angst, aber auch gewaltige Wut auf den Kerl. Ich wollte unter keinen Umständen nachgeben. Im Augenwinkel habe ich Dich ge-sehen, wie Du aus dem Rasthof kamst. Ich durfte mir nichts anmerken lassen. Ich fühlte mich stark und dachte, ich halte durch. Irgendwie hatte ich das Gefühl, er schlägt nicht zu, er droht nur. Wie auf ein krankes Schwein habe ich auf ihn eingeredet. …. Mein Gott, sah er schlimm aus, als Dein Schlag ihn getroffen hatte! Wie er umfiel und blutend dalag! Er ist bestimmt ein Gelegenheitstäter, ein mittelloser Typ. Als Profi hätte er eine richtige Waffe gehabt, nicht solch einen dämlichen Stock. Hoffentlich kommt er durch. Er ist genug gestraft. Meine erste Wut ist verflogen."

„Du bist ja gut! Ich habe immer noch Hass auf ihn. Wir hören auf jeden Fall noch von der Sache. Vor Gericht müssen wir garantiert alles wiederkäuen. Dann kannst Du meinetwegen auf mildernde Umstände plädieren. Jetzt brauche ich meinen Hass. Wenn er Dich verletzt hätte…!"

„Hat er aber nicht, freu Dich lieber darüber! Wartet zu Hause jemand auf Dich? Erzählst Du da, wie sehr Du Dich um eine fremde Frau gesorgt hast?"

„Wenn ich Dich bis heute nicht gekannt hätte, wäre ich nicht still vorbeigegangen, sondern hätte was unternommen. Was heißt übrigens ‚fremde Frau'? So fremd warst Du mir nicht! Gemeinsame Katastrophen verbinden. Findest Du nicht?" Jochen machte ein Gesicht, als wollte er sich mit dem anderen Teil der Antwort etwas Zeit lassen und schaute sie wie unbeteiligt an.

Vorhin war Michaela sich noch ziemlich sicher gewesen, er lebte alleine. Sie hätte sogar darauf wetten können. Nun wusste sie nicht mehr, woran sie mit ihm war. Wollte er sich interessant machen? Warum wand er sich so? Sie wollte gerade die Frage gekränkt wieder zurückziehen, als er sie mit tragischer Miene ansah.

„Ich lebe allein. Meine Frau ist vor vier Jahren bei einem Autounfall ums Leben gekommen. Sie war alleine unterwegs, vermutlich übermüdet. Der Wagen ist von der Straße abgekommen und an einen Baum geprallt. Diese verdammten Brandenburger Alleen, ein Baum hinter dem anderen und keine Lücke!" Er ballte für einen winzigen Augenblick die Fäuste, vermutlich, ohne sich dessen bewusst zu sein. „Sie hatte sich nicht angeschnallt und war wohl auf der Stelle tot." Er schwieg und sah vor sich hin. Ob er den Blick auf die Straße gerichtet hatte, konnte sie nicht erkennen.

Michaela berührte mit den Fingerspitzen ganz leicht seinen Handrücken, schaute geradeaus auf die dunkle Fahrbahn. Alles, was ihr jetzt als Antwort eingefallen wäre, kam ihr schrecklich konventionell vor. Sie war sich ihrer Worte, vielleicht auch ihrer Gefühle, nicht sicher. Ratlos wie sie war, erwiderte sie lieber nichts. Michaela starrte auf den rechten Rand der Fahrbahn. Sie lauerte auf jeden neuen Begrenzungspfahl mit Kilometerangabe, der wie ein schlanker Wächter in schwarz-weißer Uniform schon auf den Lichtkegel des nächsten Fahrzeugs gewartet hatte. Alle 500 Meter registrierte sie beruhigt, dass alle dort standen, wo sie hingehörten, und auch nicht einer fehlte.

Jochen sagte leise: „Ich war zwei Jahre wie betäubt. Sehr langsam nur ist mein Zustand abgeklungen. Erst dann konnte ich andere Menschen wieder ansehen. Ich konnte wie früher erkennen, was sie unterschied, was ich an ihnen mochte und was nicht. Heute bin ich noch manchmal sehr traurig, an bestimmten Orten oder in bestimmten Situationen, die mich an etwas erinnern. Aber ich bin seelisch wieder stabil. Ich glaube, die Trauer verschwindet nie mehr ganz."

Nach tiefem Atemholen fuhr er fort: „Als ich Dich das erste Mal sah, wollte ich wissen, wer Du bist und wie Du lebst. Du betratest gestern Vormittag den Sitzungssaal, und mir war auf der Stelle klar, Dir musste etwas zugestoßen sein. Ich wollte wissen, wie es Dir ging. Ich bin so froh, dass Du nicht abgewehrt hast, sondern eingestiegen bist" er lachte verlegen, „auch wenn man denken könnte, diese Fahrt endet nie! Vielleicht ähnelt sie ein wenig der Geschichte vom Fliegenden Holländer! Er musste ewig über die Meere fahren, bis eine Frau ihn mit ihrer Liebe erlöste! Na, musst Du ja nicht so wörtlich nehmen! Ich weiß nicht, ob Du solche Mythen magst."

„Für Erlösung will ich als Frau von heute nicht zuständig sein. Das ist wirklich nicht mein Fall", erwiderte sie, „aber ich bin froh, dass Du die Initiative ergriffen hast." Sie wandte ihm den Kopf zu und lächelte. „Wie schwierig unser Abenteuer werden würde, konntest Du nicht ahnen. Stell' Dir vor, was wir alles nicht hätten bereden können, wenn uns diese lange Zeit gefehlt hätte!" Alles deutete also darauf hin, dass Jochen frei war. Ob er wirklich offen für eine neue Beziehung war, konnte sie im Augenblick nur vermuten. Warum sollte es nicht unter seinen Kollegen in Potsdam eine Frau geben, die ihm nahestand? Ihre Neugier war fürs Erste gestillt.

Eines konnte Michaela noch immer nicht fassen. Nach dem Überfall auf dem Rasthof waren sie einfach zur Tagesordnung übergegangen und hatten die Fahrt fortgesetzt. Mit Jochens Verteidigung war sie noch nicht im Reinen. Zweifellos war er sehr mutig. Hätte es nicht aber genügt, den Mann von hinten anzurufen, anstatt ihn ohne Vorwarnung einfach niederzuschlagen? Mit dem Risiko, dass er die Attacke nicht überlebte oder bleibende Schäden davontrug? Waren diese Fragen andererseits nicht ungerecht und undankbar? Die Sache war für sie gut ausgegangen. Durfte sie jetzt von ihm verlangen, er hätte sich auf einen Zweikampf einlassen sollen? Wenn er sicher gehen wollte, musste er den Überraschungseffekt ausnutzen. Jochen musste in Sekunden seine Entscheidung treffen. Er hat alles auf eine Karte gesetzt, bei vollem Risiko! Monate später würde ihm ein Richter vielleicht vorhalten, die rabiate Form der Nothilfe sei keineswegs erforderlich gewesen, um die Gefahr abzuwenden. Der Gangster habe nämlich außer dem primitiven Knüppel keine Waffen bei sich gehabt. Also habe Jochen Bürgel die Verteidigung überzogen.

Michaela seufzte leise, zog einige Male die Schultern hoch und ließ sie wieder fallen. Auch wenn ihr das Ergebnis nicht gefiel, musste sie einsehen, sein blitzartiger Entschluss hatte ihre Rettung ermöglicht. Er hätte nicht erst nett anfragen können, ob der Angreifer unter Umständen vielleicht bereit gewesen wäre, doch bitte seinen Entschluss womöglich fallen lassen zu wollen. Nein, umgekehrt wurde ein Schuh daraus! Der Kriminelle musste das Risiko tragen, dass der Überfallene sich ein bisschen zu heftig wehrte.

Michaela hatte sich nicht bei ihm bedankt. Sie könnte jetzt auf der Intensivstation liegen. Vielleicht wäre es auch nicht mehr nötig gewesen. Aber sie wusste einfach nicht, wie sie es anstellen sollte. Es würde sich schon eine passende Gelegenheit finden, beruhigte sie sich. Stattdessen drängte sich ihr eine Überleitung zu ihrem abgebrochenen politischen Thema auf: „Wir haben jetzt einen handfesten Kriminellen erlebt, einen üblen Burschen. Kein Gericht hätte rechtliche Probleme, ihm die Schuld für sein Handeln zuzurechnen. Alles war eindeutig! Ein solcher Täter weiß vor der Tat genau, dass man Reisende nicht mit einem Knüppel bedrohen und ihnen das Auto wegnehmen darf. Es macht keinen Unterschied, in welchem Gesellschaftssystem der Fall gespielt hat. Was macht aber ein Westgericht nach der Wende mit den Mitgliedern des Zentralkomitees der SED aus der untergegangenen DDR? Sie fühlten sich bekanntlich legitimiert, Republikflucht zu verbieten und notfalls mit Waffengewalt zu unterbinden.“

Jochen Bürgel hatte nicht damit gerechnet, dass sich seine Beifahrerin heute Nacht noch Gedanken um ihren unerledigten Artikel machen würde. Nach allem, was inzwischen passiert war! Nach Stunden der Anstrengung und Aufregung! Soviel zielgerichtete Hartnäckigkeit hätte er ihr nicht zugetraut. Er stöhnte leise, aber vernehmlich. Während er in voller Fahrt das Lenkrad losließ und es von unten geschickt mit den Oberschenkeln führte, nahm er seinen Kopf in beide Hände: „Na, Du hast vielleicht Nerven, darauf jetzt zurückzukommen!" Als sie schon die Lippen öffnete, um laut aufzuschreien, griff er wieder nach dem Lenkrad.

So sanft sie konnte, raunte sie ihm zu: „Bitte, heute keine Abenteuer mehr! Wenn's geht, auch nicht ein einziges! Ist Dir das Thema denn so unangenehm? Man könnte meinen, Du ständest auf der Seite des ZK."

„Nein, ich habe solche Diskussionen mit Kollegen schon oft geführt, immer und immer wieder. Ich bin stets an Wände gestoßen. Keiner hat mehr zugehört, sondern immer nur dieselben Bekenntnisse abgelegt. Deshalb bin ich des Themas ziemlich überdrüssig, fühle mich abgestumpft." Jochen wurde von Wort zu Wort heftiger: „Keiner macht sich die Mühe, Moral und Recht auseinander zu halten. Jeder glaubt, was er persönlich für moralisch hält, müsste deswegen schon strafbar sein."

„Direkt nach der Wende", Jochen schleuderte seine rechte Hand in Richtung der Windschutzscheibe, „fand ich eine Idee der Bürgerrechtler ausgezeichnet. Sie wollten einen runden Tisch als politisches Tribunal einberufen. Damit wäre man den beiden philosophischen und politischen Denksystemen einigermaßen gerecht geworden. In einem Strafprozess hingegen saßen die Wessis über die Ossis, die Sieger über die Besiegten, zu Gericht. Die Teilnehmer am Runden Tisch hätte man repräsentativ ausgesucht. Nach Abschluss des ‚Tribunals’ hätte man die Ergebnisse veröffentlichen müssen. So hätte sich jeder ein persönliches Bild machen können, welche Verantwortung ein bestimmter Funktionär für diese oder jene politische Entwicklung getragen hat. Man hätte z.B. erfahren, warum das Mitglied X oder Y des Zentralkomitees in einer bestimmten Angelegenheit so oder anders gehandelt hat. Hat sich X oder Y aus Gründen des Machtgewinns so oder so verhalten? Hat er aus ideologischen Absichten geglaubt, handeln zu müssen, wie er gehandelt hat? Welche Rolle hat dahinter die Besatzungsmacht Sowjetunion gespielt? Wäre man so verfahren, hätte eines nicht geschehen können: Die Wessis hätten nicht den Mitgliedern der SED im Nachhinein eine Denkweise übergestülpt, die nicht die Ihre war. Sie werden aber heute danach beurteilt. Ein juristischer Trick ist es schließlich, bei den Strafprozessen vor dem Landgericht Berlin angeblich strikt nur DDR-Recht anzuwenden! Man tut jedenfalls so. Die Menschenrechte galten im Osten nicht als persönliche Rechte der Bürger. Der Einzelne konnte sich nicht darauf berufen. Die Menschenrechte waren eine Art feierliche Erklärung, mehr nicht.“

Jochen unterbrach seinen Redestrom einen Augenblick und sah sie aufmerksam an, ob sie bereits geistig ausgestiegen war. „Ich persönlich“, warf Michaela ein, „empfinde für Honecker, Krenz und Schabowski keine irgendwie gearteten Sympathien. Dafür hat uns das System viel zu sehr gegängelt. Bei der Frage, was gerecht ist, kommt es aber darauf nicht an. Ich weiß schon, ich weiß! Krenz wird uns heute in den Westzeitungen, in Interviews der ‚Zeit’ oder des ‚Spiegel’, als letztes Exemplar einer untergegangenen Art präsentiert. Die Journalisten zeichnen ihn als einen Mann, der starr an seinen Ideen festhält und nicht begreifen will, warum die Menschen die DDR nicht mehr haben wollten. Ich habe immer den Eindruck, man will ihn seiner letzten Würde berauben. Die Frage kommt nicht auf, ob nicht auch er ein wenig Gerechtigkeit der souveränen Sieger verdient hätte. Aber souverän waren sie eben nicht, sondern eher verbissen. Man sieht es auch anderswo. Jedes Autobahndreieck, jede Raststätte, jede Abfahrt müssen sie umtaufen und über den bundesdeutschen Leisten schlagen."

Michaela wirkte durchaus nicht geschwächt von der Mammutfahrt. Sie setzte wieder an: „Egon Krenz erscheint auf dem Bildschirm wie das Paradepferd der Parteibuchhengste. Er besaß auch unkonventionelle Züge. Ich weiß es von einer Kollegin, die ihn in einer Elternversammlung einer Schule in der Rolle als Vater erlebt hat. Diese Mutter erzählte eine amüsante Begebenheit. Ein Vater eines Mitschülers beklagt sich vor den Ohren des höchsten FDJ-Funktionärs, der er damals noch war, erzürnt darüber, dass in der Nachbarschaft immer wieder Westfernsehen gesehen wird. Er schildert wortreich den verhängnisvollen Einfluss auf die Kinderseelen junger Kommunisten. Krenz antwortet lachend, man solle das nicht so eng sehen. Schließlich müsse man die Propaganda des Klassenfeindes kennen, damit man mit den Kindern darüber reden könne."

Sie brach ab und schien von Jochen keinen Beifall für ihren Kurzbericht aus dem Alltag der DDR zu erwarten. Ihr mochte wohl gerade aufgegangen sein, dass die Anekdote, ob sie nun die Wahrheit enthielt oder nur gut erfunden war, keine rechte Aussagekraft für ihr Thema besaß. Auch Diktatoren können im persönlichen Kontakt charmant, tierlieb oder musikalisch sein, wenn sie einen nicht für gefährlich halten. Auch von Stalin oder Hitler sagte man das. Was sie als Partei- und Staatsführer anrichteten, hatte damit aber nichts zu tun.

Natürlichen Charme hat man oder hat ihn nicht. Sie war überzeugt, dass man ihn vervollkommnen, jedoch im Ansatz nicht erlernen kann. Die Schule des Lebens umfasst sozusagen keinen Grundkurs für Charme. Wie mochte das eigentlich bei Jochen sein, wenn man ihn näher kennen gelernt hatte oder sogar mit ihm zusammenlebte? Ihr erstes Gefühl war, dass Jochen diese natürliche Herzlichkeit eher nicht oder nur in geringerer Dosis besaß. Zweifellos konnte auch er bei bestimmten Gelegenheiten liebenswürdig sein. Daran zweifelte sie nicht. Er machte auf sie den Eindruck, als wäre er im Leben hauptsächlich auf Ideen und Ziele orientiert. Daraus und dafür lebte er. Andere Menschen waren nicht sein Lebenselixier. Eine Partnerin konnte nicht alles bei ihm finden. Menschen wie Jochen umfächeln einen nicht ständig mit Wärme, aber wenn sie einen ins Herz geschlossen haben, sind sie zuverlässig und treu. Sie opfern sich im Ernstfall für einen auf. Sie wusste auch nicht so genau und sah Jochen von der Seite an, was sie bei einem Partner wichtiger fand, die köstlichen Momente des Umhegtwerdens oder die unerschütterliche, aber etwas trockene Verlässlichkeit. Eigentlich wollte sie sich nicht entscheiden müssen, sondern beides haben. Vielleicht war Jochen, tröstete sie sich, eine gelungene Mischung aus beiden Extremen wie glücklicherweise viele Männer.

„Ich kann die subtilen Argumente des Für und Wider juristisch nicht bis ins Letzte bewerten", setzte Jochen wieder an. Er wollte das mühselige Thema endlich hinter sich bringen. Michaela ließ offensichtlich nicht locker. Sie blickte ihn neugierig an, als er fortfuhr: „Ich denke manchmal, die Experten der Rechtswissenschaft machen die Argumente gerne passend, damit politisch das gewünschte Ergebnis herauskommt. Manche Vertreter dieses Standes tragen ihre Wissenschaftlichkeit vor sich her, als wären ihre Ergebnisse eindeutig wie in der Physik oder in der Chemie. Wissenschaftlich kann beim Recht nur bedeuten, dass die Repräsentanten ihr persönliches Ergebnis sauber begründen, damit man ihnen gedanklich folgen, sie gegebenenfalls widerlegen kann. Sie sollten sich nicht davor drücken, etwa durch eine komplizierte Sprache, die kein Normalbürger mehr versteht. Meist tun sie aber genau das! So wird das Recht zu einer schillernden Werbeoberfläche der gewollten Politik."

Als Michaela weiter aufmerksam herübersah und anscheinend nichts fragen oder bemerken wollte, fuhr er fort: „Die Zunft der Strafrichter hat nichts mehr gefürchtet, als dass man ihnen den gleichen Vorwurf machen würde wie ihren Vorgängern nach dem Ende des Dritten Reichs. Damals hatte es geheißen, sie würden zu rechtlichen Kniffen greifen, um das zusammengebrochene System zu entlasten. Sie wollten niemanden verurteilen müssen. Daher hätten sie sich hinter Gründen wie der Legalität der Gesetze, dem Befehlsnotstand, dem Rückwirkungsverbot und dem Richterprivileg verschanzt.

Auch jetzt lagen diese Argumente wieder griffbereit. Die Justiz wollte diesmal alle Angriffsflächen vermeiden. Also war vor Beginn der Prozesse zur sogenannten Regierungskriminalität im Grundsatz bereits entschieden, dass es zu Verurteilungen kommen musste. Allerdings: Ohne Ermittlungen kommt es nicht zur Anklage, ohne Anklage gibt es keinen Prozess und ohne Prozess kein Urteil!"

Jochens Stimme klang geringschätzig: „Also installierte die Berliner Landesregierung bei der Staatsanwaltschaft eigens eine neue Abteilung unter Leitung eines ‚Einsichtigen'. Der zuständige Generalstaatsanwalt hatte nämlich der Justizsenatorin bereits bedeutet, er beabsichtige keineswegs, die Soldaten wegen ihrer Schüsse an der Mauer anzuklagen. Eine Weisung wollte sie ihm wegen des zu erwartenden öffentlichen Aufsehens nicht erteilen, obwohl sie dazu berechtigt gewesen wäre. Sie schaltete ihn aus und organisierte die Erledigung dieser Aufgaben an ihm vorbei. So kam es, dass ...“

Michaela rutschte auf ihrem Sitz hin und her und fuhr sich immer wieder durch die Haare. „Euer Ehren, ich bitte um Gnade", unterbrach sie ihn plötzlich. „Ich kann mit einiger Anstrengung begreifen, was mir der Herr Vorsitzende Richter gerade erklärt. Merken kann ich mir solche komplexen Zusammenhänge aber nur, wenn ich mir Notizen mache. Auf der wackligen Unterlage, im Dunkeln, klappt das nicht. Ich habe ein hübsches Diktiergerät im Koffer, sehr leistungsstark!"

„Lass uns jetzt nicht schon wieder anhalten, sonst kommen wir nie an", reagierte Jochen etwas irritiert. Wollte sie tatsächlich den Apparat herausholen und in Gang setzen? „Ich spreche mich nur frei. Das hier ist sozusagen noch nicht in Reinschrift. Wir können mal in den nächsten Tagen telefonieren! Oder ich schicke Dir ein paar Notizen... Oder ....“, er stockte, ob er es sagen sollte, traute sich jedoch noch nicht so recht. Sie wollte ihm anscheinend die in der Luft liegende kleine Mutprobe nicht abnehmen. So führte er notgedrungen den unterbrochenen Satz selbst zu Ende: „Oder...

179

Du lädst mich zum Kaffeetrinken nach Magdeburg ein. Wir gehen alles in Ruhe durch, in der kommenden Woche vielleicht. Ich weiß nicht, wie eilig Du es mit Deinem Artikel hast... Erst müssen wir wieder ordentlich ausschlafen! Bei dem Thema brauche ich meine volle Geistesgegenwart."

Jochen Bürgel war ziemlich erschöpft. Irgendein geheimer Mechanismus in seinem Hirn ließ ihn stumm die zusammengesetzten Formen von „schlafen" aufsagen. Wie ein Uhrwerk lief es ab: Ausschlafen (oh ja, möglichst sofort), einschlafen (nein, jetzt bitte nicht), verschlafen (passierte ihm eigentlich nie), durchschlafen (damit hatte er keine Not), sich gesund schlafen (vielleicht war er dafür noch nicht krank genug gewesen), sich hochschlafen (als Mann nicht sein Problem), beischlafen (faszinierende Idee, müsste er mal wieder tun, aber alles zu seiner Zeit).

Er sah zu seiner Beifahrerin hinüber und empfand schmerzhaft die enorme Kluft zwischen Phantasie und Wirklichkeit. Er verbot sich weitere Spinnereien, beschimpfte sich im Stillen als hemmungslos und konzentrierte sich wieder auf das saubere Spurhalten beim Geradeausfahren.

Jochen erinnerte sich an angeblich empirische, aber nie belegte Untersuchungen, wonach sich ein Mann im Durchschnitt alle acht Minuten in Gedanken damit beschäftigt, mit welcher Frau er wann und wo sexuell etwas anstellen könnte. In ruhigen, stärker intellektuell geprägten Momenten hielt er dieses angeblich wissenschaftliche Ergebnis für wahnsinnig übertrieben. Wer antwortet auf solche Fragen schon ehrlich? Wer weiß überhaupt von sich selbst die richtige Antwort? Es handelte sich natürlich, beruhigte er sich, um Durchschnittswerte und umfasste alle Männer im passenden Alter, noch dazu in sämtlichen Alltagssituationen.

Zu gerne hätte er gewusst, welche Ideen Michaela in diesem Augenblick durch den Kopf gingen. Vermutlich empfindsamere als bei ihm! Er traute ihr im Augenblick triebhafte Regungen nicht zu. Sie wirkte in ihrer grazilen Erscheinung eher wie das Elfen-Muster einer Frau, die von solchen handfesten Regungen nicht berührt wurde. Er betrachtete sie verstohlen. Geschwächt wegen der vor kurzem überstandenen Operation schwebte sie mehr über ihrem Sitz, als dass sie auf ihm saß. Sie löste in ihm eher den Wunsch aus, zärtlich für sie zu sorgen, als sie zum Objekt seiner Begierde zu machen. Andere, für den Moment gänzlich unpassende Strebungen verflogen wieder, als er sich vor Augen führte, dass noch mindestens eine Stunde Fahrt vor ihnen lag.

Michaela hatte auf seinen Vorschlag für ein Kaffeetrinken in Magdeburg nicht geantwortet. Hatte sie seine Worte überhaupt aufgenommen? Anscheinend hatte sie aber akzeptiert, dass sie jetzt ihr Gespräch nicht mitschneiden musste und eine Unterbrechung der Fahrt nicht nötig war. Jochen würde gewiss mithelfen, davon war sie überzeugt, dass sie mit seinen Kommentaren etwas Vernünftiges anfangen konnte. Schließlich sollte sie zu dem Thema keine Sondernummer ihres Blattes füllen, sondern lediglich einen ausführlicheren Artikel schreiben.

„Die Sache war nun mal politisch vorentschieden! Honecker, Krenz, Schabowski und „Konsorten" mussten bestraft werden. Das Rechtsgefühl des deutschen Volkes wollte es angeblich so. Deshalb musste man vom Rückwirkungsverbot eine Ausnahme machen, obwohl es gegen die Grundregeln der Berufsgruppe verstieß. Manche Urteile sprechen das offen aus."

„Erklär' mir noch mal genau, was das Rückwirkungsverbot war", bat sie, schien also immer noch nicht genug vom Thema zu haben. Sie kuschelte sich fester in ihre lose umgelegte Strickjacke.

Jochen half ihr, die Jacke an der Schulter zurechtzuzupfen und am Rücken eine störende Falte glattzustreichen. Dann sagte er bedeutungsschwer, als hätte er seine Abiturklasse vor sich: „Die maßgebliche Regel steht in Artikel 103 des Grundgesetzes: ‚Eine Tat kann nur bestraft werden, wenn die Strafbarkeit gesetzlich bestimmt war, bevor die Tat begangen wurde.' Du erinnerst Dich, was wir vorhin gesagt haben? Ein uraltes Prinzip, bereits aus dem römischen Recht! ‚Nulla poena sine lege' — ‚Keine Strafe ohne Gesetz' hieß es dort. Das Thema hat viele Facetten und ist voller Fallstricke. Die Europäische Menschenrechtskonvention und der Grundlagenvertrag zwischen der DDR und der Bundesrepublik spielen ebenfalls herein. Die DDR wurde darin eindeutig als fremdes Staatsgebiet anerkannt. Bis dahin gab es nämlich die Tendenz, das Gebiet der DDR als unerlösten Teil der Bundesrepublik zu betrachten. Jetzt war eines klar: Nach dem Zusammenbruch des anderen Deutschlands durfte auf deren frühere Bürger nur das Strafrecht ihres ostdeutschen Staates angewandt werden, es sei denn, die bundesdeutsche Regelung wäre milder."

Michaela stöhnte leise und verdrehte die Augen. Unvermittelt bemerkte sie: „Hörst Du, wie mein Magen vor Hunger knurrt? Ich glaube, mir wird gleich schwarz vor Augen."

„Sollen wir bei der nächsten Gelegenheit sehen, ob wir noch irgendwo etwas kriegen? Du willst schließlich kein juristisches Seminar vorbereiten, sondern allgemeinverständlich für Bürger schreiben. Wir lassen das Thema jetzt auf sich beruhen. Ich klinge vermutlich schon juristischer als die Juristen. Ich hatte mich ausgiebig eingearbeitet für ein Treffen mit französischen Sozialkundelehrern in Lyon. Davon profitiere ich heute noch. Du siehst jedenfalls die großen Linien, ja? Ich meine, das müsste reichen."

Michaelas Hunger hatte Jochen anscheinend vergessen. Gegen den drohenden Hungertod hatte sie in ihrer Handtasche noch einen Schoko-Riegel gefunden. Sie kaute darauf mit mehr Hingabe herum, als er das unter gewöhnlichen Verhältnissen verdient hätte. Jochen fing wieder an zu dozieren. „Ich schlage vor, wir gehen mal ganz anders an die Sache heran. Die Abdankung der SED-Clique war eine Kapitulation gegenüber den Bürgern, aber auch gegenüber dem wohlhabenden und effektiver organisierten Westen. Vergleich doch mal diese historische Situation mit dem Ende des 2. Weltkrieges! Wozu? Die Wende bedeutete zwar nicht das Ende eines Krieges, klar! Immerhin war es die vollständige Selbstaufgabe eines staatlichen Systems gegenüber einem konkurrierenden System. Ich finde, da gab es Parallelen. Meinst Du nicht auch?"

„Ja, vielleicht, aber ich wüsste gern, worauf Du hinauswillst. Mir ist das vollkommen schleierhaft."

„Warte eine Minute! Gleich bin ich an dem Punkt. Vergleich' mal, wie unterschiedlich die beiden Regierungen in der letzten Phase ihres Bestehens gehandelt haben, 1945 und 1989. Die Nazi-Regierung konnte die Bombardierung deutscher Städte nicht mehr verhindern. Die Lufthoheit hatte sie schon lange eingebüßt. Es half nichts, wenn die Propaganda vom ‚Bombenterror der angloamerikanischen Luftgangster' tönte. Natürlich waren Flächenbombardements gegenüber der Zivilbevölkerung eindeutig Kriegsverbrechen. Die Alliierten durften ebenso wenig wie andere ihre Kriegsverbrechen gegen die der deutschen Seite, etwa gegenüber London oder Rotterdam, aufrechnen und sich damit rechtfertigen. Das Völkerrecht verbietet solche moralischen Gegenrechnungen. Auch die Abwürfe der ersten Atombomben auf Hiroshima und Nagasaki waren Kriegsverbrechen. Angesichts der neuen Mode, sich für Untaten der eigenen Vergangenheit zu entschuldigen, wartet die Welt noch immer auf ein Wort der Amerikaner."

Michaela holte offensichtlich Luft, um sich einzumischen. Jochen ließ sie nicht zu Wort kommen, sondern fuhr schnell fort: „Kriegsverbrechen der Alliierten hin oder her! Das Hitler-Regime hätte kapitulieren müssen, als es die Zivilbevölkerung nicht mehr schützen konnte. Fanatiker haben die deutschen Städte, einen bedeutendes Teil des kulturellen Erbes, ihrem Durchhaltewillen, ihrer kriminellen Rechthaberei geopfert. Am Ende hat Hitler in einer gigantischen Anmaßung entschieden, dieses Volk, das für ihn nicht mehr siegen konnte, habe es nicht verdient weiterzuleben. Albert Speer sollte die Lebensgrundlagen des Volkes vernichten und den Siegern nichts als verbrannte Erde hinterlassen. Er hat den furchtbaren Befehl nicht ausgeführt. Darauf hat Hitler, die Rache der ‚Resistenza' an Mussolini vor Augen, zwei Tage nach ihm die Flucht ins Jenseits angetreten."

„Ich weiß nicht", meinte Michaela, „wozu dieser Vergleich dient. Inzwischen gibt es keinen Zweifel mehr, dass beide Regime, das Dritte Reich und die DDR, Diktaturen waren. Die DDR hat jedoch nicht die systematische Vernichtung ganzer Bevölkerungsgruppen betrieben. Dieser Unterschied ist wesentlich."

„Das weiß ich natürlich. Ich will auch darauf nicht hinaus. Was ich sagen will: Bei seinem Abgang hat das kommunistische Regime entschieden mehr Klasse, oder nennen wir es ruhig Menschlichkeit, bewiesen als die Nazis."

Jochen schüttelte entsetzt den Kopf, als ob er noch einmal die hochgespannte Atmosphäre der großen Demonstrationen in Leipzig, Dresden und Berlin nachzuempfinden versuchte. „Welches Blutbad hätten die Machthaber der SED anrichten können! Sie wussten zwar von Gorbatschow, die russischen Panzer würden nicht mehr auf demonstrierende Menschen schießen. 1953 hatten sie genau das in der DDR, 1956 in Ungarn oder 1968 in der Tschechoslowakei getan. Das Kriegsrecht 1981 in Polen war auch kein Wunschkonzert. Gewaltherrscher von altem Schrot und Korn hätten 1989 in der DDR die Nationale Volksarmee eingesetzt. Sie war gefechtsbereit und einigermaßen unabhängig vom Oberkommando der sowjetischen Truppen in Wünsdorf. Die Offiziere der NVA saßen auf Abruf, spielten Schach und warteten auf den Einsatzbefehl. Sie hatten längst ihre Truppen mit Munition ausgestattet und sie in Gefechtsbereitschaft versetzt."

Jochen hatte sich in Hitze geredet, als wäre er persönlicher Mitarbeiter von Krenz oder Schabowski gewesen. Er hatte damals an einer Fortbildung für deutsche Französischlehrer in Paris teilgenommen und die Nachrichten über die Maueröffnung am Fernsehen verfolgt. „Spätestens am Abend des 9. November hätte Egon Krenz aus eigener Entscheidung die Flucht nach vorne antreten müssen, wenn er die Waffen noch hätte einsetzen wollen. Die Telefonverbindung nach Moskau klappte nicht. Michail Gorbatschow war nicht zu erreichen, um ihm Rückhalt zu geben. Nach der verwirrenden, aber unmissverständlichen Mitteilung Schabowskis in der Pressekonferenz am Abend um 19 Uhr — ‚Die neue Reiseregelung gilt ab sofort' — standen die Menschenmassen eben so erwartungsvoll wie skeptisch vor dem Schlagbaum an der Bornholmer Straße."

Jochen schien heute noch fassungslos. Viel zu laut für das enge Auto rief er: „Unverantwortlich für einen gut organisierten Machtapparat!" Michaela war verwirrt, denn Jochen hörte sich so an, als wollte er das SED-Regime wiederherstellen. „Wie hatte es so weit kommen können? Die Soldaten der Grenztruppen hatten keine Ahnung vom Stand der Dinge. Von der Grenzübergangsstelle Bornholmer Straße aus konnte der diensthabende Offizier das Oberkommando in Strausberg nicht erreichen. Alles schien sich in dieser Nacht gegen Regierung und Partei verschworen zu haben! Wir wissen heute von Schabowski", fuhr Jochen fort, „dass seine Botschaft an die Welt, jedenfalls zu diesem frühen Zeitpunkt, improvisiert war. Aus Sicherheitsgründen hätte die Nachricht frühestens nach Informierung der Grenztruppen, also einen halben oder einen ganzen Tag später, über die Medien gehen dürfen. In einem Interview nach der Wende hat Schabowski es als das größte Wunder bezeichnet, dass kein Blut geflossen sei.

Das Regime war sich anscheinend mit sich selbst nicht einig, ob es sich mit Waffengewalt an der Macht halten wollte. Krenz' Befehle Nr. 9/89 vom 13. Oktober und Nr. 11/89 vom 3. November verboten den Schusswaffengebrauch gegenüber Demonstranten. Das war in der Situation", meinte Jochen, „irgendwie nicht typisch deutsch. Deutsche waren in der Vergangenheit stolz darauf gewesen, eine Sache um ihrer selbst willen zu tun. Das schloss ein, sie bis zum bitteren

Ende zu führen, wenn sie nicht gut lief. Das Politbüro unter Egon Krenz wollte hingegen bewusst Druck abbauen. Es gab sich am Ende enttäuscht in die Hände des Volkes, das begonnen hatte, zu Tausenden auf dem Umweg über sozialistische Bruderstaaten das Land zu verlassen".

Jochen steigerte sich weiter in seinen Eifer hinein. „Schabowski hat durch die spontane Vereinfachung des Textes für die neue Reiseregelung dazu beigetragen, dass die Ereignisse sich überschlugen. Aus seinen Worten entnahmen die Journalisten in der Pressekonferenz, man könne sofort zur Grenze gehen. Dies teilten sie dann auf der Stelle ihren Redaktionen mit. Die DDR-Bürger erfuhren es noch in der Nacht über die West-Medien. Schabowski hätte eigentlich sagen sollen, dass man sofort und ohne das Vorliegen der bekannten Voraussetzungen wie kranke West-Verwandte, hohes Lebensalter u.ä.m. einen Antrag stellen konnte. Also: Einen Antrag stellen, nicht sofort loslaufen! Dieser sollte dann kurzfristig bearbeitet werden. Das formale Spiel mit Antrag und Bescheid mag Schabowski angesichts der allgemeinen Hochspannung zu dumm vorgekommen sein. Also ließ er in der Pressekonferenz auf die Nachfrage des italienischen Journalisten Ricardo Ehrmann die Voraussetzung eines Antrages unter den Tisch fallen."

„Worin lag nun der Heldenmut, wenn sie sich hilflos von den Ereignissen überrollen ließen?", wollte Michaela wissen. Sie schüttelte verständnislos den Kopf, so dass ihr Pferdeschwanz hin- und hertanzte wie eine Flagge im böigen Wind der Wende. „Erklär mir das", verlangte sie und schien vergessen zu haben, dass sie eigentlich einen Halt einlegen wollte, um noch etwas zu essen. „Ich erinnere mich genau an den Auftritt von Krenz in Saarbrücken im Juni 1989. Peinlich, wie beflissen er sich hinter die Führung in Peking gestellt hat! Die Regierung habe gegenüber den Studenten auf dem ‚Platz des Himmlischen Friedens' nur die öffentliche Ordnung wiederhergestellt, erklärte er trotzig. Zynisch, uneinsichtig bis zum Umfallen und kein Wort des Bedauerns für die Opfer! Ich dachte damals, diese Worte würden ihm eines Tages noch Leid tun. Die Bürger der DDR sollten sich an seinen Auftritt erinnern, wenn sie eines Tages die Absicht haben sollten, gegen die Regierung auf die Straße zu gehen. Ob Krenz sich aber in Saarbrücken wirklich vorgenommen hat, im Ernstfall auf die eigenen Bürger schießen zu lassen? Wie will man das heute noch wissen? So weit hat er vielleicht damals nicht gedacht. Er würde es kaum zugeben. Ich meine heute, er hat seine Worte als Warnung an die eigenen Bürger gerichtet. Die Chinesen brauchten seinen Beistand aus Saarbrücken nicht mehr."

„Ich will weder eine Heiligsprechung einleiten, noch ein Heldendenkmal errichten", ereiferte sich Jochen, denn er fühlte sich missverstanden. Er streckte ihr die offene Handfläche wie zu einem Friedensangebot entgegen. „Die SED-Führung hat sich vollkommen unheldenhaft aus der Geschichte unseres Landes verabschiedet. Da stimme ich Dir zu. Genau darin sehe ich ihr historisches Verdienst, wenn man so etwas ein Verdienst nennen kann."

Jochen sprach wieder lauter und gestikulierte mit der rechten Hand. „Genau das begreift bei uns im Westen und vielleicht auch bei Euch im Osten anscheinend kein Mensch. Verzeih, diese alte Einteilung ‚bei uns' und ‚bei Euch' wollten wir hinter uns lassen. Wie dem auch sei, wir können heilfroh sein, dass Schabowski und Krenz so unheldisch, man möchte sagen, so lakonisch auf die Verhältnisse reagiert haben. Sie konnten die Lage nicht mehr unter Kontrolle bringen. Der Druck am Grenzübergang Bornholmer Straße durch Tausende ungeduldiger Menschen war schlagartig angestiegen. Die Lage war hoch explosiv. Die Grenzer wussten sich nicht mehr zu helfen. Sie gaben nach und öffneten den Schlagbaum. Sie fürchteten für ihr Leben und benahmen sich lebensklug, aber unsoldatisch, nach traditionellem Verständnis ebenfalls ziemlich ‚undeutsch'. Soldaten müssen sich auch in ausweglosen Situationen aufopfern. Sie brauchen dafür aber Befehle. Die bekamen sie nicht, weil im Verteidigungsministerium niemand zu erreichen war. Sie besaßen allerdings keineswegs den Befehl, den Schlagbaum nach Westberlin zu öffnen!"

„Nachdem die Mauer nun einmal offen war, waren denn da die Genossen des Politbüros, besonders der neue Generalsekretär, auch nur theoretisch noch in der Lage, die Situation wieder in den Griff zu kriegen?"

„Doch", antwortete Jochen, „Krenz soll am 10. November gegenüber zwei auf Stadtkampf spezialisierten Einheiten der Armee mit 12.000 Mann vorsorglich die Gefechtsbereitschaft angeordnet haben. Das stand in gewissem Gegensatz zu seinem Verbot, auf die Demonstranten zu schießen. Doch das war nicht das Gleiche! Demonstrieren auf den Straßen der Republik mag noch gerade angehen. Wer jedoch die Staatsgrenze niederreißt, bedroht den Bestand des Ganzen. Eventuell hoffte er, an den Grenzübergängen das Heft wieder in die Hand zu bekommen. Er hat aber bewusst über den Einsatz der Truppen noch nicht entschieden. Krenz hat zunächst im Laufe des Tages Gorbatschows Meinung eingeholt. Dieser lehnte auch für den eingetretenen Katastrophenfall eine militärische Lösung ab."

„Also hat Krenz auf den Obergenossen in Moskau gewartet und nichts selbst entschieden", entgegnete Michaela. Sie war anscheinend von den historischen Verdiensten des letzten Generalsekretärs der SED noch nicht überzeugt.

Jochen wurde ungeduldig: „Wieso ist das so schwer zu kapieren? Wir kennen Beispiele über Beispiele, negative vor allem. Totalitäre und auch weniger totalitäre Machthaber schlagen normalerweise hemmungslos um sich, wenn sie ihren Posten wackeln sehen. Wir haben keine Anhaltspunkte, dass die Nationale Volksarmee dem Generalsekretär die Gefolgschaft verweigert hätte. Nach der Wende haben sich dazu Offiziere geäußert. Die Eliteeinheiten hätten zur Rettung des Sozialismus brav auf die aufständischen Bürger geschossen, wenn die Offiziere es befohlen hätten. Dutzende, Hunderte von Opfern hätten auf dem Asphalt gelegen, bis die enttäuschten Menschen begriffen hätten, dass die offene Grenze eine Illusion blieb. Davon bin ich überzeugt.".

Jochens Hände wischten ein paar Male unruhig über das Lenkrad, ehe er weitersprach: „Genau diesen verhängnisvollen Befehl hat Egon Krenz nicht erteilt. Er hat aufgegeben wie ein Sportler, weil er die Lage für ausweglos hielt. Ausgesprochen besonnen hat er reagiert. Krenz hat in diesen Tagen sehr bewusst vor der Geschichte das Risiko auf sich genommen, dass der ganze schöne Sozialismus, für den er ein Leben lang gekämpft hatte, den Bach runterging. Er hatte Honecker offensichtlich zu spät abgesetzt, um noch etwas zu retten. Bald darauf ist er mit der ganzen SED-Führung zurückgetreten. Er ist nicht ins befreundete Ausland ausgewichen wie Honecker, hat seine Person wohl einfach nicht so wichtig genommen, ist dageblieben, hat die Dinge auf sich zukommen lassen. Er hat sich der Verantwortung gestellt. Wenn ich das untergegangene System nicht aus vollem Herzen abgelehnt hätte, könnte ich leichter anerkennen, dass Krenz eine wahrhaft tragische Figur war." Jochen sah auf seine Hände am Lenkrad, lockerte ein wenig den Griff und schwieg einige Augenblicke lang, fuhr dann aber fort: „Ich respektiere ihn, weil er es unterlassen hat, fürchterliches Unheil anzurichten. Die praktische Möglichkeit hat er zweifellos besessen!"

Michaela hatte anscheinend eine stabile seelische Verfassung, der Überfall auf der Raststätte Garbsen schien sie nicht sichtbar beeinträchtigt zu haben. Sie blickte freilich in unregelmäßigen Abständen zu Jochen hinüber, weil sie nicht begreifen konnte, dass in diesem dozierenden Moralisten so viel wilde Entschlossenheit gesteckt hatte. Wie dreckig es ihr hätte ergehen können, wollte sie sich lieber nicht ausmalen. Jede Frau wünscht sich, dachte sie, ihr Partner möge sie in der Not schützen. Sie weiß aber niemals genau, woran sie bei ihm ist, wenn es einmal wirklich darauf ankommen sollte. Jochen war jetzt über solche Zweifel erhaben. Wie mochte es ihn ihm wohl jetzt aussehen? Er versuchte anscheinend, den Eindruck zu vermitteln, dass er sich und die Lage voll im Griff hatte. Wieso nur? Er musste ihr gegenüber nichts mehr beweisen. Sie schüttelte unwillkürlich den Kopf, schluckte trocken, wollte ihn im Augenblick aber nicht darauf ansprechen. Jetzt selber keine Schwäche zu zeigen, war für ihren Geschmack die bessere Variante.

Michaela wollte Jochens eifriges Plädoyer nicht akzeptieren: „Mir will nicht in mein Hirn, dass Du Krenz seine Untätigkeit moralisch so hoch anrechnest. Wer verdient denn Anerkennung, wenn er etwas nicht tut, was er menschlich, rechtlich und historisch nicht hätte tun dürfen? Ein Krimineller, der einen geplanten Mord am Ende nicht ausführt, wird dafür nicht gelobt. Er hat sich am Ende eben rechtmäßig benommen, auch wenn es ihm schwer gefallen sein sollte. Hätten wir unserem Räuber am Rasthof etwas gutgeschrieben, wenn er aus moralischen Bedenken den Überfall in letzter Minute unterlassen hätte? Sehen wir mal einen Moment davon ab, dass wir in dem Falle von seiner finsteren Absicht niemals erfahren hätten!"

Jochen wollte sich seine These nicht durch absurde Gegenbeispiele kaputtmachen lassen, zumal er den entscheidenden Schluss daraus noch ziehen wollte. Er schaute etwas unwirsch, Michaela sah es ihm gerne nach, und meinte: „Die Beispiele mit dem Mörder und dem Räuber sind schlecht gewählt. Entschuldige! Sie sind einfach abwegig. Krenz war zum Schluss Staatschef, auch wenn manche im Westen so taten, als gäbe es noch die ‚Zone'. Er ist in Saarbrücken als Staatsgast empfangen worden. Es kam nicht darauf an, dass sein Staat durch die Schulden im Westen kurz vor der Pleite stand. Die Regierungen im Westen hätten höchstwahrscheinlich der DDR-Führung durchgehen lassen, wenn sie die Ordnung an der Grenze mit Waffengewalt wiederhergestellt hätte, höchstens medienwirksam gezetert. Die Aufräumaktion auf dem ‚Platz des Himmlischen Friedens' haben sie schließlich achselzuckend hingenommen. Egon Krenz hat sich von seinen bösartigen Kommentaren in Saarbrücken durch sein Tun, besser durch sein Nichthandeln, distanziert. Die Wiederherstellung der Ordnung nach chinesischem Modell war kaum noch möglich. Die innere Ordnung des Landes war tiefgreifend zerrüttet. Das hat Krenz erkannt und allen Wahnsinn unterlassen, zu dem er die Macht noch gehabt hätte."

Michaela hatte den Eindruck, dass Jochen pathetisch wurde. Er setzte sich gerade hin, und der Ton seiner Stimme wölbte sich. Sie sah ihn verwundert an, durchschaute allerdings nicht, ob er sich vorsichtshalber damit ein bisschen von sich selbst distanzieren wollte. Vielleicht war er von seinen eigenen Ausführungen und ihrer unerbittlichen Konsequenz seelisch bewegt.

„Manchmal muss die Menschheit damit einfach zufrieden sein, dass ...", dozierte Jochen, als hätte er einen Hörsaal vor sich. Michaela fiel ein, dass er als Gymnasiallehrer am klassischen französischen Drama von Corneille und Racine geschult war. Die passenden Klangfarben des Tragischen dürfte seine Stimme demnach ohne besondere Anstrengung parat haben. „Sie, ich meine die Menschheit, muss damit zufrieden sein", setzte er seine Ausführungen fort, „dass etwas unterbleibt, was üblicherweise in bestimmten historischen Situationen geschieht. Die Kommunisten haben uns immer wieder die Zwangsläufigkeit der Geschichte geweissagt, versprochen, sie würde ganz von selbst in ihre Richtung laufen. Mit dem Pathos eines Sehers, wenn auch mit zittriger Stimme, hatte Honecker noch am 19. Januar genau des Jahres, in dem die Mauer fiel, verkündet: ‚Die Mauer ... wird in 50, in 100 Jahren noch bestehen.' Nun, zehn Monate später, sah sich der neue Generalsekretär vor einer ganz anderen, kaum noch umkehrbaren historischen Zwangsläufigkeit. Nur wandte sie sich gegen ihn und die kommunistischen Gesetzmäßigkeiten der Geschichte. Aber er nahm es hin ohne brutale Verteidigungsstrategie in letzter Minute und wagte nicht, der Geschichte in den Arm zu fallen. Ich finde, das hatte in der Niederlage Größe, verdiente Anerkennung durch den Sieger. Sie blieb aus. Keine großzügige Geste gegenüber den „Hinterbliebenen" der feindlichen Regierungsclique, nicht die Mindeste!"

Michaela hatte in dieser Nacht nicht mehr die Kraft, noch von irgendetwas ergriffen zu sein. Jochen hatte es anscheinend auch nicht erwartet. Also schloss er, ohne noch auf weitere Einwände zu warten, den Gedankengang ab, machte sozusagen den Sack zu: „Das neue Deutschland hat sich bürokratisch und rechthaberisch auf die Mitglieder des Politbüros gestürzt. Endlich hatte man sie, die verhassten Kommunisten, konnte mit ihnen machen, was man wollte, soweit es nicht der Optik schadete! Die westdeutsche Justiz hat sie mit gewundenen Begründungen verurteilt. Sie wollte vor aller Welt dem Vorwurf begegnen, man sei parteiisch gewesen wie damals nach dem Ende des Dritten Reichs. Dies sollte man deutschen Richtern nicht noch einmal nachsagen!"

„Weil Krenz im Gegensatz zu Schabowski nicht bereuen wollte, sogar noch öffentlich von Siegerjustiz sprach", ergänzte Jochen und verzog breit die Mundwinkel, „deshalb bekam er keinen Strafrabatt. Auf wen sonst hätten die neuen Herrscher ihren Rachedurst richten sollen? Honecker hatte man aus Gesundheitsgründen nach Chile fliegen lassen. Mielke war skurrilerweise nicht wegen seiner Rolle in der DDR, sondern wegen des Mordes an zwei Polizeibeamten aus dem Jahre 1931 verurteilt worden. Also war Krenz dazu ausersehen, bevorzugte Zielscheibe für die Aufarbeitung der sogenannten Regierungskriminalität zu werden. Er bekam den geballten Undank des Vaterlandes zu spüren. Niemand war bereit, seine Verdienste in den letzten Tagen vor dem

Mauerfall anzurechnen oder gar gegen den politischen Strafanspruch aufzurechnen. Die Verurteilung war anscheinend beschlossene Sache. Das (west)deutsche kollektive Gewissen angesichts zweier überstandener Diktaturen in einem halben Jahrhundert musste besänftigt werden. Die Grundregel des Rechtsstaats, wonach die kochende Volksseele als solche noch keinen Straftatbestand darstellt, musste zurücktreten."

Jochen schwieg plötzlich wie abgeschnitten. Er hatte anscheinend alles gesagt. Die Filmrolle war abgespult und enthielt keinen Zentimeter dramatischer Handlung mehr. Wie eine Schaufensterpuppe saß er da und sah hinaus. Nur gelegentlich irrlichterten einige rote und weiße Leuchtflecken durch die mondlose Nacht. Die Fahrbahn war trocken. Die Wolken hingen tief, sparten aber ihre Millionen gespeicherter Tropfen für andere Gegenden des Landes auf.

Jochen Bürgel fühlte sich wie ausgepumpt. Er hatte anscheinend, vor allem in der vergangenen Stunde, seine letzte Kraft verbraucht, um seine Sichtweise anschaulich darzulegen und daraus eine stimmige Würdigung herzuleiten. Michaela spürte, wie sehr es ihm am Herzen lag, dem letzten Generalsekretär der SED ein wenig Gerechtigkeit angedeihen zu lassen. Es ging ihm nicht um politische Solidarität oder Sympathie, sondern um Gerechtigkeit als moralischen Wert einer humanen Gesellschaft. Die Person Egon Krenz und die Einzelheiten seiner politischen Biographie schienen ihn nicht besonders zu interessieren. Es ging ihm offensichtlich, dies wiederum kam ihr sehr deutsch vor, ums Prinzip.

Jochen hatte inzwischen den Überblick verloren, wo sie sich gerade befanden. Er hatte in der letzten halben Stunde sein Auto fast mechanisch bedient, ohne sich Rechenschaft zu geben, wozu sie hier beide einsam durch die Nacht rollten. Wie gefährlich dieser tranceähnliche Zustand tatsächlich war, ahnte Michaela glücklicherweise nur. Jochen sah plötzlich vor sich wieder eine herrliche Winterlandschaft, auch wenn dieser Streckenabschnitt längst hinter ihnen lag. Die verschneiten Bäume, Sträucher, Felder kamen nicht, wie es sich gehörte, auf ihn zu, sondern bewegten sich in umgekehrter Richtung von ihm fort. Die Straße unter seinen Rädern schien ihm zu entgleiten. Die ganze Landschaft floh vor ihm, als wollte ein böser Geist verhindern, dass er sein Ziel jemals erreichte. Unter diesen Bedingungen war es sinnlos geworden, die Fahrt fortzusetzen. Ein Ruck ging durch Jochens Körper, und er hob erschreckt den Kopf. Sein Blick war wieder klar. Der Schnee hatte sich in Nichts aufgelöst. Der Wagen hatte exakt die Spur gehalten. Michaela hing ihren Gedanken nach und schaute vor sich hin in ihren Schoß. Sie fühlte sich in Jochens Gegenwart gut und sicher.

Jochen setzte sich zurecht und öffnete sein Seitenfenster einen Spalt breit. Ab jetzt war es nötig, die Wegweiser genau zu lesen. Da er die ehemalige Transitstrecke selten befuhr, besaß er nicht die traumwandlerische Orientierung von Vielfahrern. Jene nahmen im Augenwinkel äußere Zeichen wahr wie markante Baumreihen, einzelne Gebäude an der Strecke, Parkplätze mit seltsamen Namen und wussten mindestens im Unterbewusstsein immer, wo sie gerade waren, mochte das Gespräch noch so anregend und die Beifahrerin noch so aufregend sein.

Beides traf übrigens heute Nacht zu, tanzte es Jochen durch den Kopf. Er konnte daraus aber keinen Antrieb mehr für sein Denken und Handeln gewinnen. Wie ein erschöpfter Marathonläufer hielt er nur noch durch, wollte endlich, endlich ankommen und die übernommene Verpflichtung erfüllen. Sollte diese Nacht denn nie enden? Er konnte sich nicht erinnern, jemals so am Ende seiner Kräfte gewesen zu sein. Alleine im Wagen hätte ihn nichts gehindert, an beliebiger Stelle zum Fahrbahnrand zu rollen und Sekunden nach dem Stillstand der Räder in tiefen Schlaf zu fallen. Bestimmt hätte er keinen Parkplatz mehr abgewartet oder noch eine Raststätte angesteuert, ob dies nun nach den Verkehrsregeln erlaubt war oder nicht. Solche papiertypischen Zusammenhänge konnte er längst nicht mehr denken.

Michaela ging es kaum anders. Sie dachte nur noch, sie müsste ihn eigentlich sofort bitten anzuhalten, ehe ein Sekundenschlaf sie beide in den Graben katapultierte. Für diese kleine Anstrengung, für diese paar Worte fühlte sie sich zu schwach. So ähnlich muss es sich anfühlen, dachte sie in einem noch leidlich bewussten Moment, wenn ein erschöpfter Wanderer im Schnee niedersinkt, nur noch ausruhen will. Er verliert jegliches Interesse daran, sich noch um sein Überleben zu sorgen.

Michaela bemerkte im letzten Moment, gerade noch im Augenwinkel, am Fahrbahnrand ein Schild, dessen Aufschrift ihr bekannt vorkam. Irgendetwas mit „See" huschte vorüber. Der Name wirkte seltsam vertraut und zugleich unsinnig. Sie überlegte angestrengt, wieso denn so etwas wie ein „Roter See" oder „Rotsee" angezeigt wurde. War er rot wegen der Farbe des Sandes am Ufer? Hatte jemand, wie leider früher so oft in der DDR, bedenkenlos Chemikalien eingeleitet? Hieß der See so wegen eines blutigen Verbrechens? Und obendrein, sie sah den Namen jetzt noch einmal auf einem Wegweiser, noch ein Strauß dummer sprachlicher Fehler: „Rothensee" anstatt korrekt „Roter See"! Passt denn die neue Autobahnverwaltung nicht auf? Sonst benennen sie doch alles um, rücksichtslos nach bundesdeutschem Muster, so dass die Einheimischen ihre seit langem im Gedächtnis verankerten Landmarken nicht mehr wiedererkannten und sich in ihrer Heimat fremd fühlten. Ihr fröstelte, und sie wischte sich über die Augen.

„Jochen", rief sie erschreckt. „Hier ist es! Wir müssen raus. Magdeburg-Rothensee, die letzte Abfahrt vor der Elbe.... Tut mir leid, viel zu spät, meine Ansage...!"

Sie hatten die eigentliche Ausfahrt so gut wie erreicht. Die enge Rechtskurve lag schon mehr neben als vor ihnen. Vielleicht noch ein, zwei Dutzend Meter bis dort! Der Ausfahrstreifen zum Einordnen der Abbieger war bereits zu Ende. Ohne noch abzuschätzen, ob er nicht mit zu hoher Geschwindigkeit zu nahe an der Kurve war, zog er den Wagen rabiat nach rechts und wagte nur sanft zu bremsen. Die Reifen rieben kreischend über die Straßendecke, als wollten sie den Fahrer warnen, den Kurvenradius nicht so eng zu nehmen. Michaela wurde unwiderstehlich gegen den Fahrer gedrückt. Jochen mobilisierte allen Selbstbehauptungswillen und krallte sich eisern am Lenkrad fest. Sie hatten Glück, denn die Kurve war kunstgerecht angelegt. Sie behielt den anfänglichen Radius durchgehend bei. Eine Ausfahrt mit sich verengender Krümmung hätte das rüde Manöver nicht verziehen.

Besondere Kommentare oder Gefühlsäußerungen entlockte dieser Beinahe-Unfall beiden nicht mehr. Jochen besaß nicht mehr die Energie, sich für seinen Fahrfehler wenn nicht zu entschuldigen, so doch still zu schämen. Michaela lotste ihn mit knappen Bemerkungen und Gesten, als wäre er für sie ein gänzlich Unbekannter, durch die verlassenen Straßen der Innenstadt bis vor ein vielstöckiges Mietshaus mit

schlafdunklen Fensterreihen. Als sie in die Neustädter Straße, nahe beim Elbufer, einbogen, sagte sie matt: „Wir sind
da. Unglaublich, aber ..., wir sind da. Ich bin so froh ..." Sie
sprach diese Worte wie ein gut gelerntes, aber schlecht auf-
gesagtes Gedicht. Lehrer kommentierten solche Leistungen
manchmal mit der Bemerkung, die Schülerin müsse etwas
mehr Ausdruck in ihren Vortrag legen. Man glaube dem
Dichter sonst nicht, was er niedergeschrieben habe.

Jochen hatte während der letzten Minuten seit der Autobahnabfahrt, ohne die Lippen zu bewegen, vor sich hinphan-
tasiert, dies könne doch nicht alles gewesen sein. Sie dürften
nicht auseinandergehen, ohne sich über ein Wiedersehen
einig zu werden. Er selbst wünschte es sich mit seiner letzten
Kraft, die er jetzt noch aufbieten konnte. Jetzt gleich ein
Treffen hier oder in Potsdam zu verabreden, war in dieser
Nacht kaum noch möglich. Jochen fand es in diesem Moment besser, nichts Konkretes vorschlagen. Sie hätte es als
Nötigung empfinden können. Er war sich allerdings ihres
stillschweigenden Einverständnisses nicht mehr so sicher,
wie er es noch vor ein oder zwei Stunden gewesen war. Er
spürte ein vages Gefühl im Bauch, sie würde ausweichend
reagieren, wenn er sie drängte. Sie dachte vermutlich im
Augenblick an ihre Kinder, die hoffentlich oben in der
Wohnung ruhig schliefen. Die beiden Jungen konnten nicht
ahnen, welche Mühe es ihre Mutter gekostet hatte, rechtzeitig wieder zu ihnen heimzukommen, bevor sie am Morgen
aufstehen und zur Schule gehen mussten.

Jochen besaß in diesen Minuten seit der Autobahnabfahrt
Rothensee nicht mehr den Schwung, noch etwas Persönliches zu sagen, hatte nur Sorge, es würde bemüht klingen. So
schwieg er lieber, aber das Schweigen bedrückte ihn. Der

Gesprächsfaden schien gerissen. Vielleicht, hoffte er, empfand Michaela es nicht so, sondern war bloß zu erschöpft, um noch etwas beizusteuern. Sie hielt sich anscheinend nur unter großer Kraftanstrengung aufrecht.

Als der Wagen vor der Hausnummer 18, an der Ecke Walloner Berg, hielt, griff Michaela eilig über die Lehne nach ihrer Reisetasche auf dem Rücksitz. Sie zog sie zu sich herüber und stellte sie vor sich auf den Schoß. Sie saß da, als hätte sie sich hinter einem Festungswall verbarrikadiert. Selbst eine freundschaftliche Umarmung der Burgherrin hätte unbeholfene Verrenkungen erfordert. Jochen machte also nicht einmal den Versuch, sondern stieg sofort aus, ging um den Wagen herum und half ihr beim Aussteigen mit ihrer sperrigen Tasche. Sie reichte ihm die Hand, machte eine konventionelle Bemerkung, wie sehr sie seine Ausdauer und Umsicht während der langen Stunden bewundert habe, fügte eilig hinzu, man könne in den nächsten Tagen mal telefonieren, wandte sich mit einem angestrengten Lächeln um und ging über einen langen Plattenweg mit etwas tapsigen Schritten zur Haustür. Ihre Reisetasche musste ein schweres Lexikon oder etwas Ähnliches enthalten, so schwer trug sie an ihr. Jochens Versuch hinterherzuspringen, um ihr zu helfen, kam zu spät. Sie war schon am Eingang. Ohne sich noch einmal umzudrehen, trat sie, die Tür war selbst zu dieser Stunde nicht abgeschlossen, sofort ins Haus. Die plötzlich von unten bis oben erleuchteten schmalen Fenster des Treppenhauses in der nachtschwarzen Fassade ähnelten einem Ausrufezeichen. Mit steifen Gliedern wie ein alter Mann stieg Jochen schwerfällig wieder in seinen Kombi und fuhr noch die letzten hundertzwanzig Kilometer durch die kalte Nacht nach Potsdam.

***

Fünf Jahre darauf hatte Jochen Bürgel an einem verregneten
Herbsttag beruflich in Magdeburg zu tun. Er hatte sich für
diesen Tag vom Schulleiter seines Gymnasiums in Potsdam
beurlauben lassen und war im Auftrage seines Lehrerverban-
des für einen erkrankten Vorstands-Kollegen eingesprungen.
Sie hatten Bürgel gebeten, eine Gruppe von Gymnasialleh-
rern aus verschiedenen französischen Departements bei ihrer
Ankunft zu einer Kulturreise durch Deutschland zu empfangen. Nach dem ersten Tag in der Hauptstadt Sachsen-
Anhalts sollte er sie nach Potsdam und Berlin begleiten.
Warum die Schulverwaltungen beider Länder ausgerechnet
Magdeburg als erste Station ihrer Reise durch den Osten
Deutschlands ausgewählt hatte, war ihm in der Eile nicht
klar geworden. Vielleicht war es auch nicht so wichtig. Jochen Bürgels frankophone und frankophile Mitwirkung war
wichtig, weil es sich bei der Besuchergruppe nicht um französische Germanisten, sondern um Lehrer anderer Fächer
handelte. Sie sprachen zum großen Teil kein oder wenig
Deutsch.

Seine Begrüßungsrede im Rathaus am Alten Markt drehte
sich um den aktuellen Zustand der deutsch-französischen
Beziehungen. Er übernahm eingangs einen zunächst absurd
klingenden Gedanken des deutschen Philosophen Sloterdijk.
Dieser vertrat den Standpunkt, das Verhältnis beider Länder
sei erst von dem Moment an als normal zu betrachten gewesen, als sie die gegenseitige Fixierung aufeinander abgelegt
und sich politisch nicht mehr sonderlich füreinander interessiert hätten. Nach der mörderischen Rivalität beider Länder

seit Napoleons Zeiten hätten De Gaulle und Adenauer den entscheidenden Umschwung eingeleitet.

Viele der ausländischen Gäste ebenso wie etliche der deutschen Teilnehmer schienen merkwürdig berührt, dass Bürgel ein gegenseitiges Desinteresse als Voraussetzung für ein ersprießliches Miteinander bezeichnete. Zur Enttäuschung der hier Versammelten starrte Deutschland nämlich seit Kriegsende wie gebannt auf die Vereinigten Staaten. Dann hellte ein Anflug des Verstehens die Gesichter auf. Der Redner hätte das beruhigende Gefühl haben dürfen, dass er nicht mehr den ganzen Saal gegen sich hatte. Anfangs, als Bürgel seine These entwickelt hatte, war bei manchen der Eindruck entstanden, der Gastgeber hätte den falschen Redner mit der Begrüßung betraut, gewissermaßen einen politischen U-Bootfahrer auf amerikanischem Kurs in deutsch-französischen Gewässern.

Jochen Bürgel nahm die sich im Saal abzeichnende Entspannung allerdings nicht wahr, denn seine Gedanken waren nicht voll bei der Sache. Einige Kollegen, die ihn gut kannten, nicht zuletzt als leidenschaftlichen Redner schätzten, wunderten sich, dass Bürgel heute seltsam unbeteiligt wirkte. Fremden musste das angesichts der unterentwickelten Redekultur in Deutschland nicht unbedingt auffallen. Er sprach wie hier im Lande üblich mit vorbereitetem Manuskript. Bürgel sah die unmittelbar vor ihm Sitzenden kaum an, sondern blickte an die gegenüberliegende Wand, als wäre dort wie bei König Nebukadnezars lästerlichem Fest der Text in Leuchtschrift abzulesen. Überdurchschnittlich oft hörte man aus seinem Munde Verlegenheitslaute wie „äh" oder „mh". Seine gestischen Armbewegungen erweckten bei einigen den Verdacht, Ellenbogen- und Schultergelenke seien in ihrer

Beweglichkeit, vielleicht als Folge eines Unfalls, eingeschränkt.

In seinem Inneren spielte sich ein zäher Kampf wechselnder Gedankenfetzen ab. Mal gewann jene Stimme die
Oberhand, die ihm einflüsterte, er solle in der Pause sein
persönliches Telefonverzeichnis zur Hand nehmen und einfach sein Glück versuchen. Dann drängte sich eine andere
Stimme in den Vordergrund, die ihm zu mehr Bedacht riet,
eigentlich seine Idee für sinnlos hielt.

Nach der chaotischen Schneefahrt, damals vor fünf Jahren, hatte Michaela Roth ihren Artikel für die Magdeburger
Tageszeitung offenbar schreiben können, ohne dass sie weitere Hilfe von seiner Seite benötigt hätte. Er hatte die Ausgaben der Zeitung täglich neugierig verfolgt und ihren langen
Beitrag mit der Signatur „mr" einige Wochen nach ihrer
Fahrt in einer Sonntagsausgabe entdeckt. Sie hatte viele Informationen aus ihrem Nachtgespräch verarbeitet und einige
Punkte offensichtlich noch durch eigene Recherchen ver-
tieft.

Enttäuscht war Jochen allerdings, dass „mr" zu der entscheidenden Frage des Themas, er sah es jedenfalls so, nicht
persönlich Stellung bezogen hatte. Die Überzeugung der
Journalistin blieb offen, ob der vereinigte deutsche Staat den
Nachfolger Erich Honeckers hätte verurteilen dürfen. Die
Leser konnten sich dadurch allerdings unbeeinflusst ihr eigenes Urteil bilden. Dies stand einer Ostzeitung nach der
Wende nicht schlecht zu Gesicht. Journalisten konnten sich
mit ihrer persönlichen Meinung, dachte Bürgel, durchaus
auch einmal zurückhalten, was viele Vertreter des zeitgeisti-
gen Meinungsjournalismus selten genug taten.

Den Anlass des Artikels hatte Michaela leider nicht genutzt, nach der anstrengenden Fahrt in frischerer Verfassung einmal miteinander zu sprechen. Sonst gab es aus ihrer Sicht wohl keinen Grund, denn sie rief nicht an. Jochen tat es nach einer Woche von sich aus. Er erreichte sie beim dritten Versuch in der Redaktion und stieß bei ihr auf eine freundliche Wand aus Watte. Jochen konnte nicht durchschauen, ob ihre verhaltene Reaktion an der für ein Privatgespräch unpassenden Umgebung lag oder ob sie einfach kein Interesse hatte, ihn zu sehen.

Letztlich nur, weil er so beharrlich war, trafen sie sich doch einmal zum Kaffeetrinken am Sonntag in Magdeburg und ein weiteres Mal zu einem Ausflug in den Schlosspark von Sanssouci gemeinsam mit Michaelas Kindern. Den beiden Treffen haftete etwas schrecklich Bemühtes an. Das Gefühl von Fremdheit wollte und wollte nicht weichen. Je mehr Jochen sich anstrengte, desto vergeblicher waren seine Versuche, eine ungezwungene Atmosphäre zu schaffen.

In den letzten Wochen des Jahres telefonierten sie allerdings einige Male halbe Abende lang miteinander. Seltsam, wie anders dieser Austausch auf Distanz und ohne Blickkontakt, geborgen in der eigenen Umgebung, ausfiel! Sie sparten beide nichts aus, weder gescheiterte Beziehungen, noch Erfahrungen in der Erziehung der vaterlosen Söhne, noch ihre sehr gegensätzlichen Einstellungen zur Religion. Michaela schien die Offenheit und Ungezwungenheit zu genießen, während sich eine ähnliche Stimmung in der eisdielenartigen Umgebung des Cafés an der Otto-von-Guericke-Straße in Magdeburg nicht hatte einstellen wollen.

Im neuen Jahr ging dann nichts mehr, so sehr Jochen auch warb und bat. Als er nicht nachgab, gestand sie ihm schließlich nach Wochen den wahren Hintergrund. Ein ehemaliger Kollege hatte sich bei ihr plötzlich wieder gemeldet. Sie hatte ihn für lange Zeit aus den Augen verloren. Immer hatte sie bedauert, dass sie ihn höchstwahrscheinlich nie wiedersehen würde. Eine unglückliche Beziehung sei glücklich beendet und er nun wieder frei, hatte er ihr mitgeteilt. Michaela war darüber unverkennbar sehr froh. Sie stockte ein wenig, gestand dann Jochen aber, die alte Liebe sei gleich wieder aufgelebt. Im Laufe des nächsten Monats zögen sie schon zusammen. Endlich hätten auch die Söhne den ersehnten Mann und Neuvater im Haus. Gegen so viel unerwartet auferstandenes Glück wusste Jochen kein Kraut mehr.

Während der folgenden Monate hatte er jedes Mal, wenn er von Westen aus hinter der Autobahn-Raststätte in einer weiten Linkskurve in die Senke der Magdeburger Börde eintauchte, wehmütig die Domtürme in der Ferne liegen sehen. Wenn er Mitreisende dabeihatte, stockte das lebhafte Gespräch im Wagen, ohne dass Angehörige oder Freunde wussten, was ihn plötzlich so wortkarg machte. Eine Beziehung zu betrauern, die keine geworden war, erschien Jochen in vitaleren Momenten etwas albern. Es dauerte aber noch Monate, bis er endlich empfinden konnte, was sein Verstand längst eingesehen hatte.

Während der Mittagspause verabschiedete sich Jochen Bürgel von der Besuchergruppe und ging unschlüssig vor dem Tagungsgebäude auf und ab. Dass es in Strömen regnete, bemerkte er erst, als er schon reichlich durchgeweicht war. Er flüchtete sich wieder ins Foyer und setzte sich mit Blick zur Straße. Die gesuchte Telefonnummer stand seit fünf Jahren unbenutzt in seinem Verzeichnis und hatte jede

Neufassung der Liste heil überstanden. Ob sie noch gültig war, wusste er nicht. Er suchte sie heraus und gab sie in sein Mobiltelefon ein, wählte aber nicht. Dann steckte er Verzeichnis und Telefon wieder in die Jackentasche und schaute den vorbeieilenden Passanten mit den zusammengeknautschten Gesichtern unter ihren Regenschirmen hinterher.

Er sah sich in der Halle mehrmals nach allen Seiten um wie ein Hirsch, der in der Abenddämmerung auf die Lichtung tritt und prüft, ob die Luft rein ist. Ein neuer Griff nach dem Telefon, er wählte die Nummer, vergaß aber zunächst die Magdeburger Vorwahl. Beim neuen Versuch mit der richtigen Vorwahl baute sich endlich die Verbindung auf. Das Rufzeichen ertönte fünf, sechs, sieben Mal, so dass er den Versuch schon abbrechen wollte. Dann am anderen Ende eine Stimme, unverkennbar ihre Stimme und unverändert: „Michaela Wengen, ja, bitte?" Ein neuer Name? Sie hatte anscheinend geheiratet.

Was sollte er nun sagen, wie seinen unvermuteten Anruf nach so vielen Jahren erklären? War es mehr als eine Laune, Michaela in ihrem Alltag zu stören, nur weil er gerade mal in dieser Stadt war? Sie lag seit dem letzten Jahr gelegentlich an seinem Wege, er hatte aber sonst nie dort zu tun. Jochen wollte in seinem und ihrem Leben nichts umstürzen, es interessierte ihn nur, wie es ihr ging, mehr nicht. Solch eine Nachfrage musste doch unter vernünftigen Menschen möglich sein!

Oft hatte er in den vergangenen Jahren an die Nachtfahrt im Schnee gedacht, sie neben sich sitzen sehen, feingliedrig, geschwächt von Krankheit und Operation, aber von leiser Ausdauer und gesundem Hunger nach einer besseren Zu-

206

kunft. Schrecklich und schön zugleich war diese gemeinsame Reise mit ihr gewesen. Was wollte er aber heute von ihr? Setzte er nicht doch zu diesem merkwürdigen Versuch an, weil Michaela ihm nie aus dem Kopf gegangen war? Wenn er ehrlich zu sich war, hatte er bei allen Frauen, die er traf, immer bedauert, dass nicht sie es war, die vor ihm stand?

Jochen zögerte, etwas zu sagen, wollte schon wieder auflegen. Einen winzigen Augenblick, bevor Michaela es von sich aus tat, weil sie am anderen Ende der Leitung nichts hörte, gab Jochen sich einen Ruck und meldete sich. Sie erkannte ihn sofort, ohne dass er nachhelfen musste. Michaela war nach kurzem Zögern bereit, ihn am frühen Abend desselben Tages in einem Café im Stadtzentrum am Ulrichplatz zu treffen. Wenn er schon einmal in Magdeburg war, das sah sie ein, müssten sie die Gelegenheit ergreifen, darüber zu reden, was in den letzten Jahren passiert war.

Als Jochen Bürgel sich am Abend auf den Weg zum Ulrichplatz machte, schritt er kürzer aus als gewöhnlich und seltsam tastend. Hätte jemand auf ihn geachtet, hätte er den armen Gehbehinderten vielleicht nach seinem Ziel gefragt und ihm den kürzesten Weg gezeigt. Unter Umständen hätte er ihm angesichts seines unübersehbaren Hüftleidens sogar die persönliche Begleitung beim Überqueren der Fahrbahn angeboten.

Jochen konnte sich auf seinem Weg nicht schlüssig werden, ob sein unvorbereitetes Telefonat und die aufgedrängte Verabredung Fehler waren, dumme Versuche, von heute aus in die Vergangenheit zurückzuspringen. An sich war es menschlich vollkommen verständlich, beruhigte er sich, neugierig zu sein und wissen zu wollen, wie es der Frau nun ging, mit der er gern glücklich geworden wäre. Ob sie ihre chronische Krankheit in den Griff bekommen, ob sie in ihrem Journalisten-Beruf Anerkennung gefunden hatte, wie die beiden Söhne nun, da sie keine Kinder mehr waren, sich entwickelt hatten, ob sie..., ob sie..., ja, ob sie mit dem damals so plötzlich wieder aufgetauchten anderen Mann denn glücklich geworden war.

Was ging ihn dies aber alles an? Bevor sie sich wirklich näher gekommen waren, er dachte jetzt nicht ans Bett und machte sich nicht einmal etwas vor, hatten sie sich bereits wieder aus den Augen verloren. Sie waren sich fremd geblieben, und nun heuchelte er hier menschliches Interesse. Im Grunde trug er ihr sein unerwidertes Gefühl, seine ungestillte Sehnsucht hinterher wie einen liegengebliebenen Schirm, auch heute Abend noch.

Jochen zögerte, ob sein Benehmen nicht einfach nur peinlich war. Er musste innerlich lachen, weil er sich schick herausgeputzt hatte. Wann nahm er schon mal einen Anzug mit weißem Hemd und Krawatte? Es war übrigens genau jene Krawatte, die er damals bei der Tagung in Bonn getragen hatte. Manchmal zog er sie aus dem Schrank und vergaß nie, woran sie ihn erinnerte. Er hatte seine Kleidung nur für sich ausgesucht, denn wie sollte sie sich noch an solche Einzelheiten erinnern? Sie hatte damals dieser Bekanntschaft offensichtlich nicht solche Bedeutung wie er beigemessen. Wie sollte sie wissen, dass er ihr während der letzten Jahre einige Male hatte schreiben wollen, den Brief dann aber nicht abgesandt, sondern in einer Mappe vergraben hatte? Was hätte sie von ihm gehalten, wenn sie geahnt hätte, dass er dann und wann sehnsuchtsvolle Verse an sie verfasste?

Jochen setzte im letzten Moment über eine große Wasserlache hinweg, die er in seinem unkonzentrierten Zustand viel zu spät bemerkt hatte. Er landete allerdings kurz vor dem gegenüberliegenden Rand der Pfütze, und die untere Partie der Hosenbeine war durchfeuchtet. Ihn fröstelte, und er versuchte, den leichten Übergangsmantel an Hals und Brust enger zu schließen.

Die für lange Zeit in ihm abgekapselte Sehnsucht war seine persönliche Erfindung, er musste es sich eingestehen, nichts als ein Produkt eigener Phantasie, das mit der lebendigen Frau kaum etwas zu tun hatte. Was sollte er ihr sagen? Er konnte ihr doch jetzt nicht seine längst gegenstandslos gewordenen Gefühle auftischen, die er zu Hause in einer kleinen Mappe verwahrt und für das heutige Wiedersehen quasi ausgepackt und mitgebracht hatte. Nichts als beiderseitige Verlegenheit würde er erzeugen und das Wiedersehen gründlich verderben. Jenes Wiedersehen, das zu nichts führen konnte! Gelegentliches Kaffeetrinken unter alten Freunden mit gepflegter Konversation war schließlich keine Perspektive.

Mitten in seinem Eilmarsch blieb er wie von einem jähen Schmerz getroffen stehen und hielt den Schirm ein wenig tiefer vors Gesicht, als wollte er nicht erkannt werden. Er sah, wie eine durchaus noch jüngere Frau ein paar Dutzend Meter vor ihm mit gesenktem Kopf über die vor Nässe glitzernde Straße eilte, genau auf das Café zuschritt, das als Treffpunkt verabredet war. Sie schaute nicht nach links oder rechts, so dass Jochen seinen Regenschirm wieder ein kleines Stück anhob, um die Passantin genauer zu beobachten. Sie bewegte sich flink, war mittelgroß und von zierlicher Statur. Die Haare, deren Farbe er unter dem Schirm nicht erkennen konnte, trug sie hinten zusammengebunden. Im Halbdunkel war sie rasch wie ein Spuk vorüber. Sie hatte schon das Café erreicht und trat hinein.

Jochen war sich nicht sicher, wen er dort gesehen hatte. Er war ein wenig zu weit entfernt gewesen, um genau zu erkennen, ob tatsächlich Michaela eben vorbeigehuscht war. Schließlich hatte er sie jahrelang nicht mehr erlebt. Sie mochte, sie musste sich verändert haben. Durch die gläserne Eingangstür sah er sie alleine an einem Tisch sitzen, genau gegenüber, das Gesicht zur Straße gewandt. Sie hatte ein flaches Paket, womöglich ein Buch, auf die Tischdecke gelegt und schaute vor sich hin. Michaelas Gesicht wirkte hagerer, härter als damals. Ihre sehr schmalen, fast spinnenhaften Finger ruhten auf dem mitgebrachten Päckchen. Weil es auf der Straße schon dämmerte, konnte sie nicht von drinnen nach draußen sehen. Sie blickte aber auch nicht zur Tür hin.

Jochen legte die Hand auf die Klinke und schaute auf die fremde Frau, die da anscheinend auf ihn wartete. Plötzlich zog er die Hand zurück, als stünde die Klinke unter Strom. Dann wandte er sich sehr langsam und geräuschlos zur Straße um, spannte den Schirm wieder auf und ging zurück zum Rathaus am Alten Markt, wo die Besuchergruppe auf ihn wartete und wissen wollte, was man in Magdeburg am Abend so anstellen kann. „Ich werde mich in den nächsten Tagen bei ihr entschuldigen", murmelte er vor sich hin und blickte auf seine schmutzigen Schuhspitzen, „nein, nicht telefonisch, besser schriftlich!"

***

Im Jahre 2001 hat auch der Europäische Menschengerichtshof in Straßburg nach einem Justizmarathon von einem halben Jahrzehnt Dauer Egon Krenz bescheinigt, dass die bundesdeutschen Gerichte ihn zu Recht wegen der Toten an der Mauer verurteilt hatten. Sogar das Bundesverfassungsgericht hatte zuvor seine Beschwerde zurückgewiesen und zur Begründung erklärt, es müsse in diesem Falle vom strengen Rückwirkungsverbot, das sonst im Strafprozessrecht herrscht, ausnahmsweise mal absehen. Krenz hätte nicht, — wie unklug von ihm! —, in seinen Presseerklärungen von Siegerjustiz reden dürfen. Die knappe Begründung des Hohen Gerichts hatte darauf keinen Bezug genommen. Man konnte den Motivzusammenhang hinter den trockenen Zeilen allenfalls ahnen. Unangepasst und uneinsichtig gegenüber den Siegern der Geschichte erkannte Krenz voller Trotz nicht einmal deren Recht an, über ihn Gericht zu halten. Das mochten die bundesdeutschen Gerichte nicht hören. Die Demutshaltung Schabowskis — ‚Wir haben fast alles falsch gemacht' — hatte ihnen offensichtlich mehr zugesagt.

Tilmans Blätter

Als sich eines Sommermorgens, an einem Sonntag, die ersten Frühaufsteher in Berlin-Wilmersdorf auf den Weg machten, um mit der S-Bahn oder dem Regionalzug eine Fahrt in die brandenburgische Umgebung zu unternehmen, um einen Gottesdienst zu besuchen, um die Schicht an ihrer Arbeitsstelle anzutreten, oder um den Kiosk oder den „Backshop" zu öffnen, fiel im ersten Licht dieses frischen Tages ihr morgendlich aufgestörter Blick zufällig auf die Straßenschilder ihres Stadtviertels. Herr Maier und Frau Müller, Herr Schultz und Frau Warnke sahen auf die ihnen seit vielen Jahren vertrauten Schilder. Sie blickten dorthin, so wie sie die Kanaldeckel, die Bordsteinkanten und die Straßenlaternen sahen. Irgendwohin mussten sie schließlich blicken, sollten die von der abgebrochenen Nachtruhe noch kraftlosen Augendeckel nicht auf der Stelle wieder zuklappen. Sie wollten ungern über die Bordsteinkante oder die eigenen Füße fallen.

Da sie alle von dem beiläufigen Blick auf die Straßenschilder nichts Besonderes erwarteten, sahen sie zwar hin und sahen doch nichts. Jedenfalls beim ersten Mal! Irgendetwas hatte aber an der flüchtigen Wahrnehmung nicht gestimmt, auch wenn es allenfalls die Wimpern bemerkt hatten. Herr Maier und Frau Müller, Herr Schultz und Frau Warnke schauten noch ein zweites, ein drittes Mal hin und fuhren sich, ehe sie begriffen, was ihnen ins Auge gesprungen war, durch die vollen, gelockten, schütteren oder jugendlichkurzen Haare, schüttelten auch den Kopf.

Sie wollten sich erst einmal nicht eingestehen, dass dort Melville Street, tatsächlich Melville Street, in schön geschwungenen Lettern stand, schwarz auf weißem Grund. Wo war die Damaschkestraße geblieben, wo die Droysen- und wo die Sybelstraße? Ihren Platz nahmen jetzt Samuel Barber Street und Leonard Bernstein Street ein. Die Verwunderung hielt je nach Temperament noch zwei oder drei Straßenecken an, vielleicht bis zum Lehniner Platz mit der früher einmal über die Grenzen der Stadt hinaus renommierten Schaubühne, der jetzt Henry Ford Square hieß, oder bis zum Adenauer Platz, über dem nun das Schild Bill Gates Square prangte.

Wer so früh, vor 10 Uhr, schon auf der Straße war, hätte damit an einem Wochentag die Regel des Spiegel-Journalisten Conny Ahlers bestätigt, dass er es im Leben zu nichts gebracht habe. Jetzt, an einem Sonntag, war das nicht so klar, denn man konnte nicht hinter die Stirn schauen. Immerhin sah man, der Passant hatte etwas Praktisches vor, das frühes Aufstehen erforderte. Bei Herrn Maier, Frau Müller und Herrn Schultz schlug das anfängliche Erstaunen in Achselzucken um. Beim zweiten Hinschauen hatten sie dann doch bemerkt, dass die neuen Straßennamen ihres Viertels alle mit dem Zusatz „street" oder „square" abschlossen.

„Na, ist doch schön", dachte Herr Charles Maier, der als Master of Suburb Ingeneering auf dem Wege zum Betriebsbahnhof der U-Bahn in Ruhleben war, „in unserem alten Kiez weht ein bisschen frischer Wind!"

Frau Veronika Müller, die kürzlich ihren neuen Friseursalon in „Cool Wave — Hair Factory" umbenannt hatte, bei ihrer Vorgängerin hatte er noch „Tolle Welle" geheißen, war auf dem Weg in ihr Geschäft, um einige fest angemeldete Stammkundinnen auch am Sonntag aufzuhübschen. Sie fühlte sich, als sie die neuen, weltläufigeren Straßennamen sah, mit den mutig vorwärts denkenden Stadtvätern im Einklang und spürte, für Sekunden nur, das köstliche Empfinden von Harmonie und Glück.

Herr Manfred Schultz pendelte sich, auch er ohne Zögern, auf die neue Wellenlänge der Postmodernität ein: „Sie haben vor Jahren schon den Anfang mit der Lewisham-Straße gemacht. Endlich ziehen sie die Sache entschieden durch. Vereinheitlichen war schon immer eine deutsche Tugend."

Lediglich Petra Warnke, die sich auf dem Weg zu einem evangelischen Frühgottesdienst im angrenzenden alten Zentrum von Berlin (West) befand, schüttelte ihr Befremden über die seltsame Veränderung in ihrer vertrauten Umgebung nicht so schlackenlos ab wie die drei anderen Frühaufsteher. Als gewerkschaftlich organisierte Sozialpädagogin verfolgte sie die politische Entwicklung ihrer Stadt und des Landes wenigstens in den großen Linien, war Leserin einer Tageszeitung und sah fast täglich im Fernsehen die „Berliner Abendschau". Von einem Plan, die Straßennamen zu ändern, hätte sie eigentlich hören müssen, dachte sie im Stillen. Je weiter sie auf ihrem morgendlichen Weg vorankam, desto deutlicher wurde ihr, dass die Veränderung auf ein planvolles Handeln zurückgehen musste. Keine noch so kleine Straße, kein noch so unbedeutender Platz waren ausgelassen worden. Alles hatte die Umbenennungswelle überschwemmt.

Die neuen Bezeichnungen knüpften nicht, den Eindruck hatte sie jedenfalls bis jetzt, an die Ordnung der alten Namen an. Wo früher deutsche Flüsse das Bild bestimmt hatten, waren es jetzt Blumen oder Früchte unserer Breiten. Die zweihundert Jahre alte Tradition des Viertels hatte offensichtlich bei der Auswahl der neuen Namen nicht die mindeste Rolle gespielt. Die Stadtverwaltung hatte die Bürger, die in vielen Fällen schon jahrzehntelang hier lebten, offenbar nicht für würdig befunden, ihre Wünsche oder auch nur ihre Meinung zu dem Vorhaben zu äußern. Nicht einmal informiert hatte man sie, weshalb die ganze Aktion denn überhaupt nötig war und warum sie so hektisch in die Tat umgesetzt worden war. Wirklich bizarr, als ob der Kiez in einer Nacht- und Nebel-Aktion über den Ozean hinweg in eine amerikanische Stadt verlegt worden wäre!

Frau Warnke hatte in ihren 42 Jahren schon eine Menge skandalöser Vorfälle erlebt, bei denen Arbeitgeber oder sogar öffentliche Stellen achtlos über bedeutsame Belange der Menschen hinweggegangen waren, dachte sie etwa an den Umbenennungstaumel nach der Wiedervereinigung im Ostteil des Landes bei den Straßennamen oder bei den Namen der Abfahrten, Kreuze oder Dreiecke auf der Autobahn. Das schnöde Handeln hier in ihrem Viertel, fand sie, schlug allerdings irgendwie „dem Fass die Krone ins Gesicht".

Als sie Empörung in sich aufsteigen spürte, der Zeitgeschmack hatte die Palette der Gefühle bekanntlich vom Herzen in den Bauch verlegt, fiel ihr eines auf: Sie wusste überhaupt nicht, ob die schlagartige Neubenennung der Welt das gesamte Land, die Stadt oder nur dieses Viertel erfasst hatte. Sie war sich ebenso wenig darüber im Klaren, welches Ziel hinter der Maßnahme stand, offiziell oder verdeckt, denn sie kannte keine öffentliche Bekanntmachung von Bezirk oder Senat. Vielleicht hatten die verantwortlichen Behörden, dies war ihr zweiter oder dritter Gedanke dazu, das öffentliche Interesse an dem Vorgang lebensnäher eingeschätzt als sie.

Die wenigen Männer und Frauen, die durch den Morgen tappten, schienen ganz in den Ärger über ihr persönliches

Schicksal verstrickt, das sie am Sonntag so früh bereits auf die Straße verschlagen hatte. Sonst wirkten sie abgestumpft für alles, was sie umgab. Ob sie sich wohl wundern würden, ob sie tatsächlich die Kraft dazu hätten, phantasierte Petra Warnke vor sich hin, wenn man ihnen über Nacht ein Nilpferdbaby in die Badewanne gesetzt hätte? Hier, im öffentlichen Raum ihrer Stadt, schien es die meisten Passanten jedenfalls nicht zu kümmern, dass böse Geister über Nacht ihren Orientierungsrahmen der Straßennamen einfach ausgetauscht hatten.

Es war fast windstill, und mit 12 Grad herrschte eine erträgliche Morgentemperatur, so dass man den Kopf im Mantelkragen durchaus hätte aufrecht tragen können. Petra Warnkes Hoffnung, es würden sich wenigstens einige Frauen und Männer kopfschüttelnd, murrend um das eine oder andere Schild versammeln, vielleicht jenes an der früheren Ecke Gervinus-/Droysenstraße, auf dem jetzt Apple Street und Blackberry Street stand, erfüllte sich nicht. Sie entdeckten die Früchte der Globalisierung nicht, sondern stolperten mit gesenktem Kopf ihrem Ziel entgegen.

Wie schnell sich Erwartungen eines Menschen auf neue Bedingungen umstellen, erlebte Petra Warnke auf ihrem halbstündigen Fußweg zur Kaiser-Wilhelm-Gedächtniskirche am Breitscheidplatz. Wenige Straßenecken weiter, wo man bei warmem Wetter so herrlich unter den schmiedeeisernen Kandelabern sitzen konnte, sah sie ängstlich nach oben, ob die Veränderungswoge auch hier alle Leuchttürme der kollektiven Orientierung fortgeschwemmt hätte. Wie groß war ihr Erstaunen, als sie Stuttgarter Platz und Windscheidstraße las, genau, wie sie es kannte. Das gleiche Bild an der Ecke Kant-/Windscheidstraße, ein paar hundert Meter weiter!

Ebenfalls im Verlauf der Windscheidstraße an den Querstraßen! Sie hießen nach wie vor Goethe-, Schiller- und Pestalozzistraße. Der Spuk hatte dieses Viertel offensichtlich nicht erreicht. Wer so rüde anfängt, ein Viertel umzubenennen, macht auch vor der ganzen Stadt nicht Halt, war ihre erste Reaktion. Es könnte nicht mehr lange dauern, bis die bösen Trolle der Nacht auch Zehlendorf, Köpenick oder Weißensee in ihre Gewalt gebracht hätten. Diese Ängste beschäftigten die Frau so stark, dass sie während des Weges zum alten Zentrum Westberlins wie in Watte gehüllt dahingeschwebt war und zu ihrer großen Überraschung auf einmal vor der Gedächtniskirche stand.

Petra Warnke mischte sich unter den Menschenstrom, der sich durch das Portal drängte, und suchte sich einen Platz in den vorderen Reihen des Gotteshauses. Ihr lag sehr daran, bei der Predigt des Geistlichen auch seine Gesten und seine Mimik erleben zu können. Auf den oberen Partien der Seitenwände lag bereits die Morgensonne. Das durch die blauen Glasfenster gefilterte Licht übertünchte die lebendige Menschenfarbe der Gesichter und tauchte die Versammlung in ein geisterhaftes Laboratoriumslicht. Die Gläubigen saßen in ihrer gespenstischen Blautönung puppenhaft still da und warteten auf den früheren Landesbischof Haber. Er hatte seit seinem Eintritt in den Ruhestand schon längere Zeit nicht mehr auf der Kanzel seiner alten Kirche gepredigt.

Warnke hatte sein elegantes Auftreten, das eher an einen Diplomaten oder Wirtschaftsführer als an einen Kirchenmann erinnerte, sehr geschätzt, wenn sie es sich eingestand, sogar bewundert. Warum sollte ein Geistlicher nicht so gut aussehen dürfen, dass er auch beim Film hätte Karriere machen können? Sie hatte das überhaupt nicht gestört. Die

Kritik mancher Gläubiger – „Schönling" – fand sie ausgesprochen ungerecht.

Petra Warnke blätterte ein wenig in dem Gesangbuch aus schwarzem Leder, das vor ihr auf der Bank gelegen hatte. Da hörte sie aus der Richtung der Sakristei neben dem Altar dumpfes Poltern und merkwürdig unterdrückte Rufe, die sie jedoch nicht einordnen konnte. Auch ihre Nachbarn wurden aufmerksam und blickten sich erstaunt an. Solche Unruhe vor Beginn des Gottesdienstes war durchaus nicht üblich, höchstens, dass hin und wieder Gospelklänge eines sich einstimmenden Chores zu vernehmen waren. Niemand, aber auch niemand, hatte eine Erklärung für diese bei einem Gottesdienst und seiner Vorbereitung gänzlich fremden Geräusche. Alle waren sich, ihre Gesichter spiegelten es wider, in diesem Punkt einig.

Na, sieh mal an, dachte Petra Warnke, der Ruhestand scheint ihm aber gut zu tun! Unser Bischof sieht eine ganze Portion jugendlicher aus, als wir ihn von den zahlreichen Fernsehinterviews vor dem Abschied aus seinem Amt in Erinnerung hatten. Und doch konnte sie gewisse Zweifel nicht niederringen, ob da oben wirklich der ehemalige Landesbischof stand, der gelassen über seine Gemeinde .blickte und nun zu seiner Predigt ansetzte.

Vor allem eines fiel ihr auf: Das Erscheinungsbild des Mannes auf der Kanzel ließ jenen passgenauen, weltläufigen Schick vermissen, den sie alle von Bischof Haber gewohnt waren. Das Beffchen wirkte wie kurz vor dem Auseinanderfallen, etwa so, als hätte man es im letzten Augenblick einem Hund aus dem Maul gerissen. Der Talar war nicht sauber durchgeknöpft. Einzelne Knöpfe waren abgerissen oder beim Schließen übergangen worden. Das erstaunlich volle

Haar, vermutlich seit langen Jahren bereits gefärbt, um den spätjugendlichen Eindruck effektvoll abzurunden, machte einen Eindruck wie die Federn eines gerupften Huhns, das dem Schlachter noch einmal entwischt war. Meine Großmutter, Jahrgang 1905, hätte gesagt, ging es Petra Warnke durch den Kopf, der Mann wirke reichlich „derangiert". „Er ist es gar nicht!" und „Wer ist es denn?", ging von einem Moment zum anderen ein unüberhörbares Flüstern von Platz zu Platz, von Bank zu Bank.

Auch ein schöner Bariton, war Petra Warnkes erste Empfindung, als der Prediger die Stimme erhob und der Nachhall des hohen Raumes sie mächtig überhöhte. Allerdings durchaus nicht die Stimme jenes Mannes, für den viele von uns in den Gottesdienst gekommen sind! Ein protestantisches Murren machte sich unter den Versammelten breit. Die Kirchenleitung hatte anscheinend die stets wache Neigung der Berliner zur Kritik schlicht ignoriert und es offenbar nicht für nötig befunden, einen Vertreter für den beliebten Landesbischof anzukündigen oder gar zu entschuldigen.

„Der spricht ja Amerikanisch", rief ein jugendlicher Gottesdienstbesucher links von Petra Warnke, „ein Südstaatler, mindestens South Carolina, Texas oder so was", schob er nach. Der Mann auf der Kanzel schien die Unruhe, die enttäuschte Erwartung unter seinen Zuhörern zu spüren. Er rückte näher, schließlich ganz dicht ans Mikrofon, als wollte er die Zähne hineinschlagen. Seine Stimme schaukelte sich mächtig auf wie das Donnern eines Wasserfalls. Angesichts dieses jähen Einsatzes akustischer Gewalt verebbte die Protestbewegung wieder. Alle hörten genau hin, was der Mann zu sagen hatte.

Warnke hätte gern gewusst, ob die Bemerkung des Jungen über den, wie sie fand, schwer genießbaren Akzent des Mannes aus den Südstaaten tatsächlich kritisch gemeint war. Es mochte sich um einen Ausruf eines Kenners, vielleicht nach einem Schüleraustausch in den Staaten, gehandelt haben, endlich werde im Gottesdienst einmal etwas Besonderes geboten. Wenn Petra Warnke in den Gesichtern um sie herum zu lesen versuchte, konnte sie kaum so etwas wie Unverständnis oder Verärgerung lesen. Fast alle hoben zu ihrer Verwunderung aufmerksam die Köpfe, um die unerwartete Lektion nicht zu verpassen. Sie rechneten anscheinend damit, dass man nach dem Gottesdienst darüber geprüft wurde, ob man alles verstanden habe!

Der unbekannte Prediger schien in der für ihn offenbar ungewohnten Umgebung so weit Fuß gefasst zu haben, dass er jetzt seine rhetorischen Mittel mit ganzer Körperlichkeit zu entfalten wagte. Er warf seine vier oder fünf Arme mit den weiten Ärmeln des Talars wie ein hinduistisches Standbild in alle Richtungen, als wollte er die Leuchter von der Decke holen. Seine mehr zum Bass tendierende Stimme schnappte zwischen unverständlichem Gurgeln und schrillem Falsett auf und ab.

Mal abgesehen von den akustischen Rätseln für die Gläubigen, fragte Petra Warnke sich plötzlich und zuckte mehrmals heftig mit den Schultern, wovon redet der Mann da oben eigentlich? Die Gesichter der Nachbarinnen links und rechts von ihr mit ihren geöffneten Mündern waren ebenfalls eine einzige versammelte Frage. Sie schienen aber die gestellte Aufgabe tapfer auf sich zu nehmen. Tony Blair mit seinem fein ziselierten Queen's English hätten viele nach seiner späten öffentlichen Zuwendung zum Religiösen noch verstanden, aber das breite Amerikanisch dieses seltsamen Predigers war ein massiver Brocken! Zwischendurch verstand Petra Warnke sinngemäß etwas wie „peace", „humanity" und „people of God", konnte aber die vereinzelten Wörter, die aus dem allgemeinen Rhabarber herausstachen, nicht in einen sinnvollen Zusammenhang fügen.

Der vielleicht sechzehnjährige ehemalige Austauschschüler in Warnkes Bankreihe mit den Südstaatenerfahrungen tuschelte mit jungen Leuten in seiner Nähe. Er schüttelte heftig den Kopf, zeigte mit dem Finger auf den Prediger, stieß seinem Nachbarn zur Rechten den Ellbogen in die Seite und gestikulierte heftig. Die Umgebung wurde auf den Störenfried aufmerksam und wollte ihn durch Zischen oder halblaut gerufene Bemerkungen: „Ruhig, Du Schnösel", „Geh lieber in die Disco", „Dir fehlt wohl noch die Reife" oder einfach landestypisch „Schnauze" zum Schweigen bringen. Da erhob sich der hochgewachsene Junge zur vollen Größe, die der eines durchschnittlichen Erwachsenen bereits entsprach. Er drehte sich zur Seite, so dass der größte Teil der Gemeinde ihn von vorn sehen konnte und rief laut mit einer hellen Erwachsenenstimme: „Leute, hört mal her! Hier stimmt was nicht. Der Mann da oben sagt immer wieder nur dieselben zwei wirren Sätze. Ich glaube, er spinnt total, oder er verarscht uns."

Etliche steckten die Köpfe zusammen. Vielleicht hatte mancher schon einen ähnlichen Verdacht. Es konnte aber auch sein, dass sie über die Störung durch den pöbelnden Jugendlichen empört waren und sich gern an der Predigt erbaut hätten. Sie selbst hätte es nicht gewagt, ihre Zweifel lauthals in die Runde zu rufen. Der Junge hatte sich wieder gesetzt, und niemand achtete mehr auf ihn. Die Gemeinde beschäftigte sich mit ihrer Aufregung und erwartete die Lösung des Rätsels.

Der seltsame Prediger schien, ähnlich einem Burgherrn kurz vor Erstürmung seines Schlosses durch die Belagerungstruppen, eingesehen zu haben, dass seine Position mit jedem Augenblick unhaltbarer wurde. Über letzte Rettungsmittel wie volle Eimer mit heißem Pech schien er nicht zu verfügen. Er hatte aufgehört, seinen eintönigen Sermon abzuspulen, schien aber nicht überrascht von der Wirkung, die er in der Versammlung ausgelöst hatte. Petra Warnke saß nah genug an der Kanzel, um beobachten zu können, dass er von dem Getümmel zu seinen Füßen irgendwie befriedigt wirkte. Er schien sich, sie hatte jedenfalls deutlich den Eindruck, in der besonderen Aufmerksamkeit zu sonnen und lächelte fast mild auf die Gemeinde herunter.

Da flog die Tür zum Nebenraum am Altar mit lautem Knall auf, so dass alle Blicke sich dorthin wandten. Zwei stämmige Polizisten in Uniform stürzten im Laufschritt herein, hielten kurz inne, sahen sich sichernd nach allen Seiten um und schlugen dann die Richtung zur Kanzel ein. Der als Störenfried entlarvte Prediger beugte sich vor und nahm das Mikrofon wieder dicht vors Gesicht. Er schien nicht glauben zu wollen, dass es noch funktionierte. Als das rasselnde Geräusch beim Berühren bewies, dass es noch nicht abgeschaltet worden war, flog wieder ein breites Lächeln, man hätte es auch Grinsen nennen können, über sein Gesicht. Er rief der Gemeinde hastig, nun aber in schönstem Deutsch mit deutlichem Berliner Zungenschlag zu: „Warum jloobt Ihr dem Jungen nich? Recht hatta! Ihr macht allet mit, wie de Schafe, wenn et nur uff Englisch daherkommt! Sojar inne Kirche! Lasst et Euch nich jefallen, wehrt Euch!"

Er hatte gerade die letzten Worte ins Mikrofon stoßen können, als die Arme der Staatsgewalt mächtig zugriffen und den Kirchenstörer von der Kanzel zerrten. Fast wären in dem Handgemenge alle drei Männer gemeinsam die kleine Wendeltreppe heruntergekollert. Es hätte leicht Knochenbrüche und Blutvergießen gegeben, was in einem Gottesdienst eigentlich nicht vorkommt. Die beiden Polizeibeamten führten sich bei der Anwendung unmittelbaren Zwanges so auf, als hätte der Störer durch seine dreiste Freveltat jedes Recht auf eine halbwegs menschliche Behandlung verwirkt. Sie hatten ihn untergehakt und schleiften ihn so eilig aus der Kirche, als müssten sie durch die Schnelligkeit ihres Vorgehens die verlorenen Minuten wieder herausholen, die durch die Störaktion verloren gegangen waren. Petra Warnke war überzeugt, der selbst ernannte Prediger hätte angesichts der Ausweglosigkeit seiner Lage das Feld auch freiwillig geräumt. Die unverhältnismäßige Machtentfaltung der beiden Ordnungshüter war vermutlich vollkommen überflüssig, sondern rein demonstrativ gewesen.

Kanzel und Altarraum waren wieder menschenleer und so still, wie es sich für die innere Sammlung einer Gemeinde gehörte. Niemand sprach ein Wort. Alle standen noch wie unter der Wirkung eines Spuks. Was hatte der Mann ihnen, ehe er abgeführt wurde, zugerufen? Hatte er sich nicht selbst widersprochen? Was machten die Leute mit wie Schafe? Wogegen sollten sie sich wehren? Der seltsame Vogel hatte offenbar keine echte Predigt in englischer Sprache halten wollen. Die englische Sprache im Gottesdienst mitten in Berlin hätte eigentlich niemanden mehr wundern müssen. Viele Gemeinden hatten schon die verbreitete neue Sitte übernommen, Lieder der amerikanischen Negersklaven aus dem 19. Jahrhundert, die Gospels, im evangelischen Gottesdienst von den Gläubigen oder von einem Chor singen zu lassen.

Petra Warnke hatte dies anfangs sehr merkwürdig gefunden und als Unsitte betrachtet, denn sie hatte zu diesen Gesängen aus einem anderen Kulturkreis keinerlei persönliche Beziehung. Sie hing an den alten Liedern der evangelischen Kirche von Paul Gerhard oder Martin Luther wie „Ein' feste Burg ist unser Gott". Alle Gläubigen hatten sie tief in ihrem Herzen und wussten eigentlich nicht, warum sie auf einmal nicht mehr dazu taugen sollten, ihren Glauben zu bekennen. Weil Petra Warnke nicht für altmodisch gehalten werden wollte, sie war nämlich überzeugt, sie verstünde die Welt noch ganz gut und gehöre noch voll dazu, hatte sie damals keinen Protest geäußert und sich mit der Neuerung abgefunden.

So hätte sie vermutlich auch auf eine Ansprache in der überall beschworenen Weltsprache Englisch reagiert. Sie wäre bereit gewesen, ihren ganz persönlichen Beitrag zur Völkerverständigung zu leisten und sich mit der Predigt in der Fremdsprache abzufinden. Es hätte allerdings nicht jeden Sonntag geschehen müssen und vor allem nicht im ungehobelten Akzent der Südstaaten. Hiergegen hätte die Gemeinde im Wiederholungsfall vielleicht behutsam ihre Stimme erheben können, ohne dem Pastor sein Bekenntnis zur Weltkultur zu verderben. Und nun beschimpfte dieser seltsame Kirchenstörer sie, natürlich auch sie persönlich, als Mitglied eines Zuges folgsamer Schafe! Ist das nicht unerhört? fragte sie sich und schaute einen langen Moment an die Decke. Aber vielleicht kritisiert er uns nicht zu Unrecht...

Die Zeitungen berichteten über das Ereignis im Sonntagsgottesdienst der Gedächtniskirche entweder gar nicht oder nur kursorisch. Die frühere „Berliner Morgenpost" hieß jetzt „Morning Post", der alte Traditionsname erschien nur noch als kleingedruckter Untertitel. Das Blatt schilderte den Sachverhalt knapp. Aus der kurzen Nachricht konnte sich jemand, der nicht dabei gewesen war, nur mit allerhand Phantasie vorstellen, wie die Szene abgelaufen war. Die Worte des Schülers wie auch die Erwiderung des eigenartigen Predigers waren nicht erwähnt. Dies wäre, meinte Petra Warnke, zum Verständnis der Situation und der Motive schon nötig gewesen.

Allerdings erfuhr die immer noch ratlose Besucherin aus dem Bericht endlich, was sich hinter den Kulissen abgespielt hatte. Ein Mann hatte unmittelbar vor Beginn des Gottesdienstes gemeinsam mit zwei Komplizen den Nebenraum betreten, als wollten Mitglieder dieser Gemeinde den geschätzten Geistlichen unbedingt noch vorher sprechen. Sie hatten den ehemaligen Landesbischof, der gerade begonnen hatte, sich umzukleiden, unvermittelt gepackt, auf einem schweren Sessel festgebunden und ihn geknebelt, damit er nicht um Hilfe rufen konnte. Dann war der Anführer in die Kirche hinübergegangen. Der Gemeinde hätte auffallen können, dass der angebliche Bischof allein, ohne jede Begleitung, am Altar erschienen war. Das sichere Gefühl für die herrschenden Rituale war aber den meisten Gläubigen bereits vor Jahren abhanden gekommen. Einerseits waren sie zu selten in der Kirche, andererseits wurde immer wieder etwas im Ablauf reformiert, so dass der normale Gottesdienstbesucher den Überblick verloren hatte.

Der Bericht in der Tageszeitung war nicht so inhaltslos, wie Petra Warnke beim ersten flüchtigen Lesen gedacht hatte. Er endete immerhin mit dem ziemlichen „Knaller", dass die Polizei keinen der Übeltäter gefasst hatte. Die Spießgesellen waren längst vor dem Eintreffen der Polizei wieder in den Weiten der Riesenstadt untergetaucht. Der seltsame Laienprediger hatte sich losgerissen und hatte den anscheinend nicht sehr wendigen Beamten eine lange Nase gemacht. Er hatte erfolgreich alle ringsum verhöhnt, aber niemand wusste so recht, was er ihnen damit hatte sagen wollen.

Der ehemalige Bischof hatte keinen Schaden davongetragen und konnte sofort nach seiner Befreiung wieder in seinen unterbrochenen Ruhestand zurückkehren. Er handelte vorbildlich christlich und erstattete wegen der Freiheitsberaubung nicht einmal Strafanzeige. Er hatte daran wohl auch kein besonderes Interesse, diese alberne Geschichte, bei der er keine allzu gute Figur gemacht hatte, unnötig in die Öffentlichkeit zu blasen. Lieber wollte er sie tiefer hängen. Er beruhigte sich vermutlich mit der in der Medienöffentlichkeit taktvoll unterlassenen Frage, was er wohl alleine gegen die drei jüngeren Kerle hätte ausrichten sollen.

Warnke hätte gern noch gewusst, ob Bischof Haber wohl die hintersinnige Grobheit nachträglich erfahren hatte, die sein illegitimer Vertreter von der Kanzel der Gemeinde als Auflösung des kleinen Laienspiels, gewissermaßen als Sonntagsrätsel, zugerufen hatte. Die Anrede „Schafe" gegenüber der Gemeinde war ein sehr christliches Bild und hätte für ihn als Hirten Anlass zur religiösen Besinnung sein können.

Die befremdliche Begebenheit verschwand nach zwei Tagen wieder aus den Medien, denn es gab wohl keine neuen Nachrichten zu vermelden. Die Übeltäter waren anscheinend nicht zu ermitteln. Leider fehlte es an einem „Bekenner-schreiben", wie man es bei Taten mit ideologischem Hintergrund gewohnt war. Aus einer undichten Stelle beim Polizeipräsidium sickerte in die Öffentlichkeit durch, dass auch diskrete Erkundigungen bei den Sprachvereinen, die eventuell ein Interesse an der verklausulierten Botschaft des Kirchenstörers gehabt haben könnten, keine Anhaltspunkte geliefert hatten. Also blieb ungeklärt, wer den pensionierten Bischof und seine Gemeinde zum Narren gehalten haben könnte.

Eine Nachricht, auf die Petra Warnke in diesem Zusammenhang, sie persönlich stellte jedenfalls diesen Zusammenhang her, gewartet hatte, erschien noch im Lokalteil der Presse. Die Umbenennung der Straßen und Plätze ihres Wohnviertels in Wilmersdorf, über die sie sich bei ihrem Kirchgang so sehr gewundert hatte, wurde ebenfalls dem Handeln eines verantwortungslosen Tunichtguts, vielleicht auch mehrerer, zugeschrieben. Auch hier hatten die Behörden noch niemanden gefasst. Das Bezirksamt beteuerte in einer Pressemitteilung, dass keinerlei umfangreiche Änderung von Straßennamen geplant sei. Die Folgen des groben Unfugs würden in den nächsten Wochen behoben. Schneller gehe es leider nicht, weil für solche Sonderaufträge kein zusätzliches Personal in der Verwaltung vorhanden sei. Bei den illegalen Straßennamen handele es sich lediglich um wasserfeste Klebestreifen. Die echten Schilder seien darunter glücklicherweise unbeschädigt geblieben. Das Amt schloss mit der für eine ehemalige preußische Verwaltung unbürokratischen Bitte, man habe in diesem Fall ausnahmsweise nichts dagegen, ja, würde es sogar begrüßen, wenn ungeduldige Bürger an der einen oder anderen Straßenecke bereits zur Selbsthilfe griffen. Die Bürger wären auch nach Weihnachten Manns genug, ergänzte das Bezirksamt in einem hier unmotiviert wirkenden Vergleich, viele Tannenbäume bereits selbst zu vernichten, anstatt auf die Müllabfuhr zu warten.

Petra Warnke hatte nach einigen Wochen die Umbenennung der Straßennamen und den Auftritt des Laienpredigers zwar nicht vergessen, beide Ereignisse aber unter der Kategorie „merkwürdig, leider ungeklärt" in eine hintere Ecke ihres Gedächtnisses abgedrängt. An einem Vormittag eines gewöhnlichen Arbeitstages saß sie am Spittelmarkt in ihrer engen Dienststube der Senatsjugendverwaltung, die fast den ganzen Tag über im Schatten der gegenüberliegenden Häuser lag, und wartete auf ein angemeldetes Besucherpaar. Die beiden hatten sich bei einem Freien Träger der Wohlfahrtspflege für ein Adoptivkind beworben und benötigten vom Jugendamt am Wohnort in Deutschland einen Sozialbericht. Sie brauchtes ihn für die Jugendbehörde des Staates, aus dem sie das Adoptivkind holen wollten. Das Paar hatte sich in der Ukraine umgesehen.

Die Besucher waren nicht pünktlich, aber noch hielt sich die Überschreitung im Rahmen. Die Sozialarbeiterin betrachtete die verstrichenen Minuten nicht als verlorene, sondern als gewonnene Zeit für einen besinnlichen Augenblick unter dem Druck des Berufsalltags. Sie atmete ein paar Male tief und wusste nicht, ob sie sitzen bleiben oder umhergehen und das Fenster öffnen sollte. Eines wusste sie sicher: Ihr fehlte dringend Erholung, denn sie empfand ihre Arbeit und die damit verbundene Verantwortung von Jahr zu Jahr mehr als Last. Immer öfter spürte sie ihren empfindlichen Magen, und sie schlief auch schlecht. Häufiger ertappte sie sich bei Tätigkeiten, die eigentlich ganz mechanisch abliefen, etwa am

Steuer oder auf dem Fahrrad, wie sie abgelenkt war und gefährliche Situationen heraufbeschwor. Die rechte vordere Felge ihres Golfs zeigte deutliche Spuren.

Die Zuordnung eines Kindes zu seinen Eltern, welche die Natur sonst nach dem Zufallsprinzip erledigte, durch Verbindung dazu bestimmter Körperteile, sollten bei einer Adoption die Sozialarbeiterinnen möglichst planvoll ausführen. Überforderten sie sich damit nicht? Maßten sie sich nicht etwas an, was Gott, wenn es ihn denn geben sollte, vermutlich als lästig empfunden und dem freien Spiel der Paarbildung überlassen hatte?

Die Kolleginnen, in der Tat fast ausschließlich Frauen, standen alle unter dem Druck, Schicksal spielen zu müssen. Sie erlebten diese Pflicht als übermächtig und boten ein irgendwie tragisches Erscheinungsbild. Hätten sie sich in ihr berufliches Los gefügt, etwa nach dem Motto, man tut, was man kann, wäre ihnen manches leichter gefallen. Schließlich geht auch zwischen natürlichen Eltern und ihren Kindern im Leben manches schief, weil nicht alle zueinander passen. Ein wenig Achselzucken dann und wann hätte ihren fachlichen Leistungen nicht geschadet. Solch eine Einstellung wäre in ihren Kreisen aber als Frevel betrachtet worden. Niemand durfte solch eine Haltung an den Tag legen. Die Kolleginnen litten weiter an ihrer gottähnlichen Aufgabe! Petra Warnke musste unbedingt mal ein paar Wochen ausspannen. Sehr gerne hätte sie sich in den östlichen Nachbarländern, in Polen oder in der Ukraine, wieder einmal umgesehen, wie sich das Leben der Menschen seit der Wende verändert hatte.

Es klopfte an der Tür, und ohne ihr „Herein" abzuwarten, traten die von zwei Gesprächen bekannten Eheleute Barbara und Fritz Hegendorf, Ende 30, ins Zimmer. Sie hatten einen älteren Begleiter mitgebracht, den Petra Warnke glaubte, das erste Mal zu sehen. Sie war überzeugt, dass die Intimität des Gesprächs, es drehte sich um sehr persönliche Erfahrungen und Einstellungen der zukünftigen Adoptiveltern, die Anwesenheit einer weiteren Person an sich nicht vertrug. Hier handelte es sich um einen langjährigen Freund der Familie. Er hatte viele Jahre in Kiew gelebt, kannte Land und Leute und wollte den Hegendorfs mit Rat und Tat zur Seite stehen. Da sie ein Kind aus der Ukraine annehmen wollten, hatten sie ihn mitgebracht. Dieser Freund war es gewesen, der die Kontakte zu dem Jugendamt in Kiew geknüpft hatte. Petra Warnke gefiel es von Minute zu Minute weniger, dass die stillen Hegendorfs, er war Klempner und sie Angestellte im Innendienst einer Versicherung, aus dem Gespräch beinahe herausgedrängt wurden und stellenweise wie unbeteiligt dabei saßen, wenn der Freund für sie sprach.

Der Mann wusste nicht nur über das Leben in dem osteuropäischen Land Bescheid, sondern hatte sich offensichtlich über Voraussetzungen und nähere Umstände einer Adoption aus der Ukraine ausgezeichnet informiert. Zu jedem Problem hatte er eine Frage und zu jeder Frage der Sozialarbeiterin eine Antwort. Es fehlt nicht viel, dachte Petra Warnke, und der Mann nimmt mir die Gesprächsführung aus der Hand. Dennoch war ihr seine Art nicht unangenehm. Sie wunderte sich über ihre eigenen Reaktionen. Eigentlich hätte sie den Besucher längst in die Schranken weisen müssen, denn schließlich wollte sie von dem Bewerberpaar selbst wissen, wie es sich seine künftige Elternrolle vorstellte, vor allem, ob und in welcher Weise sie das Kind über seine Ursprünge aufklären wollten. Viele Adoptiveltern verschweigen ihm nämlich lieber diese Tatsache und taten so, als wäre es ihr leibliches Kind. Anstatt die Initiative des Gesprächs wieder an sich zu bringen, ließ sie es staunend und wider Willen zu, dass der Begleiter der Hegenbachs zwar ergreifend, aber für ihren Geschmack viel zu ausgiebig, die Lage elternloser Kinder in den Heimen des osteuropäischen Landes in krassen Farben schilderte.

Petra Warnke hätten diese Zustände durchaus interessiert, denn alles gehörte zu ihrem Fachwissen. Natürlich fühlte sie sich allen Kindern in Not verbunden, wenn nur die sozialkritischen Beiträge nicht so ausgeufert wären. Sie kam nicht dazu, ihrem eigentlichen Auftrag nachzugehen, nämlich den Bewerbern taktvoll, aber eingehend auf den Zahn zu fühlen. Während sie das mit steigendem Groll erlebte und sich über sich selbst ärgerte, dass sie dem Fremden nicht gewachsen war, lauschte sie seinen fesselnden Worten und war von seiner warmen Stimme mit ihren feinen Schattierungen förmlich gebannt. Sie hörte zu und wusste nicht, wie sie die sich seltsam um sie schließende Klammer sprengen sollte.

Als selbstbewusste Frau, die seit langem allein lebte, besaß sie gegenüber Männern eine ausgeprägte Skepsis, vor allem jenen gegenüber, die überall reden, reden, reden und sich in den Vordergrund spielen. Sie fühlte aber, dass von seinem Sprechen eine angenehme Wärme auf sie überging. Zugleich erlebte sie mit wachsender Beklemmung, dass ihr alle Skepsis nichts zu nützen schien. Eine geheime Macht griff nach ihr. Sie schien ihr nicht gewachsen zu sein. Brüsk stand sie auf, als wäre sie von einem plötzlichen Unwohlsein befallen, murmelte kurz, ohne jemanden anzusehen, sie sei sofort wieder da, und stürzte aus dem Zimmer. Der verwirrende Eindruck, den sie auf ihre Besucher machte, kümmerte sie in diesem Augenblick nicht. Sie wollte nur hinaus an die frische, unzerredete Luft.

Auf den kühlen Gängen des Bürohauses mit ihrer aseptischen Atmosphäre fasste Petra Warnke sich wieder. Eine Begegnung mit einer älteren Kollegin, die gerade ihre Mutter verloren hatte, forderte ihr Selbstbeherrschung und Feingefühl ab, denn sie wollte sich nichts anmerken lassen, aber auch der bedauernswerten Kollegin gerecht werden. Dazu musste sie mit aller Gewalt die bösen Gefühle, die sie auf den Gang getrieben hatten, abschütteln. Und tatsächlich: Der Knoten, in dem sie sich während des Bewerbergesprächs mit dem ärgerlich faszinierenden Begleiter verheddert hatte, riss auf.

Sie fand die innere Orientierung wieder, tröstete noch einmal die Kollegin, versprach ihr, sie im Laufe des Tages oder morgen noch einmal aufzusuchen, und kehrte mit schleppendem Schritt in ihr Dienstzimmer zurück. Die verdutzten Gesichter der Hegenbachs ignorierte sie und nahm wieder Platz. Irgendetwas zu fragen, trauten sich die beiden nicht. Nur der Begleiter und Berater konnte wohl unaufgeklärte Situationen schlecht ertragen. Er erkundigte sich teilnahmsvoll, der Ton klang durchaus echt, ob es wieder besser gehe. Petra Warnke bestätigte es mit ungnädigem Nicken und einer fast unhörbaren Bemerkung, als betrachtete sie die Frage als ungehöriges Eindringen in ihren innersten Kreis.

Das sozialpädagogische Gespräch über etwaige weitere Kinder in der Familie, die Stabilität der Paarbeziehung, die Wohnsituation, das Einkommen, die Krankenversicherung, die Absicherung für Invalidität und Alter u.a.m. nahm seinen Lauf und endete mit der Verabredung eines Termins für einen Besuch der Sozialpädagogin bei den Hegenbachs. Sie musste sich Gewissheit verschaffen, ob alles seine Ordnung hätte, wenn das Kind einmal in den Haushalt seiner Adoptiveltern aufgenommen wäre, ob es beispielsweise ein eigenes Zimmer bekäme, ob ein Kindergarten in der Nähe wäre und wo die künftige Grundschule läge. Nichts sollte der gewöhnlichen Entwicklung überlassen bleiben, obwohl das Kind bei seinem Eintreffen in Deutschland noch nicht einmal ein Jahr alt wäre und man soweit kaum vorausplanen konnte.

Beim Aufstehen und Verabschieden zog Tilman Spiegel, Petra Warnke hatte ihn inzwischen nach seinem Namen gefragt, auffällig seine Brauen in die Höhe und schnaufte leise durch die Nase, als hätte er genug von dieser Ausfragerei. Schließlich wollten hier zwei unbescholtene Bürger einem herumgestoßenen Kind liebevoll ein neues Zuhause bieten. Es ging wirklich nicht darum, das kleine Wesen seiner angestammten Familie zu entreißen. Schließlich besaß es keine oder hatte nie eine besessen. Er mochte sich in diesem Augenblick unbeobachtet gefühlt haben, hatte wohl auch nicht erwartet, dass das Jugendamt seine Augen und Ohren überall hatte. Den Blick zum Fenster gewandt machte er eine halblaute Bemerkung, die an niemanden gerichtet, sondern offensichtlich nur für ihn selbst bestimmt war. Sie diente mehr der Klärung seines Befindens. Vielleicht war es ein unterdrückter Ausruf, sinngemäß etwa: „Meine Güte, die Frau nervt aber!" Diese Worte gab es nur in ihrer Phantasie, denn verstanden hatte sie nichts. Dies lag sicher daran, dass Spiegel sich einer Fremdsprache bedient hatte, ob aus Vorsicht oder unbedachter Angewohnheit, wusste sie ebenfalls nicht. Erst, als sie dem längst verklungenen Spruch, oder was es auch gewesen sein mochte, in Gedanken noch einmal nachging, fiel ihr auf, dass es sich wie Englisch, nein, wie

Amerikanisch, wie ein Dialekt aus den Südstaaten angehört hatte. Immerhin ungewöhnlich für einen Mann, der lange Jahre in Kiew gelebt hatte, wenn auch nicht ausgeschlossen, dachte sie und hatte plötzlich eine Eingebung. Hörte sich der Mann nicht so ähnlich an wie der selbsternannte Prediger neulich in der Gedächtniskirche? Es war nicht nur die fremde Sprache. So selten ist Englisch mit amerikanischem Einschlag in unseren Straßen nicht, dachte Petra Warnke, dass man es nicht da und dort hört. Während sie noch hastig überlegte, ob sie den Mann auf die Situation in der Gedächtniskirche ansprechen sollte, hatten alle schon ihre Jacken oder Mäntel angezogen, und Herr Hegenbach griff nach der Türklinke. Höchst behutsam hatte sie fragen wollen, gewissermaßen halb konspirativ, da sie mit dem Mann ja nicht allein war und nicht wusste, ob die Hegenbachs eingeweiht waren.

Die Gelegenheit war nun aber verpasst. Die Besucher hatten sich etwas verlegen und sehr förmlich verabschiedet und standen bereits auf dem Gang, als Petra Warnke sich umständlich zurechtgelegt hatte, wie sie die Rede auf die seltsame Predigt hätte bringen wollen. Im letzten Augenblick fiel ihr ein, dass sie den Hausbesuch verabredet hatten. Sicher würde Herr Spiegel wieder dabei sein. Sie könnte durchaus den Hegenbachs einen Wink geben, dass es wegen der besonderen Landeskenntnisse ihres Freundes nützlich wäre, wenn er wieder an dem Gespräch teilnähme.

Petra Warnke schaute von ihrer Türschwelle den drei Besuchern hinterher, bis sich die Schläge von Frau Hegenbachs Stöckelschuhen auf dem Kunststoffboden des langen Flures verloren. Es wäre ihr nicht angenehm gewesen, wenn sich einer von ihnen umgewandt und entdeckt hätte, dass sie ihnen nachsah wie nahen Verwandten auf dem Bahnhof bei der Abfahrt des Zuges.

Wieso war sie sich eigentlich so sicher, dass dieser eben so durchsetzungsfähige wie sympathische Mann der eigenartige Prediger aus dem Gottesdienst gewesen war? Bei solch einem unterdrückten Ausruf wie in ihrem Büro klingt eine Stimme anders, als wenn sie einen Kirchenraum füllen muss. Da er in der Kirche über das Mikrofon, also ohne Druck gesprochen hatte, war der Klang vielleicht doch nicht so verändert gegenüber seiner Alltagsstimme!

Sie musste sich eingestehen, dass der Mann sie durch seine kühne Aktion in der Kirche beeindruckt hatte. Wer so etwas wagt, ist kein bloßer Störenfried, sondern eher so etwas wie ein Gesinnungstäter. Einen pensionierten Bischof fesseln und knebeln, setzte sie dagegen, ist nicht die feine englische Art. Schaden hat er dem Überfallenen nicht zugefügt, beruhigte sie sich. Vielleicht heiligte der Zweck, sein unbekannter Zweck, die Mittel, ging es ihr durch den Sinn. Sie blickte unschlüssig aus dem Fenster und zuckte mit den Schultern.

Sie hätte ihn gern gefragt, was er sich dabei gedacht habe, wenn er es denn überhaupt gewesen sei, vor allem aber, was er mit der Clownerie habe bezwecken wollen. Die Polizei besaß womöglich noch keine Spur von ihm. Der Gesuchte weiß dies normalerweise nicht, fühlt sich allen überlegen und glaubt sich in Sicherheit. Eines Tages wird er gefasst, wenn er es am Wenigsten erwartet. Sie fühlte plötzlich, dass sie begann, mit ihm zu sympathisieren.

Tilman Spiegel hatte sich sogar hier in der Jugendbehörde ungezwungen und gelassen gegeben, als könnte ihm nichts geschehen. Dies mochte aber auch daran gelegen haben, dass der Mann, der vor einer Viertelstunde in ihrem Bürozimmer gestanden hatte, durchaus ein anderer gewesen war, als sie vermutete. Sie schaute zwei Tauben zu, die auf dem Haus gegenüber in der Dachrinne badeten, als ob ihnen der Regen heute nicht genügt hätte, drehte sich heftig um und schaute in ihr heute schon in Halbdunkel getauchtes Zimmer.

Lag ihr Fall nicht eher so, fragte sie sich ärgerlich, dass ihre Phantasien allein dem Wunsch entsprangen, den Mann, der neulich den Prediger gespielt hatte, vielleicht auch für die neuen Straßennamen verantwortlich war, persönlich kennen zu lernen? Versuchte sie nicht genau deshalb, nachträglich ihre Wahrnehmung ihrem Wunsch anzupassen? Es wurmte sie mächtig, dass sie vorhin nicht rasch genug reagiert hatte und nun die drei Wochen bis zu dem Hausbesuch nichts tun konnte als abzuwarten. Diese Wochen würden ihr lang werden, denn sie hatte angefangen, Partei zu ergreifen. Sie machte sich Vorhaltungen, empfand ihre Haltung als leichtfertig. Was wusste sie letztlich über die beiden Männer, die ihre Phantasie unbedingt zu einem einzigen ineinanderklonen wollte? Würde ein Aufrührer gegen Kirche und Staat nicht gut in ihre späten Mädchenträume passen? Sie war nach der Trennung von ihrem Ehemann vor zwei Jahren inzwischen das Alleinsein längst wieder satt. Musste sie aber gleich irgendwelchen Abenteuergespinsten hinterherhecheln? Ein wenig sollte sie auf sich aufpassen.

Petra Warnke setzte sich an ihren ehemaligen Studenten-Schreibtisch, der alle Umzüge heil überstanden hatte und den sie nicht missen wollte. Sie blickte hinauf zur alten Wanduhr mit ihrem eifrigen Messingpendel, wandte die Augen jedoch sofort wieder ab, weil sie wusste, dass von dieser Uhr ein böser Zauber ausging, wenn man zu lange und zu starr dorthin schaute. Der Senator, dachte sie manchmal, müsste den Beamten und Angestellten seines Hauses streng verbieten, solche privaten Uhren mit in den Dienst zu bringen. In der Öde des Büroalltags übte die Uhr in den frühen Nachmittagsstunden einen kaum zu bezwingenden Reiz auf das Schlafzentrum eines Beamtenhirns aus. Petra Warnke widerstand aber tapfer der Versuchung, die Arme vor sich auf die Schreibtischplatte zu legen und den Kopf darauf zu betten.

Ein paar Minuten kämpfte sie mit sich, ob sie heute Nachmittag wenigstens damit anfangen sollte, einen überfälligen Sozialbericht für die brasilianischen Jugendbehörden zu schreiben, mindestens jedoch die Gliederung zu skizzieren. Nun glotzte sie vom Bildschirm ihres Rechners der leere Rahmen des Schreibprogramms mit Linealen und Menüleiste mit ausgemachter Häme an, denn die neugierige weiße Seite blieb tadellos weiß, über ein Dutzend Minuten. Auch nach einer Viertelstunde war der Zustand unverändert, und Petra Warnke begann, sich vor ihrem Rechner zu schämen.

Ausreden dafür, dass sie nicht vom Fleck kam, hatte sie reichlich zur Hand. Die kurz vor der Rente stehende Sozialarbeiterin Jutta Weniger hatte ihr neulich in einer regelrechten Schimpfarie alles vor die Füße geschleudert, als wäre sie als Kollegin daran schuld: Die fehlenden Vorgaben der politischen Leitung, die allgemeine Überlastung durch Einsparungen infolge der Erhöhung der Fallzahl je Mitarbeiterin, das angespannte Betriebsklima mit Vorgesetzten, die Klienten, die nichts mehr akzeptierten, sondern gleich Beschwerden einreichten oder gar klagten, die ständigen Störungen durch Kolleginnen, aber auch durch Vorgesetze mit ihren immerwährenden Eilaufträgen.

„Mir fällt es von Jahr zu Jahr schwerer", hatte die Kollegin gerufen, „die Bewerberpaare zu beurteilen. Wie soll ich letztlich wissen, ob das Kind bei ihnen glücklich wird. Die Kinder kenne ich nicht, und die Bewerber machen uns alle was vor. Was weiß ich beispielsweise von brasilianischen Kindern, ihren Eigenarten und Bedürfnissen?" Mit bösem Blick verließ sie das Zimmer, und die kleine Teepause unter den Kolleginnen war gründlich verdorben.

Petra Warnke löste ihren Blick aus dem Wust von Berichten, Fragebögen, Rechtsvorschriften und internationalen Abkommen, hob den Kopf und versuchte mit hypnotischer Kraft oder was sie dafür hielt, das Uhrpendel für heute zum Stillstand zu bringen. Ihr würde sicherlich nichts mehr gelingen. Sie schloss den Aktendeckel, erhob sich und ging bereits um 16 Uhr nach Hause, während sie sonst selten vor 18 Uhr das Büro verließ. Petra Warnke kreidete sich ihr Ausweichen vor der Anstrengung als Niederlage an und schämte sich erneut.

Häufiger, als sie es heute ertragen konnte, erlebte sie in der S-Bahn, auf Bahnsteigen und Fußwegen meist versehentliche Rempeleien mit Schultern und Ellenbogen anderer Fahrgäste oder Passanten. Sie war froh, jetzt nicht mit dem Auto oder dem Rad unterwegs zu sein.

Auf den Bahnhöfen sah sie an vielen Stellen auffällige Plakate, vor denen hin und wieder Menschen stehen blieben. Die Plakate trugen in der Bildmitte das Logo des immer noch halben Staats-Konzerns „DB Mobility — Networks — Logistics". Sie wirkten irgendwie offiziell, in anderer Hinsicht aber auch wieder nicht. Das Logo hatte der Fotograf am Eingang zum Verwaltungsgebäude der Bahn am Potsdamer Platz, am sogenannten „Bahn-Tower", aufgenommen.

Genau davor war ein knallgelbes Fahrradtaxi platziert. In sehr auffälligen Lettern las man quer über das Bild den Schriftzug: „Die Bahn pfeift auf die Sprache ihrer Kunden — sie will nichts als ihr Geld!"

Petra Warnke sah sich das Plakat näher an. Unten rechts stand als Impressum: „Aktion: Deutsch macht Spaß". Ein Werbeplakat der Deutschen Bahn schien es also nicht zu sein. Ein bisschen erinnerte sie dieses freche Bild an die früheren Entschuldigungsplakate der Bahn mit dem vorlauten Maulwurf wegen der endlosen Bauerei. Das gutgelaunte Tier hatte stets Verständnis für den Ärger der Kunden aufgebracht, um sie dadurch milde zu stimmen. Hier war das Verständnis allerdings in Sarkasmus umgeschlagen und konnte kaum von der Bahn selbst stammen.

Das Impressum zeigte, wenn auch ganz ohne Anschrift, ebenfalls den höchst inoffiziellen Charakter dieser „Werbung". Petra Warnke hörte, wie einige amüsierte Bahnkunden den ungewissen Zusammenhang zwischen dem Fahrradtaxi und der Deutschen Bahn aufzuschlüsseln versuchten. „Iss doch klar", rief ein alter Mann mit lustigen Augen unter der Prinz-Heinrich-Mütze, „das Velotaxi als Vorbild für langsames Tempo, ganz ohne Fahrplan, wie die Bahn!" Während die Passanten je nach Temperament noch rätselten oder spotteten, erschienen bereits Arbeiter der Bahn und begannen, die Plakate zu entfernen. Ein mühseliges Geschäft, denn sie klebten zur Schadenfreude mancher Fahrgäste besonders fest und ließen sich nur in winzigen Fetzen ablösen! Die Arbeiter fluchten auf Türkisch, waren also moralisch nicht an das Motto der Plakataktion gebunden.

An Warnkes Aussteigebahnhof Charlottenburg zierten diese Plakate ebenfalls die Wände des Ganges von den

Bahnsteigen zu den Ausgängen Stuttgarter Platz und Gervinusstraße. Sie überlegte, wer dieses Mal dahinterstecken mochte. Ihre Gedanken kehrten augenblicklich zu ihrem Gespräch vom Nachmittag und dem undurchschaubaren Freund ihrer Klienten zurück. Immerhin, das schien klar, konnte es kein Einzelner sein. Für solch einen Einsatz, ob es nun die Umbenennung der Straßen oder diese Plakate waren, brauchte man eine einsatzfähige Truppe von einigen Dutzend Mitstreitern und vor allem einiges Geld.

Wie bei mancher breit gestreuten Werbeaktion für ein neues Produkt offenbarte sich in der Einführungsphase der Kampagne auch hier der Träger nicht, vermutlich, um allmählich die öffentliche Aufmerksamkeit aufzubauen. Hier schien die gleiche Professionalität am Werke zu sein, auch wenn es hier um kein Konsumgut, sondern um ein Ziel im Interesse der Verbraucher ging. Ehrenamtliche Idealisten verschiedenster Schattierungen schwärmten in internen Zirkeln, das hatte Petra Warnke schon erlebt, von guerillaähnlichen Methoden, meist fehlte es aber an der letzten Entschlossenheit, an den Mitteln oder am personellen Rückhalt. Greenpeace verdankte sein beachtliches An- oder Aufsehen in der Welt der professionellen Planung und Durchführung seiner Auftritte, die nur beim ersten Hinsehen spontan wirkten.

Petra Warnke hätte den Veranstalter dieser neuen Aktion gern nach seinem Konzept gefragt, denn sie zweifelte, ob sich der Aufwand für das breite Publikum lohnte. Die meisten Passanten bestärkten sie in dieser Auffassung durch ihr Verhalten. Sie waren in Gedanken versunken, wie betäubt, und liefen in einer Wolke von rollendem Hall den Gang entlang, ohne links und rechts zu schauen. Sollten sie das

Plakat tatsächlich angesehen, nicht nur gesehen haben? Verständen sie die Aussage und den hinterlegten politischen Zusammenhang? Würden sie begreifen, dass es um die Wertschätzung der deutschen Sprache im eigenen Lande oder ihre Abdankung als erstklassige Kultursprache ging? Würden die Passanten von ihrer Beobachtung erzählen? Einigen Freunden und Verwandten oder darüber hinaus?

Konnten Passanten wie sie selbst, überlegte Petra Warnke, die politische Botschaft weitertragen? Menschen, über deren Bedürfnisse die politische Klasse immer wieder hinweggeht, sie dachte an die Hartz-IV-Gesetze. Diese Politiker bezeichnen sich in den Namen ihrer Parteien gleichwohl als sozial, christlich oder beides! Steuerten nicht sehr kleine Parteizirkel die Geschicke des Landes? Kam es auf den „Mann auf der Straße" überhaupt an? Wen kümmerte es, was er fühlte und dachte? Sie war sehr skeptisch. Der an sich folgerichtige Gedanke, man könnte die Aufklärung der breiten Masse glatt einstellen, verursachte ihr allerdings Unwohlsein. Dies bedeutete den Rückfall in vordemokratische Zeiten. Sie rief sich die Wahlbeteiligungen der letzten Jahre, vor allem bei Kommunalwahlen, nicht selten ganze 50 und 60%, in Erinnerung. Viele Bürger schienen die Lebensphase demokratischer Mitbestimmung als wirkungslose Pflichtübung bereits hinter sich zu haben.

Petra Warnke kam nach kurzem Fußweg zu Hause an und beendete das Grübeln über die seltsame Plakatkampagne gegen die „Deutsche Bahn". Hieß sie überhaupt noch so, oder hatte sie sich, teilprivatisiert, wie sie war, aus der nationalen Pflichtaufgabe längst davon gestohlen und auf die Seite der Aktionäre geschlagen, jetzt als „Die Bahn"?

Auf ihren zahlreichen Wegen durch die Stadt, zum Dienst, auf dem Heimweg, während des Einkaufens, beim Bummeln, zum Konzert, bei all diesen Gelegenheiten, fiel ihr auf, dass sie eine gespannte Aufmerksamkeit für die Stadtlandschaft an den Tag legte, als wäre sie Mitspielerin an einer Schnitzeljagd auf der Suche nach neuen Eulenspiegeleien. Der Blick ging seltener zu den eigenen Schuhspitzen oder auf das Muster der Pflastersteine, sondern streifte ganz unauffällig, als ob sie ihre Neugier vor irgendjemandem rechtfertigen müsste, die Plakatwände in den Straßen und die Anschlagtafeln der Bahnhöfe. Trotz erhöhter Aufmerksamkeit, beinahe wie ein Polizist in Zivil mit Beobachtungsauftrag, entdeckte sie auf ihren Wegen nichts Auffälliges mehr.

Den Hausbesuch bei dem Ehepaar Hegenbach bereitete Petra Warnke wie üblich sorgfältig vor, dieses Mal noch präziser, damit sie nicht in der fremden Umgebung erneut ins Hintertreffen geriet, falls der Freund und Ratgeber der Familie wieder dabei sein sollte. Sie hatte noch versucht, in Erfahrung zu bringen, ob die Sorgen der Hegenbachs berechtigt waren, ein Kind aus der Region von Kiew könnte einen unentdeckten Gendefekt von den Eltern geerbt haben. Die Eltern waren zur Zeit des Reaktorunglücks von Tschernobyl im Jahre 1986 bereits auf der Welt. Sie könnten Veränderungen ihres Erbgutes aufgrund der Strahlung an das Kind weitergegeben haben. Die genetische Gesundheit der Eltern dürfte bei den Kindern aus Heimen zumeist im Dunkeln liegen. Mindestens ein Elternteil, durchweg der Vater, blieb sowieso unbekannt. Das ukrainische Jugendamt ließ zwar die Kinder vor der Freigabe zur Adoption ordentlich untersuchen, nicht aber die Mutter und schon gar nicht den Vater.

Petra Warnke hatte von einem Arzt für Nuklearmedizin an der „Charité" erfahren, die immer noch andauernde Niedrigstrahlung könnte über die Nahrungsmittel aus der Region Schäden in den Genen des Kindes ausgelöst haben. Dies sei allerdings wissenschaftlich umstritten. Wissenschaftliche Studien deuteten darauf hin, so Dr. Georgi, dadurch ausgelöste Wirkungen seien im Erbgut anfangs nicht sichtbar. Dies sei erst nach mehreren Zellteilungen der Fall. Etwaige Defekte würden dann auch auf andere Generationen übertragen.

Petra Warnke zögerte, wozu sie den Bewerbern raten sollte. Wohl durfte sie vorhandene Zweifel nicht unterdrücken, vor allem, wenn sie danach gefragt wurde. Sonst musste sie es aber der persönlichen Stärke der Hegenbachs überlassen, ob sie beherzt ein äußerlich gesundes Kind akzeptieren wollten oder vor einem ungewissen Risiko zurückschreckten, das höchstwahrscheinlich nie real würde. Hierzu sollten die beiden vielleicht weiteren Rat bei einem Arzt ihres Vertrauens einholen. Auch der hätte Schwierigkeiten, eine klare Auskunft zu geben, ohne das Kind untersucht zu haben. Welcher Arzt besaß auf dem Gebiet der Strahlungsschäden schon umfassende Kenntnisse, wo die Wissenschaft erst im Begriff war, sich an die Folgen derart schwacher Strahlungen heranzutasten?

Bei nicht wenigen Adoptionsbewerbern hatte Petra Warnke erlebt, dass der Kinderwunsch, noch angestachelt durch das lange und belastende Auswahlverfahren, ihr Denken und Fühlen schließlich vollkommen beherrschte. Sahen sie dann das Objekt ihrer lang aufgestauten Begierde, das lebendige Kind, eines Tages im Heim vor sich, ließen sie alle Bedenken auf der Stelle fahren. Der Wunsch, das hilflose

Wesen aus seiner misslichen Umgebung sofort zu „erlösen", besiegte alle Gefühle von Unsicherheit.

Wenn sie ehrlich war, konnte Petra Warnke den beinahe bis zur Besinnungslosigkeit gesteigerten Kinderwunsch mancher Paare, zuvor hatten sie sich auf unausstehliche Experimente der Fortpflanzungsmedizin erfolglos eingelassen, nicht recht nachfühlen. Ihren Sohn, er war jetzt 22 und studierte in Süddeutschland Volkswirtschaft, hatte sie bekommen, wie man eben normalerweise Kinder bekommt, ohne besondere Planung und Organisation, vor allem ohne bedrückende Ausforschung ihrer persönlichen Sphäre. Es hatte genügt, sich mit ihrem Mann auf die natürlichen Zusammenhänge einzulassen, und da war es einfach „passiert".

Vielleicht, dachte sie manchmal, war sie nicht die ideale Partnerin für die Bewerberpaare. Konnte sie ihnen gerecht werden, wenn sie meinte, man habe zu akzeptieren, wenn die Natur einem kein Kind gab? Niemand hatte ein Recht auf ein Kind, schon gar nicht auf ein fremdes Kind! Davon war sie so tief überzeugt, dass sie es in manchen Gesprächssituationen auch laut sagte. Dies tat sie vor allem dann, wenn die Klienten ihre tiefe Enttäuschung vor ihr ausbreiteten, dass ausgerechnet bei ihnen der Kinderwunsch unerfüllt bleiben sollte. An ihren verstörten Blicken sah sie, wie taktlos sie ihre allzu offene Bemerkung fanden.

„Frau Warnke", hatte mal ein Bewerber seufzend zu ihr gesagt, „Sie halten uns alle für durchgeknallt, weil wir hartnäckig unser Ziel verfolgen. Sie wissen einfach nicht, wie gut Sie es hatten, als Sie um Ihr Kind nicht betteln mussten." Der Mann war ein prominenter Journalist mit einem großen Schuss Gelassenheit, so dass sie sich nicht gekränkt fühlte.

Manchen Paaren glaubte sie einfach nicht, wenn sie mit umflortem Blick so taten, als gehe es ihnen darum, ein Stück des Elends in der Welt auf sich zu nehmen. Diese Paare mit ihrem fast panischen Kinderwunsch belogen sich und andere. Die Wahrheit war: Sie wollten ein Kind für sich, ganz allein für sich, weil ein Kind niedlich ist, es eine warme, weiche Haut, hübsche runde Formen hat, weil es hilfsbedürftig und voller Vertrauen zu den Eltern aufblickt, es dankbar lächelt, wenn es seinen Willen bekommt, weil es als kleines Wesen tun muss, was die Erwachsenen wollen und weil es Vater und Mutter später vor dem Alleinsein retten kann. Sie verlangte von keinem Bewerberpaar freudige Selbstaufopferung ohne Lohn. Mussten sich die Leute ihre soziale Ader buchstäblich aus dem Körper reißen, um sie zu beeindrucken? Ihre Chancen, ein Kind zu erhalten, verbesserten sich nicht. Sie machten sich eher verdächtig, sie benötigten das kleine Wesen als lebendigen Kitt für ihre vermutlich vor dem Aus stehende Beziehung.

Endlich hatte die S-Bahn den Bahnhof Springpfuhl in Marzahn erreicht. Ein irischer Freund hatte von dieser Gegend um den Helene-Weigel-Platz am Marzahner Rathaus mal gesagt, mit seinen einförmigen Plattenbauten komme ihm der Stadtteil wie manche Viertel in Warschau vor. Sie selbst kannte Warschau nicht, die standardisierten Wohnmaschinen schienen das Bild vieler Stadtviertel und ganzer Städte in Osteuropa und darüber hinaus zu bestimmen. Eine befreundete Chorleiterin hatte ihr das mal für Nowosibirsk bestätigt.

Für die Mieter bedeuteten diese Bauten in ihrer konsequenten Zweckmäßigkeit mit ordentlichem Zuschnitt, Badezimmer und Balkon neue Lebensqualität, die sie in ihren alten Wohnquartieren vermisst hatten. Sehr eindrucksvoll dann das Ergebnis der groß angelegten Sanierungen nach der Wende! Originell arrangierte Farbkompositionen auf den renovierten Fassaden und geschickt angefügte Balkons gaben dem optischen Gleichmaß nun einen Anflug von Beschwingtheit.

Heute hatte Petra Warnke keinen rechten Blick für diese neue Heiterkeit. Sie war froh, als sie am Eingang der Springpfuhl-Passage für lange Augenblicke dem peitschenden Regen entronnen war. Vorbei am Optiker Terl, der hier in der kulturellen Einöde am Rande der Stadt seit Jahren Vorträge, Lesungen und Konzerte in Eigeninitiative organisierte, durchquerte sie die überdachte Geschäftsstraße, verließ das sichere Obdach und stürzte sich wieder in den Regenguss.

Als sie zur verabredeten Zeit am Murtzaner Ring die Wohnung der Hegenbachs betrat, war auch der Freund des Ehepaars, Tilman Spiegel, bereits da und erhob sich, um ihr die Hand zu geben. Sie erwiderte den Gruß unterkühlt, denn er musste nicht wissen, wie viel Phantasie sie auf ihn schon gerichtet hatte.

Obwohl Petra Warnke in Hegenbachs Wohnung nicht den Heimvorteil genoss, fand sie sofort zur beruflichen Routine zurück, dieser undurchschaubaren Mischung aus Neugier und Diskretion. Bei der Besichtigung einer fremden Wohnung, von der für die Bewerber einiges abhing, konnte allein ihr stummer Blick in die Küche ausdrücken, sie sehe tatsächlich das, was sie vorzufinden erwartete. Ihr Blick konnte aber auch besagen, dies waren nur Nuancen in Haltung und Ton, sie werde gewiss etwas finden, das Anlass zu einer Beanstandung sein könnte.

Die erhoffte Begegnung mit dem Freund der Familie hatte im Treppenhaus ihren Atem schneller gehen lassen. Wieso brauchte ihr Körper denn auf einmal mehr Sauerstoff, stieg sie doch die Treppen nicht schneller als gewöhnlich hinauf? Sie hatte Sorge, ob es ihr gelänge, ihre Neugier gegenüber dem Unbekannten so weit zu beherrschen, dass sie sich noch genügend auf die Bewerber einlassen konnte. Tatsächlich ließ sie die Vorstellung während des Gesprächs nicht los, dieser Herr Spiegel sei der polizeilich gesuchte Kirchenstörer und ebenfalls der Spaßvogel, der den groben Unfug mit den Straßenschildern auf dem Gewissen hatte.

Der Mann hielt sich auffällig zurück, lächelte sympathisch, lockerte eine festgefahrene Situation durch eine spaßige Bemerkung auf: „Gut, liebe Frau Warnke, dass wir beide heute nicht so schwierige Fragen beantworten müssen! Aber wir sind ja auch nicht Bewerber und Bewerberin." Tilman Spiegel legte längst nicht mehr jene Dynamik an den Tag, die Petra Warnke bei der ersten Begegnung so verstört hatte. An dem sachlichen Teil des Gesprächs nahm er eigentlich kaum teil, sondern war einfach nur entspannt und entspannend dabei. Warnke hatte, dies machte sie ziemlich ratlos, überhaupt kein Konzept, wie sie ihre Neugier stillen sollte. Ihn plump zu fragen, ob er nicht derjenige sei, der ..., kam selbstverständlich nicht in Frage. So konnte es in keinem Fall gelingen, denn er würde sich, gewandt wie er war, nicht überrumpeln lassen.

Sie fand ihn nicht eigentlich gutaussehend wie manche Filmstars. Spiegel war von mittlerer Größe, nicht dick, aber etwas kompakt. Von seinen blonden Haaren hatte er in der Stirnpartie schon etliche eingebüßt. Die Figur sicherte ihm eine gewisse Erdnähe. Er strahlte Zuverlässigkeit aus. Eine

Eigenart zeichnete ihn in ihren Augen besonders aus. Er fasste sein Gegenüber fest und ernst ins Auge und ließ dann sein Lächeln, wenn es zur Gesprächssituation passte, wie die Sonne am Morgen allmählich aufgehen, langsam, sehr langsam, bis zum vollen Strahlen, so dass schließlich das ganze Gesicht mit Mund, Wangen, Brauen, Stirn und Augen lachte. Ein Widerspruch gegen dieses Lachen, das niemals effekthascherisch oder vorgeplant wirkte, war kaum möglich. Etwas Ähnliches hatte sie noch bei keinem Mann erlebt.

Nach Ende der eineinhalbstündigen Befragung über die Lebensumstände des Paares traf es sich, dass Tilmann Spiegel ebenfalls die Hegenbachs sofort verlassen musste, um wieder in die Innenstadt zu gelangen. Also gingen sie gemeinsam aus dem Haus und nahmen den Weg zum nahe gelegenen Bahnhof. Bis zu seinem Umsteigen am Ost-Bahnhof fuhr er mit derselben Linie wie sie. Ein Werbeplakat eines großen Elektronikherstellers, auf dem nur noch einige Präpositionen und Artikel aus dem Deutschen stammten, sonst war alles Englisch, provozierte ein paar Bemerkungen Warnkes zur Amerikanisierung der deutschen Sprache.

Spiegel hatte das Plakat wohl nicht gesehen. Er blickte sie eine ganze Weile erstaunt bis überdrüssig an, als habe er keine rechte Lust, sich auf das Thema einzulassen. Dann atmete er tief, dass es wie ein Stöhnen klang, antwortete aber nicht auf die Frage, sondern sprach über seine Erfahrungen als Inhaber eines Fotostudios in Berlin-Mitte, in der Nähe des Hackeschen Markts. Hin und wieder wandten sich Werbeagenturen an ihn, erzählte er, und wollten von ihm interessante und technisch ausgereifte Aufnahmen, etwa von markanten modernen oder historischen Bauten der Stadt oder von Personen, die man ihm vorbeischickte. Wenn er dann die Endprodukte als Plakate oder Anzeigen sah, welche die Agentur aus seinen Fotos, irgendwelchen grafischen Elementen und eingefügten Textpassagen gebastelt hatte, er sagte tatsächlich mit geschürzten Lippen und geblähten Nasenflügeln „gebastelt", dann hatte er nicht selten das Gefühl, Perlen vor die Säue geworfen zu haben.

Er kommentierte ihre Bemerkungen nicht ausdrücklich, sondern bestätigte ihre Auffassung mehr mimisch und ganz beiläufig, vermied aber bis dahin jeden Eindruck, die Dinge wären ihm wichtig. „Was auf den Plakaten draufsteht, stört mich eigentlich weniger", sagte Tilman Spiegel schließlich, „mich stört eher, dass die aufdringlichen Lappen überall hängen, wo nur ein bisschen Platz übrig ist: An der Gedächtniskirche, am Charlottenburger Tor, am Bebelplatz, einfach überall. Ich glaube, die Stadt ist auf das Geld so geil, dass sie die Dinger länger hängen lässt, als die Bauarbeiten dauern. Neulich hat eine Wohnungsbaugesellschaft die Mieter einfach vom Licht abgesperrt. Vor den Gerüsten für die Fassadenrenovierung hingen die Werbeplakate noch, als die Arbeiten schon lange fertig waren." Er hatte sich in seine Empörung ein wenig hineingesteigert, jedoch mehr unter städtebaulichen und sozialen Aspekten.

Petra Warnke war enttäuscht, denn es gelang ihr nicht, ihn aus der Reserve zu locken. Natürlich musste sie auch die andere Möglichkeit in Betracht ziehen, dass sie bei ihm auf der falschen Fährte war und etwas beweisen wollte, was nicht zu beweisen war. Was besagte es schon, dass er die Amerikanisierung der deutschen Sprache für eine Fehlentwicklung hielt? Diese Auffassung war weit verbreitet. Jedoch unternahm anscheinend keiner von denen, die im Lande die

Macht hatten, etwas, um den um sich greifenden Irrsinn aufzuhalten.

Tilman Spiegel schien ein Gefühl dafür zu entwickeln, dass seine Begleiterin mit dem, was er sagte, nicht zufrieden war, verstand aber nicht, wieso. Er erkundigte sich eingehend nach ihrer beruflichen Belastung im Dienst der Senatsverwaltung. Die Unterhaltung blieb höflich bemüht, drehte sich auch ein paar Minuten um die moderne digitale Fotografie. So war Petra Warnke ganz froh, als der Umsteigebahnhof Ostkreuz den entmutigenden Versuchen, Atmosphäre zu schaffen, ein Ende machte. Sie folgte ihm mit ihrem Blick, als er mit ausholendem Schritt über den Bahnsteig ging und gleich darauf hinter einem Pfeiler verschwand.

Wenn sie es sich richtig überlegte, hatte sie keinen Grund unzufrieden zu sein. Wie sollte der Mann denn wissen, was sie sich vorgestellt hatte? Dennoch wurde sie das Gefühl nicht los, dass sie sich nur zu ungeschickt angestellt hatte, um ihn zu „überführen". Sie gab das Spiel noch nicht verloren, hatte im Augenblick aber nicht den kleinsten Einfall, was sie jetzt tun konnte. Gar zu gern hätte sie gewusst, was sie antrieb. War es mehr eine Art kriminalistischer Jagdtrieb, ihn für seine „Untaten" in der Öffentlichkeit zu entlarven, oder ging es ihr um den Mann? Sie lehnte sich wieder fest gegen das Rückenpolster ihres Sitzes und betrachtete das einschläfernde Geflecht der am Fenster vorbeirasenden O-berleitungsdrähte. Es war gut, dass sie sich diese Frage im Augenblick nicht ehrlich beantworten musste!

Eine Woche darauf, als sich bei ihr gerade der erste Erfolg angestrengter Verdrängung einstellen wollte und es auch keinen neuen Anlass gegeben hatte, über öffentliche Aktionen und ihre Verursacher zu spekulieren, rief Tilman Spiegel sie im Büro an. „Ich habe mir noch einige Male", sagte er, „unsere kurze gemeinsame Fahrt ins Gedächtnis gerufen. Richtiger gesagt: Die Erinnerung kam ganz ohne mein Zutun. Der kurzen Rede noch kürzerer Sinn: Ich möchte Sie wiedersehen. Besuchen Sie mich mal in meinem Laden, vielleicht nach Ihrem Arbeitstag? Es ist ja nicht weit vom Spittelmarkt zum Hackeschen Markt."

Petra Warnke zögerte kurz, weil es für ihr Gefühl auch heute noch gegen die seit Urzeiten eingespielten Balzrituale verstieß, wenn die Frau beim ersten Treffen den fremden Mann auf seinem Herrschaftsgebiet aufsuchte. Einen neutralen Ort hätte sie besser gefunden. Sie war aber zu neugierig, um die Verabredung noch durch Gegenvorschläge zu erschweren. „Eine nette Idee", sagte sie stattdessen und versuchte, nicht überschwänglich zu klingen. „Wie wäre es übermorgen, gegen 18 Uhr?" Er war einverstanden. Zeit gehabt hätte sie auch schon am selben Abend.

Schon beim ersten Blick in das Schaufenster des Fotostudios sah Petra Warnke, dass sie es mit einem Könner seines Fachs zu tun hatte. Der Fotograf präsentierte vier große Porträts in Farbe: Eine rothaarige Frau mit klaren Konturen im Gesicht, nicht unbedingt schön, etwa in ihrem Alter. Sie schaute den Betrachter so kritisch an, als wollte sie ihn röntgen. Ein männlicher Kopf an der Schwelle vom Jugendlichen zum Erwachsenen, mit schwarzem Pferdeschwanz. Ein kleines Mädchen mit welken Blättern in den wirren Haaren, etwa zum Zeitpunkt der Einschulung. Das Kind war wohl gerade vom Spielen heimgekommen und völlig durchgeschwitzt. Dann noch ein etwa zehnjähriger Junge mit klugem, etwas unkindlichem Gesicht. Er war vermutlich vom vielen Lesen ganz blass und hatte am Fußballspielen wohl kein Interesse. Der Betrachter begriff sofort, dass man hier keine „schönen" Fotos zum Geburtstag von Oma in Auftrag geben konnte, wohl aber Bilder, die das Leben so handgreiflich zeigten, als versteckten sich die Porträtierten hinter ihren Bildern und träten jeden Augenblick hervor, wenn man sie nur riefe.

Im Laden bediente Tilman Spiegel gerade ein Paar, das anscheinend einen Termin für Hochzeitsfotos buchte. Er grüßte mit den Augen herüber, als sie eintrat, und deutete mit einer winzigen Kopfbewegung auf einen Stuhl. Endlich stand der Termin nach allerhand „Geht vielleicht" und „Ach, nein, doch nicht" bei beiden Parteien im Kalender. Der Inhaber begleitete die Kunden freundlich zur Tür, schloss den Laden und führte den Gast in den Nebenraum, wo das Stativ mit der Kamera, die Lampen und Reflektoren aufgebaut waren.

Sie hätte an sich Lust gehabt, sich auf den Stuhl für das „Modell" zu setzen, ihn um ein paar Probeaufnahmen zu bitten und ihm bei der Arbeit zuzusehen. An seiner Stelle hätte sie es aber als etwas überstürzt empfunden. Einen Augenblick später ärgerte sie sich, dass sie ihrer Regung nicht nachgegeben, sondern sich den Kopf eines anderen zerbrochen hatte. Die Gelegenheit war vertan. Sie saß bereits an einem Nebentisch vor den bereitstehenden Teetassen. Dann nahm sie einen großen Schluck von dem stark aromatisierten „Earl Grey" und blickte ihn erwartungsvoll an. Ihr Gastgeber wirkte nach dem überstandenen Tag ermattet. Seine Augen zeigten wenig Glanz.

Petra Warnke hatte sich vorgenommen, ihr Thema keinesfalls wieder direkt anzugehen, sondern wollte auf Details achten, die ihn verraten könnten. Tilman Spiegel tat sich nicht schwer, das Gespräch in Gang zu bringen. Er war offenbar ein guter Unterhalter, wenn man ihn über das reden ließ, was ihm lag. Er deutete auf ein Bild schräg hinter ihr an der Wand. Es zeigte Julia Timoschenko, wie man sie aus der Presse und dem Fernsehen kannte, ganz in weiß und mit ihrem geflochtenen Haarkranz. Spiegel hatte sie bei einem öffentlichen Auftritt in Kiew abgelichtet, berichtete er, sie aber nicht persönlich kennen gelernt. Er fügte „leider" hinzu und meinte, er staune immer wieder, wie undurchschaubar Frauen oft seien. Timoschenko sei ein gutes Beispiel. Sie gelte bei vielen als machtbewusste Politikerin mit ausgeprägtem Sinn für Härte, Taktik und Risiko. Hier, auf seinem Bild, sehe sie aber aus wie die gute Fee aus dem Märchen. Jeder Mann möchte sie ungefragt beschützen.

Petra Warnke lachte: „Ich kann Sie beruhigen. Uns geht das mit den Männern nicht anders." Als sie sein verdutztes Gesicht sah, fuhr sie fort: „Nein, ich dachte nicht ans Beschützen, sondern an etwas ganz anderes. Wir Frauen können uns manchmal nicht vorstellen, dass der General über ein großes Heer, Sie wissen schon, der mit dem finsteren Blick und dem martialischen Schnurrbart, am Abend seiner Enkeltochter mit weicher Stimme eine Gute-Nacht-Geschichte vom Kleinen Bären und vom Kleinen Tiger vorliest. Ebenso können wir uns schlecht vorstellen, dass ein anderer General, der vielleicht noch kriegerischer aussieht, sich die ganze Nacht über davor fürchtet, dass er seine Pläne am nächsten Morgen vor sensationshungrigen Journalisten in einer Pressekonferenz vertreten muss."

Warnke machte eine Pause, sprach aber rasch weiter, als Spiegel Luft holte und zu einer Entgegnung ansetzte. Sie wollte ihren Gedanken noch zu Ende führen, sozusagen den

Summenstrich unter ihre Worte setzen. „Ehrlich gesagt, wir schauen meist besser hinter die Dinge. Männer sind leicht aus dem Konzept zu bringen. Wir achten auf das Wesentliche, erkennen, wenn eine Inszenierung nichts als eine Inszenierung ist. Ihre zarte blasse Haut oder sein finsterer Blick unter buschigen Brauen gehören zum Rollenspiel der Geschlechter. Was dahintersteckt an Willen, Kraft und Ausdauer verraten ihre verspielt in die Stirn fallenden Haarsträhnen und seine blitzenden Uniformknöpfe nicht!"

„Sind wir alle am Ende nur Schauspieler? Glauben Sie das wirklich? Ich selber…, ich sehe mich überhaupt nicht so." Er führte einen kleinen Trommelwirbel mit seinen Fingerspitzen auf der hölzernen Sitzlehne auf.

„Natürlich nicht nur! Wir spielen unsere Rollen als Sportler, Kollegin, Klavierspieler, Kleingärtnerin, Frankreichliebhaber oder Theaterbesucherin zwar meist unbewusst, aber sie sind Teil unserer blinkenden Rüstung oder unseres Schutzmantels, den wir umgelegt haben, damit die Umgebung nicht in unser schwaches Herz schauen kann. Das dauernde Weiß Timoschenkos ist von der Regie, also von ihren persönlichen Beratern, ziemlich dick aufgetragen. Ich bin überzeugt, die Farbe ist nicht nur ein modisches Attribut, sondern soll auch ein Sinnbild für ihre vorgeblich untadelige Haltung abgeben. Was meinen Sie? Ähnlich dick aufgetragen übrigens der rote Schal Mompers oder Müntefering!"

„Schade", lachte Spiegel, „kaum eine Viertelstunde sind Sie hier, und schon soll ich meine Illusionen aufgeben. Ach, ja, hätt' ich beinah' vergessen: Die Sozialpädagogin!" Als sie die Brauen runzelte, versuchte er die atmosphärische Trübung rasch durch ein Lächeln zu überspielen. Er machte eine raumgreifende Handbewegung und kam auf das Foto und die Ukraine zurück. „Ich bin erst seit zwei Jahren von dort zurück. 1994, drei Jahre nach der Unabhängigkeit des Landes, habe ich ein Angebot von Freunden aus Kiew angenommen. Ich sollte eine Zeit lang bei ihnen leben, mein Russisch verfeinern und mich endlich mit dem Ukrainischen anfreunden. Seit der Wende war ich bei uns als Übersetzer für Russisch nicht mehr groß gefragt. Gerade eben konnte ich mich über Wasser halten. Ich war nicht verheiratet und nicht liiert, also hielt mich als gewendeten Ossi nichts so sehr im neuen Deutschland, dass ich nicht auch anderswo mein Glück hätte versuchen können."

Petra Warnke hatte, während er sprach, immer mal wieder einen Blick auf die übrigen Bilder an den Wänden geworfen. Ein Fotograf, der davon lebt, dass er seine Kunden abbildet, hängt normalerweise Beweise seiner Handwerkskunst auch in den Innenräumen auf, nicht nur im Schaufenster: Immer wieder Bilder von Menschen. Dieser Fotograf schien die harmlose Regel für Eigenwerbung nicht zu kennen oder darauf nichts zu geben. Sie sah eine auf den Betrachter zufliegende Eule, deren Flügel so nach vorn geschlagen waren, dass sie das Tier fast einhüllten und den Betrachter noch dazu. Dann die glitzernden Speichen eines Fahrrades, nur der innere Teil dicht bei der Nabe, mit Zahnkranz, Kette und Schaltung. Schließlich eine Studie aus dem Dachgebälk einer Kirche mit einer in der Bildmitte sitzenden Maus, die possierlich ein Stück Brot zwischen den Pfoten hielt.

Während Petra Warnke noch grübelte, welcher Kunde sich wohl mit der Maus identifizieren würde und genau in dieser Pose aufgenommen werden wollte, begriff sie, dass die Bilder in dem Raum hingen, den der Kunde erst betrat, wenn er den Auftrag bereits erteilt hatte. Vielleicht, dachte sie, war es doch gut, ein bisschen länger die Eindrücke auf sich wirken zu lassen, als sofort zu urteilen. Sie nahm den Faden wieder auf: „Konnten Sie denn in der Ukraine auch als - Übersetzer arbeiten, gewissermaßen auf Gegenkurs?"

Sie erschrak über ihre unbedachte Frage, denn sie meinte, seiner Miene noch die Not anzusehen, die er damals gehabt haben musste, um über die Runden zu kommen. „Nur gelegentlich, aber nicht so, dass es reichte. Ich habe in den mehr als zehn Jahren ebenso viele Berufe ausgeübt, vom Türsteher eines Nachtlokals über den Fahrradkurier, den Kellner, den Möbelpacker, den Lagerarbeiter in einer Buchhandlung, den Fahrer eines Lieferwagens bis zu hin zu feineren Tätigkeiten wie Anleitung von Kunden zum Umgang mit dem Computer oder Stadtführungen für Ausländer.

„Und wer hat Sie als Fotografen entdeckt? War das Ihr zehnter und letzter Beruf?"

„Der letzte? Wer kann das schon von sich sagen? Entdeckt habe ich mich selbst. Als die neue Technik, die digitale Fotografie, anfing, sich in der Praxis durchzusetzen, als zuerst die Werbefotografie damit angefangen hatte, wollten die eingesessenen Fotogeschäfte in Kiew und Umgebung erst nicht mitziehen. Sie wissen, wie groß das Beharrungsvermögen, man kann auch sagen die Sturheit, von Fachleuten, sein kann. Die modernen Geräte waren teuer und dort, weit im Osten, schwer zu kriegen, vor allem die Ersatzteile und die Programme zur professionellen Bildbearbeitung. Ohne die kam man nicht aus, weil sie das alte Fotolabor ersetzten."

Spiegel schien die Pionierzeit noch einmal zu durchleben: „Ich hab' den Start mit der neuen Technik gewagt, und ganz schnell war ich eine gute Adresse. Jetzt, wo der Muff der sowjetischen Spießigkeit verschwunden war, wollten die

Leute die neue Zeit erleben. Sie waren unglaublich neugierig. Die konventionellen Hochzeitsbilder mit den prachtvoll aufgebauten Ehegatten, er stehend, oft in Uniform, in Beschützerpose, sie mit Spitzenbluse zart und schutzbedürftig davor, diese Bilder erinnerten teilweise noch an die Zarenzeit. Die Menschen waren es satt und hatten doch als Einzelne die Mode nicht ändern können."

Der Fotograf steigerte sich in seine Erinnerung hinein: „Ich habe den Paaren, wenn sie frisch und ansehnlich waren, nicht ausgesprochen verklemmt wirkten, manches Mal vorgeschlagen, ihre junge Liebe in Haltung, Gesten und durch den gewählten Ort zu zeigen. Meist akzeptierten sie meine Vorschläge. So entstanden Bilder in den Dünen oder in einem Garten, dort also, wo man sich keinen fremden Beobachter gewünscht hätte. Sie empfingen die fertigen Bilder dankbar lächelnd, als hätte ich ihnen zu einem kostbaren Geheimnis ihrer Liebe verholfen. Von sich aus hätten sie solche ungewohnten Wünsche nicht geäußert."

Petra Warnke war berührt, wie er über seine Kiewer Zeit sprach. Sie konnte sich gut vorstellen, dass er durch seinen persönlichen Charme und seine Beharrlichkeit erfolgreich war. Er hatte das Fotografenhandwerk nicht von der Pike auf gelernt, sondern war Autodidakt oder, wie alle Welt jetzt sagte, „Selfmademan". Ihr schoss plötzlich ein Gedanke durch den Kopf. Sollte sie ihn wirklich danach fragen? Sie zögerte. Es reizte sie auszuprobieren, ob er durch sehr persönliche Fragen zu irritieren war. „Haben denn die Kunden in Kiew von Ihnen auch Aktaufnahmen verlangt?"

Tilman Spiegel lächelte, als wüsste er, dass die Frage sie womöglich mehr Anstrengung gekostet hatte als ihn die Antwort. „Natascha, Nadia und Olga hatten nicht den rechten Schwung, diesen Wunsch von sich aus zu äußern. Sie hielten solche Bilder, könnte ich mir vorstellen, für westliche Verderbtheit. Wenn sie doch gewünscht wurden, waren es die Partner, die sie mehr überredeten als überzeugten, bei derart „unanständigen" Aktionen mitzumachen. Die Frauen hatten nun vor sich selbst, so wirkte das auf mich, eine kleine Rechtfertigung, ihrer Eitelkeit etwas Zucker zu geben. Als Fotograf wäre ich nicht gut beraten gewesen, die Frauen zu diesen Fotos zu drängen. Ich wäre leicht in Verdacht geraten, ich hätte ein eigenes Interesse gehabt, das Modell nackt zu sehen. Allerhöchstens konnte ich dem Freund oder Ehemann, wenn sie gerade nicht zuhörte, die delikate Anregung einreden. So war er am Ende überzeugt, es wäre seine eigene Idee gewesen."

Sie wunderte sich über ihre Neugier. „Ich kann mir das so schlecht vorstellen. Wie lief das dann praktisch ab? Waren Sie mit Ihrem Fotomodell bei den Aufnahmen allein?"

„Na, hören Sie mal, Sie haben vermutlich zu viele erotische Romane gelesen! Jetzt möchten Sie wohl, dass ich Ihre damalige, etwas blutleere Lektüre mit einer saftigen Verführungsszene illustriere..." Er schaute sie mit herabgezogenen Mundwinkeln und passendem Augenaufschlag an, als wollte er ihr die Peinlichkeit der Frage vor Augen führen. „Das Prinzip ist einfach. Es muss immer sympathische Professionalität, nicht improvisierte Intimität sein. Wissen Sie, was ich meine? Die Atmosphäre darf nicht aseptisch und unterkühlt wie bei einer Röntgenaufnahme sein. Eine Fotografin hat es natürlich leichter, wenn Sie eine Frau aufnimmt. Der Mann hinter der Kamera, sollte, mit einer gewissen Zurückhaltung selbstverständlich, zeigen, dass er es als Vertrauensbeweis zu schätzen weiß, wenn die Frau sich vor ihm, aber nicht für ihn, auszieht. Er sollte aber auch kein besonderes Entzücken zeigen, wenn ihm die Frau gefällt. Sie denkt dann an die Geschichte vom Wolf und vom Rotkäppchen und fürchtet, er würde sie fressen. Er muss mit sicherer Routine so tun, als habe er schon Dutzende hübscher Frauen nackt fotografiert und als rege ihn dies keinesfalls auf. Spürt er diese Aufregung doch und bekommt er sie nicht unter Kontrolle, ist er als Fotograf überfordert. Die Bilder werden dann nichts, oder das Ergebnis ist reine Glückssache. Vermutlich ist er nicht der geeignete Mann für die Aufgabe oder für dieses Modell."

Spiegel machte eine Pause, als wollte er sich vergewissern, dass die Studenten auch zuhören. „Richtig vertrauensbildend wirkt es, eine nette Assistentin im Studio zu haben, die Lampen und Reflektorschirme ausrichtet. Sie verkörpert die weibliche Solidarität und neutralisiert triebhafte Strebungen des Fotografen oder den bloßen Verdacht des Fotomodells, selbst wenn sie ihm Unrecht tut. Hast Du keine Assistentin, kannst Du auch den Partner der Frau mit der Aufgabe betrauen. Er ist dann Anstandswauwau und unbezahlter Helfer. So habe ich z.B. wie ein kleiner Ausbeuter gearbeitet, weil ich keine Assistentin bezahlen konnte und auch keine benötigte. Ein Labor mit Laborantin braucht man bei der digitalen Fotografie nicht mehr, nur einen Rechner und einen teuren Drucker. Das macht den Charme der digitalen Technik aus. Kein Panschen in der künstlichen Nacht einer Dunkelkammer, kein ewig blasser Fotograf und keine Launen oder Schlampereien von Angestellten! Einfach super, diese Freiheit von allen Zwängen!"

„Es ist immer wieder schön", meinte sie gedehnt, „wenn im Berufsalltag alles gut klappt." Dann fiel ihr nichts mehr ein, was sie hätte anmerken können. Was hatte sie sich vorgestellt?, machte sie sich insgeheim Vorwürfe. Hatte sie erwartet, dass er ausplaudern würde, wie er seinen schönen Grundsätzen irgendwann doch untreu wurde? Manchmal ist das Leben bekanntlich stärker als die guten Vorsätze. Sie wusste nicht, wie sie aus der selbst gestellten Falle wieder herausfinden sollte. Also schwieg sie.

Allmählich ging ihr auf, wie albern sie sich gerade angestellt hatte. Auch ohne allzu abenteuerliche Phantasie konnte er ihre neugierigen Fragen durchaus missverstehen. Wünschte sie sich selbst solche Aufnahmen von ihm? Sollte es zu einem kleinen Übergriff kommen? Sie erschrak bei den Gedanken. Wenn man andererseits die Dinge so nüchtern nahm, wie er es eben beschrieben hatte, wäre die Sache nicht schlimm gewesen, sondern ein normaler Auftrag an einen feinfühligen Fotografen. Und dies war er zweifellos. Davon war sie überzeugt, und sie wusste auch, es wäre jetzt ein Fehler gewesen, sich mit gewundenen Richtigstellungen für ihre neugierigen Fragen abzumühen. Alles würde dadurch nur peinlicher.

Tilman Spiegel schien sich über die Sache keine ähnlich verwickelten Gedanken gemacht zu haben. Er wollte anscheinend das Thema wieder in ungefährliches Fahrwasser zurückführen. Er meinte nur, und es klang wie ein abschließendes Wort, sie dürfe sich die Arbeit mit dem nackten Modell, ob in der Kunstakademie oder beim Fotografen nicht besonders aufregend vorstellen. Gewöhnung führe, ähnlich wie beim Arzt, zu einer gewissen Abstumpfung. Knisternde Erotik im fertigen Bild, auch von Klasse-Fotografen, gehöre zu einem gut gemachten handwerklichen Produkt, sei aber keineswegs Ausdruck persönlichen Erlebens. Alle körperlichen Vorzüge des Modells, die längsten Schenkel, die rundesten Pobacken und die vollsten Brüste, müssten wie die Haut, die Haare, wie das Gesicht oder der Hals, nur gut, aber nicht aufdringlich, ins Licht gerückt werden, die erotischen Phantasien seien dann Sache des Betrachters.

Sie wollte längst nicht mehr wissen, ob ein Fotograf wie ein Arzt auch mal schwach werden könne, und verließ das schlüpfrige Pflaster: „Wieso sind Sie denn wieder nach Deutschland zurückgekehrt, wenn Sie in der Ukraine so gut Fuß gefasst hatten? Hier mussten Sie wieder ganz von vorne anfangen. Die Konkurrenz in Berlin ist enorm. Wie in den zwanziger Jahren des vorigen Jahrhunderts drängt in Europa unter den Modemachern, Malern, Designern, Installations-künstlern alles nach Berlin. Ich könnte mir denken, dass es bei den Fotografen mit Ambitionen nicht anders ist."

Spiegel machte eine lange Pause, während er die Faust unter die Kinnspitze hielt und sie über den Brillenrand an-blinzelte, als sei er einigermaßen überrascht, sie hier zu se-hen. „Ich hatte für mich endlich einen Beruf gefunden, der im neuen Deutschland nach der Wende gebraucht wurde. Vom ewigen Improvisieren im Osten war ich ziemlich müde, nein, mürbe. Dabei war Kiew sozusagen noch der Westen im Osten, denkt man an die ganze Ukraine. Der normale Mensch wie Du und ich, ich wollte sagen, wie Sie und ich, muss in diesen Ländern viel mehr Energie, viel mehr Pfiffig-keit aufwenden als hier, um den Alltag in den Griff zu krie-gen. Das fängt an mit dem Bestellen eines Elektrikers, geht über die Versorgung der Heizung mit Gas und hört mit den Lizenzen und Bescheiden aller Art bei den Behörden noch lange nicht auf. Hier komme ich schneller zu dem, was ich eigentlich den ganzen Tag über als Hauptsache tun will. Oh-ne Unmengen von immer neuen Nebenkriegsschauplätzen!"

Nach einem Blick an die niedrige Decke des Studios machte er erst einmal eine lange Besinnungspause, schien dann neu anzusetzen: „Die unterschwellige Angst vor dem Reaktor von Tschernobyl hat mich übrigens auch nie verlassen. Wusste ich, ob er durch seinen Beton-Sarkophag hindurch vielleicht doch noch schädliche Strahlung in die Atmosphäre schickte? Die gewöhnlichen Risiken des Lebens reichten mir schon. Auf solch ein unkalkulierbares Zusatzrisiko konnte ich gut verzichten. Die Behörden wiegelten in der Öffentlichkeit nur ab. Man erfuhr nie die Wahrheit."

„Noch etwas kam hinzu…" Sie hatte nicht die geringste Ahnung, worauf er jetzt noch hinauswollte. „Ich stammte nicht von dort, und in den bald eineinhalb Jahrzehnten am Ort bin ich kein Einheimischer geworden. Also…", das „o" ging in ein undefinierbares Brummgeräusch über, „das soll nicht heißen, die Menschen wären nicht nett zu mir gewesen. Der Umgang mit den beiden Sprachen, der ukrainischen und der russischen, blieb immer mit Anstrengung verbunden, war dauernd Arbeit. Mit den kyrillischen Buchstaben fing es an. Die Verständigung im Alltag war nicht das Problem, schriftlich nicht und mündlich nicht, aber Du bleibst ewig ein Fremder. Alles, was Du sagst, klingt uninspiriert, unsensibel. Auch nach Jahren noch!"

Er seufzte, als ob er der Not eben erst entronnen wäre: „Entweder Du gewöhnst Dich daran, oder es nervt Dich jeden Tag mehr. Das Gefühl behindert zu sein kriegst Du nie ganz weg", stöhnte er wieder. „Wie schlecht Du Dich fühlst, hängt hauptsächlich von den eigenen Ansprüchen ab. Viel liegt auch am persönlichen Temperament, ob Du Dir etwas vormachen kannst. Du liest ständig wie in einem Spiegel in den Gesichtern der Einheimischen, in einem winzigen Zucken der Augen oder einem Stirnrunzeln, wenn Du etwas sagst, was nicht genau stimmt. Es kann ein Wort sein, das doppeldeutig ist, ein Bild, das nicht trifft, eine Gemeinheit der Grammatik oder ein Zungenbrecher in der Aussprache. Die Gewissheit, Du wirst es nie ganz schaffen, macht Dich wahnsinnig, aber um Dich herum belügen Dich alle nett, als wärest Du perfekt."

Tilman sog den Brustkorb so prall voll Luft, dass der Körper vibrierte. Er schien ihr die drohende Frage aus den Augen herauszulesen, und fügte, sie empfand es als ein wenig zu heftig, sehr schnell noch hinzu: „Nein, um Himmels Willen, nein! Das waren keine verlorenen Jahre. Die Erfahrungen, sich in der Fremde Stück für Stück einzuleben, sind unwiederholbar. Niemand kann sie einem nehmen, auch dann nicht, wenn man den Lebensabschnitt abrupt beendet. Der Schock nach meiner Rückkehr war ein ganz anderer..."

Sie wusste nicht, worauf er anspielte. Spiegel achtete offensichtlich nicht auf ihr fragendes Gesicht. Er schüttelte nur den Kopf, immer und immer wieder. Vielleicht tat er sich schwer, den nächsten Gedanken für die Zuhörerin deutlich auszudrücken. Fühlte er sich genötigt, persönliche Bekenntnisse abzugeben, für die ihre Bekanntschaft noch zu frisch war? Eigentlich, dachte sie, wirkte er selbstbewusst genug, sich nicht durch eine einfache Frage von ihr in die Enge drängen zu lassen.

Als Tilmann Spiegel sich aus der Welt seiner Erinnerungen wieder ein wenig gelöst hatte, schien er von weit her zu kommen. Er schenkte ihr abgekühlten Tee nach und meinte, ohne ihren Wunsch abzuwarten: „Es macht Ihnen doch nichts aus, oder?" Sie kostete, verzog leicht das Gesicht und stellte die Tasse kompromisslos zurück.

Er bemerkte oder beachtete ihre Reaktion nicht, dies konnte sie nicht unterscheiden, sondern rief empört aus: „Manchmal fragt man sich angesichts gewisser Zustände oder Ereignisse in Gesellschaft oder Politik, wer eigentlich verrückt ist. Einer muss es sein, man selbst oder die anderen. Beide zugleich können bei solchen Widersprüchen nicht normal sein. So ist es mir jedenfalls vorgekommen, als ich vor zwei Jahren am Flugplatz wieder den ersten Kontakt mit Deutschland hatte. Ich musste annehmen, ich wäre aus Versehen in Chikago gelandet. Die Werbesprüche der Fluggesellschaften, sogar bei der Deutschen Lufthansa – ‚There is no better way to fly‘ –, die Hinweisschilder — ‚Arrivals und Departures, Exchange!‘ Die Läden hießen ‘Foot Locker, Walk-Through-Shop, Duty-Free-Shop’, der Flughafenbus nannte sich ‘Bus-Shuttle’. Er war ein Niederflurbus und neigte sich zur Einstiegseite, also hatte er die ‚Kneeling-Technik‘. Alles und jedes in englischer Sprache! Nicht etwa nur zusätzlich für ausländische Touristen, sondern ausschließlich, als gäbe es die deutschen Bürger und Konsumenten nicht.“

Er war mächtig in Schwung geraten und wurde immer lauter. Sie begann sich zu sorgen, ob er wohl seiner eigenen Dynamik gewachsen wäre. „In der Stadt ging es in diesem Stile weiter. Der ‚Holmes-Place’ in der Mohrenstraße präsentierte sich als ‚Life-Style-Club’. Der Volksmund sagte respektlos ‚Muckibude’ dazu. Nebenan die ‚Trends und ‚Gifts’. Ein paar Schritte weiter im Quartier 2005, nahe beim Gendarmenmarkt, der ‚Fashion-Store Berlin’. Sein Essen und Trinken kaufte man im ‚Foodcourt’. Der Möbelladen bot ‚Design Interiors’ feil.“ Er schnaufte wie nach einem Hundertmeterlauf. „Das Nachbargeschäft hatte ordentlich die Preise reduziert, bezeichnete das aber als ‚Sale’, ‚Sale’ und noch mal ‚Sale'. Die ganze Scheibe war damit bepflastert. Immer wieder dieses irre Wort: ‚Sale, Sale, Sale'. Der weltgewandte Kunde dachte an italienisches Essen mit „sale e pepe", der Frankophile glaubte, es handele sich um angeschmutzte Ware (sale), lag aber ebenso falsch."

Tilman Spiegel schien ihre Verwunderung nicht zu bemerken, sondern lachte schallend über die selbstverfertigten Scherze und fand sie anscheinend wahnsinnig komisch. „In Betten- oder Möbelläden", fuhr er fort, und seine Stimme schlug manchmal um, „gab es zu Urzeiten mal Inletts für Kissen oder Bettdecken. Die überall in den Geschäftsstraßen angepriesenen ‚Outlets' waren nun durchaus nicht das Gegenteil, etwa die Bezüge. Es wurde ein Ab-Werk-Verkauf mit verlockenden Niedrigpreisen versprochen. Daneben entdeckte ich am Potsdamer Platz eine ‚Beautybox', obwohl es sich durchaus nicht um einen kleinen Kasten handelte, wie man bei der Etikettierung hätte meinen können, sondern um ein respektables Geschäftslokal in den Arkaden."

Petra Warnke stellte erfreut fest, dass er inzwischen, wenn auch für ihren Geschmack etwas zu heftig, bei „ihrem" Thema angelangt war. Er konnte allerdings von der Gemeinsamkeit zwischen ihnen nichts ahnen. Ihr unwillkürliches Lächeln irritierte ihn, denn er vermochte sich nicht zu erklären, was dafür der Anlass war. Die fast demonstrative Nichtbefassung, die Spiegel neulich bei ihrer gemeinsamen Fahrt mit der S-Bahn an den Tag gelegt hatte, bedeutete also kein Desinteresse am Thema. Sie hätte schon interessiert, ob es sich um eine Reaktion von Selbstschutz gegenüber gefährlicher Neugier gehandelt oder ob ihm in dem Moment einfach die Lust gefehlt hatte, sich zu dem Wahnsinn servil anglisierter Werbung zu äußern.

„Der Unfug geht so weit", steuerte Petra Warnke aus ihren frischen Eindrücken bei, „dass die hiesigen Werbeagenturen freischwebend den Briten und Amerikanern neue Wörter erfinden, die diese in Deutschland nicht bestellt haben und auch nicht brauchen. Sie haben ja für ihre Sprache eigene Mechanismen der Wortbildung."

„Ich hab' nie richtig Englisch gelernt, in der Schule im Osten nicht und später auch nicht. Was für Wörter meinen Sie denn?"

„Nehmen Sie beispielsweise Beamer, Mobbing, Wellness, Public Viewing, Flatrate, Body Bag, Showmaster, Handy, Talkmaster, Oldtimer, Dressmann oder Anti-Aging!"

„Ach, was, sagen Sie ehrlich! Das ist alles hier erfundenes, gewissermaßen getürktes Englisch, falls es so etwas geben könnte? Ich hatte davon keine Ahnung. Was beweist uns das?" Er wirkte wie elektrisiert und beantwortete die Frage lieber gleich selbst. „Meiner Meinung nach besagt es", begann er wieder, „dass die Werbeleute, aber auch ihre Auftraggeber in Produktion und Handel, wirklich bis zur Besinnungslosigkeit versessen auf Englisch sind. Ihre krankhafte Ergebenheit ist größer als der Respekt vor der Sprache der englischsprachigen Völker, wenn sie schon keinen vor der eigenen haben. Sonst würden sie es nicht wagen, damit umzuspringen, als gehöre sie ihnen wie ein Steinbruch, aus dem sich jeder herausklaubt, was er gerade braucht."

Er fühlte sich wohl in dem Augenblick unbeobachtet und ließ mit versonnenem Lächeln seine Blicke von Kopf bis zu den Füßen über ihren Körper gleiten, ganz wie die Optik eines Geräts beim Einlesen einer Druckvorlage. An ihren bloßen Füßen mit dem Fast-Nichts der Sandaletten, die nur aus der Sohle und gekreuzten Lederstreifen bestanden, machte er Halt, hob wieder die Augen und fuhr fort: „Sie…, ich meine immer noch die Werbeleute, beweisen damit eine doppelte Geringschätzung, nämlich gegenüber beiden Kultursprachen, der deutschen und der englischen. Gewissermaßen eine noch nie gesehene Kombination von Landesverrat und Chauvinismus… Wieso Chauvinismus? Sehr einfach! Passt vielleicht nicht ganz? Ich will sagen: Die Ablehnung der eigenen Sprache trifft sich mit einem Missbrauch der fremden. Man bricht aus ihr nach Lust und Laune Teile heraus, klebt sie irgendwie mit Bruchstücken der eigenen Sprache zu Wortmonstern zusammen und gibt das Ergebnis als Anleihe bei der Weltsprache aus. Eine doppelte Verachtung, finden Sie nicht?"

„So viel Gedanken machen sich die Banausen nicht", erwiderte Warnke. Sie schaute sich die Detailstudie des Rennrades noch einmal genauer an. Das Funkeln der kompliziert ineinander verflochtenen Metallteile faszinierte im Zusammenspiel von Material und Licht, so dass sie immer wieder hinschauen musste. Sie selbst hätte für dieses Motiv keinen Blick gehabt und es gewiss nicht fotografiert. Frauen, Technik, Sport? Gibt es eine geschlechtstypische Motivwahl?

Sie spann ihren Gedanken zu den erwähnten Banausen fort: „Es geht um Geschäft, nicht um Kultur. Die Agenturen hören erst dann auf, ihre Mode zu Tode zu reiten, wenn sie befürchten müssen, sich lächerlich zu machen. Sie müssen erst begreifen, dass sie Gefahr laufen, keine Aufträge mehr zu bekommen. Da die Macher aber nicht Zeitung lesen, erfahren sie sicher als Letzte, dass das ganze Land über sie lacht."

Petra Warnke war von ihrer Meinung überzeugt: „Die Werbefuzzis mit ihrem Denglisch sind zum größten Teil nicht mehr zu bekehren. Sie haben in ihren jungen Jahren gelernt, dass die Amerikaner für die moderne Welt die Maßstäbe setzen, überall. Davon lassen sie in ihrem Leben nicht mehr ab. Sie haben ihr Handwerk durch bloßes Imitieren ihrer amerikanischen Meister gelernt. Den eigenen Verstand haben sie abgeschaltet. Eigene Werte besitzen sie nicht. Jetzt ist alles für immer in ihr Hirn eingebrannt. Ich glaube, die heute aktiven Werbeleute müssen erst wegsterben, damit sie aufhören, ihren Schwachsinn immer so weiter zu machen."

„Sie nehmen die noch zu wichtig", erwiderte Tilman Spiegel. „Auf diese Leute kommt es längst nicht mehr an. Sie laufen einfach ins Leere, vielleicht auch in die Spree oder in die Havel, wenn die Unternehmen ihnen keine Aufträge mehr geben, denn die haben begriffen, dass das denglische Zeitalter vorüber ist."

Sie schaute ihn verdutzt an, als wäre sie versehentlich in den falschen Film geraten und verstünde weder Sprache noch Untertitel. „Warum sollten die Vorstände der Firmen diesen Stil plötzlich zurückweisen, wo sie die anglisierte Werbung über Jahre und Jahrzehnte akzeptiert haben? Für einen Umschwung spricht doch im Augenblick rein gar nichts. Ich meine, die Tendenz in unseren Geschäftsstraßen ist ungebrochen. Stellen Sie sich vor, es verschlägt eine helle Brandenburgerin mit Augen im Kopf aus Kyritz oder Beskow plötzlich auf den Kurfürstendamm. Glaubt die denn, dass sie auf einer der großen Geschäftsstraßen in der deutschen Hauptstadt einkauft? Sie haben es vorhin selbst gesagt. Die Frau glaubt, sie läuft durch Chikago."

„Ich habe genau so Augen im Kopf wie Sie, ich widerspreche Ihnen doch nicht. Auf eines will ich hinaus: Wir sollten die Verantwortung richtig zuweisen. Seit langem haben wir uns daran gewöhnt, die Dinge ungefähr so zu betrachten: Die Agenturen jubeln den Produzenten und dem Handel ihre Werbekampagnen als modern und weltumspannend unter. Die überlasteten Firmenchefs wissen es nicht besser, prüfen nur halbherzig und lassen alles laufen wie gewohnt."

Tilman Spiegel redete sich rasch wieder in Hitze, und er gefiel ihr immer besser. „Seit den drei Endmarck-Studien kann und muss man wissen, auch als vielbeschäftigter Vorstandsvorsitzender einer großen Firma oder als hektisch umherwuselnder Inhaber eines mittelständischen Familienunternehmens, dass die anglisierte Werbung größtenteils an den Konsumenten abläuft wie Sommerregen. ‚Powered by emotions' von Sat 1 deuten viele Verbraucher als ‚Gepudert mit Emotionen'. ‚Come in and find out' von Douglas lesen sie als ‚Komm herein und finde wieder heraus'. Sie fühlen sich, je nach Bildungsgrad und Selbstbewusstsein, ignoriert, veralbert oder ausgegrenzt. Sat 1 und Douglas waren in der zweiten Studie ausdrücklich erwähnt. Sie haben diese Sprüche gestrichen. Die übrige Wirtschaft macht weiter, als ob nichts gewesen wäre. Bis hin zum halben Staatskonzern Deutsche Bahn! Der fühlt sich nicht einmal von Beschlüssen des Bundestages angesprochen! Die Volksvertreter verlangten nämlich im Herbst 2007 von den öffentlichen Dienstleistern, dass sie den Unfug sein lassen! Die Aussage war schön verpackt in einem langen Bericht einer Enquetekommission über die Lage der Kultur, und niemand hat sie bemerkt. So ein Pech aber auch!"

„Sie sehen mich richtig empört an", sagte sie leise und zuckte etwas belustigt die Schultern. „Ich weiß das doch. Wie aber bringen wir's unserem Kinde bei? Alles ist doch hundert Mal gesagt. Neue Argumente gibt es keine mehr, auch nicht bei den eifrigen Sprachvereinen."

„Die Verantwortlichen brauchen keine Argumente, sie brauchen Druck, Druck aus verschiedenen Ecken von Gesellschaft und Politik. Intelligente Argumente sind für die Katz. Sie sind das Geheule von Ohnmächtigen. Vielleicht beeinflussen Argumente ein wenig das Bewusstsein der Kreise, die ihren Verstand benutzen und nicht den Profit als einzigen Wert unserer ach so modernen Gesellschaft akzeptieren. Haben schlaue Gründe aber jemals einen gesellschaftlichen oder politischen Wandel herbeigeführt?" Er blickte sie triumphierend an, als hätte er den Zusammenhang gerade neu entdeckt. Seine Stimme zerschnitt die Luft: „Nein, haben sie nicht!"

Sie blickte ihn skeptisch an und hielt ihm die offenen Handflächen entgegen: „Wie wollen Sie den Druck erzeugen? Das ist leichter gesagt als getan. Für Massendemos taugt das Thema nicht. Die Leute nehmen ihre Sprache nicht wichtig, solange man sie dafür nicht ins Gefängnis steckt wie unter einer Kolonialherrschaft! Über Tibet vergießen alle Krokodilstränen, ziehen aber keine Parallele." Petra Warnke hoffte, Spiegel werde ihr jetzt seine Strategie erklären, so dass ganz zwangsläufig die Rede auf die aufrührerischen Aktionen vor einigen Wochen kommen müsste.

Sie war sehr zufrieden, dass sie mühsam zwar, aber immerhin an diesem Punkt der Unterhaltung angekommen waren. Alles lief irgendwie darauf zu, ohne dass sie ihn plump hätte fragen müssen. Sie sah auf ihre winzige Armbanduhr, auf der sie die Zeit mangels Ziffern nur schätzen konnte. Spätestens in der nächsten Viertelstunde musste sie sich entschließen zu gehen. Sollte sie ihm noch rasch ihre

Mitarbeit anbieten? Für was denn? Sie wusste noch immer nichts Genaues. Vielleicht war er nur ein aufgeregter Theoretiker oder weitschweifiger Rhetoriker und nicht der zupackende Typ, für den sie ihn gern gehalten hätte.

Tilman Spiegel hatte sich anscheinend wieder gesammelt. Er war ein paar Runden durch sein Fotostudio gelaufen, hatte da einen Kasten zurechtgerückt und dort einen Stapel Papier wieder an Ort und Stelle gelegt. Manches erinnerte an einen Lehrer, der damit haderte, dass er seinen Schülern einen schwierigen mathematischen Zusammenhang erklären wollte, aber nicht genau wusste, wie er es angehen sollte. Spiegel kehrte nach einigen Schleifen zu seinem Korbstuhl zurück, ließ sich fallen und blickte sie streng an, ohne dass sie wusste, warum. Nach einigen tiefen Atemzügen straffte sich seine Gestalt. Er nahm ein heftgroßes Foto eines alten Mannes von einem Tisch und streckte es ihr entgegen. „Eines wollte ich Ihnen vorhin noch zeigen: Die Möglichkeiten der digitalen Technik sind gerade in der Porträtfotografie phantastisch. Auch früher konnte man schon retouchieren, jetzt ist alles viel einfacher. Schweißglänzende Stellen schwäche ich ab, ohne dass die Haut wächsern wirkt. Warzen und Altersflecken gehen kinderleicht weg. Falten lasse ich weniger deutlich hervortreten. Eine ungesunde Gesichtsfarbe mache ich frischer. Die technischen Kniffe werden nur durch den Geschmack des Fotografen eingeschränkt. Die Grenzen zur Manipulation sind fließend. Hier steckt eine Gefahr, aber die Kollegen haben auch früher schon geschummelt. Fotografie ist Gestaltung, kein Abziehbild der Welt."

Sie sah ihn ein wenig entgeistert an, blinkerte dreimal mit den Augen und meinte: „Verzeihen Sie, aber ich wollte hier keine Lehre machen. Sie sind mächtig von Ihrem Beruf gepackt. Das sieht man. Die Bilder zeigen, dass Sie ein Könner sind. Lenken Sie aber nicht gerade ab? Wir waren noch bei meiner Frage, wie Sie Druck machen wollen. Druck auf die Werbeagenturen! Wie soll das gehen?"

„Sie kennen bestimmt ‚Greenpeace'? Die Leute sind engagiert, einfach toll, aber für meinen Geschmack etwas zu aggressiv. Denken Sie an den Kleinkrieg damals gegen Frankreich wegen der neuen Atomversuche im Pazifik. Ein Mann ist sogar zu Tode gekommen. Er war auch Fotograf wie ich. Die Geschichte mit der britischen Erdölplattform ‚Brent Spar' ist Ihnen sicher auch ein Begriff. Ebenso die Aktion mit den Asylsuchenden an der Küste Siziliens vor ein paar Jahren. Greenpeace riskiert viel, auch für die eigenen Leute. Das läge mir nicht, nein, bestimmt nicht."

Nach einem langen Blick auf seine Schuhspitzen hob er den Kopf und nahm den Faden an unerwarteter Stelle wieder auf: „Spektakulär sollte eine Aktion gegen die masochistische Selbstkolonisierung heute auf jeden Fall sein. Sonst guckt keiner hin, und man kommt nicht in die Medien. Das ist Vorbedingung. Ohne Medienpräsenz keine politische Wirkung!" Sie wusste nicht, ob er angefangen hatte, von sich selbst zu sprechen, als er fortfuhr: „Mir läge in jedem Fall mehr das spielerische Element. Leben, Gesundheit, auch größere Sachwerte, dürfen nicht gefährdet werden, sonst schlägt das öffentliche Urteil auf die Akteure zurück. Sie schaden ihren Zielen selbst. Niemand solidarisiert sich mit ihnen."

Ein neuer Gedanke schien sich im Zucken seiner Augen anzukündigen: „Till Eulenspiegel wäre, dachte ich anfangs, ein guter Pate für öffentlichen Spott als Waffe der Kritik. Er hat aber manches Mal unnötige Schäden nicht vermieden, wollte es auch gar nicht. Als er sich eines Tages in Braunschweig total überfressen hatte, war ihm speiübel. Er spielte den Schwerkranken und ließ sich von einem alten Bauersmann auf seinem Karren voller Pflaumen nach Einbeck schleppen. Musste er da seine Notdurft auf die Pflaumen verrichten und das Obst verderben, obwohl der Mann sich für ihn abgerackert hatte? Viele der närrischen Geschichten sind nach diesem Muster gestrickt. Nicht selten trifft Eulenspiegel mit dem angerichteten Schaden ein Opfer, das es nicht verdient hat. Der legendäre Ruhm des großen Schalks ist unverdient. Da wird gefurzt, geschissen, reingelegt, beklaut, blamiert, was das Zeug hält, egal, wer den Schaden hat. Till Eulenspiegel war ein niederträchtiger Bursche. Er tobte seinen Übermut aus, damit er und das Publikum etwas zu lachen hatten. Moralische Lehren gab es oft nicht. Genau dies brauchen wir aber für unsere Sache: Wir müssen die Schuldigen bloßstellen, damit die Ahnungslosen besser begreifen. Na, klar, die Aktionen dürfen nicht zu fein gestrickt sein, sonst guckt keiner hin!"

„Also ungefähr so wie die Predigt in der Gedächtniskirche?", rief Petra Warnke schnell in seine Tiraden hinein, erschrak sich aber im selben Augenblick über ihren Vorstoß.

„Genau", bestätigte er halblaut, als ob er sich an niemanden persönlich wandte, warf den Kopf in den Nacken, sah sie an: „Wie kommen Sie darauf?"

„Na, weil alles hundertprozentig zusammen passt! Ihre Theorie von eben und die Praxis von neulich." Sie sah, wie er betont beiläufig eine Broschüre ergriff und darin blätterte, als suchte er eine bestimmte Passage. Er legte das Heft wieder hin und hatte wohl die passende Stelle nicht gefunden.

Dann stand er auf, zog sein zerknittertes Jackett aus und hängte es über die Lehne seines Sessels. Der Korbsessel war für den Zweck zu breit, so dass die Jacke zu Boden fiel. Spiegel bemerkte es nicht, hätte aber beinahe mit dem Ellenbogen das über die Tischkante hinausragende Heft heruntergewischt.

„Ich vermute, Sie sympathisieren mit dem Kirchenstörer", sagte Petra Warnke mehr beiläufig, als ahnte sie nichts. Sie war glücklich, dass ihr dieses Ausweichmanöver noch eingefallen war. „Solch eine Aktion müsste Ihnen doch gefallen haben! Spektakulär, medienwirksam und ohne nennenswerten Schaden an Mensch und Sachen, sieht man mal von der kurzen Freiheitsberaubung gegenüber unserem beliebten Landesbischof ab. Er wird die Viertelstunde ohne Spätfolgen überstehen, denke ich. Er ist vermutlich seelisch stabil genug." Sie blickte ihn so gleichmütig an, wie es ihr möglich war, als erwarte sie eigentlich keine Antwort.

„Ich weiß", antwortete er plötzlich blass und mit belegter Stimme, „ich weiß, dass ich von Ihnen nichts verlangen kann, aber ich wäre froh, wenn Sie Ihr Wissen für sich behielten."

„Also waren Sie's doch", sagte sie sehr leise und lehnte sich zurück. „Ich war mir überhaupt nicht sicher, nun haben Sie sich selbst verraten. Es wäre tatsächlich besser, keine Mitwisser zu haben, aber Sie konnten den Bischof ja nicht mit der einen Hand festhalten und im selben Augenblick von der Kanzel predigen, …wenn man Ihr bizarres Getöne so nennen durfte. Sie haben garantiert als Gruppe gehandelt. Das hat auch das Opfer der Polizei berichtet. Hat sich das denn gelohnt? Jetzt sind Sie dauernd in Angst, dass die Polizei Sie erwischt. Einen Bischof gefangen nehmen, betrachtet sie nicht als harmlosen Ulk. In der Zeitung vor ein paar Wochen war ganz humorlos die Rede von Sachen wie Freiheitsberaubung, Nötigung, Hausfriedensbruch und Störung der Religionsausübung. Eine stattliche Liste von Untaten! Schämen Sie sich wenigstens?", lachte sie bemüht.

Tilman Spiegel zuckte mit den Schultern, als brächte die Sache sein Blut längst nicht mehr in Wallung: „Wir tun, was wir können, aber wenn es denn passiert…, dass wir auffliegen, meine ich, …nehmen wir es in Kauf, ... um des Ziels willen. Eine Gerichtsverhandlung würde neue Öffentlichkeit und Solidarisierung schaffen. Insoweit lohnt es sich, falls man es so nennen will. Wir sind eine kleine Gruppe von fünfzehn Leuten, entschlossen und umsichtig. An sich sind wir zu viele, um volle Verschwiegenheit zu wahren." Er brachte das so lakonisch heraus, als hätte er sich mit dem Leben in der engen Zelle schon abgefunden. „Sagen Sie selbst: Bleibt uns eine Wahl? Einer alleine kann nichts bewirken."

Er sah sie eine Weile mit halb zusammengekniffenen Augen an, ehe er fortfuhr: „Denken Sie vielleicht, ich hätte mich verquatscht, weil Sie so listig gefragt haben?" Als sie den Kopf schüttelte, meinte er: „Na gut, wie es auch sei! Ich habe mich auf Ihr Fragespiel eingelassen und allerhand riskiert, weil ich Ihr Interesse gespürt habe. Sie wollen auch, dass sich etwas ändert. Davon bin ich überzeugt. Wissen Sie was? Reden wir nicht um den heißen Brei herum! Machen Sie einfach mit. Wir finden schon eine Aufgabe, die zu Ihnen passt und die nicht zu gefährlich ist. Sie müssen nicht wie die Kerle von Greenpeace auf den Schornstein von Vattenfall klettern, sollen sich auch nicht am Zaun des Kanzleramtes anketten. Wir brauchen immer auch Leute, die hinter den

Kulissen arbeiten. ... Was halten Sie von meinem Überraschungsangriff?"

„Na ja ..." Sie fühlte sich in der Tat überrumpelt. „Ich wollte längst gegangen sein." Sie sah auf ihre Uhr und starrte auf ihre neuen Schuhe. Auch bei der Gelegenheit, dachte sie, war sie auf sich selbst hereingefallen. Sie hatte das schwarze Paar mit der besonders schmalen Spitze unbedingt haben wollen. Nun waren sie, wie schon im Laden befürchtet, zu eng und quälten sie bereits im Sitzen. Warum passierte ihr so etwas immer wieder? Ihr Sohn Andreas fragte sie das manchmal lachend, wenn er sie klagen hörte. Zum Glück erwartete er nie eine Antwort darauf. Sie streifte die Schuhe ab, stellte sie neben ihren Stuhl und sagte halblaut etwas wie „neu" und „drückt ganz gemein".

Sie hob den Blick wieder und sah ihn an. Gern hätte sie vor ihrer Antwort gewusst, ob er der kühle Taktiker war, den er im Augenblick anscheinend verkörpern wollte. Neigte er vielleicht zum Fanatismus, wenn die Dinge sich zuspitzten? Begrenzte Risiken, das empfand sie ebenso, musste man im Alltag schon mal eingehen, etwa im Umgang mit Verkehrsregeln oder bei der Steuererklärung.

In Tilman Spiegels Aktionsgruppe musste sie sich vermutlich daran gewöhnen, die Risiken ein wenig weiter zu spannen, als sie es gewohnt war. Natürlich sah sie ein, dass man bloß mit Argumenten, mochten sie noch so einleuchtend sein, gegen eine Wand von massiven Geldinteressen nicht anrennen konnte. Sie hatte allerdings wenig Neigung, für ideelle Ziele ständig mit einem Bein im Gefängnis zu stehen. Genau das tat Tilman, wenn er eben mal den Landesbischof als Geisel nahm, um den Kirchenbesuchern drastisch vor Augen zu führen, dass sie sich im eigenen Land ihre Muttersprache rauben ließen. Ob man das nun kriminell fand oder noch verzeihlich, überlegte sie, eine gute Portion Verrücktheit war anscheinend im Spiel! Überzeugungstäter, gefährlich oder nicht, waren aus der Sicht der übrigen Menschen immer auch Spinner, so viel war aller Welt klar. Wollte sie sich mit einem solchen Mann verbünden? Sie zögerte mit ihrem Urteil, denn richtig durchgeknallt wirkte er nicht. Er sprach sachlich über seine Ziele, eher wie ein Geschäftsmann oder Politiker.

Spiegel hatte gesagt, es würden auch Leute im Hintergrund gebraucht …, wie jede kriminelle Vereinigung, ergänzte sie im Stillen. Ob sie sich wenigstens darauf einlassen könnte? Reizen würde es sie schon. Sie konnte das nicht auf der Stelle entscheiden. Heute würde er sie nicht auf die Schnelle vereinnahmen.

„Nun, was meinen Sie? Sie sagen gar nichts", hörte sie seine Stimme wie durch einen Nebelschleier.

Ihre Entscheidung für heute stand fest. „Ich bin ein bisschen stolz", wich sie aus, „dass meine Menschenkenntnis mich nicht getrogen hat. Schon seit unserem ersten Zusammentreffen in meinem Büro hatte ich ein vages Gefühl! Sie mussten es gewesen sein, den ich in der Gedächtniskirche schon in der merkwürdigen Verkleidung gesehen hatte." Nichts lag ihr ferner, als ihn zu verspotten, auch wenn es sich so angehört haben mochte.

Sie war mit sich unzufrieden. Auch ihre nächsten Worte gerieten ihr nicht so, dass sie ihr gefielen: „Ich finde Ihr Ziel ehrenwert. Ob die Methoden gut sind und dazu passen, weiß ich bis jetzt nicht. Im Augenblick habe ich Zweifel… Sie müssen keine Angst haben. Ich zeige Sie nicht an. Diskretion habe ich in meinem Beruf gelernt. Ich verplaudere mich nicht. Verlassen Sie sich darauf! Ehe ich „Ja" sage, muss ich noch mehr wissen, allerdings nicht heute. Ich muss dringend nach Hause. Meine Katze wundert sich, warum ich nicht heimkomme. Sie kratzt mir die Tapete von der Wand."

Petra Warnke angelte nach ihren Schuhen, verabschiedete sich eilig und ging zur Tür. Sein sanfter Händedruck entsprach nicht ihrem Ideal von Männlichkeit. Tilman Spiegel begleitete sie und sagte, während sie im Türrahmen stand, leise und mit melancholischer Stimme, als hätte er sie bereits wieder verloren: „Ich möchte Sie bald wiedersehen, unbedingt. Wollen Sie?"

„Ja, gerne. Unser Gespräch war gut. Ich rufe Sie an, wenn mein Kopf ein bisschen klarer ist, spätestens kommende Woche." Er schaute ihr nach, wie sie der Rosenthaler Straße in Richtung S-Bahnstation Hackescher Markt folgte. Nach ein paar Dutzend Schritten tauchte sie in das dichte Gewimmel der Passanten ein, so dass er sie bereits vor dem Eingang zu den Hackeschen Höfen aus den Augen verlor.

Am Wochenende darauf beim Frühstück in Petra Warnkes Wohnung: „Hör mal, Mama, was es in der Stadt für Witzbolde gibt", rief ihr Sohn Andreas und blickte über die Morgenzeitung zu ihr hinüber. „Witzbolde oder Fanatiker, ich weiß nicht genau. Was meinst Du?"

Petra Warnke genoss es, ihren einzigen Sohn an diesem Wochenende mal zu Hause zu haben, und er fand es bei Mama wohl auch hin und wieder angenehm und sehr bequem. Von seinem Studienort Freiburg gab es zwar, wie praktisch, einen durchgehenden Zug nach Berlin, aber schließlich war die Fahrerei auch eine Kostenfrage. Die neuen Studienfreunde schienen außerdem immer mehr eine

Konkurrenz für die alten Berliner Freunde aus der Schulzeit und für seine Mutter zu werden.

Auf ihre Nachfrage, von wem er denn spreche, zitierte er aus dem Bericht des Journalisten, ein Unbekannter sabotiere das Anmeldeverfahren für Studenten der Freien Universität. Die Studenten und Studentinnen hatten Vordrucke erhalten, die in englischer Sprache abgefasst waren. Sie sollten so auch ausgefüllt werden. Der größte Teil der Antragsteller hatte die Anmeldung wie gefordert erledigt, ohne eine Meinung dazu zu äußern oder auch nur zu haben. Nur einige hatten sich an die Verwaltung mit der wohl spaßig gemeinten Frage gewandt, ob denn die Alliierten, zwanzig Jahre nach der Wende, wieder die Macht übernommen hätten. Die Verwaltung der Hochschule hatte dazu erklärt, die Anmeldevordrucke seien leider vertauscht worden. Diese Formulare habe man sofort wieder zurückgezogen. Man wolle allerdings die bereits eingereichten Anmeldungen gelten lassen, um den Studenten die Mühe zu ersparen, das Verfahren noch einmal zu durchlaufen. Nur wenige hatten anscheinend die Vordrucke auch von der Rückseite betrachtet, vermutete der Journalist, denn dem Exemplar in seinen Händen sei zweifelsfrei zu entnehmen, dass es sich nicht um ein amtliches Formular handeln könne. Ein unerwarteter Aufruf lautete:

Hallo, Studenten und Studentinnen! Die Studienabschlüsse sind umgestellt auf Bachelor und Master. Auch die Organisation der Hochschulen folgt amerikanischem Muster. Wissenschaftliche Veröffentlichungen und Kongresse auf Deutsch gibt es kaum noch. Warum denn Eure Anmeldung noch vorsintflutlich auf Deutsch? Seid endlich konsequent! Deutsch wird in den Hochschulen Fremdsprache. Wenn Ihr dieses Schicksal für unsere Landessprache nicht wollt, unterstützt die *Initiativgruppe: Hochschulen stoppen die Amerikanisierung!*

Petra Warnke hatte sofort einen Verdacht, auf wessen Konto die Aktion gehen konnte, versuchte jedoch, sich nichts anmerken zu lassen. Sie tat erstaunt und wollte wissen, worin er genau den Fanatismus sehe.

Andreas schaute seine Mutter lange kopfschüttelnd an und schien sie selten so wenig zu verstehen wie in diesem Augenblick, hätte aber auch gern gewusst, was sie dachte. Sie hatten nie über solche abgehobenen Probleme geredet, sondern sich über Praktisches verständigt wie den Speiseplan oder die Kleidung. Für ihren Beruf als Sozialpädagogin hatte er kein Interesse gezeigt. Ob sie politische Ansichten hatte und gegebenenfalls welche, wusste er nicht und hatte es auch bis jetzt nie wissen wollen.

Er hatte zum ersten Mal das Gefühl, dass zum richtigen Erwachsensein auch gehörte, den Vater, die Mutter nicht nur als Versorgungs-, Schutz- und Anlehnstelle zu nutzen, sondern mit ihnen, genau wie mit seinen Studienfreunden oder mit den Professoren, über politische Meinungen, weltanschauliche Standpunkte zu streiten, eigentlich über alle Dinge, die über ihr persönliches Verhältnis hinausgingen. Erst dann käme er aus der typischen Nestsituation heraus, dachte er, wenn er die Eltern als Erwachsene unter Erwachsenen ansähe und für die Dauer dieses Gesprächs die enge Bindung beiseite ließe. Gelänge dieser Schritt, diese innere Loslösung nicht, müsste eine solche Unterhaltung stets stereotyp und unecht verlaufen. Entweder würde die Unterordnung aus der

Kindheit, als die Eltern bestimmt haben, was galt, fortgesetzt, oder eine pubertäre Gereiztheit müsste jeden offenen Gedankenaustausch blockieren. Alles nach dem Muster: Meine Eltern verstehen sowieso nichts von der heutigen Welt, mich verstehen sie schon gar nicht, und zu sagen haben sie mir erst recht nichts.

Andreas fielen einige Beispiele aus seiner Umgebung ein, wo die Familien die gegenseitige Trennung von den alten Rollen offensichtlich ein Leben lang nicht geschafft hatten. Der Sohn hatte immer noch Angst vorm Vater und verschwieg alle wichtigen Dinge, die ihn wirklich bewegten. Die Mutter verbaute sich durch fortgesetzte Überbehütung den inneren Zugang zum erwachsenen Sohn oder zur erwachsenen Tochter. Sie verharrte gefühlsmäßig auf dem Stand des Muttertieres.

Andreas selbst hatte nichts zu kritisieren. Er fühlte sich weder von der Mutter gegängelt, noch überbehütet, noch aus dem Nest gestoßen. Den letzten Schritt musste er allerdings noch gehen. Er sollte allmählich seine Mutter aus der engen Mutter-Kind-Bindung freigeben und sie als erwachsene Frau mit eigenen Überzeugungen, mit der es sich lohnte, sich auseinanderzusetzen, akzeptieren. Er wollte ab heute endlich versuchen, wie es sich anfühlte, mochte es ihm zu Anfang auch schwerfallen.

„Ich finde die Haltung der Initiativgruppe ausgesprochen rückwärtsgewandt", nahm er den Faden wieder auf. Er blickte sie nicht an und versuchte sich vorzustellen, seine Mutter wäre eine fremde Hochschullehrerin während eines Seminars. „Was heißt denn hier ‚Amerikanisierung der Hochschulen'? Sicher, die Sprache kommt aus England und den USA, aber sie gehört heute der Welt! Wir genießen gegenüber früheren Zeiten den Vorzug, dass heute die Wissenschaft auf dem ganzen Erdball mit einer Zunge spricht. Ich bin jedes Mal begeistert, wenn ich einen Kollegen aus einem fernen Land treffe, nehmen wir Henry aus Australien, mit dem ich außer auf Englisch nicht reden könnte. Oder Wang aus China oder Juanita aus Argentinien! Ich kann sogar ihre Seminararbeit lesen und mit ihr darüber diskutieren. Ihre Vorträge im Kolloquium verstehe", er machte eine winzige Pause und lächelte, „verstehe ich …fast durchgehend." Plötzlich wieder sehr ernst, fast ärgerlich: „Juanitas spanischer Akzent im Englischen ist reichlich gewöhnungsbedürftig."

Petra Warnke meinte, und es klang unbeeindruckt, als wäre sie nicht bereit, sich von dieser Begeisterung anstecken zu lassen: „Du könntest Deine Juanita auch verstehen, wenn sie hätte Deutsch lernen müssen, bevor sie hier studieren durfte. Sie würde dann mehr vom Gastland erfahren. Jetzt studiert sie wie auf einer Sprachinsel. Vielleicht ist sie nur deshalb in Deutschland, weil sie in Ländern wie Amerika oder England nicht angenommen worden wäre." Das fängt ja gut an, ging es ihr durch den Kopf, kaum diskutieren wir wie erwachsene Menschen, reden wir bereits aneinander vorbei.

Laut sagte sie und versuchte, nicht streng, jedenfalls nicht mütterlich, zu klingen: „Natürlich ist es nützlich, wenn Wissenschaftler verschiedener Länder sich auf Englisch verständigen, falls sie sonst keine passende Sprache fänden. Wissenschaft ist aber mehr als bloße Verständigung. Ihr seid ja keine Touristen. Wissenschaft ist schöpferisches Denken und gemeinsames Ringen um Erkenntnis. Das kann man am Besten in seiner Muttersprache, und zwar mit Abstand. Wer beherrscht schon eine andere Sprache so gut, dass er in ihr kreativ denken kann?"

„Hast Du mal mit Muttersprachlern schwierige Sachen in ihrer Sprache debattiert? Ich hab' es versucht, damals in Glasgow", erinnerte sie sich an ihre eigene Studienzeit. „Du läufst ihnen verzweifelt hinterdrein, nur um sie zu verstehen. Wenn Du auch mal was sagen willst, musst Du mächtig kämpfen. Du siehst in ihren Gesichtern, wie Du sie quälst mit Deiner tastenden Langsamkeit, Deinen ungeschickten Wendungen, den schrägen Bildern, der unsauberen Aussprache, den dauernden Versprechern, die bei manchen bis ans Stottern gehen. Die befremdeten Reaktionen der Muttersprachler lähmen Dich bei der Entfaltung Deiner Gedanken. Du fandest sie eigentlich recht bemerkenswert, bis Du anfingst, Deinen Beitrag in der anderen Sprache zu formulieren. Du bist schnell in der Defensive und brauchst viel Mut, um weiterzumachen. Alles klingt plötzlich primitiv, unbeholfen. Du fühlst Dich, wenn Du ehrlich bist, wie behindert. Hast Du so etwas schon erlebt, sozusagen in freier Wildbahn?"

Sie schien auf seine Antwort nicht zu warten, redete einfach weiter. „Ihr dürft Euch in Deutschland nicht überall Englisch aufzwingen lassen, wenn Ihr nicht geistig in die Amateurliga absteigen wollt. Es taugt höchstens für die Verständigung über fertige Ergebnisse. Wenn der Chirurg mit seinen Kollegen aus einem anderen Land darüber streitet, ob die vorgestellte Operationsmethode das leistet, was man sich davon versprochen hat, dann wird es in der Fremdsprache eng. Das gleiche erlebt er, wenn die anderen wissen wollen, wie man seine Technik exakt handhabt. Man kann für eine

Diskussion nicht alles vorher aufschreiben und dann ablesen wie bei einem Referat."

„Ich glaube, Du unterschätzt, wie gut viele von uns Englisch können." Seine Reaktion klang etwas eingeschnappt.

„Ich glaube, Du unterschätzt, wie groß der Vorsprung, nein, das reicht nicht, wie groß die Souveränität der Muttersprachler ist, vorausgesetzt natürlich, dass man gleich kompetente Leute einander gegenüberstellt. Du hast noch nicht im Ausland gearbeitet, noch nicht an internationalen Kongressen teilgenommen. Du würdest Dich wundern…"

Sie hatte ihn mit ihren Einwänden und Erfahrungen entwaffnet, jedenfalls für den Augenblick. Er schien beeindruckt und wollte anscheinend erst einmal in sich gehen, um später auf die Kontroverse zurückzukommen. Vielleicht musste er auch mit seinen Studienfreunden darüber reden.

Angenehm berührt war sie, dass er nicht sofort hitzig wurde, wenn er mit seinen Argumenten ins Hintertreffen geriet. Sie war überzeugt, dass er nicht nur aus Höflichkeit gegenüber seiner Mutter so unaufgeregt war, sondern dies seiner Art entsprach. Andreas sah den anderen, die andere aus seinen hellen Augen freundlich an, hörte wirklich genau hin. Er wartete nicht mit verschlossenen Seehundsohren darauf, endlich seinen eigenen Beitrag abschießen zu können, wie man es in öffentlichen Diskussionen allzu oft erlebt. So würde er niemanden verprellen, sich aber auch nicht einwickeln lassen, sondern sein Ziel geschmeidig verfolgen.

Sie erinnerte sich, dass er einmal als vielleicht zehnjähriger Schuljunge einen völlig aus der Fassung geratenen Lehrer dazu gebracht hatte, erst einmal die Tatsachen herauszufinden, ehe er auf einen konventionellen Schülerstreich, frischer Klebstoff auf dem Lehrerstuhl, eine überzogene Kollektivstrafe verhängte. Durch freundlich beharrliche Fragen holte er den Rasenden wieder auf den Boden maßvoller Schulpädagogik zurück: „Wieso sollen alle für einen büßen, nur, weil sie ihn nicht verraten möchten? – Hätten Sie an unserer Stelle den Mitschüler verpetzt? – Sie haben gar nicht versucht, den Schuldigen zu finden, vielleicht gesteht er."

Petra Warnke hielt ihr Versprechen und meldete sich in der folgenden Woche wieder bei Tilman Spiegel. Sie hatte ein paar Tage mit sich gekämpft, ob sie sich auf einen engeren Kontakt mit einem Mann, der es mit den Gesetzen nicht so genau nahm, einlassen konnte. Natürlich war er kein Krimineller, tat nichts zum eigenen Vorteil. Er versuchte aber, der Stadt mit diesen Aktionen seine eigenen Regeln aufzuzwingen. Der rüde Umgang mit dem Bischof war kein Böse-Buben-Streich gewesen, während man dies für die Umbenennung der Straßen zur Not hätte gelten lassen können.

Sie hätte sich gern mit ihrer Kollegin Mieke in der Jugendbehörde darüber ausgetauscht, wie sie solch einen freizügigen Umgang mit der Rechtsordnung betrachte und was sie vom Charakter eines derartigen Mannes halte. Sie kannten sich schon viele Jahre und besprachen eigentlich alles miteinander, Dienstliches wie Persönliches. Petra Warnke hatte sich aber tapfer an ihre Zusage gehalten, die Diskretion zu wahren, und ihre Gewissensqualen mit sich allein abgemacht. Die Beamtin in ihr war einen Schritt zurückgetreten, und die Sozialpädagogin an die erste Stelle gerückt. Ihre Neigung zum Idealismus hatte gesiegt. Sie gab ihrer wachsenden Faszination für den seltsamen Privatrevolutionär mit seinem leicht verstörten Charakter aus Dreistigkeit und Gelassenheit zögernd nach.

„Tilman, gestehen Sie! Das waren Sie und Ihre Leute doch schon wieder! Die englischen Formulare für die An- und Rückmeldung der Studenten an der FU mit dem erhellenden Kommentar auf der Rückseite, den leider wer weiß wie viele gar nicht gelesen haben."

Er freute sich anscheinend sehr über ihren Rückruf. So recht hatte er wohl nicht daran geglaubt und antwortete fast jubelnd: „Ist das nicht toll, wo überall unsere Sympathisanten stecken? Wir sind schon so viele, dass die Grüppchen zum Teil ganz eigenständig handeln. Sie tun mir entschieden zu viel Ehre an, wenn Sie alles, was Sie in der Stadt sehen, mir in die Schuhe schieben. Die Hochschulen kann ich nicht von hier aus bedienen, von meinem Fotostudio aus. Da muss schon einer im Uni-Betrieb richtig drinstecken."

Sie ließ sich auf seine Begeisterung gar nicht erst ein. Er lenkte offensichtlich ab, indem er seinen eigenen Beitrag vollkommen herunterspielte. Für ihr nächstes Treffen schlug sie ihm etwas sehr Konkretes vor. Sie wollte ihn bei einem Fotospaziergang in Berlin oder in der Umgebung begleiten. Der Gedanke sei ihr neulich bei ihrem Besuch gekommen, als sie seine Bilder aus den ungewöhnlichen Blickwinkeln gesehen habe. Sie selbst fotografiere seit langem für den Hausgebrauch. Leider komme sie nie über den Stand der Postkarten-Knipserin hinaus. Sie wolle ihn keineswegs bei seiner Arbeit stören, bitte ihn nur, während seiner Vorbereitung laut zu denken, zu sagen, warum er ein Bild so und nicht anders anlege. Davon würde sie gerne profitieren. Das Brandenburger Tor vom Pariser Platz aus könne schließlich jeder mit den automatischen Kameras auf den Sensor bannen. Als er einen sehr langen Augenblick zögerte, wollte sie wissen, lächelte dabei süßsauer, ob seine Schaffensmomente vielleicht zu kostbar seien, als dass man sie durch Reden entweihen dürfe.

„Das ist nicht das Thema", erwiderte er und überhörte anscheinend ihre Ironie, „in der Ausbildung machen wir es mit den Lehrlingen oder Meisterschülern genau so…" Irgendetwas schien ihn noch an einer klaren Antwort zu hindern. Anscheinend war es ihm nicht möglich, spontan einfach „ja" zu sagen. Er legte sich wohl, vermutete sie, gerade ein hinhaltendes Argument zurecht.

Sie sah ihn in Gedanken deutlich vor sich. Eigentlich schade, erinnerte sie sich an seinen Anblick und glaubte, durch die Leitung hindurchsehen zu können, schließlich war er noch in mittleren Jahren, und schon hatten seine Haare über der Stirn bereits größere Teile des Schädels zur Ansicht freigegeben. Wenn er ein ernstes Gesicht machte, bekam er dadurch einen Zug ins Kämpferische. Lachte er, spielte die hohe Stirn keine besondere Rolle, weil die vor Unternehmungslust sprühenden Augen die Aufmerksamkeit der Gesprächspartnerin auf sich zogen. Warum zögerte er denn so lange?

„Eigentlich mache ich solche Ausflüge kaum noch. Ich gehe gezielt auf einzelne Motive los. Für Sie…", er zog das „i…" enorm in die Länge, „könnte ich mich schon überwinden…" Nach einer langen Pause: „Ich finde …, ganz ehrlich…, gemütlich beim Tee kann man besser reden als beim Arbeiten und Herumwandern. Wollen wir Ihren Vorschlag nicht auf später verschieben? Ich mach' den Spaziergang mit Ihnen gern, wirklich, aber heute habe ich allerhand zu berichten, und das eilt." Seine Stimme wurde rau und dunkel. Er sprach auffällig leise, obwohl ihm vermutlich in seinem Studio, jetzt während ihres Telefonats, kein Kunde zuhörte.

„Wir planen eine größere Aktion, eine richtig große Sache, garantiert unübersehbar für die ganze Stadt, echt wie bei Greenpeace!" Dann wieder volltönend und weich: „Seien Sie so lieb, und kommen Sie heute nach Ihrem Dienst ins ‚Weihenstephaner' am Hackeschen Markt! Ja? Ich bitte Sie!"

Sie erschien mit dem festen Vorsatz, gut auf sich aufzupassen, aber voller Neugier. Als moderner Mann umarmte er sie ohne Scheu und führte sie in eine vom übrigen Raum etwas abgetrennte Nische, wo kein Nachbar sie belauschen konnte. Tilman bestellte für beide dunkles Hefeweizen. Er begann ihr, ohne jede Überleitung, zu erklären, was ein Flugblatt ist, nein, kein Flyer, sondern ein echtes Flugblatt alter Art, eines, welches wirklich fliegen kann. Petra legte den Kopf schief und sah ihn schräg von unten an. Sie hatte den vagen Verdacht, er wollte sie auf den Arm nehmen.

Er ging über ihre schlecht gespielte Empörung mit einem entwaffnenden Lächeln hinweg und erläuterte ihr, dass die wichtigsten Informationen für die Menschen von oben kommen, und zwar immer nur von oben. „Von Gott, vom Fürsten oder König, von der Regierung, vom Chef, vom Vorsitzenden, vom Vater, von der Ehefrau oder" – Tilman betonte das „o" heftig und schob mit der ausgestreckten Hand einen imaginären Gegenstand durch die Luft auf sie zu – „oder aus dem Flugzeug.", schloss er schnell und nickte wie zu seiner eigenen Bestätigung. Er blickte sie an, als bäte er um ihr Einverständnis zu dieser vollkommen undurchsichtigen Behauptung.

Petra fühlte sich gedrängt, irgendwie zu reagieren: „Nun ja, äh, schon…, und was bedeutet das hier, für uns? So ein Zettel fliegt doch auch ohne Flugzeug. Man muss ihn bloß fallen lassen, aus dem Fenster, aus der bloßen Hand, jedenfalls aus einer gewissen Höhe, ein Stück weit über dem Boden…" „Ach, was", erwiderte er und zog voller Verwunderung seine anscheinend vergessene Hand zurück, die bis jetzt über den hohen Bierkelchen geschwebt hatte. „Das sind allenfalls Infoblätter, meinetwegen auch Flyer, aber keine Flugblätter. Im 1. Weltkrieg hat man erstmals im großen Stil Flugblätter aus Flugzeugen abgeworfen, um die Bevölkerung des Gegners systematisch zu beeinflussen. Spektakulär war die Aktion des italienischen Dichterfürsten und Militärpiloten Gabriele d'Annunzio im Jahre 1918, sein Flug über Wien mit elf Militärmaschinen, bei dem er 35.000 Flugblätter abgeworfen hat. Er wollte die Bürger Wiens in der allerletzten Phase des Krieges zum Widerstand gegen die eigene Regierung aufrufen und den Krieg beenden helfen. Eine heute vergessene, pathetische Geste der Menschenfreundlichkeit und der Verständigung unter den Völkern!"

Petra war erstaunt, mit wem er sich verglich, und hakte ein: „Was hat das historische Muster aus dem Weltkrieg mit unserem" – sie sagte ‚unserem', Tilman traute seinen Ohren nicht, – „ganz zivilen Zweck zu tun, die heutigen Bürger über einen aktuellen Missstand in dieser, unserer Republik aufzuklären? Das würde ich wirklich gern wissen." Sie war belustigt von seiner Angewohnheit, immer dann, wenn er zu etwas Bedeutsamem ansetzte, die Augenbrauen, wie einen Rollladen bei einem Geschäft zum Feierabend, vor den Augen herunterzulassen.

„Wir brauchen eine effektvolle Aktion, um die Medien zu bedienen. Sonst hört das Land nicht hin. Die Aktion muss ziemlich gewagt sein, am Rande der Legalität, vielleicht auch schon darüber hinaus. Sonst langweilt sich das Publikum. Wir müssen uns in einer Form an die Bürger wenden, in der wir von den Medien nicht abhängig sind. Unsere Argumente, unsere Artikel, unsere Appelle veröffentlichen sie nur, wenn es nicht anders geht. Die Medien, ihre Herausgeber, Chefredakteure, Journalisten, sind Teil der allgemeinen Amerikanisierung. Die halten uns allesamt für Störenfriede und Feinde der Freiheit. Sie meinen, wenn sie ‚Freiheit' sagen, die Freiheit des Wolfs im Schafsstall. Wir müssen sie durch die Art unserer Aktion zur Berichterstattung zwingen."

„Und danach sieht unser Land sofort ein, dass es seine Sprache nicht wie einen nassen Lappen wegwerfen darf?"

Tilman schien sich mit so viel Uneinsichtigkeit nur schwer abfinden zu können und stöhnte hörbar durch die Nase. „Ich weiß natürlich nicht, wie das einschlägt. Ich weiß aber, dass wir einen Paukenschlag brauchen. Bei Greenpeace machen wir das jedenfalls so."

Petra hörte mit wachsendem Respekt zu, als er fortfuhr: „Die Öffentlichkeit hört auf uns, und wir haben über die Jahrzehnte allerhand erreicht. Denk nur an die Bohrplattform von Shell in der Nordsee. Das macht mir Mut. Damit Du nicht denkst", – sie ließ das ‚Du' widerspruchslos über sich ergehen – „ich wäre ein Phantast, hier mal kurz eine erste Materialliste, was wir für solch einen Paukenschlag brauchen, damit alle aus dem Schlaf aufwachen. Erstens: Die Unterschrift einiger prominenter Großdichter, Spitzenpolitiker, Verbandsfürsten unter dem Flugblatt. Sodann: Einen Aufruf, der den Bürgern das Blut in den Adern gerinnen lässt. Schließlich: Ein privates Motorflugzeug, zwei- oder viersitzig, vielleicht reicht auch ein Motorsegler, für etwa eine Stunde. Und am Ende auch einen kompetenten Piloten, der sich die Sache zutraut und bereit ist, nach dem Vorfall notfalls seine Lizenz abzugeben."

„Ist das nicht ein kühnes Husarenstückchen, wie es zu Gorbatschows Regierungszeit der verrückte Matthias Rust auf dem Roten Platz in Moskau geboten hat?" Ihr war das so herausgerutscht, ohne zu überlegen, ob der Vergleich passte.

Tilman bekam rote Flecken und stieg heftig darauf ein. Diesmal waren die Augen hinter den Brauen kaum noch zu erkennen. „Nein, vollkommen falsch! Die Fälle haben nichts, aber auch gar nichts, miteinander zu tun. Rust war nicht kühn, er war kriminell." Die Stimme klang hart, wie sie es bei ihm noch nicht gehört hatte. „Bei seinen Verrenkungen über dem Roten Platz hätte er leicht den Passanten auf den Kopf fallen können. Der Platz war zu der Stunde voller Menschen, dicht bei dicht. Rust hatte mehr Glück als Verstand. Unser Pilot würde niemanden gefährden und niemandem etwas zu Leide tun. Er erregt bloß mächtig Aufsehen, hoffentlich, sonst passiert nichts."

Petra sah ihn fassungslos an: „Kann jeder über die Innenstadt fliegen und etwas abwerfen, über belebten Plätzen, auch Bomben?"

„Nein! Nicht jeder! Du musst die nötigen Scheine haben und ein Flugzeug leihen oder mieten, wenn es nicht Dein eigenes ist. Dann darfst Du über die Stadt fliegen, außer einem kleinen Beschränkungsgebiet über der Innenstadt mit dem Regierungsviertel. Das ist unser Verständnis von Freiheit. Über der Stadt Paris sind Privatflieger verboten, kompromisslos. Über Berlin nicht! Bomben abwerfen ist allerdings auch bei uns verboten." Ein kleiner schräger Ruck mit dem Kopf dabei, als fände er seine letzte Bemerkung besonders komisch! „Verhindern könnte es allerdings keiner, schon gar nicht mit einer niedlichen, kleinen Aussparung, der verbotenen Zone über dem Stadtzentrum. Sie gilt zwischen

292

Lietzensee, Jungfernheide, dem ehemaligen Flughafen Tempelhof und den Treptowers. Ungefähr so effektiv, als wollte man Anschläge mit Autobomben auf die amerikanische Botschaft durch ein Parkverbot verhindern."

„Schade, dass ich nicht fliegen kann! Ich würde Flugblätter lieber über Gendarmenmarkt, Pariser Platz und Alexanderplatz abwerfen, dort, wo die meisten Menschen sind. Da darf man aber wohl nicht mehr hin, wenn ich Dich richtig verstanden habe. Nur Funkturm, Schloss Köpenick und Rathaus Zehlendorf wären noch möglich." Sie hielt den Kopf schief und sah so aus, als wäre ihr eben die Erleuchtung gekommen: „Fällt denn ein klitzekleiner Abstecher auf? Beispielsweise zum Alex? Flugzeuge sind schnell da, wieder fort, und keiner hat gesehen, wer es war!" Petra schien der Idee etwas abzugewinnen, je länger sie darüber sprachen. Es hielt sie kaum auf ihrem Stuhl. Schließlich stand sie doch auf und umkreiste ihn. Sie griff die Lehne fest mit beiden Händen und sah Tilman fragend an.

„Da genau liegt das Problem! Du hast das richtige Gespür. Wir fragen uns, welcher Regelverstoß sich für Aufklärung lohnt. Was wäre die Wirkung in den Medien? Wenn am Ende die öffentliche Empörung über den Luftrowdy größer wäre als die Solidarisierung? Dann hätten wir sozusagen mit Zitronen gehandelt. Der Pilot säße im Gefängnis, für nichts und wieder nichts, und die Leute lachten sich kaputt."

Petra lachte ebenfalls: „Die richtigen Revoluzzer seid Ihr nicht, wenn Ihr vor der Aktion eine Rechtsberatung einholt." Sie dachte an das Lenin-Wort über die deutschen Revolutionäre. Er soll gesagt haben, sie würden vor Betreten des Bahnsteigs eine Bahnsteigkarte lösen. Mindestens dieses

deutsche Problem für Revolutionen war gelöst. Die Bahnsteigkarte war seit Jahrzehnten abgeschafft.

Petra wunderte sich über ihre Worte. Wieso nahm sie
sich das Recht heraus, Tilman und seine Gruppe, deren weitere Mitglieder sie nicht einmal kannte, zu kritisieren? Er
blickte tatsächlich ein wenig überrascht zu ihr hin. Vermutlich verlöre er gleich das Interesse an dem Gespräch, fürchtete sie. Sie hätte Verständnis dafür, denn sie hatte noch
nicht einmal angeboten, sich zu beteiligen. Sie war mit sich
noch nicht im Reinen. Nun tat sie so, als käme es auf ihre
Meinung an. Petra sah plötzlich ein, dass sie mit ihrem impulsiven Kommentar rein instinktiv reagiert hatte. Sie konnte
bei Männern ein tastendes, abwägendes Verhalten nicht aus-
stehen, auch wenn der Verstand ihr in erleuchteten Momenten riet, dass ein gedämpftes Temperament für eine Frau von
Vorteil und sehr angenehm sein konnte.

Tilman Spiegel schien sich über ihre vorschnelle Bemerkung durchaus nicht zu ärgern. Er nutzte ihre schwache
Position sofort: „Ich verstehe Deine kritischen Worte gut.
Du willst bei unserem Projekt dabei sein, uns zeigen, was die
neuen Helden tun sollen. Ich bin gespannt." Er lächelte ihr
sanft zu wie ein Jäger, der das scheue Wild in die Falle ge-
lockt hat. Nun öffnete er behutsam deren Tür, vermied es,
seine Überlegenheit zu zeigen. Er warb um Vertrauen, bevor
er das gefangene Tier wieder herausließ. Zuvor musste es
sich soweit beruhigt haben, dass es nicht mehr trampelte und
zappelte.

„Natürlich, wenn ich das Flugzeug nicht selber fliegen
muss...", hatte sie sofort, halb im Spaß, gerufen. — Als sie
sich vor dem Restaurant verabschiedeten und Petra wieder
ins Freie trat, hatte sie tatsächlich versprochen, einen Ent-

wurf für einen zündenden Aufruf zu verfassen. Nach ein paar Tagen wollten sie sich wieder treffen.

Tilman konnte in diesen Tagen nicht gut arbeiten. Die durchschnittlich interessanten Kunden in seinem Studio langweilten ihn. Vor allem jene Verkäuferinnen oder Buchhalterinnen, die zu glauben schienen, sie wären die Venus von Botticelli! Schlimmer noch die Aufträge von Werbeagenturen, diese oder jene Porzellantasse, dieses oder jenes moderne Mietshaus in noch nie gesehener Weise in Szene zu setzen. Ihm fielen keine neuen Blickwinkel und keine ungewöhnlichen Beleuchtungseffekte mehr ein. Alles war schon da gewesen, alles hatte er schon ausprobiert, und es ödete ihn an. Dennoch arbeitete er weiter wie gewohnt und hoffte sehr, dass für eine gewisse Zeit seine sichere handwerkliche Routine die sonst sprungbereite Inspiration ersetzen konnte. Unerwartete Eingebungen, seltsame Einfälle konnten schließlich Auftraggeber auch verwirren.

So war er selbst gegenüber Kundinnen, die sich für ihren Freund oder zum eigenen Vergnügen in gewagten Posen aufnehmen lassen wollten, innerlich noch gleichgültiger als gewöhnlich. In einem Fall, erinnerte er sich später belustigt, war seine freundlich-trockene Sachlichkeit sogar besonders passend. Eine dunkelhaarige Dreißigjährige wollte Fotos ihrer ganzen Erscheinung. Sie hatte vor, gestand sie verschämt, sich als Tänzerin in einer Nachtbar zu bewerben. Als sie den BH abgelegt hatte, wurde Tilman hinter seinem Stativ keineswegs männlich unruhig, sondern lobte, ohne flunkern zu müssen, ihre makellos samtige Haut. Er riet ihr aber eindringlich von ihrem Oben-ohne-Plan ab. Ein starres Foto, erläuterte er ernsthaft, sei unbarmherziger als jede Darbietung der realen Natur. Wenn es nicht zu viel zeige, könne es hingegen beim Betrachter unausgesprochene Wünsche hervorrufen. Sichtbar erleichtert nahm die Frau sein fachmännisches Urteil an und stimmte dem Vorschlag zu. Er hatte, wenn auch unerwartet, eine zufriedene Kundin mehr. Sie schwor ihm beim Fortgehen, sich nur noch von ihm ablichten zu lassen. Er dachte nicht sehr lange nach, ob er sich darauf freuen sollte.

Tilman musste sich allmählich zu der Einsicht bequemen, dass die Zeit der Eulenspiegeleien vorüber war, wenn er und seine Freunde politisch etwas bewirken wollten. Nett und harmlos war schon die Aktion in der Gedächtniskirche nicht mehr gewesen, auch wenn niemand dabei echten Schaden genommen hatte. Der Bischof hatte unfreiwillig mit den erlittenen Unannehmlichkeiten den Preis für seine Prominenz gezahlt. Tilman fand es selbst erstaunlich, dass niemand aufgedeckt hatte, wer der Täter gewesen war.

Obwohl Petra sich neulich etwas überheblich über seine Abwägung der Risiken bei Spontan-Aktionen lustig gemacht hatte, hielt er eisern an einem Grundsatz fest: Er hatte nicht das Recht, für einen Wert, der ihm oder seinen Freunden wichtig war, wertvolle Güter anderer Menschen zu vernichten oder zu schädigen. Dazu zählten nicht nur Leben und Gesundheit, sondern auch das Eigentum. Ausnahmen könnte er nur bei ausgesprochen geringfügigen Dingen zulassen. Was darunter fiel, war nicht leicht abzugrenzen. Ein Reifen oder eine lackierte Oberfläche eines Autos, eine renovierte Hauswand, ein Fahrkartenentwerter auf einem Bahnhof waren sicher keine Gegenstände von unbeachtlichem Wert.

Was galten aber reine Ordnungsregeln? Wie musste man die betrachten? Manche Vorschriften für den Luftverkehr waren nötig, um Gefahren für Leib und Leben abzuwenden, aber keineswegs jede. Ein Pilot durfte z.B. nicht mit einem Flugzeug auf einem Rollweg die Startbahn eines Flughafens kreuzen, ohne eine Weisung des Fluglotsen einzuholen. Er konnte sonst schwere Unfälle heraufbeschwören.

Das Beschränkungsgebiet ED-R-146 über der Berliner Innenstadt war 2005 vom Bundesverkehrsministerium eingerichtet worden, um gegenüber der Öffentlichkeit den Beweis anzutreten, dass der Staat etwas gegen potenzielle Terroristen unternahm. Eine realistische Gegenüberstellung von Gefahren, Maßnahmen und denkbarer Schutzwirkung zeigte nach Tilmans Überzeugung, dass es sich um politische Augenwischerei handelte. Diese Verkehrsregel verdiente keinen besonderen Respekt, kaum mehr als ein Parkverbot. Ihre Verletzung konnte allerdings den Luftfahrerschein und eine satte Geldstrafe kosten. So viel war sicher, denn die Behörden mussten die Wirkung ihres Handelns dokumentieren. Bei normalen Bürgern würde die neue Regel also greifen, bei Terroristen nicht!

Tilman Spiegel überlegte, wem er allen Ernstes zumuten konnte, für einen letzten Flug mit gültiger Lizenz alles in Kauf zu nehmen, noch dazu zugunsten rein ideeller Ziele, die vermutlich nicht einmal die eigenen waren? Er siebte in Gedanken seinen engeren und weiteren Bekanntenkreis durch, einmal, zweimal, dreimal, und stieß im hinteren Winkel seines Gedächtnisses auf Winfried K. Bohlmann, lange Zeit Berufspilot bei einer kleineren Luftfahrtgesellschaft, schon etliche Jahre im Ruhestand, jedoch weiterhin im Besitz einer Privatpilotenlizenz für einmotorige Motorflugzeuge.

Hatte er bei ihrem letzten Zusammentreffen am Rande des Flugplatzes Schönhagen, bei herrlichstem Frühlingswetter, nicht verdrießlich vor sich hingemurrt, er sei die turnusmäßig immer wieder nötige Verlängerung seines Scheins bald leid? Der Pflichtbesuch beim Fliegerarzt, die Mühe, die Mindestflugstunden anzusammeln und der Bürokratiekram bei der Antragstellung hingen ihm zum Hals heraus. Er habe alles erlebt, was das Fliegen bieten könne: Den Himmel mit seinem wechselnden Wolkenbild, mit Regen, Schnee oder Sonne, klarer oder dicker Luft, die Landschaften Europas von den Gletschern der Alpen bis zu den Küsten Skandinaviens, historische Flugzeuge wie den Fieseler Storch oder moderne wie den Lear Jet, Wiesenflugplätze oder Verkehrsflughäfen, souveräne oder angstvolle Minuten am Steuer, sympathische oder widerwärtige Fluggäste. Der Mensch sei schließlich kein Adler, der fliegen müsse, so lange er am Leben sei. Der Adler brauche nicht, anders als er, die unverschämten Charterkosten zu blechen, um überhaupt ein Flugzeug unter den Hintern zu kriegen.

Bohlmann sah ihn augenzwinkernd an, war offensichtlich abgelenkt durch ein neues Modell einer Cessna, das er noch nicht kannte. Er habe vor einigen Jahren mal geträumt, fügte er hinzu, er sei wie sein unbekannter Kollege in den Achtzigern durch den Triumphbogen in Paris geflogen, mit fünf Metern Spielraum auf jeder Seite. Nach dem Aufwachen sei er wegen der Kühnheit, die er beim Fliegen immer verabscheut habe, über sich empört gewesen. Heute, nach vier Jahrzehnten Fliegerei, könne er dem Gedanken einer Art Abschiedsveranstaltung durchaus etwas abgewinnen. Er blinzelte, und es zuckte um seine Mundwinkel.

Tilman durchschaute nicht, wie er es wirklich meinte. Zum Schluss schüttelte er ernst den Kopf und bemerkte, ein Recht auf einen Abschiedsbonus gebe es nicht, gerade für Piloten nicht. Bei solch überzogenen Ansprüchen gehe erfahrungsgemäß oft etwas schief. Er erinnerte an Steve Fossett und seinen letzten Flug in der Sierra Nevada im Jahre 2007, von dem man nicht so genau wisse, wie der Unfall abgelaufen sei. Damals konnte Tilman Spiegel Winfried K. Bohlmann zum Abschied Hals- und Beinbruch wünschen, seine melancholischen Gefühle jedoch auf sich beruhen lassen. Heute hätte er gern genauer gewusst, was der Freund von einem Knalleffekt zum Abschied hielt. Warum sollte er sich nicht einfach mal zum Tee bei ihm anmelden?

Tilman Spiegel dachte manchmal an den letzten Abend mit Petra Warnke im „Weihenstephaner" zurück, etwa bei den Sitzungen für Porträts oder bei Außenaufnahmen. Über seine Gefühle ihr gegenüber war er mit sich uneins. Er hatte sich vertrauensselig wie ein kleiner Junge benommen. Sie hatte ihn jetzt in der Hand und konnte der Polizei zu einem interessanten Fang verhelfen. Als Denunziantin — nach dem Motto „Herr Polizeipräsident, ich weiß was" — kam sie vom Typ her nicht in Frage. Wie leicht verplaudern sich aber Menschen, wenn sie auf ein Stichwort im Gespräch etwas beisteuern können, das die Aufmerksamkeit von Freunden oder Kollegen erregt. Der unstillbare Hunger nach Beachtung, vor allem durch wichtige oder für wichtig gehaltene Leute, ist stets Quelle von Klatsch. In solch einer Situation könnte es ohne böse Absicht zu seiner Enttarnung kommen.

Tilman hoffte sehr, dass Petra Warnke stark genug war, der Versuchung zu widerstehen und auf seine Kosten bei ihrer Umgebung Punkte zu machen. Durch ihren Beruf war sie zwar daran gewöhnt, mit intimen, manchmal auch peinlichen Informationen ihrer Klienten sorgsam umzugehen. Darunter waren auch bekannte Künstler, Politiker, Fernsehleute, die als Bewerber für ein Adoptivkind vorübergehend den Bildschirm verließen und höchst selbst in ihrem Büro erschienen. Bei einem Hausbesuch der Sozialarbeiterin mussten sie sogar ihre persönliche Sphäre ganz gehörig aufblättern. Deren Schutzbedürfnis war schon mit seinem Fall vergleichbar. Die praktische Übung in Diskretion musste Petra also besitzen.

Wenn aus der spektakulären Aktion etwas werden sollte, mussten sie noch ein anderes Problem lösen. Ihm schwebte etwas in der Art vor, wie es Émile Zola 1898 mit seinem öffentlichen Aufruf „J'accuse" (Ich klage an) eindrucksvoll gelungen war. Er hatte entscheidend dazu beigetragen, das Land wegen eines skandalösen Justizirrtums aufzurütteln. Das Kriegsgericht hatte Hauptmann Alfred Dreyfus wegen des Verrats militärischer Geheimnisse zu lebenslanger Verbannung verurteilt. Zola empörte sich öffentlich, man habe wissentlich einen Unschuldigen verurteilt, weil ein Sündenbock gebraucht werde. Er deutete das Urteil als Ausdruck von Judenhass. Nach einer aufgepeitschten öffentlichen Debatte, die das Land über Jahre in zwei Lager teilte, konnte Dreyfus nach einem ersten Prozess 1899 zurückkehren. Voll rehabilitiert wurde er aber erst 1906.

Tilman wusste, die Dinge von damals und heute ließen sich kaum vergleichen. Was ihn an der Dreyfus-Affäre tief beeindruckte, war der Mut einer öffentlichen Persönlichkeit, seinen angesehenen Namen ohne Rücksicht auf die eigene Person einzusetzen. Dieser Aufruf hatte dem Schriftsteller eine Gefängnisstrafe eingetragen. Er entzog sich ihr durch Flucht nach London.

Mit Verrat am eigenen Land, davon war Tilman überzeugt, hatte die Flucht der Leitmilieus aus der deutschen Sprache in Wirtschaft, Wissenschaft, Forschung und Medienwelt ebenfalls zu tun. Zwar ging es nicht um militärische Geheimnisse, wohl aber, wie bei Zola auch, um einen schändlichen Verrat von Werten.

Im Frankreich der Wende vom 19. zum 20. Jahrhundert hatten borniere Offiziere und Richter die hohen Werte der Revolution, Freiheit, Gleichheit und Brüderlichkeit, ihren Vorurteilen geopfert. Tilman wusste, dass maßgebliche Leute dieses Landes heute auch Verrat begingen. Diese Führungspersönlichkeiten schoben die über Jahrhunderte als großartiges Instrument schöpferischen Denkens ausgebildete deutsche Sprache achtlos beiseite, bedienten sich lieber der angloamerikanischen Sprache. Sie schützten Sachzwänge vor, suchten aber den eigenen Profit und schädigten die kulturelle Existenz des Landes, seine Identität.

Durch Abwertung der angestammten Landessprache, durch fehlende Bereitschaft, diese Sprache durch neue Wörter fortzuentwickeln, lieferten die Eliten die Bürger einer Art Kolonisierung aus. Sie machten sie im eigenen Land zu Fremden, bürgerten sie geistig aus. Die Menschen mussten feststellen, dass sie in ganzen Bereichen von Informationen ausgeschlossen blieben. An der Meinungs- und Willensbildung in der Gesellschaft hatten sie nicht mehr teil, denn das wichtigste Element nationaler Identität, die deutsche Sprache, galt nichts mehr. Das verbindende Element zu neuen ethnischen Gruppen im Lande fiel weg. Diese Vorgänge vollzogen sich ohne demokratische Legitimation. Die politische Klasse hatte sich der verhängnisvollen Entwicklung größtenteils unterworfen.

Tilman Spiegel kämmte im Geiste das Land durch, welche Männer oder Frauen geeignet wären, einen Paukenschlag zur allgemeinen Aufklärung zu tun. Er dachte, wie beim französischen Vorbild, an prominente Schriftsteller, die neuerdings in den Medien „Großschriftsteller" genannt wurden. Besaßen sie dadurch, dass sie geistreiche oder schöne Texte verfassten, tatsächlich in den politischen Angelegenheiten eine besondere Kompetenz für Durchblick? Waren sie Seher, was manche gerne für sich beanspruchten? Tilman neigte dazu, dies für ein von interessierten Kreisen gepflegtes Vorurteil zu halten. War es nicht in Deutschland längst ebenso, wie unlängst ein angesehener italienischer Literat, Vitaliano Trevisan aus dem Veneto, für sein Land meinte feststellen müssen, dass die Gesellschaft nicht mehr auf die Intellektuellen höre? Hat sie es übrigens jemals getan?

Vielleicht, dachte Tilman, sollte sich diesmal nicht eine einzige Persönlichkeit die moralische Verantwortung eines großen Aufrufs aufladen. Die breitere Ausstrahlung einer Gruppe von Repräsentanten aus Kultur, Wissenschaft, Wirtschaft, Politik und Medien wäre vermutlich die aussichtsreichere Lösung.

Die kommenden Wochen waren ausgefüllt mit dem Sammeln zahlloser Körbe. Tilman zog sie magisch an, als er bei prominenten Vertretern der gesellschaftlichen Gruppen um Termine bat. So schwer hatte er sich sein Projekt nicht vorgestellt. Er konnte sich schlecht als Vorsitzender einer im Untergrund wirkenden Gruppe vorstellen. Also meldete er sich als Einzelbürger und war dadurch aus prominenter Sicht so gut wie anonym. Hinter ihm stand kein mächtiger gesellschaftlicher Verband, der es vermocht hätte, den angeschriebenen Persönlichkeiten einen fühlbaren Nutzen zu verschaffen oder ihnen nachhaltig zu schaden.

Tilman Spiegel kam überhaupt nicht in die Verlegenheit, dem (Groß)Schriftsteller Günter Kraut, dem Bundestagspräsidenten Norbert Hammer, dem Nobelpreisträger für Chemie, Gerhard Härtel, dem Wirtschaftsführer Olaf Menkel oder dem Fernsehjournalisten Klaus Leber sein Anliegen vorzustellen und sie um ihre teure Unterschrift zu bitten. Von dem geplanten Abwurf der Zettel aus dem Flugzeug hätte er ohnehin nichts erzählt. Flugblätter konnte man bekanntlich auf vielfache Weise unter die Leute bringen.

Tilman musste begreifen, dass die anvisierten Persönlichkeiten sich wie vor lästigen Insekten abgeschirmt hatten. Nicht einmal ihre Sekretariate reagierten auf seine Flohstiche. Auf telefonische Nachfrage bekam er die Auskunft, sein Schreiben sei nicht eingegangen oder im Augenblick nicht auffindbar. Manchmal lag seine Anfrage dem Adressaten angeblich bereits vor. Man versicherte ihm jedoch, die überlastete Persönlichkeit sei noch nicht dazu gekommen, werde sich aber „zeitnah" damit befassen. Diese Auskunft, begriff Tilman bald, war so viel wert wie das Versprechen, man werde in Kürze zurückrufen.

Dieser kleine Lehrgang, der ihm zur Abrundung seiner politischen Bildung noch gefehlt hatte, war also erfolgreich absolviert. Er hatte begriffen, dass er auf dem eingeschlagenen Weg nur zum Ziele käme, wenn hinter ihm gesellschaftliche Macht stände. Vernünftige Argumente zählten erwiesenermaßen nicht.

Tilman sah vor sich eine graue Wand, die das Ende einer Einbahnstraße bedeutete. Unversehens meldete sich Petra Warnke. Sie hatte sich mit ihrem Entwurf für das Manifest Zeit gelassen. Nun wollte sie es Tilman präsentieren. Er hatte sich nicht getraut nachzufragen, weil er den Eindruck vermeiden wollte, er dränge sie oder bäte um einen persönlichen Gefallen. Sie sollte aus eigenem Entschluss und Antrieb mitmachen. Nur dann wäre ihr Engagement stabil und ihre Diskretion verlässlich.

Dummerweise hatte er sich mit dieser strikten Handlungsanweisung an sich selbst weiterer Initiative beraubt. Mehr als zwei Wochen hatte er gewartet, ob sein Plan aufging. Jeden Tag wurde seine Prinzipientreue schwächer. Inzwischen wäre er bereit gewesen, Petra einfach anzurufen, als sie sich glücklicherweise von sich aus rührte. Sie selbst hatte sich keinen Vers darauf machen können, was sie von seinem anhaltenden Schweigen denken sollte. Auch sie war etwas enttäuscht.

Tilman freute sich über ihren Anruf sehr. Alle Anspannung der letzten Tage fiel von ihm ab. Spontan lud er sie für den folgenden Abend zu einem Konzert im Berliner Dom ein. Einer unerklärlichen Eingebung folgend hatte er vor ein paar Tagen für ein Benefizkonzert mit Albrecht Mayer, dem bekanntesten der Solo-Oboisten der Berliner Philharmoniker, zwei Karten besorgt, ohne schon zu wissen, wer auf dem Platz neben ihm sitzen sollte. Tilman mochte den Solisten besonders, aber hasste den Dom als Konzertraum. Er hatte sich in dem Konflikt auf die Seite des Musikers geschlagen. Als sensibler Ohrenmensch musste dieser, davon war Tilman überzeugt, ebenfalls die Akustik unter der hohen Kuppel verabscheuen. Wahrscheinlich würde sich Mayer wegen des guten Zwecks über seinen Widerwillen gegen den scheußlich ungeeigneten Kirchenraum hinwegsetzen. Viele Besucher liebten ihn wegen seiner neobarocken Pracht aber närrisch. Schließlich ging es um ein Blindenprojekt. Dessen Vorsitzender spielte selbst ordentlich Trompete und genoss die Unterstützung des Bruders von Papst Benedikt. Alles sprach dafür, dass auch Tilman sich nicht zierte. Er hatte allerdings vor Petras Anruf noch geschwankt, ob er die Karten verfallen lassen sollte.

Albrecht Mayer gab sich bei seinem Erscheinen betont unkonventionell. Er rief vor Beginn des Konzerts die verstreut sitzenden Zuhörer nach vorne, auf die teureren Plätze. Die Besucher folgten der Aufforderung zögernd, weil sie das Gefühl schwer überwinden konnten, etwas zu tun, das man nach üblicher Betrachtung als illegal ansah. Albrecht Mayer spielte die Solokonzerte von Bach, Händel und Albinoni sinnlich schön und sanglich, mit rundem Ton und ohne das überkommene Näseln des Instruments, aber auch temperamentvoll und klar phrasiert, wie es wenigen seiner Kollegen gelang.

Petras Entwurf für ein Manifest, das Hirne und Herzen erschüttern sollte, gefiel Tilman ausgezeichnet. Über sachliche Details und die emotionale Tonart einigten sie sich rasch. Wer aber sollte es unterzeichnen? Tilmans Versuche waren vollkommen fehlgeschlagen, und neue Ideen hatte er im Augenblick nicht. Nach dem originellen Dessert mit drei Schälchen Crème Brûlée in den Varianten Karamell, Schokolade und Kaffee und auf der stabilen Grundlage von zwei Gläsern Barolo hatte Petra plötzlich einen Einfall. Sie verkündete es fröhlich wie ein Bildhauer, der nach Vollendung seines Werkes den Meißel hob. Sie wollte aber nicht mit der Sprache heraus, wen sie denn für ihr Vorhaben gewinnen wollte. Sie schien sich recht sicher zu scin, verlor sich aber in unklaren Andeutungen über eine hochgestellte Persönlichkeit, die ihr verpflichtet sei.

„Ist die Idee mit den Flugblättern wirklich gut?", begann sie plötzlich laut zu grübeln, sah Tilman dabei nicht an. „Spektakulär wirkt diese Aktion auf jene, welche die Blätter herabschweben sehen. Wer später kommt, hebt ein Stück Papier vom Boden auf und weiß nicht, wie es dahin gekommen ist. Er lässt lieber liegen, worauf andere mit ihren Schuhen herumgetrampelt haben. Also bleibt es bei einer Art idealistisch motivierten Umweltverschmutzung, die niemanden aufrüttelt." Ehe Tilman nach auffälligem Luftholen einhaken konnte, fuhr sie eilig fort, während sie seinen Vorstoß mit einer raumgreifenden Geste ihrer feingliedrigen Hand abwehrte: „Wäre eine Aktion wie bei der ‚New York Times', als die Regierungszeit von G. Dabbeljuh Bush ablief, nicht effektvoller?" Tilmann blickte sie verständnislos an, als Petra weitersprach: „Einige Untergrundkämpfer haben eine vollständige, aber fingierte Nummer der Zeitung mit lauter falschen Nachrichten herausgebracht. Die wichtigste Meldung lautete, die amerikanische Regierung beende umgehend ihren Einsatz im Irak. Solche Botschaften bekämen wir doch auch zusammen!"

„Kein Zweifel", rief Tilman, „ich weiß auch schon, welche! Erstens: Englisch darf nicht mehr erste Fremdsprache sein. Zweitens: Der englische Immersionsunterricht ab dem Kindergarten wird verboten. Sodann: Ein Verbraucherschutzgesetz schützt die Konsumenten vor denglischem Werbegeschwätz, und weiter: Die Verfassung bekommt eine Passage über die offizielle Landessprache Deutsch. Dann vielleicht: Die Bundesregierung macht in Brüssel nur noch mit, wenn Deutsch gleichberechtigte Arbeitssprache neben Englisch und Französisch wird. Von allen Beamten der EU verlangt man bei der Einstellung, dass sie Deutsch sprechen. Zu Forschung und Wissenschaft fiele mir auch allerhand ein. Die Sondernummer wäre rasch voll." Er blickte sie triumphierend an, als hätte er sich ihren Vorschlag zu Eigen gemacht und als ginge es nur noch um Details der Formulierung.

„Siehst Du, es ist ganz einfach! Ich habe es ja gesagt", freute Petra sich über seine Zustimmung. Mit weit geöffneten Augen kostete sie noch einmal aus ihrem Glas, als wäre es der erste Schluck einer hochgelobten Sorte. Sie fühlte sich sehr wohl bei dem Gedanken, etwas für die Kultur ihres Landes mit seinem zerrissenen Selbstgefühl tun zu können. Petra fand die Vorstellung aufregend, Tilmans verschwiegener Gruppe anzugehören. Sie war neugierig, die anderen Mitglieder bald kennen zu lernen. Den Balanceakt am Rande der Illegalität, davon war sie längst überzeugt, würde sie durchstehen. Sie würde ganz einfach von Fall zu Fall neu entscheiden, welches Risiko sie auf sich nähme und welches nicht. Ein Problem wie dieses konnte man nicht pauschal im Voraus klären.

Das schwer wägbare Risiko erinnerte sie an ihre Phantasien, die sie jedes Mal hatte, wenn sie die Havel-Brücke von Stresow hinüber zur Spandauer Altstadt betrat. Der Gedanke reizte sie, eines Tages den stählernen Brückenbogen auf dem Fahrrad zu überqueren. Dieser Bogen wuchs ohne steinernen Sockel aus dem Asphalt des Fußweges heraus, überspannte in einem Zug den Fluss und verschwand auf der anderen Seite wieder im Asphalt. Der Übergang wäre radlerisch etwas schwierig, müsste aber zu bewältigen sein. Das geschwungene Stahlband mit seinen zahllosen Nieten war für eine geübte Radlerin wie sie durchaus breit genug. Wenn sie allerdings ins Kippeln käme, hätte sie keinen Platz mehr, neben dem Fahrrad noch den Fuß abzusetzen. Sie müsste die Überquerung eben durchstehen ohne abzusteigen. Hatte sie nicht der Faszination dieses Experiments stets widerstanden und war nie tatsächlich über den Brückenbogen gefahren?

Ebenso würde sie an bestimmten Aktionen der Gruppe Tilmans nicht teilnehmen, wenn sie wüsste, die Pläne wären für sie selbst oder für andere Menschen zu gefährlich. Wertvolle Rechtsgüter wie Leben oder Gesundheit anderer Menschen müssten bedroht sein. Wusste sie heute, ob sie stark genug wäre, dem seelischen Druck einer Gruppe standzuhalten? Man würde sie vielleicht nötigen, gegen ihre Überzeugung mitzumachen!

„Deine Idee ist toll", riss Tilman sie aus ihren Träumen und lächelte, als fühlte er sich mächtig überlegen. Sie ärgerte sich, denn hatte er nicht gerade eben ihrem Plan zugestimmt? „Alles ist nur eine reine Personal- und Materialfrage bei uns, genau wie in der Wirtschaft oder in der Verwaltung. Wollen wir eine ernstzunehmende Zeitung machen, die nicht nach Hinterhof aussieht, brauchen wir Maschinen und ein Menge von Leuten. Wo sollen wir die hernehmen? Wir können nicht die Mannschaft des ‚Tagesspiegels' unter Drogen setzen, damit sie unsere Sondernummer fabrizieren. Bis wir eine funktionierende Fälscherwerkstatt aufgebaut hätten, vergingen Monate. Das übersteigt unsere Kräfte, unsere Mittel. Sonst sähe das Produkt böse nach Bastelkeller aus."

„Wir bringen ordentliche Flugblätter zustande", sagte Tilman sehr entschieden, „mehr können wir nicht leisten! Damit müssen wir zufrieden sein. Sie schlagen richtig ein, wenn der Inhalt aufrüttelt, wenn der große Pate mit seiner Unterschrift beeindruckt, wenn die freche Verteilung auffällt. So einfach ist das bei meinem Vorschlag! Till Eulenspiegel hat mir das im Traum zugeflüstert." Tilman lehnte sich zurück

und wartete, dass sich seine Worte in ihrem Gesicht wider-
spiegelten.

Ja, natürlich, dachte sie, eine moderne Zeitung ist ein
Produkt der Hochtechnologie. Darauf hätte ich auch kommen können. Wie albern stehe ich da, gefühlsduselig wie ein
Schulmädchen, das von den Realitäten des Alltags nichts
weiß! Tilman schien das nicht sonderlich zu kümmern. Die
Wertschätzung für sie als neue Mitstreiterin litt darunter
anscheinend nicht. Zu gern hätte sie gewusst, was er über sie
dachte. Wollte er sie wirklich in seinem Kreis haben?

Tilman blieb seltsam reserviert, schien sie hauptsächlich
als künftige Aktivistin zu betrachten, während sie ihn auch
als Mitmenschen und Mann bemerkenswert fand. Der
merkwürdige Kontrast in seinem Wesen zwischen nüchter-
nem Realisten mit fast buchhalterischem Zuschnitt und dem
plötzlichen Aufwallen von kämpferischem Idealismus mit
Anflügen von Fanatismus machte sie allerdings unsicher. Sie
schwankte zwischen Bewunderung und Erschrecken. An-
himmelnder Augenaufschlag oder bewundernde Worte waren nicht ihr Stil. Sie konnte ihn schlecht fragen, was für
einer er denn sei.

Petra fand, Tilman hätte an sich aus ihrem kaum zu über-
sehenden Interesse an seiner merkwürdigen Untergrundar-
beit, an ihrer wachsenden Bereitschaft zum Mitmachen
längst zusammenreimen müssen, dass sie ihn bewunderte, ja,
bereit war, sich seiner Führung anzuvertrauen. Ihn schien
das mehr auf der sachlichen Ebene zu erreichen, als verplane
er sie bei seinen Personalressourcen. Sie müssten mal, phantasierte sie vor sich hin, einen Wochenendausflug zusammen
machen. Allerdings brachte sie es nicht über sich, es ihm
vorzuschlagen.

Etwas kleinlaut verabschiedete sie sich nach dem letzten Glas Rotwein und einem ziemlich inhaltlosen Wortgeplänkel, ob Medienstar Günther Jauch nun tatsächlich der beliebteste Deutsche und sogar ein geeigneter Kandidat für die Wahl zum Bundespräsidenten wäre. Sie hatte solchen Ideen kräftig zugestimmt und lauter Vorzüge des Kandidaten herausgestrichen, die in Wahrheit auf Tilman zielten. Er hatte dies leider nicht bemerkt, sondern sich über ihren, wie er meinte, unmotivierten Eifer für den Ratemeister gewundert. Tilman hatte kompromisslos den Standpunkt vertreten, der Mann sei zwar sympathisch, aber bar jeder praktischer Erfahrung in politischen Dingen. Darauf komme es aber entscheidend an. Schließlich sei der Bundespräsident zwar ein Mahner, aber immerhin Träger eines politischen Amtes und kein Sonntagsredner. Nett zu Ratekandidaten zu sein, bedeutete seiner Meinung nach keine Qualifizierung für ein Staatsamt.

„Ich bin gespannt, was Du erreichst, wünsche alles Gute und viel Erfolg", rief er ihr durch die kühle Nacht hinterher, denn er hatte nicht vergessen, dass sie vorhin sehr fest versichert hatte, sie werde den großen Mahner, der das Flugblatt mit seinem persönlichen Ansehen legitimiere, zu finden wissen. Sie hatte ein Geheimnis darum gesponnen und keine Einzelheiten verraten. Bis zum Schluss war sie davon nicht abgerückt. Sie hatte Tilman mit der vagen Aussicht verlassen, aus dem Projekt werde doch noch etwas.

Einige Wochen darauf, am 3. Oktober, herrschte klares, windstilles Herbstwetter. Für die Jahreszeit recht freundliche 15 Grad luden die Berliner und alle, die sich in der Stadt aufhielten, am Tag der Deutschen Einheit zu einem Spaziergang ein. Scharen von Touristen besuchten die Stadt und wollten mit eigenen Augen sehen, was seit der Wende in der neuen, alten Hauptstadt passiert war und wie die Bundesregierung die Steuergelder in Beton und Glas verwandelt hatte. Der nach mehr als 20 Jahren endlich baustellenfreie Alexanderplatz und der Platz vor dem Roten Rathaus waren voller Menschen. Straßenmusiker, fliegende Händler und demonstrierende Gruppen trugen zu der Volksfeststimmung ihren Teil bei.

Petra Warnke hatte sich im Bahnhof Alexanderplatz an einem mit weiß-blauer Nationalbemalung bayerisch aufgemachten Verkaufsstand ein pappig weiches Brötchen mit Leberkäse und süßem Senf gekauft. Nun verließ sie über die Wendeltreppe die Geschäftspassagen durch einen der Ausgänge nach Westen. Ihr Blick fiel auf die lange Menschenschlange vor dem Fernsehturm. Sie versuchte sich vorzustellen, wie lange es dauern würde, bis die Letzten zum Fuß des Turms vorgerückt sein würden. Langsam ging sie in Richtung Rathaus und biss immer noch einmal, halb wider Willen, in das matschige Brötchen. Sie hielt es mit ausgestreckten Armen von sich weg, damit der Senf und das Fett nicht auf ihre Kleidung kleckerten. Sie ärgerte sich über ihre Schwäche. Von Zeit zu Zeit konnte sie dem „Schnellfraß" nicht widerstehen, nahm sich aber nach den ersten Bissen immer wieder vor, es sei unwiderruflich das letzte Mal.

Gegen 13 Uhr heute sollte es endlich so weit sein, hatte Tilman ihr gestern Abend noch schnell am Telefon zugerufen. Für viele Worte hatte er offenbar keine Zeit. Sie hatte ihren Teil beigesteuert und wartete einfach ab, was er damit anfinge. Die Unterschrift für den Aufruf zu bekommen, war ein schweres Stück Arbeit gewesen. Ohne eine glückliche Fügung aus Zufall und sehr persönlichen Zusammenhängen hätte daraus nichts werden können.

Nachdem sie im Anschluss an den Konzertabend mit dem halben oder ganzen Versprechen gegangen war, sie werde die wohlklingende Unterschrift unter das Flugblatt besorgen, war ihr zu Hause ganz elend geworden. Außer ihrem festen Willen, das Problem zu meistern, und der diffusen Idee, irgendeinen der prominenten Adoptionsbewerber aus ihrem Klientenkreis werde sie schon breitschlagen, hatte sie nichts in der Hand. Wieso hatte sie sich gegenüber Tilman so weit vorgewagt? Um ihn zu beeindrucken? Um ihm zu zeigen, was sie bereit war, für ihn zu tun? Um sein Projekt vor dem Scheitern zu retten? Sie wusste es nicht mehr genau. Etwas von allem musste dabei gewesen sein.

Als sie tagelang im Geiste die Reihe ihrer Klienten, Kollegen, Freunde, Verwandten und Bekannten rauf und runter durchgegangen war, noch einmal und noch einmal, hatte sie den erlösenden Einfall. Ihr Blick fiel auf ein ungelesenes Buch auf ihrer Kommode, das dort ein paar Jahre gelegen hatte. Sie betrachtete den Deckel. Es handelte sich um eine Sammlung von Novellen, die der Autor ihr gleich nach dem Erscheinen übersandt hatte. In dem Begleitschreiben hatte er hinzugefügt, sie möge so liebenswürdig sein, hineinzuschauen und ihm bei Gelegenheit sagen, ob sie sich und ihrer beider Geschichte wiedergefunden hätte.

Petra hatte den Band nie gelesen. Sie wollte die Erinnerung an ihre Zeit am Comer See so im Gedächtnis bewahren, wie sie die drei Wochen erlebt hatte, und nicht mit der Mentalität einer Buchhalterin prüfen, was der Schriftsteller daraus gemacht hatte. Norbert Winter, ein bekannter, angesehener Autor verbrachte damals, dies lag sicherlich zehn Jahre zurück, einen Urlaub im gleichen Hotel wie sie.

Deutsche Gäste, die ihn erkannten, machten um ihn taktvoll einen kleinen oder großen Bogen und respektierten seinen unübersehbaren Wunsch, ungestört zu bleiben. Er saß im Allgemeinen zu den Mahlzeiten alleine an seinem Tisch im hinteren Teil des Saales. Auf die Aussicht über die Promenade und den See schien er keinen Wert zu legen. Soweit er nicht mit Messer und Gabel beschäftigt war, las er eine deutsche oder italienische Zeitung. Mit den Kellnern sprach er, so wirkte es jedenfalls von weitem, mühelos Italienisch und machte kein Aufheben von seiner Person. Im Grunde war seine Anwesenheit so gut wie anonym. Seine unspektakuläre Freizeitkleidung unterstrich diesen Eindruck. Man hatte von ihm überhaupt nur einen Eindruck, wenn man wusste, wer er war. Sonst konnte man ihn auch gut übersehen. Er folgte sozusagen dem Muster von Alec Guiness, der anlässlich einer Filmpremiere dem „großen Bahnhof" dadurch entging, dass er mit einem Allerweltsgesicht ganz hinten aus dem Zug ausgestiegen und in der Menge untergetaucht war.

Petra Warnke gehörte zu den Eingeweihten, die wussten, um wen es sich bei dem deutschen Gast handelte. Sie bewunderte seine durchsichtige Prosa, seine farbigen Schilderungen von Situationen und Personen, seinen Spannungsaufbau und die dramaturgischen Arrangements durch Rückblenden und Rahmenhandlungen. Seinen letzten Roman „Unscheinbarer Held" hatte sie vor einigen Monaten gelesen und jedem, wirklich jedem in ihrer Umgebung, davon erzählt und ihm die Lektüre in fast ultimativer Form angeraten. In dringenden Fällen, wo sie sicher gehen wollte, hatte sie ihrer Leseempfehlung gleich ein Exemplar beigefügt, manchmal auch offen gelassen, ob es als Geschenk oder aufgedrängtes Leihstück gedacht war.

Nun hatte es der Zufall gewollt, dass sie im selben Hotel und zur gleichen Zeit wie dieser Mann, den die Literaturkritik in ihrer laxen Redeweise zu den „Großschriftstellern" zählte, die Ferien verbrachte. Er hatte die Fünfzig schon überschritten, der Klappentext hatte es verraten, wirkte aber vital und gelenkig wie einer, der nicht nur am Essen, sondern auch an der Bewegung Vergnügen empfand, vermutlich sogar Sport trieb. Woran er sonst noch Vergnügen haben mochte, hätte sie gern erfahren, aber dazu wusste sie von ihm zu wenig. Er gehörte zu den Prominenten, die ihr Privatleben auch wirklich privat lebten.

Die ersten Tage schaute sie manchmal unauffällig hinüber und bemerkte, dass er am Comer See ohne seine Ehefrau erschienen war. Petra hatte gelesen, dass sie Internistin war und wie er in Hamburg lebte. Dann versuchte sie, bei den Mahlzeiten dieselbe Zeit wie Norbert Winter abzupassen. Dies gelang recht gut, weil der Schriftsteller ziemlich feste Gewohnheiten zu besitzen schien, die ihn für die aufmerksame Beobachterin insoweit berechenbar machten. Das Frühstück nahm Winter recht früh zu sich, schon gegen 8 Uhr. Außer ihnen waren nur wenige Menschen im Raum. Sie zog als schlanke und gepflegte Frau von Anfang Vierzig fast unvermeidlich die Aufmerksamkeit des reiferen Mannes auf sich. So war es kaum zu umgehen, dass er sie ab dem dritten Tage aufmerksam grüßte. Sie erwiderte freundlich reserviert, wie es sich für eine Frau mit Geschmack gehörte, versuchte aber, unaufdringlich durchblicken zu lassen, dass sie einem darüber hinausgehenden Gedankenaustausch nicht abgeneigt wäre.

Bereits am fünften Tag erfreute er sie mit der erhofften Frage, ob sie sich nicht an seinen Tisch setzen und mit ihm gemeinsam den Tag beginnen wolle. Die rein logisch angebrachte Gegenfrage, warum er nicht an ihren Tisch komme, unterdrückte sie und akzeptierte den Vorschlag. Winter schien nicht sonderlich eitel zu sein, denn er ging nicht davon aus, dass jeder ihn kannte. Er stellte sich mit Vor- und Nachnamen vor, ohne etwas über seinen Beruf verlauten zu lassen. Petra nannte ebenfalls nur ihren Namen und Vornamen und ließ nicht durchblicken, dass sie über ihn bereits einiges wusste.

Einzelne Frühstücksgewohnheiten erschienen Petra etwas merkwürdig. Wie eine Mutter für ihre Kinder bereitete er vier Brötchenhälften mit Margarine und verschiedenen Konfitüren essfertig vor, um sie dann in aller Ruhe zu verspeisen. Sie hatte plötzlich die Eingebung, er würde ihr gleich ein Stück anbieten, aber es kam nicht dazu. Als er sprach, gestikulierte er lebhaft und tat es mit gehöriger Souveränität, so dass Petra um Kaffeetasse, Kanne, Töpfchen und Schälchen in Reichweite seiner Hände keine Sorge haben musste.

Norbert Winter erzählte von einer Schiffsfahrt nach Cadenabbia, dem früheren Ferienort Konrad Adenauers, und nach Bellagio, das er für den schönsten Ort am See hielt. Der westliche und der östlicher Seearm vereinigten sich um das Städtchen herum. Die hohen Felswände bedrängten Bellagio auf der Landzunge nicht und ließen einigen Spielraum. Was Petra nach Como geführt hatte, wollte Winter natürlich ebenso wissen, wie ihn ihr Leben in Berlin interessierte. Aus höflichen Fragen der ersten Konversation wurde ein eingehendes Hin und Her über zwei recht verschiedene Lebensläufe. Schließlich sprachen sie über seinen Novellenband, an dem er im Augenblick drei bis vier Stunden täglich saß. Sie selbst erzählte von ihren Adoptivbewerbern, die nicht selten glaubten, sie hätten ein Recht auf ein fremdes Kind, wenn die Natur sich sperrte.

Aus dem gemeinsamen Frühstück wurden die gemeinsam genossenen Mahlzeiten des Tages, wurden gelegentliche Spaziergänge, dann ein Ausstellungsbesuch in der Villa Olmo und schließlich ein Ausflug nach Mailand in die „Scala". Winter schlug vor, angesichts der späten Stunde nicht mehr über die dunklen Straßen der Lombardei nach Como zurückzufahren. Lieber wollten sie im nahe beim Opernhaus gelegenen „Grand Hotel et de Milan" in der Via Manzoni die Nacht verbringen. Vielleicht hofften sie unbewusst, den Atem glühender Liebesschwüre aus Giuseppe Verdis Opern dort noch anzutreffen, wo der Komponist bei seinen Aufenthalten in Mailand lange gelebt und gearbeitet hatte. Dass Verdi in genau diesem Hotel 1901 auch gestorben war, verschwieg Winter ihr. Er hoffte, dass sie es nicht wusste oder es ihr wenigstens nicht die Stimmung verdarb, wenn sie im Hotel die Gedenktafel sähe.

Beide zogen den angenehmsten Gewinn aus ihrer Begegnung, wussten aber auch, dass sie sich nichts schuldeten, wenn sie bald Como wieder verlassen würden. Sie genoss das Gespräch mit ihm und war hingerissen, wie die schöpferische Phantasie aus seiner literarischen Arbeit ihre Unterhaltung bereicherte. Nicht weniger genoss sie sein wachsendes Begehren. Aus fast zufälligen Berührungen wurden nicht endende Umarmungen. Er hatte sich auf geruhsames Arbeiten in südlicher Luft und Sonne eingerichtet. Nun berauschte er sich an den weichen Schwüngen eines weiblichen Körpers und der zarten Haut einer viel jüngeren Frau, auf die er nach den ungeschriebenen Regeln des Lebens keinen Anspruch und keine Aussicht mehr zu haben meinte. Lächelnd erinnerte sie sich, wie geschickt er es verstanden hatte, ihre Vereinigung auszudehnen. Während sie hintereinander lagen, hielt er die Erregung durch behutsame Wellenbewegungen so weit wach, als wüssten ihre Körper nichts von dem unbarmherzigen Hunger anderer Paare. Allerdings steuerte er sacht weiter auf das Ziel hin. Währenddessen raunte er ihr leise brummend belanglose Neuigkeiten ins Ohr. Am Gipfel machte er für Augenblicke ein Gesicht, als seien ihm die impulsiven Regungen seines Körpers ein wenig peinlich. Sie liebte ihn dafür, dass ihm uneigennützige Zärtlichkeit sozusagen leicht von der Hand ging.

Petra hatte staunend miterlebt, wie unspektakulär das Leben eines prominenten Schriftstellers unter ihren Augen ablief. Norbert Winters geordneter Tagesablauf wurde durch ihre Ferienliebschaft nicht besonders verändert. Er hatte sie kurzerhand in seinen Alltag als bunten Baustein eingefügt, ohne sich davon aus dem Tritt bringen zu lassen.

Sie verstand schnell, dass Ortsveränderungen für einen freien Schriftsteller nicht die gleiche Bedeutung wie für sie hatten. Sie selbst hatte im Urlaub mit ihrer täglichen Arbeit nichts zu schaffen, während er nie Ferien hatte. Natürlich konnte er sich selbst freigeben, wenn er es wollte. In ihrem Falle wollte er es offenbar. Für sie unterbrach er gerne seinen gewohnten Rhythmus, stundenweise oder für einen halben oder ganzen Tag. Sogar seine Nachtruhe war ihm nicht so heilig, dass er sie nicht für sie unterbrach.

Mehr hatte sie von ihm nicht erwartet, denn was sie bekam, war nicht wenig. Der berühmte Autor grübelte in ihrer Gegenwart nicht etwa vor sich hin, wie man es bei einem

Mann hätte erwarten können, der vollkommen davon eingenommen war, die Dramaturgie seiner Geschichten voranzutreiben. Nein, so war es nicht! Wenn sie zusammen etwas unternahmen oder, abseits vom großen Touristenstrom, speisten, widmete er ihr seine ungeteilte Aufmerksamkeit. Oft wollte er wissen, was sie zu seinem Spannungsaufbau, zu seinen Charakteren, seinen Konflikten und Wertungen dachte, ob nicht alles zu abgehoben, zu ausgedacht klang.

Petra hätte erkannt, wenn er sie nur aus psychologischen Gründen in seine Arbeit einbezogen hätte. Wie sorgsam Norbert nämlich zuhörte, verstand Petra, wenn er sie auf innere Widersprüche ihrer Ansichten aufmerksam machte. Er tat es behutsam, als müssten sie das richtige Ergebnis erst gemeinsam finden.

Nie hatte Petra sich vorgestellt, sie könnte ihn als Frau ganz für sich haben und ihn aus seiner Ehe herauslocken. Norbert hatte nicht eine Andeutung gemacht, er zöge auch nur in Erwägung, seine Frau für eine Urlaubsliebe zu verlassen. Taktvoll, wie er war, sprach er von ihr niemals. Sie wusste also nicht, wie er zu ihr stand. Einmal allerdings hatte er bei einem zufälligen Stichwort eingeflochten, wie feinfühlig seine Frau auf das persönliche Befinden ihrer Patienten eingehe. Dies war eher ein Lob für die Ärztin als ein Kompliment für die Ehefrau.

Norbert schien davon angetan zu sein, dass Petra nur das von ihm wollte, was er ihr in diesen Wochen am Comer See geben konnte. Sie hatte sich nicht ernsthaft gefragt, ob sie gern mit einem zwanzig Jahre älteren Partner zusammenleben würde, so sehr sie auch während dieser Wochen von seiner eleganten Lebensart, seiner Feinfühligkeit und seinem

Intellekt gefangen war. Wenn sie die Fünfzig erreicht hätte, wäre er bereits siebzig.

So ging diese Zeit eines Morgens am Bahnhof in Como mit ein paar Tränen zu Ende. Petra war über ihre eigenen Reaktionen erstaunt. Ihr kam es vor, als erlebte sie als bloße Beobachterin mit, was einer anderen Frau widerfuhr. Dies war keine Liebe von romanhaftem Format gewesen, sondern eine Urlaubsaffäre, bei der sich beide so gut miteinander vergnügt hatten, wie das zwischen Männern und Frauen möglich ist, ohne störende Wünsche nach Dauer und ohne Besitzansprüche. Wenn das nicht hohe Kultur ist, dachte sie, als der Zug nach Mailand anruckte und sie sich aus dem Fenster lehnte. Vieles sprach dafür, dass sie sich nicht wiedersähen. Denk' mal an mich, war Norberts Bitte beim Abschiedskuss. Keine Rede davon, sie möge ihn bald mal besuchen, oder er werde sich nach seiner Rückkehr umgehend melden! Schließlich trat er gar nicht selten zu einem Leseabend in einer Berliner Buchhandlung auf.

Als sie das ungelesene Buch mit den Novellen von ihrer Kommode nahm, hatte sie nach vielen Jahren, in denen er für sie nichts als ein Gegenwarts-Autor gewesen war, wieder einmal ihr Versprechen eingelöst und an ihn gedacht. Jetzt konnte er ihr vielleicht helfen. Direkt verboten hatten sie es sich bei der Verabschiedung in Italien nicht, bei passender Gelegenheit einmal Kontakt aufzunehmen. Nur versprochen hatten sie es eben nicht.

Die Verabredung am Telefon war unkompliziert. Er war sofort am Apparat, meldete sich höflich wie sein eigenes Sekretariat, wobei er auffällig langsam sprach. Sie flunkerte mehr beiläufig, sie sei demnächst in Hamburg und würde ihn gerne treffen, um ihn für einen recht persönlichen Beitrag zugunsten der deutschen Sprache zu gewinnen. Einzelheiten zum Ziel ihrer Aktion vermied sie, und er fragte auch nicht nach. Einige Tage darauf saßen sie sich in einem Café in den Alsterarkaden gegenüber und sahen sich an. Verstohlen versuchten sie zu ermessen, was die Jahre im Gesicht und am Körper des anderen angerichtet hatten. Dann blickten sie wieder in das bleierne Wasser des Kanals und beobachteten die Ampelphasen der Schleuse.

Petra staunte, wie die Zeit an den Menschen arbeitet. Wenn sie nicht wegen ihres Anliegens gekommen wäre, dachte sie und bemerkte die zahlreichen Flecken auf seinen Händen, sollte man schöne Erinnerungen nicht durch ein Wiedersehen nach vielen Jahren belasten. Sie fand den Verdacht erschreckend, sie selber habe sich eventuell stärker verändert als ihr Gegenüber. Von der häufig wiederholten Lebensweisheit in Zeitschriften, Frauen könnten erst ab Vierzig das Leben genießen, hielt sie nicht viel. Männer um die Sechzig müssen im Allgemeinen, wenn sie auf sich achten und ein wenig Glück mit ihrer Gesundheit haben, keine nennenswerten Einschränkungen ihrer äußeren Erscheinung hinnehmen. Frauen jenseits der Fünfziger werden vom Schicksal unsanfter angefasst.

Wenn sie genauer hinschaute, war er behäbiger geworden, die Wangen waren etwas fülliger. Aus seinen Worten sprach eine abgeklärte Berühmtheit, die durchaus nicht dünkelhaft wirkte. Seine rauchige Stimme, trainiert in jährlich gut hundert Reden und Lesungen, war nach ihrem Eindruck noch dieselbe, die ihr damals kluge und liebe Dinge gesagt hatte. Sein leises „Du bist so weit weg, komm doch näher, meine Prinzessin" hatte sie noch im Ohr. Sie lächelte unwillkürlich. Im Augenblick konnte sie sich nicht vorstellen, dass sein Mund heute etwas Ähnliches zu einer Frau sagen würde. Winter wirkte eine Spur zu geschäftsmäßig. Sie versuchte zu erkennen, ob dies sein Stil war, die erste Verlegenheit zu überspielen, oder ob sie heute ein Geschäftsvorfall in seinem Terminkalender war, den er abzuarbeiten hatte.

Damals, in den gemeinsamen Stunden, gehörte ihr seine ungeteilte Aufmerksamkeit. Heute wirkte der Mann wie getrieben von einer inneren Unruhe. Nur durch seine weltmännische Routine beherrschte er sie so weit, dass sie nicht zu sehr störte. Er blickte ständig zur Eingangstür hinüber, als wollte er sehen, wer eintrat und wer hinausging. Eigentlich glaubte sie nicht, dass ihn diese Leute wirklich interessierten. Nicht einmal den männlichen Rocksaumblick konnte sie an ihm feststellen. Er reagierte unterschiedslos auf jede Ablenkung, ob Mann oder Frau, ob jung oder alt, ob hübsch oder durchschnittlich.

Das Gespräch begann mit Floskeln über die Qualität bei den Dienstleistungen des öffentlichen Nahverkehrs ihrer beiden Städte Berlin und Hamburg. Dann wechselte er über zu seiner nächsten Autorenlesung und zu jetzt ganz unpassenden Einzelfragen des Urheberrechts. Die Atmosphäre erschien ihr ungefähr so uninspiriert wie bei zwei Leuten, die sich auf eine Zeitungsanzeige verabredet haben, sich das erste Mal treffen und bei denen mit aller Gewalt nicht der kleinste Funke überspringen will. Petra kramte zwischendurch in ihrer Handtasche, als suchte sie die Gebrauchsanleitung, wie sie mit dem Mann hinter den Kaffeetassen umgehen sollte. So musste sie nicht in seine matten Augen blicken.

Ohne jede Vorwarnung schien Norbert plötzlich innerlich anzuspringen. Sie hatte nicht mehr darauf gehofft und war schon entschlossen gewesen, voller Enttäuschung wieder zu gehen, ohne ihre Bitte geäußert zu haben. Dann hatte sie ohne sonderliche Leidenschaft, sozusagen aus purer Verzweiflung, damit sie nicht umsonst gekommen war, angefangen zu erzählen. Der Plan erregte sein Interesse, vollkommen unerwartet.

Der Grund dieses unerklärlichen Sinneswandels war schließlich nicht schwer zu begreifen. Auf einmal hatte sich anscheinend unter innerem Druck eine Art Ventil geöffnet. Er beklagte sich leise, doch bitter, er sei nie in die engere Auswahl der Kandidaten für den Literaturnobelpreis gekommen. Petra hatte erwartet, er stünde inzwischen soweit über den Dingen, dass der Hunger nach äußerer Anerkennung einer ruhigen Selbstsicherheit gewichen wäre. Sie hatte sich geirrt. Nicht jeder war ein Jean-Paul Sartre. Er hatte dem Preis und der Jury den Respekt verweigert und die Auszeichnung abgelehnt, wenn auch erst dann, als feststand, dass sie ihm zufallen sollte.

Norbert glaubte fest, er sei im Gegensatz zu den beiden deutschen Kollegen Böll und Grass, die nach dem Krieg den Preis erhalten hatten, allein deshalb leer ausgegangen, weil er sich öffentlich nur wenig für politische Ziele engagiert hatte. Jene hätten es ausgiebig getan, bekanntlich auf dem linken Flügel. Der Eine habe russische Oppositionelle in sein Haus aufgenommen und zu anderer Gelegenheit über die Ursachen des Terrorismus in der Bundesrepublik unkonventionell und öffentlich nachgedacht. Der Andere hatte ganz gewöhnlichen Wahlkampf für die Sozialdemokratie gemacht. Hier liege seiner Überzeugung nach der entscheidende Grund, dass man ihn beharrlich jedes Mal wieder übergehe. Wie die beiden Kollegen habe er die wichtigste Voraussetzung für internationale Preisverleihungen an deutsche Künstler in der Nachkriegszeit korrekt erfüllt, sich nämlich mit der historischen Schuld dieses Landes ausgiebig auseinandergesetzt. Er habe es allerdings in seinen Büchern getan und sei damit nicht auf die politische Bühne getreten.

Sein erzählerisches Werk, davon war Norbert Winter überzeugt, könne nach Umfang und Qualität jedem Vergleich, auch dem Vergleich mit den beiden auf den Weltthron der Literatur Berufenen, standhalten. Er wolle den beiden Kollegen nicht zu nahe treten und halte ihre Auszeichnung in jedem Fall für angemessen. Als müsste er nachträglich die Jury überzeugen, nickte er energisch. Was er dem Preiskomitee jedoch übelnehme, sei der Umstand, dass es Literatur als Gesellschaftspolitik mit künstlerischen Waffen betrachte, dies aber nicht öffentlich eingestehe. Er erwarte, dass rein literarische Maßstäbe den Ausschlag gäben. Heute sei er soweit, dass er im Ernstfalle wie Sartre reagieren würde. Der Mann blickte sekundenlang trotzig auf die Tischkante, schloss dann ohne merklichen Übergang ein Lächeln an. Petra deutete es als Versuch von Selbstironie. Sie war unsicher, ob sie ihm das so abnehmen konnte, aber zurzeit drohte der von ihm heraufbeschworene Ernstfall nicht.

Petra dämmerte es, weshalb ihr Norbert dies erzählte. Er schien sich in ihrer Gegenwart freizudenken, etwas mit sich zu klären, was ihm bis zu diesem Moment noch nicht bewusst geworden war. Petras Bitte, die Schirmherrschaft für die spektakuläre Aktion ihrer Bürgerinitiative zu übernehmen, bot ihm unerwartet die Gelegenheit, dem Lande einmal zu beweisen, dass auch er zu politischem Engagement bereit sei und sich nicht mit einer bloßen Gesinnungsethik im Elfenbeinturm des rechthaberischen Intellektuellen verkrieche.

Angesichts seines makellosen öffentlichen Ansehens habe er es nicht nötig, irgendwelche plumpen Beweise zu produzieren, aber schaden könne es nicht.

Besonders gefiel ihm, dass Petra ihm allein die Patenschaft für diesen Schritt in die Öffentlichkeit antrug. Er verschwand also nicht in langen Listen von Unterzeichnern, sondern hielt alleine seinen ergrauten Kopf hin. Ideologisch hatte er keine Vorbehalte, den Aufruf zu verantworten. Für die deutsche Sprache musste etwas getan werden, soviel war auch für ihn sicher. Petra brauchte dazu keine größeren Argumentationen zu entfalten. Er als Schriftsteller mit großem Namen fühlte sich besonders aufgerufen. In welcher Form die Aktionsgruppe das Flugblatt unter oder womöglich über die Leute bringen wollte, interessierte ihn nicht besonders. Er las rasch den von ihr entworfenen Text und stimmte zu. Petra staunte, denn sie hatte sich gegenüber einem Meister des geschriebenen Worts auf langes Feilschen um Details der Wortwahl und des Satzbaues vorbereitet.

Winter schien das Interesse an dem Plan rasch zu verlieren. Er zog sich wohl darauf zurück, er würde später in der Zeitung lesen, was aus der Sache geworden wäre. Petra war damit so gut wie entlassen. Norbert war nicht neugierig, was sich in ihrem Leben seit Como getan hatte. Sie spürte an den fahrigen Blicken seine rasch abflauende Aufmerksamkeit. Vielleicht haben alte Leute keine Zeit mehr, weil sie noch zu viel vorhaben, dachte sie. Also trank sie den letzten Schluck ihres abgekühlten Kaffees aus, bedankte sich und verließ das Café zum Rathausmarkt hin. Von einem Wiedersehen hatten sie wie damals nichts gesagt.

Für die Auslagen der Kaufhäuser in der Mönckebergstraße hatte sie heute besonders wenig Sinn, sie war ohnehin nicht der Typ der modernen Sammlerin durch Einkaufen. Sie genoss den Vorzug des scharfen Westwindes, der heute durch die Straßenschluchten fegte. Er blies ihr zum Glück nicht ins Gesicht, sondern trieb sie vor sich her und ließ sie förmlich zum Bahnhof schweben.

3. Oktober, Flugplatz Schönhagen bei Trebbin, im Süden von Berlin: Genau um 12.45 Uhr löste Winfried Bohlmann die Bremsen der Cessna 172 und schob den Gashebel auf volle Leistung. Nach kurzer Rollstrecke auf der asphaltierten Piste, an Bord des viersitzigen Flugzeuges waren nur der Pilot und Tilman Spiegel, hob die kleine Cessna mühelos ab und ging direkt auf Nordostkurs. Der Himmel zeigte sich, abgesehen von einer leichten Eintrübung durch hohe Federwolken, sonst wolkenlos. Der Wind war sehr schwach und fliegerisch zu vernachlässigen. Die Formalitäten zur Durchquerung des kontrollierten Luftraumes über Berlin hatte Bohlmann bereits vor dem Start erledigt. Der Fluglotse in Schönefeld hatte ihm einen Flugweg diagonal über die Riesenstadt hinweg zugewiesen, in Richtung zum alten russischen Militärflugplatz Werneuchen. „Das war soeben mein letzter Start mit gültiger Lizenz", verkündete Bohlmann mit unerschütterlicher Stimme in Tilmans Kopfhörer, als handele es sich um eine Routinemitteilung.

„Willst Du doch lieber umkehren? Niemand weiß bis jetzt davon." Tilman hatte plötzlich Zweifel, ob sein Plan für den Piloten die Sache wirklich wert war. Bohlmann schüttelte nur den Kopf, antwortete aber nicht. In mancher Hinsicht, dachte Tilman, erinnerte ihn ihre Absicht an einen Schuljungenstreich.

Der Blick glitt über die bis zum Horizont reichenden Wälder und die Seen, die ihm wie Augen verschmitzt zublinzelten. Er vergaß für Sekunden, von welch schwankendem Untergrund ihr Leben abhing. Ein warmes Gefühl durchströmte ihn für dieses Land mit seinen herrlichen Landschaften, den tüchtigen, aber so leicht verführbaren Menschen und ihrer Sprache. Sie bot den Bürgern in wirtschaftlich und politisch schwierigen Zeiten immer weniger Halt, denn die Führungseliten verleugneten allenthalben die gemeinsame Landessprache zugunsten einer vermeintlichen Weltsprache. Tilman verscheuchte entschlossen letzte Zweifel, ob die nun ablaufende Aktion nützlich und gerechtfertigt sei. Er hatte keinen besseren Plan, um das Land auf das traurige Los seiner eigenen Sprache aufmerksam zu machen. Hoffentlich ließ sich wenigstens der eine oder andere Prominente zum politischen Handeln in seinem Einflussbereich aufstacheln.

Bohlmann strahlte die vollendete Gelassenheit des Routiniers mit zehntausend Flugstunden aus. Er machte eher den Eindruck, als lenkte er einen Postbus und beherrschte sein Gefährt ebenso gut wie den immergleichen Weg um alle Kurven und Spitzkehren herum. Auf der Stirn nicht ein Schimmer glänzender Feuchte! Keine hochgezogenen Schultern, kein hektisches Hin- und Herschieben der Hände am Steuerhorn! Nichts schien ihn in diesen Augenblicken mehr zu langweilen als Fliegen. „Schräg rechts der Müggelsee", gab er den Stadtführer. Dann folgten kurze, aber gut informierte Ausführungen zum Drama des Aussichtsturmes in den Müggelbergen. Obwohl er an landschaftlich bevorzugter Stelle errichtet war, verfiel der Turm über die Jahrzehnte immer wieder in einen Dornröschenschlaf, denn alle Pächter gaben die Restauration bald wieder auf. Lange Zeit war der Platz wieder wie tot. Keiner der Besucher begriff dies angesichts des herrlichen Ortes. Bohlmann ergänzte lakonisch, zurzeit seien Turm und Gaststätte mal wieder für das Publikum geöffnet, wie zufällig.

„Als ob wir jetzt nicht andere Sorgen hätten", murmelte Spiegel vor sich hin, war aber froh, dass der Pilot ihn wegen des Motorengebrummes nicht verstehen konnte. Er hatte kein Interesse, ihn zu verärgern, denn was wäre aus ihrem Plan ohne Bohlmann geworden, ohne seine Beherztheit, ohne eine gewisse Wurstigkeit? Als sie rechter Hand die Altstadt von Köpenick mit dem Rathausturm erkannten, hoffte Tilman inständig, ihm bliebe das rührende Schicksal des Hauptmanns von Köpenick erspart. Der Kaiser hatte ihm schließlich auf dem Gnadenwege die Reststrafe erlassen. Was für ein unpassender Vergleich, dachte er, dem Schuster Voigt ging es nur um ein bisschen Überbrückungsgeld aus der Stadtkasse und eine Aufenthalts- und Arbeitsgenehmigung, aber um nichts von allgemeiner Bedeutung wie in seinem Fall heute! Da sie endlich im Flugzeug saßen, hatte die Flugsicherung keine Möglichkeit mehr, ihren Piratenakt noch zu verhindern. Niemandem außer Petra hatten die beiden von der Sache erzählt. Sie stand wohl längst schussbereit auf dem Platz vor dem Roten Rathaus mit der Spiegelreflex und dem mächtigen Teleobjektiv.

Natürlich konnten Hubschrauber des Militärs oder der Polizei die Beachtung des Beschränkungsgebiets einfordern und sie aus dem Innenstadtbereich abdrängen. Wo sollten sie aber so schnell herkommen? Soweit sich in Erfahrung bringen ließ, existierte keine Hubschrauberbesatzung in Bereitschaft, die man für solche Vorkommnisse etwa in Tegel oder Schönefeld stationiert hätte. Also mussten Hubschrauber nach einem Alarm der Fluglotsen erst von einem Flugplatz außerhalb Berlins „anreisen". Oder sollte es doch eine geheime Bereitschaftsstaffel in Tegel geben?

Bis heute hatte Tilman es vermieden, wirklich zu Ende zu denken, wie gefährlich ihr Unternehmen war. Zu viel Nachdenken und zu viel Phantasie hätten ihn nur bei der Planung gehemmt. Ein Selbstmordattentäter steckte nicht in ihm. Für den unwahrscheinlichen Fall des Falles hätte Bohlmann sicher die Ruhe weg. Er würde sich nicht zu hektischen Ausweichreaktionen verleiten lassen, er nicht! Über der Innenstadt konnten noch so entschlossene Polizisten oder Militärpiloten keine Gefahr einer Kollision heraufbeschwören. Dies würde leicht einen Absturz über belebten Straßen und Plätzen im Stadtzentrum bedeuten. Sie mussten sich also keine ernsthaften Sorgen um Leben und Gesundheit machen.

Tilman hatte in seinem Leben schon gefährlichere Momente heil überstanden. Ihm fiel die Geschichte wieder ein, als er übermütig vom Balkon der elterlichen Wohnung, in unmittelbarer Nachbarschaft zur sowjetischen Botschaft, mit Übungsmunition ein fröhliches Feuerwerk veranstaltet hatte. Er hatte die Patronen während des Militärdienstes mitgehen lassen, weil er sich davon spannende Unterhaltung im Kreis seiner Freunde versprochen hatte. Es war ihm tatsächlich gelungen, in der häuslichen Umgebung mächtig Spannung zu erzeugen! Bis heute verstand er nicht, wieso die Polizei nicht auf ihn gestoßen war. Sollte sein Vater als hoher Offizier die Sache intern abgebogen haben? Er hatte es nie erfahren.

Bis ein Hubschrauber sie erreicht hätte, wäre alles erledigt, und sie befänden sich längst auf dem Rückweg. Sie wollten nur ganz kurz in den verbotenen Bereich einfliegen, dann aber sofort wieder dem Stadtrand zustreben. Weil sie sich nicht mutwillig der Strafverfolgung aussetzen wollten, hatten sie verabredet, illegal auf dem Gelände einer ehemaligen LPG zu landen und das Flugzeug sofort in einer Halle zu verstecken. Das Gelände lag weit außerhalb der Ortschaft, so dass es nicht viele ungebetene Augenzeugen geben dürfte. Ganz ausschließen konnte man freilich nicht, dass jemand sie beobachtete und die unordentliche Landung der Polizei meldete. Wer das Land retten wollte, musste ein Restrisiko schon auf sich nehmen.

Tilman war sehr froh, sich auf einen erfahrenen Piloten an seiner Seite verlassen zu können. Er wollte sich um die fliegerische Seite der Aktion keine Gedanken machen. Ein Motorausfall beispielsweise, vor dem man sich über einer riesigen Häusermasse schon hätte fürchten können, kam heute bei den modernen Maschinen nicht mehr vor, jedenfalls im Prinzip nicht. Bei jeder Gelegenheit hatte man ihm versichert, die Cessna 172 sei so etwas wie ein VW-Käfer der Lüfte und in ihrer Zuverlässigkeit nicht zu übertreffen. — Ob er Petra von oben erkennen würde? Beide hatten verabredet, sie solle sich mit der Kamera am Neptunbrunnen postieren, um die Überflüge der Cessna wie auch die Reaktionen der Passanten zu erfassen. Sie hatte versprochen, eine Mütze wie Rotkäppchen aufzusetzen, damit sie aus der Menge besser hervorstach.

Der Funkturm auf dem Alexanderplatz ragte inzwischen genau vor der Flugzeugnase auf, wenn auch noch etliche Kilometer voraus. Die Luft war so ruhig, dass die Cessna wie ein Brett auf ihrem unsichtbaren Element zu liegen schien. Wenn man für Erstflüge flugungewohnter Passagiere einen Tag hätte auswählen wollen, wäre kein besserer zu finden gewesen. Tilman schaute vor seine Füße, wo einige graue Pappkartons standen, in denen früher mal Briefumschläge gewesen sein mochten. Ein paar Tausend Flugblätter hatte er eingepackt. Er hatte die Menge danach berechnet, wie viel Stück pro Minute er aus den umständlich zu bedienenden Klappfenstern der Cessna abwerfen konnte. Sie waren mit Scharnieren oben angeschlagen und ließen sich ungefähr zwei Handbreit zur Seite aufschieben. Man konnte also nur niedrige Stöße von Blättern hindurchschieben. Dies machte ihm etwas Sorge, denn der an sich einfache Handgriff konnte bei größeren Mengen länger dauern, als ihm recht war!

Das Überfliegen des Innenstadtbereichs war bei Strafe verboten, das Abwerfen von Gegenständen ebenso wenig erlaubt. Die beiden „Luftpiraten" fügten mit ihrer Aktion wirklich niemandem Schaden zu. Alles, was mit Flugzeugen zu tun hatte, wurde von den Behörden unheimlich wichtig genommen. Der Führerschein zum Autofahren wurde einmal auf Lebenszeit erteilt, und damit hatte es sich. Ob der Inhaber körperlich und mental noch tauglich war, wurde nie mehr überprüft. Der Staat ließ es einfach darauf ankommen. Wenn der Mann oder die Frau am Steuer nicht mehr gut sehen konnten und Unfälle anrichteten, musste man halt Verkehrsopfer in Kauf nehmen. Man könnte unmöglich, so die amtliche Lesart, den Behörden die periodische Kontrolle der Millionen Führerscheininhaber aufbürden.

Ganz anders sah man es bei den Privatpiloten. Sie mussten alle zwei Jahre zum Fliegerarzt und außerdem eine Mindestzahl von Flugstunden nachweisen. Die Luftfahrtbürokratie hatte sich ihren Kontrollzoo geschaffen und pflegte ihn hingebungsvoll, indem sie die Luftfahrerscheine turnusmäßig neu vergab. Tilman dachte, wie viele Planstellen in den Länderministerien daran wohl hingen, und lächelte.

Auch ihren heutigen Verstoß würde man wichtig nehmen und die Sache gewaltig aufblasen. Die Sicherheit der Republik wäre ernsthaft bedroht. Zweifellos würden die Ämter dies im Nachhinein lautstark beteuern. Ein Exempel müsste statuiert werden, damit Nachahmungstäter abgeschreckt würden. Im Grunde verübten Bohlmann und er nichts Schlimmeres als ein Autofahrer, der über eine Verkehrsinsel fährt, um den Weg abzukürzen. Größer war ihr krimineller Impuls zweifellos nicht.

Tilman seufzte, zuckte die Schultern und sah nach unten. Sie waren am Ziel, ihre Flughöhe lag etwas unterhalb der Spitze des Fernsehturms. Bohlmann begann, weite Ellipsen über dem Alexanderplatz und dem Marx-Engels-Forum vor dem roten Rathaus zu fliegen. Er ignorierte den aufgeregten Funkspruch des Lotsen, was er denn da tue, er dürfe sich dort nicht aufhalten, und drehte die Lautstärke zurück. Tilman blickte auf Winfried Bohlmann, der unerschütterlich sein Handwerk erledigte, ihm jetzt aber mit knapper Wendung des Kopfes zunickte. Daraufhin begann Tilman wie verabredet mit seiner Arbeit. Das mechanische Tun verdrängte das Bewusstsein der Gefahr. Er arbeitete fieberhaft wie ein Verteiler von Werbematerial, der in den Mietshäusern, treppauf, treppab, im Akkord die Briefkästen der Mieter bedient.

Markus Wimmer hastete, in feines graues Tuch gekleidet, auf dem Weg zu einem eiligen Geschäftstermin gerade am Marx-Engels-Denkmal vorbei, als seine nach innen gerichtete Aufmerksamkeit von einem seltsamen, für diese Jahreszeit viel zu frühen und in dieser Art noch nie gesehenen Schneetreiben in Anspruch genommen wurde. Bunte Flugblätter in vielerlei Farben fielen herab. Er setzte ein anerkennendes

Grinsen auf, weil der Tag so gut ausgewählt war, dass diese hübschen Flyer, so hießen bei ihm die Blätter, wirklich senkrecht fielen. Wimmer griff sich ein taumelndes Blatt aus der Luft und las noch eines für seine Kollegen auf. Als Erstes sah er die Unterschrift des bekannten Schriftstellers Norbert Winter, der von den Medien zu den sogenannten Großschriftstellern gezählt wurde. Ob zu Recht oder nicht, hatte er für sich persönlich nie geklärt. Er überflog den Text des Manifests und verstand sofort, worum es ging. Dafür musste er den Text nicht Zeile für Zeile lesen. Dem ersten Reflex, den Zettel zu zerknüllen und ihn fallen zu lassen, widerstand er und steckte ihn gefaltet in die Manteltasche.

Wimmer hasste diese verstockten Idealisten! Sie wollten ihm im Grunde seine Zugehörigkeit zur führenden Kaste der Gesellschaft streitig machen. Wie lebensfremd, wie abwegig war die Idee, alle sollten überall mitreden oder gar mitbestimmen! Hat es das in der langen Geschichte der Welt jemals gegeben? Die Kenntnis von Englisch verschaffte den Eintritt in die Oberschicht, deshalb fand er es als Qualifizierungsmerkmal gut. Er musste natürlich in seiner Immobilienbranche keine Geschäftsverhandlungen im Ausland mit dortigen Muttersprachlern führen. Höchstens stieß Markus Wimmer mal auf einen Japaner, der in Berlin und Umgebung ein Haus mieten wollte. Der sprach dann meist nicht besser Englisch als er. Er schätzte es ungemein, sich durch geschickt eingestreute Wendungen, die er für passables Englisch hielt, gegenüber den eigenen Landsleuten abzuheben. Das vermittelte ein gehobenes Lebensgefühl im grauen Alltag. Jetzt wollten es ihm diese Spinner rauben!

Wimmer hasste, das wurde ihm schlagartig klar, alle Gutmenschen, welche ständig versuchten, die übrige Menschheit ins Unrecht zu setzen, ob es nun um Klima, Profit, Menschenrechte oder, ein neues Modethema anscheinend, um die deutsche Sprache ging. Das Beste wäre wahrscheinlich, dieses Blatt niemandem zu zeigen. Die Gefahr, dass seine Gesprächspartner sich von dem berühmten Schriftsteller und seinem Wisch mit dem dämlichen Geschreibsel beeindrucken ließen, war groß. Er zog die beiden Zettel wieder aus der Jackentasche und warf sie zerknüllt in die nächste Pfütze.

Monika Hagendorf, eine junge Rechtsanwältin, die noch ganz am Beginn ihrer beruflichen Entwicklung stand, hüpfte auf ihren hochhackigen Schuhen halsbrecherisch die Stufen vorm Portal des Roten Rathauses hinunter. Sie hatte eben in einer Verhandlung mit einem Referatsleiter der Senatskulturverwaltung einen bemerkenswerten Erfolg für ihren Mandanten herausgeholt. Das Privattheater „Commedia dell'Arte" bekam nun doch die staatliche Förderung, ohne die seine Existenz noch vor dem ersten Aufziehen des Vorhanges geendet hätte. Monika Hagendorf blieb am Fuß der Stufen stehen und blickte versonnen vor sich. Sie verstand noch immer nicht, was bei dem Graukopf in der letzten Phase des Gesprächs den unerwarteten Umschwung ausgelöst hatte. Nach einer langen Kette stimmiger Argumente gegen einen Zuschuss der öffentlichen Hand hatte er plötzlich und im Widerspruch zu seinen vorausgehenden Worten mit einem vernehmlichen „Ja" geschlossen. Sie war sprachlos, aber einverstanden und wurde den Verdacht nicht los, dass der Beamte in der freien Verfügungsmasse seiner Haushaltsstelle noch etwas übrig hatte und ihr für ein charmantes Lächeln einen Gefallen tun wollte. Vielleicht fand er sie sympathisch, vielleicht hatte sie ihn an seine verstorbene Tochter erinnert. Der Unglücksfall war damals durch die

Presse gegangen. Sie würde das wahre Motiv wohl nie erfahren.

Monika Hagendorf bückte sich nach einem der herumliegenden, herumfliegenden bunten Zettel, denn sie fand, Norbert Winter gehörte nicht in den Straßenstaub. Erstaunt, dass der seit Jahrzehnten zurückgezogen lebende Autor jetzt unter die Aktionisten gegangen sein sollte, las sie auf knallrotem Untergrund:

„Was gilt uns unsere Sprache?

Liebe Berlinerinnen und Berliner, liebe Gäste unserer Stadt!

- Unsere Sprache ist wichtig. Können wir denken, reden, verstehen, handeln, arbeiten, schöpferisch sein oder genießen ohne Sprache? Nein! Wir sind Menschen durch die Sprache.

- Was hält uns als Deutsche zusammen? Unsere Landschaften, unsere Städte, unser Export, unsere Reiselust, unser Fußball? Nein, unsere Muttersprache!

- Wirtschaft, Hochschulen, Medien, Werbung ersetzen die deutsche Sprache durch eine fremde Sprache. Sie machen uns zu Untermietern im eigenen Haus.

- Wir fordern unser Menschenrecht: Wir wollen in unserem Land unsere Sprache sprechen. Wir wollen keine Amerikanisierung und keine Zweiklassengesellschaft.

- Wir erkennen nur die deutsche Sprache als Landessprache an. Lasst uns Fragen stellen, die Bürger informieren,

Redner unterbrechen, deutsche Wörter verlangen, Schriftstücke zurückweisen, zum Boykott aufrufen, auf der Straße demonstrieren, Beschwerdeschreiben schicken, Prozesse führen, zivilen Ungehorsam zeigen, Amtsträger kontrollieren und die richtigen Politiker wählen! Wir müssen uns wehren.

- Wir bitten Euch: Macht alle mit! Mit aller Macht! Es ist fünf vor zwölf. Verbreitet diesen Aufruf!

Berlin, den 3. Oktober 201...

Norbert Winter
Schriftsteller"

Als Abiturientin hätte sie einen solchen Aufruf, ohne groß nachzudenken, als politisch „rechts" beiseite geschoben, und zwar aus einem Bauchgefühl heraus, das man ihr während der Schulzeit in Deutschland eingeimpft hatte. Seit sie zwei Semester in Lyon studiert hatte, betrachtete sie die Zusammenhänge genauer. Am Beispiel von Kommilitonen und Professoren hatte sie erlebt, wie gut es möglich war, das Bewusstsein vom eigenen Wert und von der eigenen Würde mit der Anerkennung anderer Sprachen und Kulturen zu vereinen. Alles passte in ihren Kopf und in ihr Herz hinein. Der Albatros von Baudelaire hockte neben dem Pegasus von Schiller. Sie breiteten die Flügel aus, ohne sich die Luft streitig zu machen.

Europa wäre um Vieles ärmer, spann sie ihre Phantasien fort, wenn wir die Möglichkeit verlören, Beobachtungen, Gedanken und Gefühle auf verschiedene Weise auszudrücken, mal auf Deutsch, mal auf Französisch, mal auf Italienisch oder auch auf Englisch. Anscheinend hatten die schrecklichen Vereinfacher überall die Macht an sich gerissen. Sie stützten sich auf die große Schar all jener, die Mühe hatte, die moderne Welt zu verstehen. Diese Leute hatten die verlogene Verheißung zu ihrer Lebensregel gemacht, sie hätten mit dem Globisch, einer versimpelten, aus dem Englischen abgeleiteten Sprache, die ganze Welt in der Tasche und brauchten keine andere Sprache mehr zu lernen.

Ihr gefiel das Flugblatt, und sie nahm sich vor, mit ihren Kolleginnen und Freundinnen darüber zu diskutieren. Wer sich besonders fortschrittlich vorkam, wollte ihr einreden, die Aufmerksamkeit für die deutsche Muttersprache sei eine Sorge alter Leute. Sie wusste es aus eigener Erfahrung besser, und es machte sie unglücklich, dass ihre Einsicht so wenig verbreitet war.

Ein rüder Radler ungefähr ihres Alters brachte sie auf andere Gedanken. Er hatte sie von hinten nur deshalb um Haaresbreite verfehlt, weil sie ihn im letzten Moment aus dem Augenwinkel mehr geahnt als gesehen und einen schnellen Ausfallschritt zur Seite getan hatte. Hier könnte die Polizei mächtig Kasse machen und zugleich etwas für die Sicherheit der Bürger tun, anstatt sich exklusiv auf die leichte Jagdbeute der Falschparker zu stürzen, dachte sie und entfernte die amtliche Mitteilung — so ein Mist, schon wieder! — unter dem Scheibenwischer ihres Peugeot.

Peer Marschall hatte gerade die Bahnhofshalle am Alexanderplatz verlassen und hastete in Richtung Rotes Rathaus und Nikolaiviertel. Er war in äußerster Eile, denn er wollte zur Pressekonferenz beim Senator für Inneres im Alten Stadthaus am Molkenmarkt. Eigentlich konnte er schon nicht mehr rechtzeitig eintreffen, wenn die Veranstaltung pünktlich anfinge. Marschall ärgerte sich, dass er nicht mit der U-Bahn zur Klosterstraße, direkt vor den Haupteingang der Innenverwaltung, gefahren war. Nun hatte er durch die Spandauer Straße und quer über die Kreuzung Mühlendamm hinweg zum Haupteingang Klosterstraße noch wenigstens zehn Minuten Weg vor sich. Sein Knie, das er sich neulich beim Laufen im Grunewald beim Sturz über eine Baumwurzel verletzt hatte, beeinträchtigte ihn sehr. Es meldete sich bei jedem Schritt mit einem ziehenden Schmerz.

Der Innensenator wollte, so seine Pressemitteilung vom gestrigen Tage, vor den versammelten nationalen und internationalen Korrespondenten seinen Standpunkt zur derzeit letzten Fassung des äußerst umstrittenen Entwurfs für ein Gesetz über das Bundeskriminalamt vorstellen. Peer Marschall vertrat als Redakteur des Berliner Abendblatts den Bereich der Inneren Sicherheit. Als profilierter Kollege, der sich seinem Ruhestand näherte, konnte er es sich nicht leisten, mehr als ein paar Minuten der Einleitung zu verpassen. Morgen erwarteten die Eingeweihten von ihm eine fundierte Berichterstattung. Vom Laufen schnaufte er wie eine Dampflokomotive und war kurz davor, seinen Eilmarsch abzubrechen, als er genau über der Spandauer Straße ein kleines Motorflugzeug erblickte. In unverschämt niedriger Höhe strich es über die Häuser.

Weil er berufsbedingt versuchte, in jeder Situation genau hinzuschauen, erkannte er sofort, dass es sich um einen Hochdecker, vermutlich eine Cessna, handelte. Vor gut zehn Jahren hatte er einmal damit angefangen, seinen Pilotenschein zu machen. Auch wenn er heute versuchte, zu sich selbst ehrlich zu sein, hätte er nicht mehr sagen können, ob ihn die hohen Charterkosten oder bei thermischen Wetterlagen das elende Schaukeln des kleinen Flugzeugs mehr abgeschreckt hatte. Nach einigen Schnupperflügen wurde aus dem ehrgeizigen Plan doch nichts.

Aus dem Flugzeug rieselte ein bunter Regen schulheftgroßer Zettel auf Dächer und Straßen herab. Peer Marschall griff sich ein Blatt und war empört. Solch eine Dreistigkeit, Flugblätter über der Innenstadt abzuwerfen, hatte er noch nicht erlebt. Es überstieg seiner Ansicht nach das übliche Maß an Aktionismus im politischen Meinungskampf, auf derart rüpelhafte Weise auf sich aufmerksam zu machen. Das konnte doch wirklich niemand genehmigt haben, keine Luftfahrtbehörde und kein Polizeipräsident! Bis zum heutigen Tage hatte Marschall den Schriftsteller Norbert Winter für einen der größten Erzähler des Landes gehalten. Seinen großen Roman über die deutsche Einheit und ihre lange Vorgeschichte: „Immer davon sprechen, nie daran denken..." hatte er mit großem Gewinn gelesen. Wie der Autor gewaltige Stoffmassen und vielschichtige historische Zusammenhänge gebändigt und sie dem Leser durchsichtig präsentiert hatte, nötigte ihm größte Bewunderung ab. Als er jetzt seinen Namen unter dem seiner Meinung nach ziemlich nationalistischen Kampfblatt las, verflog im wahrsten Sinne des Wortes dieses Ansehen und schlug in Empörung um.

Eines war für ihn unumstößliche Gewissheit: Deutschland hatte mit dem Dritten Reich für alle Zeiten sein Recht verspielt, Interesse für seine Sprache einzufordern. Dies hatte er in jungen Jahren als Student der Soziologie in sich aufgenommen und ein für alle Mal verinnerlicht. Hiervon ließ er sich von niemandem abbringen. Im Angesicht der düsteren Geschichte konnte Deutschland nicht umhin, als seine Sprache auf dem Altar der Völkerverständigung zu opfern. Dies war der einzige Weg, die verlorene Würde wiederzuerlangen, auch wenn dies noch hundert Jahre dauern mochte. Auf Erörterungen mit, wie er sie gerne abfällig nannte, deutschtümelnden Kollegen über nationale oder kulturelle Identität oder ähnlichen Schwachsinn ließ er sich nie ein. Er brach solche Gespräche, wenn ein Ansatz dazu erkennbar wurde, ab oder mied sie von vornherein. Nein, Peer Marschall hatte für solche national-ethischen Abwegigkeiten nicht das geringste Verständnis. Wie konnte sich der große Norbert Winter für so etwas hergeben?

Marschalls Knie schmerzte jetzt stark, aber er hatte den Haupteingang der Senatsverwaltung für Inneres endlich erreicht und präsentierte dem Pförtner seinen Presseausweis. Er erfuhr zu seiner Beruhigung von dem völlig zugewachsenen Bartträger, dass der Senator von einem auswärtigen Termin noch nicht wieder zurück sei. So blieb ihm die Blamage erspart, zu spät zu erscheinen, wo ihn doch beim Hereinkommen alle erkannt hätten.

Tilman Spiegel hatte bis dahin getan, was er sich vorgenommen hatte, und war mächtig ins Schwitzen geraten. Er hatte kaum auf die Stadt hinuntergeschaut. Als er für einen Moment seinen Blick von den grauen Kartons löste und durch die Frontscheibe sah, kam der Fernsehturm etwa in Höhe des Restaurants genau auf sie zu. Er wollte schon aufschreien, als Bohlmann lächelnd einen sanften Rechtsschwenk einleitete und das Hindernis in vielleicht hundert Metern Abstand sicher umflog. Tilman blickte ihn mit weit aufgerissenen Augen an. Sagen konnte er erst einmal nichts. Nach einigen tiefen Atemzügen stieß er hervor: „Warum tust Du das? Machst Du das absichtlich?"

Der andere antwortete so dahin, als gäbe es für Aufregung nicht den leisesten Grund: „Besser absichtlich, als aus Schusseligkeit! Du brauchst keine Angst zu haben, ich hab' alles voll im Griff. Ich will nur ein bisschen Spaß haben. Der Kollege damals in Paris ist durch den Triumphbogen geflogen ohne anzustoßen. Eine richtig starke Nummer, ein unerreichtes Vorbild! Er hatte natürlich Spannweite und Innenmaß des Bauwerks vorher verglichen. Die Differenz war nicht groß, ein paar Meter auf jeder Seite, aber es reichte offensichtlich. Was meinst Du, wie nahe ich mich an den Turm herantraue, ehe ich ausbiege?" Er blickte zu Tilman hin und wartete anscheinend auf seine konkreten Vorschläge in Metern. Halblaut meinte er noch: „Ernst Udet, Du weißt, des ‚Teufels General‘, war mit seinem Flug unter der Isarbrücke in München auch nicht schlecht."

Tilman hatte von Udet noch nicht gehört. Er war kreidebleich und sagte nur flüsternd: „Bitte, lass das, und sieh nach vorne. So hatten wir nicht gewettet. Ich bin kein Selbstmordattentäter! Überzeugungstäter vielleicht, aber überleben wollte ich schon."

Winfried Bohlmann flog mit mäßiger Querneigung elegante Achten um den Fernsehturm und den Turm des Roten Rathauses. Dessen Spitze blieb aber zu Tilmans Beruhigung tief unter ihren Füßen. Der Pilot hatte anscheinend nicht den Ehrgeiz nachzuschauen, ob das dort hausende Turmfalkenpaar in diesem Jahr Junge hatte. Die Besucher im Drehcafé des Fernsehturms winkten ihnen begeistert zu. Sie schienen diesen Flug für einen gelungenen Werbespaß der Stadt zu halten, also für eine praktische Variante des „Be Berlin". Warum nur, fragten sich viele Gäste, hatte der Regierende

Bürgermeister das unüberhörbare Motto eines Stotterers für die Stadt gewählt?

„Ich hab mich auf Deinen Vorschlag gern eingelassen. Dieser Flug ist eine schöne Gelegenheit, mein aktives Fliegerleben abzuschließen. Ein bisschen Schaueffekt muss manchmal sein. Glaub mir: Immer nur stur von A nach B fliegen, geht einem tierisch auf den Geist. Deine politischen Ziele verstehe ich, jedenfalls theoretisch. Was Deine Flugblätter bezwecken sollen, ist mir aber, ehrlich gesagt, ziemlich schleierhaft. Die meisten Leute quatschen, wie alle quatschen, nämlich so, wie die Promis. Der Mann auf der Straße macht sich keine Gedanken über seine Sprache. Diese Menschen unterscheiden nicht, ob sie deutsche oder englische Wörter benutzen. Das tun vielleicht ein paar Professoren, einige Schriftsteller, Spitzen-Journalisten. Die anderen reden, wie sie gerade reden. Euer Flugblatt klingt so bitter ernst, so beleidigt, ich finde, sogar aggressiv!"

Bohlmann sah ihn lange an. Das Rauschen um das Flugzeug wurde leiser. Er konnte nach vorne nicht mehr gut hinausschauen, denn die Nase der Cessna zeigte in die Wolken. Ein schrilles Hupen ließ Tilman zusammenfahren. „Au, Scheiße", rief Winfried Bohlmann, „ich habe gepennt, ich bin viel zu langsam. So dicht über dem Boden! Er drückte die Nase der Cessna ruckartig nach vorne und setzte zu einem Sturzflug an, als wollte er auf dem Platz vor dem Roten Rathaus landen, zwischen all den Menschen! Tilman Spiegel klammerte sich am Sitz fest. So war es nicht verabredet! Er begriff nicht im Geringsten, was sich abspielte, aber seine Phantasie begann wie ein überdrehtes Windrad zu rotieren. Viele Menschen auf dem Platz sahen zu ihnen herauf. Manche winkten mit ihren Mützen. Ihre Gesichter waren noch nicht zu erkennen, aber sie mochten die Vorstellung unterhaltsam finden.

Über gefährliche Grenzflugzustände hatte er nur mal bei einer Party reden hören, ohne sich zu beteiligen. Er wusste nichts Genaues, kannte höchstens den einfachen Zusammenhang aus der Physik, wonach die Tragfläche ihrem Namen nur Ehre macht, wenn sie gleichmäßig von Luft umströmt wird. Waren sie ernstlich in Gefahr? Bohlmanns heftiges Aufstöhnen hatte sich nicht gut angehört. Sein Gesicht schien plötzlich wie versteinert. Er war für niemanden mehr zu sprechen. Als es im Sturzflug gewaltig rauschte, nahm Bohlmann die Cessna aus der Tauchbewegung heraus und ließ sie steigen, so dass sie nach einigen langen Augenblicken die Höhe des Turmcafés wieder erreicht hatte.

Winfried Bohlmann drehte sich zu ihm hin und lächelte etwas verkrampft: „Entschuldige den Schreck! Unser Flugzeug hat sich beim Piloten beschwert, deshalb das blöde Warnsignal!"

Tilman blickte den Freund entgeistert an: „Wie, beschwert? Ich verstehe überhaupt nichts."

„Die alte Cessna wollte mir in netter Form andeuten, wir fielen gleich auf die Fresse, wenn wir nicht etwas schneller flögen. Das habe ich dann getan. Deshalb das kleine Tauchmanöver. Der Fachmann spricht vom überzogenen Flugzustand. Das passiert mir, bei all der Routine! Mann, ist mir das peinlich!" Er blickte starr auf sein Instrumentenbrett und wollte wissen: „Hast Du Deine alberne Ladung abgeworfen, dass wir hier endlich wegkommen? Der Spaß ist mir vergangen."

Tilman antwortete nicht. Er blickte aus seinem Seitenfenster und zuckte mit den Schultern. Seine Kartons sah er unschlüssig an, griff danach, zögerte aber.

Mit schwerem Schritt, jedoch sehr aufrecht, verließ ein weißhaariger Mann ein renommiertes China-Restaurant am Rande des Nikolaiviertels und legte alle paar Augenblicke väterlich seinen Arm um die Schultern einer Frau. Sie mochte anderthalb bis zwei Jahrzehnte jünger sein, war einen Kopf kleiner als ihr Begleiter und schaute immer wieder zu ihm auf, während er ununterbrochen zu sprechen schien, den markanten Kopf dabei dem weiten Rund des großen Platzes zugewandt. Die Frau machte manchmal Einwürfe und sagte dabei von Zeit zu Zeit: „Aber natürlich, Herr Professor" oder: „Ich glaube nicht, Herr Professor" oder: „Ich kümmere mich darum, Herr Professor". Seinen Namen nannte sie nur gelegentlich. Er klang so ähnlich wie „Tiefenthal".

Im Restaurant hatten sie im Anschluss an die mit fremden Soßen hervorragend angerichtete Pekingente die Finanzen ihres Vereins durchgesprochen. Es ging um die Vorbereitung der nahen Hauptversammlung. Auch in ihrem Verein waren die Bedürfnisse und die Ausgaben schneller gewachsen als die Einnahmen. Die Einkünfte aus den Beiträgen der Mitglieder stiegen nicht mehr, weil deren Zahl, wie Tiefenthal resignierend feststellte, seit Jahren stagnierte. Weiteres Wachstum liege leider nicht in der Linie der Entwicklung, fügte er hinzu.

Seit etwas über einem Jahrzehnt schien ein neuer Sprachverein das Potenzial an Interessenten in Deutschland förmlich abzusaugen. Tatsächlich habe dieser, Präsident Tiefenthal bestand auf dem Etikett, politisch aggressive Verein inzwischen, verglichen mit dem eigenen Bestand, die zehnfache Zahl von Mitgliedern an sich gebunden. Der Zuschuss der Bundesregierung an den eigenen Verein werde wegen der schlechten Haushaltslage wohl ab dem nächsten Jahr fühlbar schrumpfen. Alles in allem, meinte der Präsident, unschöne Aussichten, die einem den Spaß an der Arbeit verleiden könnten.

Hierauf hatte die jüngere Begleiterin anscheinend erst einmal keine Antwort. Schließlich meinte sie, der neue Verein komme doch auch ohne Zuschüsse ganz gut zurecht. Woran das denn läge? Dem unartikulierten Brummen ihres Professors durfte sie entnehmen, dass er diese Bemerkung nicht als Ermutigung auffasste.

„Sehen Sie mal da!", rief Frau Buchwald in unerwartet schriller Tonlage und deutete zum Fernsehturm, neben dem links ein Motorflugzeug auftauchte und genau auf sie zuhielt. „Ist das nicht unerhört?" Sie zog ihren kopfschüttelnden Präsidenten in den Schutz der Häuserfassaden. Er ließ es sich widerstrebend gefallen, denn er verstand nicht sofort, weshalb sie sich so aufspulte. Dann sah er klarer, was geschah: „Da fliegt was aus dem Fenster. Irgendwelche Papiere. Holen Sie mir doch mal ein Exemplar, Frau Buchwald, bitte!"

Ein schneller Blick auf das Blatt genügte Tiefenthal für sein abschließendes Urteil. „Da stecken die anderen dahinter", entfuhr es ihm zischend. Dann sprach er von früheren Zeiten, als seine wissenschaftliche Gesellschaft sich aus den Querelen der Tagespolitik heraushalten konnte, denn niemand erwartete eine Positionsmeldung von ihr. Sie registrierte, ähnlich einem Notar, das Erscheinungsbild der deutschen Sprache, ohne je zu etwaigen Fehlentwicklungen einen

Standpunkt zu äußern. Für ihr Schweigen, doch, nein, offiziell für eine sprachliche Beratung des Parlaments bei der Abfassung von Gesetzestexten, wurde die Organisation durch Subventionen der Bundesregierung angenehm belohnt.

Der Präsident warf das Flugblatt zu Boden und trat mit seinen schweren Schuhen ein paar Augenblicke genüsslich darauf herum, bis ihm unter den befremdeten Blicken seiner Geschäftsführerin aufging, wie kindisch sein Verhalten auf einen Außenstehenden wirken musste. Glücklicherweise kannte ihn hier aber niemand sonst.

Tiefenthal und seine feine Sprachgesellschaft empfanden es als immer mühsamer, in der öffentlichen Debatte über die deutsche Sprache der Regierung den Rücken frei zu halten. Man musste die öffentlichen Zuschüsse weiterhin rechtfertigen. Der Präsident hielt seine Taktik für besonders geschickt, die Regierung von dem öffentlichen Vorwurf freizusprechen, sie drücke sich vor ihrer Verantwortung gegenüber der deutschen Sprache. In immer neuen, aber eigentlich unveränderten Stellungnahmen hatte er fünf Punkte ständig wiederholt, wie eine tibetanische Gebetsmühle:

Schon immer in der Geschichte habe es fremde Einflüsse gegeben. Sie kämen und vergingen wie zur Zeit der französischen Sprachmode. Es gebe kein aktuelles Problem.

Der englische Einfluss sei minimal, ein Scheinproblem. Nur 6.000 von 600.000 Wörtern, nur 1%, stammten aus dieser Quelle.

Die englischen Wörter bedeuteten keine Gefahr für unsere Sprache, denn die Grammatik sei intakt. Wer sich über einzelne Wörter beschwere, sei wissenschaftlich nicht ernstzunehmen.

Die Einflüsse der amerikanischen Globalisierung seien unabwendbar. Die Deutschen müssten Englisch lernen. Bis dahin hätten nur die Alten ein Übergangsproblem.

Sprache entfalte sich rein naturhaft. Sie vertrage keinen staatlichen Einfluss.

Tiefenthal fühlte sich mit dieser Argumentation mehr und mehr unwohl. Vor allem sein immer wieder eingesetzter Taschenspielertrick mit dem 1%-Dogma machte ihm zu schaffen. Neulich hatte ihm in einer Diskussion ein Journalist erwidert, ob er denn, um auf die 600.000 Wörter als Gesamtwortschatz zu kommen, die Fachterminologien von Sinologen, Archäologen und Vulkanologen miteinbezogen hätte. Die 6.000 Anglizismen beträfen demgegenüber den Alltagswortschatz.

Auch die plumpe Gegenüberstellung der Zeit Friedrichs II. mit der Gegenwart machte seinem Gefühl für wissenschaftliche Ästhetik zu schaffen. Die Ausgangsbedingungen damals und heute waren zu verschieden, so dass der Vergleich bedauerlicherweise mächtig hinkte.

Tiefenthal hatte inzwischen eine weiche Rückzugsbewegung eingeleitet und öffentlich erklärt, auch seine Organisation beobachte den Bedeutungsschwund der deutschen Sprache in Wirtschaft, Wissenschaft und Politik, vor allem in der Sprachenpolitik der Europäischen Union, mit gewisser Sorge. Hierüber gebe es keine Meinungsverschiedenheit mehr. Ihm entging allerdings nicht, dass seine Behauptung, die importierten angloamerikanischen Wörter störten im täglichen Sprachgebrauch nicht, langsam unhaltbar wurde.

Was seien denn diese Wörter anderes, hatte ihm ein Kritiker entgegengehalten, als unmittelbarster Ausdruck eines Bedeutungsschwundes? Schließlich sei es kein Zufall, dass die zahllosen Anleihen aus dem Englischen kämen und nicht aus dem Russischen oder dem Mandarin.

Präsident Tiefenthal hatte die ebenso beruhigende wie bestürzende Beobachtung gemacht, dass beharrliches Wiederholen der immergleichen Thesen, so falsch sie wissenschaftlich auch sein mochten, politisch durchaus eine Wirkung hatte. Die meisten Zuhörer waren gerne bereit, sich die Mühe des eigenen Nachdenkens bis in die Tiefe der Zusammenhänge zu ersparen und die Aussage einer Autorität zu übernehmen. Und die war fraglos noch immer er!

Die bisherige Taktik durchzuhalten, war schwieriger geworden. Früher hatte die Bundesregierung auf Anfragen im Bundestag seine „wissenschaftlichen" Aussagen unbesehen übernommen. Einige wenige Jahre würde er den Kurs vielleicht noch durchhalten können. Er brachte es nicht über sich, die jahrzehntelang verfolgte Linie seiner wissenschaftlichen Gesellschaft aufzugeben und ihre Politik den unübersehbaren Realitäten und neuen Einsichten anzupassen. Er wäre sich vorgekommen, als würde er sein Lebenswerk verraten. Zu einem Kurswechsel mochte sich sein Nachfolger entschließen.

Als Tiefenthal in seinen Betrachtungen an diesem Punkt angelangt war und sich seiner Haltung noch einmal vergewissert hatte, entdeckte er die einsame Frau Buchwald neben sich. Er nahm das Gespräch mit ihr wieder auf. „Ich meine jetzt doch", sagte er, als hätte er genau über diesen Punkt lange nachgedacht, „wir sollten den Kommunikationswissenschaftler aus Calw, Professor Winkel, auf unserer Hauptversammlung den Festvortrag halten lassen. Hatte er nicht als Thema vorgeschlagen: ‚Die Sprache der Banken und die Ausbeutung der Kleinanleger'? Ein wenig marxistisch in der Formulierung, aber vielleicht ein Anreiz, unsere Hauptversammlung zu besuchen angesichts der praktischen Erfahrungen vieler!" Er lachte bitter. Sie hatten den Bahnhof Alexanderplatz erreicht und betraten die hohe Halle.

Eine untersetzte Frau mit Kurzhaarfrisur, die ihre mittleren Jahre demnächst hinter sich haben würde, näherte sich ruhigen Schritts dem Neptunbrunnen. Sie versuchte sich an eine Besichtigung vor Jahren, bald nach ihrem Umzug aus Hamburg, zu erinnern. Eine Stadtführerin hatte in heftigstem Berliner Dialekt beschrieben, welche der vier Frauengestalten des Brunnens welchen deutschen Fluss verkörpern sollte. Sicher war sie sich nur beim Rhein, denn sie erkannte ihn an den Weinreben in den Händen der Trägerin. Sie wollte schnell noch zur Sparkasse am Alexanderplatz, um ihr Portemonnaie nachzufüllen.

In der Betriebsratssitzung heute Vormittag hatten sie zum soundsovielten Male mit der Geschäftsleitung gestritten. Ulrike Schwandt war bei diesem Thema Wortführerin. Wieweit wolle das Unternehmen noch gehen, alle Abteilungen mit echten oder erfundenen amerikanischen Bezeichnungen zu verzieren? Die Belegschaft fühle sich genarrt, wenn sie für Arzneimittelsicherheit „Global Medical Safety Surveillance", für Produktion, Logistik und Umwelt „Supply Chain & Environment" und „Security Operations" für Erste Hilfe an den Türschildern lesen müsse. Unermüdlich die abgestandenen Begründungsversuche der Direktion, man möge bitte begreifen, dass es auf den Auftritt der Firma auf dem globalen Markt ankomme! In dem riesigen Gebäude gehe es allerdings schlicht darum, hatte sie entgegnet, den Mitarbeiterinnen den Weg zu ihren Kolleginnen zu zeigen.

Genauso irrwitzig war der Zwang, den Schriftverkehr innerhalb der Firma, auch unter den deutschen Mitarbeitern, in englischer Sprache zu führen. Dies betraf auch Besprechungen von einiger Wichtigkeit. Die fixe Idee besagte: Wir sind eine Weltfirma, und deshalb sprechen wir die Weltsprache überall. So wurden sie alle dazu verdonnert, in ihrem eigenen Land eine fremde Sprache zu sprechen. Das haben nicht einmal die Russen von uns verlangt, erinnerte sich Ulrike Schwandt an die Zeit vor der Wende.

Die ganze Firma war seitdem ein seltsames Sprachlabor, wenn auch kein besonders qualifiziertes. Ein Außenstehender musste den Eindruck gewinnen, es solle ausprobiert werden, mit welchem Minimalwortschatz ein Großbetrieb noch arbeiten könnte, ehe die betriebsinterne Kommunikation keine verwertbaren Ergebnisse mehr hervorbrächte.

Die Initiative, die hinter den verstreuten Flugblättern stand, gefiel ihr ausnehmend gut. Ihre Vorstöße über Jahre hin, seit ihrer humoristischen Ansprache vor der ganzen Belegschaft, damals in der Jahresschlussfeier, hatten nichts bewirkt. Das erhoffte Umdenken war ausgeblieben. Die großen Gewerkschaften im DGB hatten sie nicht unterstützt, sie sozusagen rechts liegen lassen. Sie hatten ultradogmatisch beschlossen, sie hätten mit der verfemten deutschen Sprache nichts am Hut und dienten der internationalen Gewerkschaftsbewegung am Besten durch Gebrauch der englischen Sprache.

Sogar die mehrfache Kandidatin der SPD für das Amt des Bundespräsidenten, Professorin Gesine Schwan, hatte sich nicht von dem Fluch, der anscheinend auf der deutsche

Sprache lag, befreien können. Es bot sich taktisch wohl an, den Parteitagsbeschluss der CDU aus dem Jahre 2008 zur Gegenprofilierung auszubeuten. Sie, Schwan, hatte dreist behauptet, die CDU fordere die Erwähnung der deutschen Sprache im Grundgesetz, um den Ausländern zu drohen. Motto: Wenn der politische Gegner etwas fordert, muss es schon deswegen verkehrt sein. Ulrike Schwandt war von ihr tief enttäuscht, denn sie hatte die Professorin bei öffentlichen Auftritten als scharfe Denkerin mit Mut zum persönlichen Bekenntnis kennengelernt.

Sah denn nicht einmal der Deutsche Gewerkschaftsbund, wie die Sprachpraxis führender Kreise der Wirtschaft die Bevölkerung spaltete? In eine Herrenschicht der Wissenden und eine Unterklasse derer, die ihren Alltag über Strecken nicht mehr verstanden und von Information und Mitwirkung in Gesellschaft und Staat ausgeschlossen, man sagte modern „ausgegrenzt", waren.

Waren denn die Gewerkschaften immer noch bis zur Kritiklosigkeit dankbar, dass sie nach dem Zweiten Weltkrieg entscheidende Hilfen zum Wiederaufbau aus den USA bekommen hatten? Vielleicht wirkte noch ein eingewurzelter Reflex, amerikanisch und hervorragend gleichzusetzen und dem das kritische Denken zu opfern.

So sehr sie die Dinge hin- und herwendete, verstand Ulrike Schwandt nicht, warum die Gewerkschaften nicht einzusehen schienen, dass die Selbstbestimmung der Arbeitnehmer abhanden kam, wenn die wirtschaftlichen Leitmilieus des Landes seine Sprache zur Unterschichtsprache machten.

Vielleicht fielen sie auf die trickreiche Vernebelung herein, es handele sich bei der früher Englisch genannten Sprache um eine von den Ursprungsländern abgehobene, neutrale Weltsprache. Damit wäre Globisch ein moralisch allen Sprachen überlegenes Instrument der Völkerverständigung. Jeder hatte sich dieser segensreichen Entwicklung unterzuordnen und die eigenen quasi provinziellen Nationalsprachen zu opfern.

Diese Vordenker der Völkerfreundschaft nahmen geflissentlich nicht zur Kenntnis, dass die anglophonen Länder im Wettbewerb durch die „neutrale" Sprache politisch und wirtschaftlich unerhört profitierten. Vielleicht durchschauten sie es auch, waren aber, vermutete Ulrike Schwandt, in das darauf gestützte Profitsystem fest eingebunden. Also wirkten sie an der weltweiten Strategie bereitwillig mit.

Auf ihrem Weg über den großen Platz hatte sie die S-Bahn am Bahnhof Alexanderplatz unterquert und steuerte die Filiale der Berliner Sparkasse an der Südseite des Platzes an. Sie bemerkte, dass mehr als auf diesem geschäftigen Platz sonst üblich die Menschen mit Flugblättern in der Hand in Gruppen zusammenstanden, diskutierten und immer wieder zum Himmel schauten. Erst jetzt verstand sie, wo die farbigen Zettel, die überall herumlagen, wohl herkamen.

Sie kannte aus ihrem pharmazeutischen Großunternehmen die Unerschütterlichkeit, besser Dickfelligkeit der globalen Macher. Nach der großen Finanzkrise 2008 praktizierten sie ihre selbstgefällige Haltung geschmeidiger, hatten sie aber nicht aufgegeben. Deshalb war sie skeptisch, ob diese spektakuläre Aktion über der Berliner Innenstadt politisch etwas bewirken würde.

Petra Warnke hatte sich auf eine Bank in der Parkanlage vor dem Rathaus gesetzt und gewartet. Jedenfalls hatte sie versucht, sich vorzumachen, sie würde tatsächlich nur warten. Zeitung lesen wollte nicht gelingen. Sie kam sich vor wie auf dem Flur vor einem Prüfungszimmer, in dem sich gleich ihr Schicksal entscheiden sollte. Warnke blickte auf die Artikel, sah die Wörter, die Bilder und nahm doch nichts auf. Doch hier, unglaublich! Angesichts der Ebbe in der Landeskasse hatte der Regierende Bürgermeister, wenn sie ihren Augen trauen durfte, die zeitweilige Auslagerung der Staatsoper als Gelegenheit genutzt, das leere Haus dem russischen Staatskonzern Gasprom zu verkaufen. Er wollte seine Verwaltung für Westeuropa darin einrichten und im Gegenzug die Gaspreise für die Berliner senken. Sie stutzte, blickte auf und kam aber rasch zu dem Ergebnis, dass sie den Extrakt von wenigstens drei verschiedenen Artikeln in ihrem glühenden Kopf wie in einem Kaleidoskop durcheinander geschüttelt und zu einem neuen Ganzen gefügt hatte. Als Petra über die Zeitung hinweg ihre Oberschenkel in den schwarzen Jeans sah, vibrierten diese in raschem Takt, als hätten sie ein Eigenleben angenommen. Sie erschrak und versuchte mit Gewalt, ein paar Augenblicke still zu sitzen.

Plötzlich vernahm sie ein Brummen in der Luft. Es näherte sich rasch. Die hellgraue Cessna, Petra war einigermaßen beruhigt, flog deutlich höher als die Dächer und machte große sanfte Kurven, als gehöre sie zur Belebung der Stadtlandschaft genau hier an den Himmel. Nichts kam ihr daran spektakulär vor. Ungewöhnlich wirkten nur die langsam herabsegelnden Zettel. Eigentlich ein hübscher Anblick, sehr passend für den heutigen Nationalfeiertag, dachte sie und war kaum noch aufgeregt. Die beiden da oben würden ihre Sache schon gut machen.

Sie arbeiteten Runde für Runde ihre Aufgabe ab, fast wie Beamte, trotz des illegalen Fluges. Tilman versuchte leider nicht zu winken, obwohl man es angesichts der geringen

Flughöhe hier unten bestimmt hätte sehen können. Petra war ein wenig enttäuscht, hatte versucht, mit ihrer roten Kappe auf sich aufmerksam zu machen. Sie fand es schließlich richtig, dass ihre Freunde sich auf die Ausführung ihres Plans konzentrierten und sich keine Mätzchen nebenher erlaubten, die sie hätten in Gefahr bringen können. Von einem Sportpiloten hatte sie mal gehört, dass die sogenannte Besucherkurve, ob nun über dem Garten der Geliebten oder über dem Haus der Eltern, das gefährlichste Flugmanöver überhaupt sei. Ihr genügte es im Augenblick, die Schleifen der Cessna um den Rathausturm und um den Fernsehturm, den sie manchmal nur in Höhe des drehbaren Restaurants umflogen, mitanzusehen. Ein bisschen Futter für den männlichen Spieltrieb musste anscheinend doch sein.

Der Platz war inzwischen mit Zetteln übersät, und weitere waren nicht mehr nötig. Die meisten Spaziergänger hatten ein Stück aufgehoben und es sofort gelesen oder mindestens überflogen. Viele hatten das Blatt, soweit Petra es beobachten konnte, eingesteckt. Nur wenige hatten den Zettel wieder zu Boden fallen lassen. Ob sie begriffen hatten, worum es bei der Aktion ging, konnte sie den Leuten natürlich nicht ansehen. Sie hatte aber den Eindruck, als hätte sie Gesten lebhaften Protests gegenüber den Freunden und Verwandten wie Kopfschütteln, Händeringen oder Vogelzeigen nicht beobachtet. Man war schließlich nicht in Italien, sondern in einem nördlichen Land mit gedämpftem Gefühlsablauf. Viele waren stehen geblieben, hatten dem Begleiter oder der Begleiterin das Flugblatt gezeigt. Unbeteiligt schien kaum jemand geblieben zu sein, außer vielleicht einigen ganz Eiligen.

Petra wurde langsam nervös, weil die beiden Flieger die Aktion für ihren Geschmack zu sehr ausdehnten und immer noch eine und noch eine Spirale an den Himmel schrieben. Sie schienen daran Gefallen zu finden und vergessen zu haben, dass sie sich mitten im Beschränkungsgebiet über dem inneren Stadtbezirk bewegten und die Fluglotsen sie wie gemalt auf ihren Radarschirmen haben mussten. Wenn sie nur einigermaßen korrekt ihren Dienst versahen, hatten sie den Piloten längst über Funk angesprochen, was er denn da suche und wann er denn beabsichtige, auf den Pfad des Rechts zurückzukehren.

Da er offensichtlich auf gutes Zureden nicht reagierte und man auf den Schirmen nicht sehen konnte, welche Gefahr von dem Flugzeug ausging, hatten die Lotsen höchstwahrscheinlich Polizei und Militär bereits alarmiert. Es war also angesichts der in Deutschland üblichen und weltweit bewunderten Effektivität unbedingt damit zu rechnen, dass in den nächsten Augenblicken eine Rotte Hubschrauber hinter den Häusern auftauchen würde, um den Luftrowdy aus dem Innenstadtbereich abzudrängen. In Russland, stöhnte sie leise, hätte man wie bei der Geiselbefreiung in der Schule von Beslan sofort geschossen, um den starken Staat herauszustellen. Ob das Flugzeug auf den Alexanderplatz mit den flanierenden Menschen gestürzt wäre, hätte keine besondere Rolle gespielt, vermutete sie. Das Militär hätte sich eine Schlappe wie im Falle von Matthias Rust nicht ein zweites Mal leisten dürfen.

In Berlin musste sie glücklicherweise mit brutalen Maßnahmen der Luftwaffe, die zum Absturz der Cessna führen könnten, nicht rechnen. Soviel Vertrauen in angemessenes Handeln des Staates besaß sie immerhin. Um Leben und

Gesundheit ihrer Freunde musste sie sich keine ernsten Sorgen machen, wenn sie die Nerven behielten, handwerklich sauber flogen und nicht plötzlich wilde Manöver machten, um irgendwie zu entkommen. Auch das verrückteste Hakenschlagen würde gegenüber den wendigen Hubschraubern nichts ausrichten. Die Cessna war auch nicht so schnell, dass sie allein dadurch die Chance gehabt hätte, den Verfolgern zu entkommen. Tilman und sein Pilot hatten fest einkalkuliert, dass man sie stellen würde und sie sich vor Gericht zu verantworten hätten. Daran bestände bei normalem Ablauf kein Zweifel. Sie mussten dann die öffentliche Gelegenheit nutzen, sich als idealistische Aktivisten für eine gute Sache und als Märtyrer für die Aufklärung ihrer Mitbürger zu präsentieren.

Petra hielt es nicht mehr auf ihrer Bank. Der Motorenlärm des Flugzeugs, den sie anfangs in ihrer Aufregung kaum wahrgenommen hatte, ging ihr inzwischen mächtig auf die Nerven. Die ärgerliche Belästigung konnte auch bei den Passanten Abneigung gegen die Aktion auslösen. Alles, wirklich alles sprach dafür, endlich fortzufliegen. Eine geheime Kraft hielt Petra in der Nähe der Parkbank fest. Sie umkreiste die Stelle in großen und kleinen Bögen und schwenkte ihren Rucksack, den sie jetzt wie ein Priester sein Weihrauchfässchen in der Hand trug. Nur der Geruch blieb aus.

Als das Flugzeug Kurs auf sie nahm und gleich darauf über ihren Kopf hinwegdröhnte, versuchte sich ein schwarzer Pudel verängstigt unter ihrer Bank zu verkriechen. Sie erinnerte sich daran, dass sie neulich Tilman gefragt hatte, wie er die Sache mit der Sprache denn ordnen würde, wenn er eines Tages, wie Rio Reiser in seinem Lied, König von Deutschland wäre. Er hatte lange über ihre linke Schulter hinweggeschaut, als sähe er durch die Wand des Restaurants hindurch bis zum Horizont, dann zwei tiefe Atemzüge getan und unter Kopfnicken mit seltsam flackerndem Blick gesagt: „Du hast recht. Wir dürfen uns nicht negativ definieren, bloß kritisieren, was wir nicht wollen. Wir brauchen ein Bild von der Zukunft, nicht zu idealistisch und nicht ausschließlich an der alten Kultur orientiert, sondern für Menschen von heute, die unsere moderne Welt kennen, die elektronischen Medien nutzen. Kulturkritischer Pessimismus, das Gerede vom Verfall stempeln uns als Ewiggestrige ab und werfen uns aus der Diskussion."

Tilman schien vor einem großen Publikum zu sprechen, als hätte er vergessen, dass nur Petra ihm zuhörte. „Mit dem Rückgriff auf Goethe und Schiller bezwingen wir die globale Überwölbung unserer Sprache nicht. Die alten Dichter haben zu ihrer Zeit großartige Werke geschaffen. Sie sagen uns aber nicht, wie wir die Phantasie zur Erfindung neuer Wörter wieder auf unsere eigene Sprache richten. Wieso sollten wir den Briten und Amerikanern Wörter wie Wellness, Mobbing oder Talkmaster servieren", er lachte laut vor sich hin, als wäre er sich seiner Pointe eben so sicher wie seines imaginären Publikums, „die sie weder bei uns bestellt haben, noch gebrauchen können?" Aller Schalk war von ihm abgefallen. Er blickte tiefernst, fast tragisch, als er fortfuhr: „Wir dürfen daraus keine Schicksalsfrage machen, unseren Kindern möglichst früh möglichst viel Englisch einzutrichtern, bevor sie die eigene Sprache beherrschen. Ihnen droht das Schicksal als Angehörige eines kolonialisierten Volkes, keine Sprache mehr zu besitzen, weder die eigene, noch die Herrensprache."

Obwohl sie zweifelte, ob Tilman überhaupt hinhörte, entgegnete Petra, er reihe schon wieder nur Argumente auf, die zeigten, was er nicht hinnehme. Sie wollte wissen, ob denn durch Unterlassen des Unerwünschten sozusagen automatisch sein angestrebter positiver Zustand entstünde. Er sah sie an wie ein Physiker, dem gerade ein Laborexperiment gescheitert war, weil er vergessen hatte, für die Messinstrumente den Strom einzuschalten.

Er versuchte es noch einmal. „Weißt Du, der Grundsatz lässt sich in der Tat leicht aufstellen. Dann muss ein ganzes Programm folgen, damit es nicht beim Prinzip bleibt. Der Grundsatz heißt schlicht, die deutsche Sprache muss in Gesellschaft und Staat wieder das führende Medium für Denken, Verständigung und Selbstverständnis werden. Alle Leitmilieus müssen dies wollen und so handeln. Das Programm zur praktischen Umsetzung wird lang. In den einzelnen Punkten wird es umstritten sein. Wie vereinen wir frühes Fremdsprachenlernen und solides Lernen der Muttersprache? Wie verbinden wir das Bedürfnis der Wissenschaftler nach internationalem Austausch mit der Forderung, dass öffentlich finanzierte Einrichtungen von Wissenschaft und Forschung unserem Land dienen müssen? Wie setzen wir durch, dass die Bürger unseres Landes ihre Hochschulausbildung in unserer Sprache absolvieren können? Muss es nicht selbstverständlich sein, dass die Arbeitnehmer in Großunternehmen am Arbeitsplatz ihre Muttersprache einsetzen? Müssen wir nicht dafür sorgen, dass die Entwicklung des deutschen Wortschatzes auch in Fachsprachen als öffentliche Aufgabe aufgefasst wird? Jetzt überlassen wir dies der Laune einzelner Unternehmen. Details über Details, die geklärt werden müssen, wenn der prinzipielle Vorrang der Landessprache gesichert ist."

Tilman geriet ins Monologisieren. Seine vitalen Funktionen waren wie im Winterschlaf eines Dachses auf das zum Überleben nötige Mindestmaß gesunken. Er bestand für lange Minuten nur aus Gedanken und Worten, existierte in einem meditationsähnlichen Zustand fast ohne natürliche Verbindung zur Außenwelt. Der Tag hatte bereits sein Datum gewechselt. Die Kellner wollten nach Hause gehen, doch er redete noch eine ganze Weile so weiter. Besonders viele Worte und großräumige Armbewegungen verbrauchte er, um zu erklären, wie man denn sein Prinzip zum Axiom jener Kreise machen sollte, die wegen ihrer Geldinteressen auf den Ausverkauf der deutschen Sprache setzten. Argumente, mit denen man Kultur und nationale Identität einforderte, verfingen dort nicht. Diese Leute hörten auf Gewinnchancen, Kosten und finanzielle Einbußen, sonst nichts. Man musste ihnen also beibringen, wie sehr profitabler Einfluss auch davon abhing, dass man die Landsleute auf Deutsch ansprach.

Beide verließen das Lokal, vom Wirt mehr geschoben als freiwillig. Sie konnten ihr Gespräch nicht mehr zu einem Ergebnis führen. Konnte man das bei dem Thema jemals? Petra hatte selbst alles noch nicht zu Ende gedacht. Manchmal zweifelte sie an Tilmans geistiger Gesundheit, ein anderes Mal bewunderte sie die Konsequenz seiner Gedanken, seinen Mut und eine gewisse Rücksichtslosigkeit gegenüber sich selbst. Sie hatte die stille Hoffnung, er wäre nach der heutigen Aktion ein wenig entspannter und offener. Die Hektik der letzten Wochen hatte sie eher voneinander entfernt.

Petra hob den Kopf und blickte wieder in den Himmel über Berlin, wunderte sich über das nachlassende Motorengeräusch. Die Cessna 172 flog gerade aus ihrem Blickfeld in östlicher Richtung ab. Das Flugzeug schien der Achse der Karl-Marx-Allee zu folgen. Kurz darauf, zwei, drei Minuten später, ahnte Petra zuerst nur das Schmettern von Rotoren hinter dem Dom, dann hörte sie es mächtig über den Köpfen der Passanten dröhnen. Drei olivgraue Hubschrauber überquerten den Bahnhof Alexanderplatz in etwa der Höhe wie eben Tilmans Flugzeug.